金刚结

顾乐生 —— 著

百花洲文艺出版社
BAIHUAZHOU LITERATURE AND ART PRESS

图书在版编目（CIP）数据

金刚结 / 顾乐生著. -- 南昌：百花洲文艺出版社，2021.8

ISBN 978-7-5500-4293-3

Ⅰ.①金… Ⅱ.①顾… Ⅲ.①长篇小说－中国－当代②短篇小说－小说集－中国－当代 Ⅳ.①I247

中国版本图书馆 CIP 数据核字（2021）第 121150 号

金刚结

顾乐生　著

出 版 人	章华荣	
责任编辑	蔡央扬　郝玮刚	
特约编辑	胡永其	
封面设计	书香力扬	
制　　作	书香力扬	
出版发行	百花洲文艺出版社	
社　　址	南昌市红谷滩区世贸路 898 号博能中心 A 座 20 楼	
邮　　编	330038	
经　　销	全国新华书店	
印　　刷	成都兴怡包装装潢有限公司	
开　　本	880mm×1230mm　1/32　　印张　11.375	
版　　次	2021 年 8 月第 1 版第 1 次印刷	
字　　数	307 千字	
书　　号	ISBN 978-7-5500-4293-3	
定　　价	58.00 元	

赣版权登字　05-2021-221

网址　http://www.bhzwy.com

图书若有印装错误，影响阅读，可向承印厂联系调换。

序　言

◎王达敏

　　杏林多才子，顾乐生先生是其中的一位。

　　2001年5月，我和王多治老师在安庆师范学院给安庆地区在职研究生上课。第一天上课，一眼就瞧见教室后面坐着一位文质彬彬、学者模样的中年人，似乎比我年长，明显不是这个班的学生。课间休息，我们交谈，才知道他是安庆市第二人民医院院长顾乐生先生。言及为何来听我的课，简单直白，答曰："喜欢中国现当代文学，特来听二位老师的课。"又说自己平时喜欢写作，"还请二位老师指教。"我顿生警觉，古今中外，杏林多才子，医界出作家，现代以来，为医者一旦跨界弄文，总是风生水起，出众超群，此人不可小觑。

　　这以后，我们成了相互高度信任的朋友，他称我"老师"，我称他"先生"或"院长"，彼此心领神会。这以后，我几乎拜读了他已经发表、出版的所有文学作品，而他的新作，又总是第一时间传给我，如2020年3月完稿的短篇小说《感恩果》，读其文，又读其人，其人品和文品竟然高度契合。其人：温润厚德，重情重义，谦逊示人，总是"以愚自处"，对学问多有敬畏之心，对学问人恭敬有加。其文：一如其人，纯正庄雅，平正通脱。他是医学名家，又能写出一手好文章。医为主，文为副，医文并置，分途发展，相益而不相害。巧合的是，医学和文学均关乎人，前者关乎人的生命健康，后者关乎人的精神审美。反顾自身，则是表里双修，治人又修己。

我知道他是一个有故事的人，从他发表的散文中能够大致了解他母亲与他父亲、他继父、他的传奇故事。大约十多年前，他征求我的意见，说想写一部以母亲一生为线索的长篇小说，我当即称好，认定这是一桩于私于公均功德有加的好事。

他写出长篇小说《金刚结》第一稿，我和他的几位朋友还有出版社编辑均被这不是传奇的传奇小说所感动，又各自从不同的角度提出了一些修改意见。于是又有了经过大改后的第二稿，读过这一稿，我认为一部小说的形象已经建立起来了，再做一些技术上的完善，完全可以出版。我身在学界，平时任意为文惯了，哪知规范的出版物，条条框框甚多，稍不留意就会出错，待编辑们一一述说，才听到一二，就已经领教了出版业的水温深浅。顾先生修养好，耐心倾听，频频颔首。至此，我已明白，虽然母亲遗弃了他三十八年，但母亲在他心中的分量比什么都重，他对母亲一生坎坷跌宕的悲剧命运的同情，对母亲深情的思念，已经凝聚成一股力量，无论如何都要让这部小说出版，以告慰母亲和父亲的在天之灵。

现在，小说的第三稿已经完成，在出版之前，顾先生嘱我作序，我欣然应允。

好小说意蕴丰富，意义多指向，《金刚结》便是如此。

可以说《金刚结》是一对母子的相互思念、相互寻找的故事。母亲吕思麟是大家闺秀，民国才女，于抗日战争的动荡年代生下儿子庆生，满月后不久，她用五彩丝线为儿子编织了一个九只佛眼的金刚结，意在图吉利，托空行佛母保佑小庆生健康平安："金刚结，彩丝结，彩丝缕缕心中结。结个宝宝心间挂，结个金刚度万劫。宝宝本是妈妈肉，前世今生因缘结。一针一线妈妈心，宝宝与妈心连接。一绕一结妈妈爱，宝宝与妈缠成结。缠成结，金刚结，九眼金刚五彩色。"金刚结凝结着母亲对儿子的至爱，它又转化为儿子对母亲的至爱，这是情之结，爱之结。母子因世道混乱和人性迷失而分离三十八年，又因血脉因缘而重逢。

也可以说《金刚结》写一位生于民国的知识女性一生的理想和追求、期望与悔悟。吕思麟生于富贵之家，从小娇生惯养得宠，事事任性，加之受到现代高等教育，一辈子争强好胜，个性特立独行，有理想有追求且敢于付诸行动，为了文学，她竟然毁了好端端的婚姻家庭，甚至连儿子都不顾。尽管遭受了种种磨难尤其是爱情的磨难，她仍然一往无前。这样一个"精神至上的文学女子"，一旦反观其一生，却发现自己所谓的理想和追求，"不过是一个依靠自己的个性喜好，按照自己的生活方式坎坎坷坷度过的一生"。直到晚年，她才彻悟，悔意顿起，"意识到自己将全部人生用来追求的名誉和爱情，不过是海市蜃楼，就像曾拥有的物质财富一样最终都会消失殆尽"。终生追求，过眼烟云，总成一梦，唯有人间的亲情真情最可珍贵。

又可以说《金刚结》是纵跨两个时代的知识分子的悲欢离合、爱恨情仇与时代变迁的写照。小说从抗日战争的二十世纪四十年代一直写到中华人民共和国成立后的五六十年代、再到改革开放的八十年代。吕思麟、叶龙台、沙正清、季侯道、叶庆生等人的悲欢离合和爱恨情仇各自流出，又与时代变迁息息相关，人物的命运史演绎着时代的演变史，时代的演变史映现出人物的命运史。

还可以说《金刚结》是中国现当代爱情传奇、命运传奇。女主人公吕思麟（与季侯道结婚后改名为"如意"）的爱情悲剧，既是风流成性的沙正清所致，更是她浪漫浮泛的个性所为。沙正清对她始乱终弃，既伤害了叶龙台，致使他为了逃离伤心之地而远走台湾，隔海眺望故乡四十年，最终命丧异乡。又伤害了吕思麟，使得丈夫与她生离死别，更使得她与儿子的分离达三十八年之久。这爱情因浪漫自私超出了日常规约而有了传奇的色彩，只可惜，这爱情传奇制造了多起悲剧，怎么看都让人可惜可叹。隐隐约约地感受到，人物的爱情传奇、爱情悲剧，均为无影又无踪的命运所操纵所愚弄，命运自带宿命种子，播撒于人物生命之中，使其一旦沾上就再也难逃劫难。

小说可激赏之处诸多，以下三处最为突显。

首先是浓墨重彩的人物形象，主要人物吕思麟、叶龙台、沙正清、季侯道、庆生和庆生奶奶形象跃然纸上，就连戏份不多的庆生爷爷、外公、叔叔、婶婶等非中心人物形象，也让人过目不忘。

其次是惯于散文笔法的作者竟然善用细节描写人物的情感、心理、思想、品德。善用细节描写人物，是这部非虚构小说的一大特色。出示一例：当母亲收到分离三十八年的儿子叶庆生带着妻儿乘火车来北京的电报后，她早早来到车站，冒着漫天的雪花，顶着刺骨的寒风，立雪站前，等候儿子。叶庆生带着妻儿走出车站，准备抄近路向广场对面走去，突然，"他看见离出站口不远处灯光下站着一位老妇人，厚厚的黑头巾上落了不少雪。不用问，叶庆生知道，她就是自己的母亲了。他赶紧跑上前去，看着这位端庄清秀的老妇人，笑脸仍无法遮蔽老人心底的焦虑和着急，这位老妇人也正在把照片上的儿子重叠到眼前真实的儿子身上，一秒钟的凝视，跨过了三十八年的时空"。一幅油画，立雪迎儿的母亲形象，是母亲最圣洁最伟大的形象。

最值得称道的是，作者用同情、理解、宽容、感恩的情感书写人物，使《金刚结》通体流淌着温善的情感。恕我再一次引用余华长篇小说《活着》前言里的一段话，以表达我对顾先生叙事伦理的理解和激赏："前面已经说过，我和现实关系紧张，说得严重一些，我一直是以敌对的态度看待现实。随着时间的推移，我内心的愤怒渐渐平息，我开始意识到一位真正的作家所寻找是真理，是一种排斥道德判断的真理。作家的使命不是发泄，不是控诉或者揭露，他应该向人们展示高尚。这里所说的高尚不是那种单纯的美好，而是对一切事物理解之后的超然，对善和恶一视同仁，用同情的目光看待世界。"

先睹为快，写下以上读后感，印象记而已，是为序。

2021 年 1 月 6 日于安徽大学

金
刚
结

目录 CONTENTS

长 篇小说

JINGANGJIE

金　刚　结

引　子

　　灵车出朝阳门，经过朝阳公园南路向东，一路呜咽着。叶庆生和弟弟季桑护送着母亲的遗体，去东郊殡仪馆火化。腊月荒天，京城到处都是灰蒙蒙的。车过姚家园路铁路道口不远，就进入姚家园村路，街道明显拥塞起来。正碰上赶集，集市里人挤人。包子馒头铺的蒸笼和各种小吃摊点摆放到街沿，蔬菜水果、鱼肉摊点前人头攒动，家电商店里电视机屏幕上跳动着色彩，声音大得刺耳。大家忙着交易，谁也没有在意驶过的灵车，更没有人去探究灵车里躺着的人是谁。

　　"未知生，焉知死？"活人的事情都忙不完，谁还有闲工夫去打听死的人是谁呢？叶庆生一个人心里想着，母亲一辈子争气好强，生怕别人不理解，可是到老了，再也不在乎别人怎么看她，真有点像苏东坡那样豁达了，"自喜渐不为人识"。何况母亲至死，有两个儿子陪着，也总算功德圆满了。

　　车速慢得如爬行。驾驶员同志迫不得已按按喇叭，只不过赶走了紧挨着车头的行人，却赶不断穿行马路的人流。汽车开得一会快一会慢，搅得叶庆生心里闹翻翻的。刚为奔丧来京的叶庆生，下了火车，进了家门，见过继父后，就直奔医院，与弟弟一同上了这辆灵车。疲劳不说，这心里还堵塞得慌，说不出的积郁和悲戚一时还无法宣泄出来。

一个月前，叶庆生接母亲出院回到家中，母亲还谈到她的写作安排，希望叶庆生帮助整理一下她的文稿。叶庆生遵照母亲的意愿，翻找出母亲多年留存的书籍、杂志，一一找出母亲曾发表的短篇小说，并列出目录，也有 50 篇之多。有的曾选登在《人民文学》短篇小说选集中，有的还被翻译成多国文字。其中有一篇写中学生要求进步的小说，叶庆生记得在高中二年级时曾读过，当时还激励着他积极向团组织靠拢。当然，那个时候叶庆生还不晓得是自己母亲写的。

叶庆生把整理好的母亲已发表小说的字数、所登载的刊物和发表时间，一一报给母亲听，母亲会意地笑了，轻轻地对叶庆生说："就这些？好，你把它们保存好。"

叶庆生知道，母亲在京城也是一位小有名气的作家了，这些小说都曾发表在国家一级文学刊物上，有的还被选进中学语文课本。当时，他觉得奇怪的一点是，母亲视自己的作品如孩子，为什么没有出集子呢？一问才知道，母亲原觉得自己写得不尽如人意，作品拿不出手，人家出版社多次找上门来时，她都谢绝了。近年想出集子时，已经没那么容易了。

母亲得的是冠心病。上个月心绞痛发作，叶庆生请假，从安徽匆匆赶来帮助照应母亲。在医院里经过半个多月系统的治疗，症状得到了控制。出院时，大夫也不敢懈怠，一再交代，要静养，不能劳神，更不能劳累，药要按时服用，不能中断。当他们得知老太太的儿子是医生时，就放心了。临走，管床大夫拍拍叶庆生的肩膀说："小老弟，病人就交给你了。最少要观察一周，才能正常活动。"

遵照医嘱是病人的本分。叶庆生回到家里，就按家庭病房设置，自己既是大夫，又当护士。他在母亲床边搭了一张小床，一直陪着母亲。量体温，测血压，按时给母亲服药。早晚还要照顾母亲的起居。特别是晚上，母亲大病之后，体力不支，睡眠又不好，叶庆生还要搀扶着母亲起夜。有一天夜里，叶庆生刚刚躺下，母亲就小声地喊他："庆生，庆生！"

叶庆生一下爬起来，打开台灯，披起衣服问："妈，怎么了？"

母亲费力地撑起半个身子，指指北间的书房说："你能给我找一下杜甫的那首《佳人》吗？"

叶庆生忙扶母亲坐稳，并用枕头把母亲的头垫好，先喂了一点温开水给母亲喝，才摸到对门书房，打开了顶灯。书房很长时间无人打理，简直就是一个"乱"字。门后书报摊了一地。四个书柜塞得满满的，有的书随意叠放着，也没有归类。叶庆生耐着性子，在乱书堆里找到了《全唐诗》，翻到五言古诗一栏，找到了杜甫的这首《佳人》。他用小纸条掖好这一页，拿了这本书回到南边的卧室。母亲说："你给我念念好吗？"

叶庆生翻开这一页念起来："绝代有佳人，幽居在空谷……在山泉水清，出山泉水浊……"

"'在山泉水清，出山泉水浊。'这句写得多好。是杜甫在写自己啊！"

不一会，一种内心的满足让母亲安然睡去。

一路上，季桑呆呆地望着远方。嘴里叽里咕噜地埋怨着自己："为什么在家不能看好妈妈呢？哥哥才走还不到半个月，就让妈妈把病累犯了。"

甚至，他用拳头捶着脑门子说："都怪我，都怪我，把妈妈累死了！"

叶庆生摸着弟弟的头劝慰道："妈妈这个病说发就发，怎么能怪你呢？"

弟弟泪眼婆娑地看着哥哥说："这次很突然，一家人在一起吃午饭，吃着吃着，妈妈就歪倒了。等 120 来的时候，大夫一看，说人怕不行了。等妈妈好不容易被弄到医院，怎么说死就死了呢？"与哥哥一见面，季桑就反反复复地诉说着妈妈突然死亡的情况。叶庆生感到遗憾的事是，一接到电报就星夜赶来，还是没有能见到妈妈的最后一面。他看见弟弟哭得那么伤心，心里也很后悔。怨自己为什么不能续几天假，多陪妈妈几天。

自从四年前找到母亲，也就是利用每年一次探亲假，回京看看。总以为，妈妈找到了，家就在北京，是不会失掉的。每次来去匆匆，怎么也没想到，妈妈这么快就走了。这次真的走了，再也找不到了。他越想越懊恼，不自主地右手攥成拳头擂着自己的太阳穴，责怪自己说："我真是一个大浑蛋！记得上次临走，妈妈站在窗前一直目送着我走出家属大院门。当时，我竟然连一句亲热的话都没说。在京那些天，已很冷了，我陪妈妈出门散步时，竟忘了拿条围脖给妈妈戴上，连'天冷了，当心着凉'到嘴边的话都没有对妈妈说。"说着，又恶狠狠地骂了自己一句"大浑蛋！"见弟弟还在哭，转而安慰他说："妈妈死了，作为她的儿子，我们都很难过。但妈妈走得这样快，没有痛苦，也是她老人家命里修的啊。"

叶庆生知道，继父行动不便，家中现在只好靠弟弟一个人来回奔波，非常不容易。可能，季桑第一次面对亲人死亡，始终不明白，好好的妈妈，怎么说死就死了呢？平时，家中一切事都是由妈妈做主，季桑依赖惯了，连饭菜都不会烧。前几天，妈妈好像有预感，把季桑喊到身边，拉着他的手说："孩子，你也有这么大了，爸爸身体又不好，你要学着自己照应自己啊。"

"嗯。"妈妈看季桑懂事地点了点头，接着又说，"妈妈这病是报应，应得的报应。"

季桑有点摸不着头脑，心中像堵住一样，半天才咽下一口口水。只听妈妈说："你大哥这一生命苦，好好待大哥。这两万元国库券原是给你大哥的，你大哥不要，你遇到大哥时请转交给他，好吗？"

"嗯。"季桑应着。一想到妈妈当时的情形和企盼的眼神，季桑越发懊恼起来。

车子颠了一下，季桑突然回过神来，看了前方一眼说："哥，快……快到……了。"

京郊的冬天，有些荒凉。路两边很少有行人，只有落光了叶子的杨树枝在寒风中簌簌发抖。天空的云层很低很厚，像是要下雪的样子。透过车窗，可见前方荒野里有一片房屋是用绿色琉璃瓦装饰的。

殡仪馆到了。进了殡仪馆，给人一种清冷和洁净的感觉。在化妆室里，母亲安静地躺着，等待美容师为她做最后一次打扮。叶庆生看见母亲清秀的脸上多了一块青色的瘀斑，悲从心起。为什么人们见到新生儿瘀青色的胎记时是喜，而见到生命离去的瘀斑是悲呢？因为一块代表了生，一块代表了死。可是生前和死后"不存在"的状态是一样的，那人活着的意义又在哪里呢？虽然生死就在转瞬之间，其实生和死还是有差别的，生前无记忆，而死时母亲给他们留下了深深的记忆。

母亲对生死是看得开的，既然"生固欣然，死亦无憾"，遵从母亲生前意愿，丧葬一切从简。告别、火化、拾骨灰，一切都按事前协商好了的仪程，在殡仪馆里进行。参加告别的只有叶庆生和季桑两个儿子。

火化前，季桑拿出妈妈曾用过的金星钢笔和酱红漆面的笔记本，递给哥哥叶庆生说："哥，让妈妈把……把这……这两……两件东……东西带……带上吧。"叶庆生欣慰地看着弟弟，把金星钢笔和酱红漆面的笔记本交给殡仪馆工作人员，请他们放到妈妈的身边，一同火化。因今天是第一炉，人少，炉子也干净。征得殡仪馆人员同意，叶庆生和季桑二人一直守在火化炉边，看着母亲的遗体被送进火化炉，直等到火化结束。当炉门打开，只见热气还未退尽的钢板床上，母亲只留下了灰色沙画似的剪影。叶庆生看着端庄秀丽的母亲瞬间就变成了青灰，悲伤不由自主地涌上心头。季桑则哭成一个泪人儿。他们俩一边捡拾骨灰一边暗自流泪。叶庆生叫弟弟扶好骨灰盒，他把火化床上的灰烬轻轻地扫进骨灰盒，再将较大一点的天顶骨放在上面。当他们向嵌有母亲相片的骨灰盒鞠躬道别时，季桑竟哭出声来："妈妈没了，妈妈——"

叶庆生泪如泉涌，泪眼婆娑地望着母亲的遗像，这就跟他珍藏着的那张抱着婴儿的年轻母亲照片一模一样。他听弟弟说，在选母亲遗像时，继父意见是选最近几年照的，季桑坚持要选妈妈年轻漂亮的照片。面对母亲的骨灰盒，叶庆生后悔莫及，为什么找到妈妈后，不能经常回北京，多陪陪妈妈，多与妈妈说说话？

奶奶曾告诉过叶庆生，佛说过，所有的相逢都是重逢，所有的离开都是归来，叶庆生相信。多少年以后，面对母亲遗像，叶庆生还会想起奶奶曾带他到庙里求签的情景，菩萨虽没有言说，签上却说，父母儿女的因缘聚散是终会有时的。不过，这回他来送别母亲，却是永久的分离。他流着泪，搂着弟弟说："妈妈这回真的没了！"

去殡仪馆的路上，叶庆生不忘问弟弟："季桑，母亲去世，你们可曾通知二哥？"季桑说："没有。我只知道有一个二哥，只是上小学时见过一面。以后没有来往，听说去了国外。"

回程时，天空飘起了雪花，纷纷扬扬，漫天飞舞。一路上，人们并没有在意京城这突降的第一场雪。叶庆生觉得这场雪是来为妈妈送行的。他还似乎听到了落雪的声音，一种喊喊的无以名状的掺杂在市声中的声音，就好像是妈妈在耳边的窃窃私语："孩子，妈妈多么不愿意离开你们。"

叶庆生想到半月前，他还在家服侍母亲时，看见母亲已能下床活动，很是高兴。眼看庆生的假期要到了，妈妈就催促着叶庆生说："你是医生，病人更需要你。你还是按时回去吧。"因宜庆到北京没有直达火车。叶庆生乘火车到省城合肥，让单位派车来接。不知为什么，车行到半路，突然左后轮爆胎了。单位只好再派一辆新车。那天，竟有那么凑巧的事，车没行多远，右前轮胎又爆了，二百公里的路程整整走了一天。回到家里，叶庆生跟妻子说起这件怪事，妻子说："妈妈是不想让你回来啊。"果不其然，妈妈这回真的走了。

"妈妈！"每个人经常脱口而出的呼喊，叶庆生足足憋了三十八年，才第一次喊出。可刚找到妈妈没几年，妈妈怎么一下子就走了呢？

人到中年，面对生命，叶庆生越来越感到惶惑，他常常自问：我是从哪里来的？作为医生，他比一般人清楚，受精卵在母体里生长发育，经过十月怀胎，一朝分娩，孕育一个新的生命是多么不容易。母亲的伟大就在于，她把我们带到了人世间。妈妈弃儿而去时，虽然我们有了小家，但母子情缘，就像母亲为保佑儿子编织的金刚结，怎么会说散就散了呢？人类痛苦来源于我们对死亡无所不在的恐惧。虽然，现代人喜欢听物理学家们的预言：过去、现在与将来会同时存在，我们迟早也会在一起。但是叶庆生懂得，死亡最可怕的地方不在于让你失去未来，而在于让你没有了过去。人终究是要尘归尘，土归土，回到自然怀抱的。老子说得多好："和其光，同其尘"，尘与光的交织，母亲的波动效应将这种缘分传递给了儿女。此时，叶庆生感觉母亲的音容笑貌比她在世时更为鲜活。这也让他明白了一个道理：死亡不是消失，而是另一种形式的存在。母亲永远存活在生者的生命里。

季桑靠在叶庆生的肩上，抽泣着说："哥，妈妈死了，我……我……我怎么办？"

这句话又触动了叶庆生的神经。他想起小时候奶奶常说的，人生有生、老、病、死、怨憎会、爱别离、求不得、五蕴炽盛八苦。虽然兄弟俩今天经历了与母亲的死别，好在小弟没有经历从小失去父母之痛。他轻轻拍着季桑说："妈妈走了，你还有爸爸。"

叶庆生一边安慰着小弟，一边说："桑弟，大哥明天就要回去了。你有什么事可要及时给我写信啊。特别是你还要照顾好爸爸，真难为你了。"

季桑比叶庆生小 11 岁，是叶庆生母亲与继父季侯道的儿子。叶庆生听母亲在世时说过，因高龄难产，产伤致小弟说话迟，说话不清，有点结巴。继父季侯道是位参加抗战的老同志，曾任京城中学的书记兼校长，现离休在家，因患帕金森病，生活基本上靠保姆照应。

叶庆生和季桑回到单位大院门口，看到一些人正在围观墙上贴的母亲的讣告。叶庆生叫小弟先回家去看看爸爸，自己停下来，想再看看讣告，生怕有关母亲的最后一点信息，稍不留神，就会被寒风卷走了。讣告写在一米见方的白纸上，加粗仿宋体字，很显眼。这时雪也越下越大，很快树枝白了，街道也白了，似乎整个世界都安静下来，显得肃穆而宁静。叶庆生兀立着，任雪花不断落在头上，沾在衣服上，而他只顾默默地念着讣告：

京城中学语文教研室主任如意（原名吕思麟）老师因病抢救无效，于一九八八年一月七日零时十分在北京逝世，享年六十五岁。如意同志一九四九年二月参加革命工作，曾先后在北京市文化处、《群众日报》社和《文学读物》编辑部工作，后调入京城中学任高中语文教师和教研室主任。几十年来兢兢业业、任劳任怨，热爱党，忠于革命事业。根据如意同志生前意愿和家属意见，不举行遗体告别仪式，不送花圈，丧事一切从简，特此讣告。

如意同志治丧委员会
一九八八年一月十日

路过的人来了，又走了，他们只是看看单位里谁又死了。叶庆生有点难过。虽然讣告中的内容是母亲单位与继父共同商定的，对母亲的一生也做了充分的肯定。但是在盖棺论定之前似乎少了点什么。

叶庆生深知母亲是一位有个性有追求的人，为了爱情，为了当作家，甚至连儿女都不顾，虽然受了不少磨难，还是一往无前。一个精神至上的文学女子，反观其一生，所谓追求，不过是一个依着自己的个性喜好，按照自己的生活方式坎坎坷坷度过的一生。直到晚年，甚至临近死亡，她才意识到自己将全部人生用来追求的名誉和爱情，不过是海市蜃楼，就像曾拥有的物质财富一样最终都会消失殆尽。自己生了三个儿子，本来生活可以过得很幸福，可是结果如此糟糕。

人死如灯灭，一切如飘雪。"魂兮归来！"飞雪有声。"在山泉水清，出山泉水浊"，在这漫天飞舞的银白色世界里，叶庆生似乎听到了母亲曾教他唱的摇篮曲《金刚结》，让他就这么呆呆地站着，听着，站成了一个雪人。

第 一 章

一

"呜——呜——呜——"防空预警又在宜宾山水之间拉响。

李庄虽然不是敌机轰炸的目标，只要有敌机经过，也常拉响警报。新学年第一周，新生们还没有安下心来，一天下午，警报响了。这下教室里像炸开了锅，刚入学的新生们一下子从教室里奔涌而出，惊慌失措地朝屋外就跑。生物系 1942 级（一）班的吕思麟，奔跑时不小心被人绊了一下，重重地摔倒在地上，一时顾不得疼痛，强撑着要爬起来。这时后面跟上来的一位男生顺手把她拉了起来，拍拍她裙裾上的灰土，和蔼地说："小妹妹，没关系，敌机不知道我们同济人在这里，现在它是'盲人骑瞎马，瞎炸！'快，咱们跑到附近山边躲一会就过去了。"他看看吕思麟手脚没有跌破皮，放心地走了，临走时还回过头诙谐地对她说："小同学，别怕，有禹王爷保佑着我们呢。"吕思麟想问一下这位热心男同学的名字，可他已跑远了。

吕思麟家在成都，家境优渥，父亲吕赛斯是刘文辉手下的一位师长。因为拥护共和，反对帝制和外国列强入侵，吕赛斯抱着"科学救国"的理想，报考了保定陆军军官学校工兵科。1913年他就申请加入了国民党。可是毕业回川后，目睹四川军阀混战，把一个好端端的天府之国，打得千疮百孔。自念从军是为了强国保民，实现共和，岂能祸害百姓？1923年，他毅然辞去军职，借"病"返回成都。这年三月吕思麟出生，正值孙中山发表《中国国民党宣言》，对吕赛斯触动很大。联想自己读《春秋》时，有感古人不识麒麟真面目，使其被当作怪兽打死了，孔子曾哀叹，麒麟已死，已无《春秋》，遂给女儿取名"思麟"。

吕思麟姐弟四人，思麟是老大，二妹思慧和弟弟思懿正读中学，小妹思旗还在读小学。因父亲在军校学习时，受西学影响，酷爱数理。他认为强国乃靠工业，对子女教育也是以科学救国为宗旨，要求严苛，稍不服从，军阀作风就表现出来了，孩子们都很怕他，从不敢违拗。吕思麟外貌出众，性情特立，学习又好，很受父亲宠爱，就是这么一个受宠爱的宝贝女儿也不能例外。吕思麟被保送进华西大学中文系，学得好好的，吕赛斯就是不同意她继续学下去，因为他早在家中约法三章：只许读理、工、农，不准学文、史、哲。吕思麟想当作家的理想就这样被父亲扼杀了。1941年，正巧上海同济大学内迁四川宜宾，吕赛斯找到他的挚友，时任教务长的谢德理，把吕思麟转学到同济电机系，因女儿坚持不学电机，吕赛斯只好同意她改上生物系。同时，吕赛斯干脆把二女儿思慧和儿子思懿都弄到同济附中念书，三姐弟相互有个照应，也省得日后升学再烦神。

同济大学是日寇侵华战争中遭罪最深的"流亡大学"。"一·二八事变"日寇侵沪，校舍被炸毁。抗战期间，六度搬迁，辗转三万里，历经千辛万苦，到达四川宜宾，受到李庄各界父老乡亲的欢迎和支持，终于安顿下来。

李庄位于长江南岸，背靠天顶山，隔江与大桂山相望，临江是一条东西长不到两公里，南北宽仅一公里的大乡场，曾是川南的大米集散地，有着 1800 多年的历史，号称长江上游第一文化古镇。古镇不通汽车，靠长江水路上行宜宾四十里，下走南溪县城也是四十里，在一平方公里的土地上留下了九宫十八庙，留下了青瓦鸳墙的四合院，也留下了青石板铺就的一条条老街。三千人的川南小镇就这样一下子承载起了教育上万文化精英们的重负，让同济莘莘学子终于有了一块平静的地方安放书桌，读书学习。

1942 年新学年开学，当吕思麟带着弟弟妹妹和衣被行囊从繁华的成都来到这穷乡僻壤时，感觉反差太大了。分散安置在这破败小镇里的同济大学与华西大学校园相比，简直是一个在天上，一个在地下。华西大学从北向南沿着中轴线两边整齐地耸立着图书馆、大礼堂、医学楼、生物楼、钟楼等中西合璧的建筑群，放眼望去是清一色的青砖红柱红檐黑瓦的歇山式楼宇在绿树丛中时隐时现，低头是小桥流水、柳塘荷风，美丽得就像一座大公园。而同济大学就是一座座破庙。大学总部设在镇中心的禹王宫，理学院在南华宫，工学院在岳王庙，图书馆安排在王爷庙，医学院则远在宜宾。而附属校办工厂和同济附中，则建在麻柳坪。从西头岳王庙的工学院，到东边麻柳坪附中，要穿过整个古镇，从西到东，约有三四里地。好在，禹王宫侧门口有个邮政代办所，禹王宫大墙南面就是四方街集市。集市木阁楼铺面错落有致，分布着一些日用品商店、炒坊、茶馆和菜馆，吕思麟和弟弟妹妹平时也有个去处。

初来乍到，吕思麟和弟弟妹妹都不适应。吕思麟给家里写的第一封信就是在诉苦：

我们住在老百姓的家里，喝水是工人从江边挑上来，用明矾先净化。上课在破庙里，柴油机发电，电力不够，晚上上自习只能点菜油灯。学校注册时只收十元保证金，不收学费，但设有奖学金。学校以贷金方式由学生自治会自己管理伙食。各班轮流推人经管食堂，虽精打细算，饭菜仍量少质差，每人每月一斗平价米，蔬菜无油，肉食更少，糙米上了霉，沙子还多，男同学大碗抢饭，女同学小心拣石子，热饭吃成了冷饭，大家戏谑："我们在校天天都吃'珍珠饭'。"连我有时都吃不饱，饿肚子。

好在同济大学新生第一年专修德文，除了德文没有其他课程，同学们的活动空间比较大。家里寄点钱来，吕思麟就带着弟弟妹妹到四方街打打牙祭，花两角钱买包哑巴花生米，坐在茶馆里穷聊。弟弟吕思懿特别喜欢吃哑巴花生米。有一天，他郑重其事地对两位姐姐说："姐，你别小看小小一粒花生米，它不仅能填饱肚子，而且是最佳营养品。据研究，七粒花生米就能抵得上一匙鱼肝油。"

"你听谁说的?"吕思麟问。

弟弟吕思懿一本正经地说："医学院的老师说的。"

吕思慧点着弟弟鼻子笑着说："你鼻子就像一粒鱼肝油。"姐弟三人哈哈大笑起来，从此两位姐姐就戏称小弟是"鱼肝油"。

新生们入学的第一课，是辅导老师带同学们参观大学总部所在地禹王宫。禹王宫是纪念大禹的圣殿，规模恢宏，构筑坚固，正门三开，石鼓两对，铜狮威列，虽年久失修，彩绘门楣斑驳，红墙飞檐残缺，但仍显古朴庄严。

老师先介绍了禹王宫两厢校办公室的分布情况，接着指向禹王宫正殿彩绘廊柱支撑的高台和同学们站立的宽敞石板天井说："这就是我校的大礼堂。"全校每周一次的"总理纪念周"就在这里举行。当走到禹王宫中门时，他指着中门正上方留有的一块匾额——"功奠山河"，对同学们说："现正值抗日军兴，从事教育者无不卧薪尝胆，筚路蓝缕，而我们受教育者无不艰苦备尝，刻苦学习。无论时局多么艰险，我们都要秉承大禹治水的精神，为保卫和发展中华文脉，以发自心底的正义和无畏，同舟共济，砥砺前行!"辅导老师虽上了点年岁，但精神矍铄，他声情并茂的演说，很能激起同学们的抗日爱国热忱。

吕思麟清楚地记得，也就是在她跨进小学的第二年，爆发了"九一八"事变。她最先学唱的歌就是"我的家在东北松花江上"。那时人人会唱，一唱就唱得热泪盈眶，悲壮得让人刻骨铭心。当吕思麟进入初中学习时，抗日战争全面爆发。为应对强敌，国共第二次合作，实行全民族抗战，国民政府迁都重庆，川军出川抗日。为了抗战，这一年吕思麟的父亲吕赛斯也奉调国民党重庆行营办公室任少将高参。

抗战以来，抗日救亡已成为全中国男女老少最迫切的意愿。"宁为断头鬼，不做亡国奴""团结起来，一致对外""打倒野蛮残暴的日本帝国主义者!"每一句，都代表了全中国人民的心声，成为大家共同行动的原动力。更让吕思麟不能忘记的是，1938年秋天，日本鬼子飞机轰炸成都，一时火光四起，街区一片混乱。当她听到一位住在东大街的好同学被炸死了，吕思麟义愤填膺，真想立马拿起枪与日本鬼子拼命，可那时自己还小，没跑出多远，就被父亲逮回家。这次上同济，也是"胳膊拗不过大腿"，秉承父亲"科学救国"的道理，放弃了自己所钟爱的文学，来到李庄。

吕思麟从中学开始学英语，进入华西大学时，英文测试成绩很好。而到同济读书，从头修德语，这下可害苦她了。同济大学医、工、理各系科全部用德文教学，读德文教材，看德文资料，听德文讲授。她不得不一切从头开始，在新生院补习一年德文。这德文与英文不同，拗口难学，吕思麟学习时感到很吃力。心想，要在一年内完全熟练掌握德文，真要请一位辅导老师了。

这天，姐弟三人又逛到四方街。他们先挤到邮政代办所门前，看看有没有自己的家信，接着到禹王宫南大墙看看大学部学生会每天清晨张贴的收听广播后用大字报抄写出来的新闻，看完了，走累了，就到附近茶馆里坐一坐，五分钱买一杯茶，一人一杯，一边慢慢地喝着，一边听着旁边高年级同学们摆"龙门阵"，侃大山。这时只见紧邻的桌子边几位男生谈兴正浓。一位穿着旧中山装的同学站起来，一只脚踏在长条凳子头上，脚上的旧皮鞋已破烂不堪，他义愤填膺地说："我国半壁江山都丢掉了，为什么国民政府到去年 12 月 9 日才向日本宣战？"

"时局使然，国力使然。"一位他身边着长衫夫子样的男生慢条斯理地说，接着拍了一下架脚男生的腿说，"激动啥子嘛。把脚放下、把脚放下。"

"是的，现在不是发牢骚的时候。就拿我们同济来说，同济搬到哪儿，日军就炸到哪儿，他们不仅是想占有中国，更是想毁灭中国文化。大家都知道，自从 1938 年日机开始轰炸重庆和大后方，看起来没完没了，没有停息的迹象。抗战早已没有前方后方、战斗人员和平民的界限了，我们时刻都要准备着去打仗。"近旁这位稍年长，穿着白衬衫，敞着领子，胖胖的男生平静地说。吕思麟知道，日本鬼子亡我中华之心昭然若揭，而政府领导抗战软弱无力，同学们早就心存不满。但气愤归气愤，牢骚又能解决什么问题？大家更关心的是眼下的时局。果然一位小个子的男生不安地问："我们现在怎么办？"

停了一下，对面一位穿着整洁、眉清目秀的男生站起来毫不迟疑地说："学好理工医，建设文化大后方，保住国脉！"思麟一逮眼，这不是前天跑警报时拉我起来的男同学嘛，她有点激动，但又不知道他的姓名，不好贸然上前打招呼。她跟妹妹思慧说："就是他！前天拉我起来的那位男同学。"

"什么男同学？他是叶龙台老师"。

"他是老师？看起来那么年轻。"

见姐姐不相信，妹妹吕思慧又重复说了一遍："他们都是老师，是校附属工厂的老师。"

他们？吕思麟知道妹妹说的是在茶馆摆"龙门阵"的那几个男生。但她还是有点疑惑，"你怎么知道他们是附属工厂的老师？"

"你不知道呀，附属中学在麻柳坪，附属工厂也在麻柳坪，我每次到镇里都要经过工厂大门口。"

吕思麟想起来了，刚来同济时，她送弟弟妹妹到麻柳坪附中报到时，一直走到东门外荒郊野外，除了农舍、菜圃、竹林和许多高大的麻柳树，已无路可走。接待的老师说，这里一片建筑就是同济附中。附中是同济迁到李庄后自己新建的校舍。因为当时财力有限，只能因陋就简地在卵石成堆的"官山"南北搭盖了两排砖木结构的平房，做办公室、教室、阅览室和学生们的宿舍。这里晚上蚊子很多。好在弟弟妹妹都带了蚊帐，她帮他们挂好蚊帐，收拾好东西，在学生自助食堂吃完饭，天就黑了。麻柳坪回镇上这段路不好走，晚上回去，手中必须点一根竹篾做的火把照明。弟弟妹妹在学校老师陪同下，把吕思麟送到一片工厂厂房前说："过了校办工厂，就到了东门正街，路就好走多了。"因为天黑，当时吕思麟没有注意到学校附设工厂是个什么样。

小弟吕思懿望着两位姐姐一问一答，也插不上话。因谢德理教务长夫妻只有一个女儿，正上初中，他们夫妻俩很喜欢小弟，让小弟认了干亲。小弟征得吕赛斯同意，前几天就搬到教务长家里住了。虽在战时，民国政府对大学教育经费是保证的，教授们的待遇不减。同济还特地集中为教授们盖了四室一厅别墅式的单门独户住房。

突然，吕思麟搡了小弟一下，问："你干爸什么时候在家？"

"干什么？"吕思懿望大姐一眼，不解地说，"每天都回家。"

"我是说，这个周日在不在家，我想去看看他。"

"我先跟干爸说一声，约好时间再告诉你，好吗？"

按约好的时间，吕思麟带着妹妹吕思慧上午九点准时赶到教务长家。简陋的客厅，一张藤圆桌，几把藤竹椅，拾掇得很干净。因家中人口不多，没有请用人，谢夫人就做全职太太，承担起全部内务。见思懿带二位姐姐进门，谢夫人笑着迎上前，轻言慢语地说："教务长早在书房等你们了。"谢夫人人到中年，有点发福，但身着短袖绣花旗袍，白净的皮肤和自然卷的长发，显得年轻许多，也精神许多。

"教务长好!"姐妹俩见教务长从书房出来，同时站起身来问候。

"坐下、坐下，别客气嘛。就跟回到自己家一样。"谢教务长用手势招呼着二姐妹。教务长身材不高，穿一身合体的米色西装，皮鞋擦得锃亮，戴一副金边秀朗眼镜，头发梳得一丝不苟，和蔼可亲之中不失学者的风度和威严。坐定，教务长就问："令尊可好?"

"谢谢，家父好。他来信也时常念及您和师母，要我代问二老好!"吕思麟说。

接着教务长问两姐妹："到同济念书可适应?"

"回教务长的话，刚来那几天，生活确实不习惯。现在好多了。"吕思麟回答。

看着吕思麟，教务长说："听说你喜欢文学。是令尊逼着你改学理工的?"

"是的，他老人家的'科学救国'梦，总想能在我们儿女身上实现。"

"抗战时期，同济条件是差些，慢慢来，总会有好起来的那一天。"谢教务长停了一下，鼓励吕思麟说，"兴趣是靠培养的，无论学工还是学文，只要潜心努力，坚持下去，终会学有所成，对国家和社会总会是有益的。"

妹妹性急，插话说："谢伯伯，姐姐想请您推荐一位德文辅导老师。"

"啊，啊。"教务长点着头。

吕思麟不好意思地跟进说："是的。教务长，我原来学的是英文，可在同济用不上，要从头学德文，我怕跟不上，想请您帮忙为我介绍一位老师业余辅导辅导。"

"好哇。让我想想。"

谢教务长拍了一下自己的额头说："我给你物色一位，看行不行?"

"教务长推荐的哪有不行的。"

"好，我就把我的助理教授叶龙台推荐给你。"

他对吕思麟笑笑说："这位老师是安徽宜庆人，家乡沦陷，他只身跑到赣州报考同济大学，随学校辗转，经昆明到李庄，因为人忠厚，学习刻苦，去年毕业留校，我就把他聘为我的助理教授，除协助我日常教学，今年开始带教见习课。"吕思麟听教务长介绍，觉得教务长很喜欢这位年轻教师。教务长看着吕思麟的眼睛补充说："他的德语是他们那一届学得最好的。"说着，他顺手拿起便笺，写了要找老师的名字，上班地点，递给吕思麟说："他现在在校办工厂带见习同学，时间比较宽裕。让我先征求一下他本人的意见，下周你带这个条子找他。就这么定了。"

周一中午，妹妹吕思慧陪姐姐吕思麟来到校附属工厂。工厂离附中不远，也是在一片卵石地上临时搭建起来的简易工棚，铁皮屋顶已锈迹斑斑。工厂坐南朝北，大门面对沙石大路，向西走不上十来步，就连接到东街的石板路。

姐妹俩顶着日头，走到工厂大门口。只见大门里黑洞洞的，什么也看不清。"叶老师，叶老师，谁是叶老师？"妹妹抢先嚷嚷起来。

听见有人喊，身着蓝色吊带工装的叶龙台一个健步从工桌边走出来。见两个穿校服的小姐妹，心中有了数，明知故问地问："是找我的？"

姐妹俩点点头，递上谢教务长的便条。同时，吕思麟不好意思地向叶龙台道谢说，得亏上次跌倒时叶老师拉了她，不然她就不能及时跑到防空掩体处。

"应该的、应该的。"叶龙台连声说。

眼睛视物适应后，吕思麟才看清楚，这个车间好大，安放着不少车床。远处工桌边坐着好几个人，自己面前则码放着一堆待加工的铸件。就是地上太脏太乱，铁屑、油污、棉纱撒了一地，不敢下脚。叶老师的同事们正坐在工桌边喝茶休息，见大门口来了两位青春靓丽的小女生，一齐站起来，都挤到叶老师的身后。一个人拽着叶龙台的袖子说："好一个叶老师，收徒也不请我们吃一餐拜师酒？"

"去、去、去！人家找我帮忙，你们却想发'国难财'。"

另一个指着叶龙台说："叶老师看看你说的是什么话，同济大学长期以来，在师生间、同学间就有'风雨同舟''守望相助'的传统，就是著名专家学者和德国教授也无例外。现在是国难当头，一人有难，大家理应相助。大家说，是不是？"

"是！"

"你看看，你这个老师是怎么当的？人家姐妹来了，就忍心让她们在大太阳底下站着？"大家说得叶老师一时无语，气氛却活跃了起来。

"不了、不了，耽误你们休息了，真不好意思。"吕思麟连忙道歉说。

叶龙台说："没关系，没关系。我先给你俩介绍一下我的同事吧，以后也好图个照应。"叶老师指着带头起哄的那位血气方刚的老师介绍说，"这位就是我们工厂大名鼎鼎管钱粮的小旋风廖仲敏廖老师。他身后那位你别看他老夫子样，他可是入云龙张载存张老师，他前面胖胖的那位是花和尚赵山生赵老师，你们面前站着的这个小个子就是神行太保彭枫林彭老师。"

"那你呢，你的绰号叫什么来着？"几个老师不依不饶。

叶龙台挠挠头说："两位小同学不要见笑，大家叫我智多星叶龙台，智多星谈不上，'无用'倒是一个。"

二

同济大学提倡自学。就是在抗战时期，生活艰难，有时饿肚子，同学们学习的自觉性都很高。教师下课后即离去，班级也无专职教师管理，可同学们课后都能主动复习，完成作业。吕思麟在这种自由、严谨的学习氛围下，渐渐地适应了李庄的学习生活。

话还得从头说起。吕思麟到同济读书，最苦的是从头学德文。因为同济大学全部用德文教学，她不得不放弃了良好的英文基础，到新生院上一年德文。为尽快掌握这门外语，她请谢教务长为她介绍叶老师进行业余辅导，事情一落实，他们就商定：平日安排晚饭后到晚自习之间在教室辅导一小时，外加周日下午一小时。好在，叶龙台老师住在羊街附近的教工宿舍，和吕思麟等女同学住的四合院民宅离教室不远，很方便。一周辅导下来，叶龙台发现吕思麟不时把英文习惯带进来，就注意纠正她的发音。吕思麟说："我就是掌握不好弹舌音的发音技巧。"

"德语发音最规律，小舌音没那么难发，前期只要擦出来就行了。"叶老师一边鼓励吕思麟大胆地说，一边建议从明天开始，傍晚带她到江边练练弹舌音发音方法。吕思麟同意了。因为，她曾和同学们到江边散步过，江边离教室和宿舍都不远，走过这条曲折的不太长的羊街，向北，出教工宿舍小巷，就是学校的体育场，再向前几步就到江边了。

第二天吃过晚饭，吕思麟在羊街西口教工宿舍门口等到叶龙台老师，他们一道穿过院子北边的学校体育场，走到江边。找到一僻静处，叶龙台拿出报纸垫在草地上，面对面坐好，叶龙台做着示范说："吕思麟，看着我的口型，学着发音。"吕思麟总是顾忌左右，不好意思开口，就是勉强发音，也是吐出英文中的"R"音。

"不对，不对!"叶老师叫她站起来，面朝长江而立，独自卷起舌头，练冲气出声。吕思麟就是练不好，不是冲出卷舌音，就是发出短促的"咳""咳"声，惹得过路老乡不时驻足观看。叶老师鼓励她说："学习有什么怕丑的。你练你的，他看他的。"

叶龙台为了让吕思麟适应德语语境，一句德文，一句中文，一段德语，一段中国话，讲故事，并渐进性增加故事内容，让吕思麟听得兴趣盎然。她结合每周上课时学习的德语语法和进度，反复练习。在不知不觉中，提高了听力，也锻炼了口语能力。

有时，叶龙台晚上要带见习同学，等吕思麟口语训练完，天已黑了，他就点起一根竹篾做的火把，先把吕思麟送回教室，自己再急急忙忙赶回麻柳坪的校办工厂上课。天冷了，他们又回到教室，以阅读和翻译练习为主。就这样，辅导课从秋天坚持到冬天，一次不落。在叶龙台悉心辅导下，吕思麟学习德语，读、写、听、说全面跟进，到第二学期，她听老师上德文课时已没有困难，也能看懂上课用的德文教材了。

随着一天天的德文辅导，叶龙台和吕思麟的交往日益多起来。吕思麟与叶龙台似乎已形成了默契，傍晚不用约，几乎同时到江边，或学习，或散步，每天都有说不完的悄悄话。叶龙台很快了解了吕思麟的家庭和求学经历，吕思麟也逐渐了解到叶龙台的身世。孤身一人闯天下的叶龙台，这下在异乡找到了知己，每次见面都有话向吕思麟这位编外学生倾诉。他絮絮叨叨地把自己求学经历和家庭情况不知道向吕思麟说了多少遍，现在连吕思麟都能如数家珍，复述叶老师所说的每一句话。只要叶龙台一张口说："我是——"。

吕思麟就咯咯地笑起来，接着老师的尾音说："安徽宜庆人，民国九年（1920）四月十四日生人。对不对?"

叶龙台不管吕思麟的戏谑，接着说："你是知道的，1938 年 6 月 12 日皖省首府沦陷，我妈带着一大家子人跑鬼子反到湖南洞口去了，家父远在湖南洪江机械化学校教书。因我就读的安徽高级中学要搬迁到大别山，我就拿了高中毕业证书一个人跑到江西赣州找'沦陷区青年来内地升学指导处'，报考了同济大学机械系。以后就一直跟随学校跑。当我们辗转到广西八步镇时，又遭日寇轰炸，只好经越南迁至昆明，好不容易才安定了两年，日机又来轰炸，好几个学生被炸死，其中还有我们系的一位女同学不幸遇难。最后学校被迫迁至李庄这个偏僻的小镇安顿下来。去年我从工学院毕业，并留校当了助教。"

看叶龙台一口气说完，吕思麟莞尔一笑说："同济已成你的家了。"

是惺惺相惜，还是同病相怜，她说不清。但是，每次她都认真地听完叶龙台所说的一切。她有时好奇地问："你父亲是保定军官学校毕业的？"

"是的。家父曾参加了辛亥革命学生军。辛亥革命成功后，他就转到保定军校学习。"

"有这么凑巧。我父亲也是保定军官学校毕业的。最近他因病辞职，回华阳老家办实业去了。"吕思麟有时突发奇想，我们的父亲曾是校友，现在我们又是校友，这是不是一种缘分？每想到这里，她就感觉到和眼前这个比自己仅大三岁的小老师在一起，心里有一种说不出来的亲切感。叶龙台也有同感。作为不是老师的老师，每当他望着面前这位清纯秀气的四川妹子时，就像面对自己的亲妹妹一样，觉得有责任关心和爱护她。

"龙台老师，我差一点跑去当了八路了。"有一次吕思麟神神秘秘地对叶龙台提起往事。

"真的？"叶老师开始觉得惊讶，听着听着，通过吕思麟经历的人生传奇，他开始发现，面前这位漂亮的女学生有一种特立独行的个性和追求自由光明的勇气。

一年不到，朝夕相处，与叶龙台在一起，吕思麟已随便多了。她不再称呼他为"叶老师"，而是叫他"龙台老师"。有时就直呼其名，亲切地喊："龙台，龙台！"叶龙台也心安理得地接受着这种微妙的变化。

"龙台老师，第一次逃跑，是在1938年，我的好同学被日机炸死了，你说，恨不恨？"怒火似乎还在吕思麟心中燃烧，"当时，我觉得身上血直往上涌，就想去和鬼子拼命。班上几位热血青年一呐喊，就上路了。"

"真够大胆的。那时，你才多大？"叶龙台问。

"十五岁吧，初三快毕业的时候。可到延安找八路，怎么走？大家都没去过。当天就被父亲带人追了回来。"

"你父亲打你了？"叶龙台担心地问。

"还好。我爸爸舍不得打我，只狠狠地骂了我一顿。"

"你这个女娃子，是想找死啰。才多大一点的人，就想去当八路。打鬼子有我们军人嘛。你只要好好地用功，就是报效国家了。"吕思麟学着父亲的腔调，复制着当时老爸的神态和语气，把叶龙台逗笑起来。

"其实一个人在十五六岁时，正处在叛逆期。理解、理解。"叶龙台带点庇护地说。

"我上高中时遇到个思想进步的教员，他让我明白了一些阶级剥削和抗日救国的道理，也坚定了我再一次出逃去延安的决心。"吕思麟有点兴奋，继续说，"这位老师上课从不照本宣科，而是结合时局，深入浅出，娓娓道来，启发学生要心怀'先天下之忧而忧'的大志，救亡图存，必须从自己做起。"

"龙台，他会写诗、唱歌，还会弹琴。他经常组织我们开展课外阅读和课外活动，还带我们排演过托尔斯泰的《复活》。"

"龙台，我念给你听听。"接着吕思麟站起来，调了一下气息，有板有眼地朗诵起《复活》主人公觉醒时的肺腑之言，"我们活在世界上抱着一种荒谬的信念，以为我们自己就是生活的主人，人生在世就是为了享乐。这显然是荒谬的。"叶龙台知道，遇到一位好老师，受益终身。

"这位老师是教你什么课的？"

"他叫鲁甸，教国文。"

叶龙台记得，他在读小学时，国民教育都比较正规，传统的"仁""义"道德教育和"天下为公"的思想已深深植根于他的心中，同时也受到了西学"自由、平等、博爱"的熏陶。日本鬼子来了，一下子打乱了国人平静的生活。逃难、逃难，在逃难中求生活。是一位老师在逃难的路上，指点他到赣州报考同济大学的。而吕思麟的国文老师在课堂上就能要求学生们肩负起自己的责任，这点实在令人敬佩。

"后来呢？"

"后来，鲁老师建议我和班上几位进步学生有机会到延安去。他联系好后，又画好了线路图，我们几位同学真的出发了。"

"那时，家父在重庆。他在外面又讨了一个小老婆，不经常回家。可妈妈觉得这事非同小可，只得告诉父亲。我们向北已经走出绵阳，还是被父亲绑了回来。这次就没上次那么幸运，我曾被他踢打得昏死过去，关进我家后花园的逍遥阁里。"

"后来呢?"叶龙台着急地问。

"我恨死我那个残暴的父亲了!"

"后来呢?"

"没有去成。隔了一年多，到了 1941 年，敌机疯狂轰炸成都，制造了震惊中外的'7·27 惨案'。前线又传来舅舅战死在抗日战场上的噩耗。我再次找到鲁老师，想请鲁老师帮助我到延安去。可是，那时时局不利，1 月刚发生'皖南事变'，鲁老师自己也失去了跟地下党的联系。他曾耐心地劝我说:'目前不行。吕思麟同学，日本鬼子狂轰滥炸，就是想摧毁我们中华民族的抗战意志，为了保存中华血脉，我们必须坚持持久抗战。你我留在后方，照样可以支持前线，打击日本侵略者。'后来鲁老师到成都文协上班去了，还加入了诗社。他在诗社时，我去过几次，有次我带了上次北上路上记的一首小诗:

> 抛别了衰老的双亲，
> 奔上了遥远的征程，
> 同志们努力啊，
> 前进!
> 不要怕敌人子弹的横飞，
> 飞机的侵凌。
> 花木兰是雌伏闺中的弱者吗?
> 要拼我们的肉、我们的血，
> 打到东京。

不要留恋你的家乡，

不要怀想你的爹娘，

我们要为民族的生存，

奏着进行曲前进！

前进！

莫慌张！

"当我读完，他就赞赏说，革命青年就应该有这样的气概，肯定了我的志向。我刚进华西时，也曾去找过他。等我第二次去找他时，他人已离开了成都，去了延安。"

"后来呢?"

"你这个人真有意思。'打破砂锅问到底，还问锅里有多少米。'后来……后来，我不是到同济来了嘛!"说着，二人相视而笑。

一年后，吕思麟顺利地从新生院转入生物系。叶龙台眼看自己伟大的"历史使命"即将结束，把自己心爱的《德华大词典》送给了思麟，他说："麟，这本大词典是我在昆明买的，你今后用得着。"

"龙台，你这位兼职老师任务还没有完。你曾经说过：'包教包会'，我还没学会。"娇嗔伴着任性，让叶龙台心里特别舒坦，不得不顺从。从此后是"外甥子打灯笼，一切照旧"，约会的地点没变，但约会的次数明显多了。

自从脱离了家庭的羁绊，强烈的独立意识又回到吕思麟的身上。一切事情自己做主，什么封建伦理、道德说教，都可甩到一边去，整天快乐得就像一只自由的小鸟，在李庄山谷里欢鸣。何况日常有叶龙台相伴，虽然理工男有点机械，缺少浪漫，但不乏忠厚，做事严谨，学习之外无话不谈，一切孤独和憋屈都烟消云散。

吕思麟有翻看日记，重识往日记忆的习惯。"我恨死我那个残暴的父亲!"几个大字特别醒目，记录了这个家庭的专制和残暴。"把这个逆子关到逍遥阁里去，任何人不许开门!"就像是魔鬼的声音。

吕思麟扪着胸前的悸痛，有点咬牙切齿。记得事后，她跟鲁老师坦诚地说过："我有三恨。一恨人间贫富不均，二恨日本鬼子要叫我们当亡国奴，三恨我的父亲是个残暴的魔鬼。"并把她被软禁时，在逍遥阁里写的一首小诗给鲁老师看。鲁老师看后说，写得好，诗言志，谁能禁锢得住青春的翅膀？

逍遥阁就建在成都自家的后花园里，是三层六角型亭阁，曾经是思麟和弟弟妹妹们最喜欢玩耍的地方。一层和二层是房间，有一间是母亲教思麟学刺绣的绣房。沿楼梯可上到最上面一层平台上的凉亭，站在亭子里可远眺西山，近看锦江，成都平原尽收眼底。一楼正门，是吕思麟父亲自题的一副对联："天地乾坤自清浊，晨昏日月共沉浮。"

思麟被困在二楼上，依窗俯视着熟悉的小花园。昔日，父亲带着她和弟弟妹妹们在园中嬉戏的快乐时光已经远去，只有园中千里香花开得正旺，浓密的枝叶，借着两边篱墙架起了一座花桥，朝天的白色花儿一蓬蓬开得那么欢畅。思麟不觉伤心起来。与花相比，真是人不如花啊。自忖，从小养尊处优，总有一种天之骄子的优越感，现在才知道在家里是没有自由的，更没有希望。当月升中天，清辉满地，习习凉风也驱不散她心中的苦闷，只有那浓郁的花香不时地给她带来一点点安慰。"千里香——"她稍思考了一下，起身坐到案前，灯都没有开，借着月光，拿起笔，任《千里香》这首小诗在纸上流淌：

在浓绿茂密开满百花的篱前，
我渴望着美丽和芬芳。
夜晚绽放的花儿，
洁白正如阳光。
我已被你牵着手，
牵着手，
满园的郁香飘向天外，

身子却被禁锢在小小的园子里。

呵，我可爱的千里香，

谁能禁锢得住青春的翅膀？

谁又能禁锢得住你的花香？

三

在华西大学中文系的一年，也是吕思麟值得回忆的一年。华西思想自由，学术氛围浓郁，生活不乏浪漫。宿舍的同学们各忙各的事，相处其乐融融。

那一年，正值太平洋战争爆发，抗战也处在白热化阶段，思麟一周回一趟家，也很少能见到父亲的身影。可是吕思麟也有自己的烦心事。家中的千金小姐，如今成了学校里男同学们追逐的"太阳"。自己周围总有那么多双眼睛盯着她，用余光瞟着她的不说，有的就直溜溜地瞅着她，猴急地跟着她，甚至有给她写求爱信的，让她不厌其烦。当然十几年家庭的娇生惯养和清高自负的禀性，对这些追逐者她是不屑一顾的。可是思麟已明显感觉到自身的变化，犹如初春地气上升样的感觉在心底弥漫，常让她生出一种无名的惆怅。她开始关注自己，注重衣着打扮。有时对镜顾盼，青春美丽的脸庞，更增加了自己的优越感。但是清秀靓丽、浪漫时尚的外表掩盖不住她那任性泼辣的个性，此时空想谈恋爱，只不过是一些男同学的一厢情愿、纸上修行而已。

春花哪一朵不漂亮？吕思麟知道"校花"只不过是在校园里追逐的人多了，送给她这位光彩照人、身材苗条、个性张扬、具有独特美感的女同学的一顶桂冠罢了。"校花"吕思麟，风声大了，也传到了家里。一天，信佛的母亲突然停下手中编织的金刚结，慈爱地望着欢畅的女儿问："麟儿，你在学校谈恋爱了？"

思麟开始感到羞涩，有点局促，红着脸说："妈，别听人家瞎嚷嚷，没有的事。"

不久，一位姓鹿的中文系助教竟手捧鲜花上门求婚，这下可惹怒了家教甚严的父亲，骂走了那位不识趣的助教，勒令女儿马上休学。"倒春寒"虽然没有打残"春花"，却让吕思麟感受到一种从未有过的挫败感。

"学业刚开始，就学着谈起恋爱来，真是有辱家门！有辱家门！""只许读理、工、农，不准再学文、史、哲！"父亲连珠炮似的命令，犹如一个接一个的冰雹，砸在吕思麟的头上，就连学文的这么一个小小的愿望也被打蔫了。

"吕思麟，该走了。"是同学们的敲门声。今天是生物专业的老师带同学们到天顶山做野外生态调查。吕思麟收起思绪，赶忙起身，穿好衣服，打上背包，带上工具，临出门还不忘在长裤脚上夹上夹子。

生物系要求采集生物标本之类的功课，都由学生自己动手去完成。一是可以锻炼提高同学们的实际操作能力，二是可以增加同学们对所学动植物的感性认识。这一天，生物学助教带领同学们采集动植物标本回程经过上坝村月亮田时，老师说，梁思成的家就在前面。大家拥挤向前，吕思麟一不小心崴了脚，走不了路，还是同学们把她背回来的。叶龙台老师听说后，饭都顾不上吃，就跑到吕思麟宿舍去看她。只见她躺在床上，左脚踝肿得很厉害，他带了正红花油和向当地老乡要的草药，准备给她揉揉，再敷上草药。可是手还没碰到吕思麟的脚踝时，"哟，哟，痛！"吕思麟就一个劲地叫喊起来。他只好一边哄着她，一边轻轻敷上草药。吕思麟看着眼前这位像兄长一样的老师小心翼翼地给自己敷药和包扎，心里涌动着一股暖流，生出一份莫名的亲近感。

新学年，叶龙台的同事们都忙着重新准备教案和见习计划。这一天，叶龙台一路走一路哼着："天涯呀，海角，觅呀，觅知音。小妹妹唱歌郎奏琴，郎呀咱们俩是一条心。哎呀，哎呀，郎呀咱们俩是一条心……"

一进工厂的大门，小柴进劈头就问："龙台，瞧你这么高兴，任务完成啦？"

叶龙台只是笑笑，不好意思作答。

入云龙山笑着说："谁说智多星'无用'？我们自愧不如。"

花和尚善意地解嘲说："日久生情，人之常理。"

还未等神行太保上前，叶龙台忙堵住大家的嘴说："别瞎说，没有的事。传出去，是要闹笑话的。"当然，叶龙台心里明白，这大后方，深山野壤里的孤男寡女，抱团取暖，心灵擦出火花也是有的。这福建佬小柴进廖仲敏不正跟医学院的女生谈得热火朝天？这浙江来的入云龙张载存跟小妹吕思慧也有那么一点意思。上海的大哥赵山生和广东的小弟彭枫林家中早已定了亲，又当别论。男大当婚，女大当嫁，也是时候了。不过同事们开心归开心，吕思麟是如何想的，自己心里真的还没有底。

吕思麟的脚崴了，每天一跛一跛地去上课。下课后，叶龙台天天赶来为吕思麟换药。一周不到，吕思麟的脚也好利索了，叶龙台就请吕思麟到留芳菜馆打牙祭。留芳菜馆是四方街最大的菜馆了，叶龙台订了楼上一个小包间，二人世界，比较安静。听说吕思麟喜欢吃鱼，特地为吕思麟点了一盘清蒸鳜鱼。吕思麟尝了一筷子说："食材还算新鲜，但是不够川味。哪天我做给您吃。"

话题转到生物系，叶龙台问："所学专业还感兴趣吗？"

吕思麟说："说不上喜欢不喜欢。但是我非常喜欢听童第周教授的课。"

于是，吕思麟就一五一十地向叶龙台介绍起听课和学习的情况。她说，童教授虽然清瘦，但上课时总是喜欢穿一套银灰色西装，打着领结，显得非常精干。他每堂课都先在黑板上工整地写下授课提纲，让助教挂好教学挂图，然后深入浅出、切中要义娓娓道来。

"今天我们讲的是生命之谜。"童老师宁波口音很浓，吕思麟注意力高度集中地听课，"生物是由细胞组成的，细胞有'吃''长'

‘生’三种能力，通过不断分裂才能长大。细胞核内携带的生命遗传物质叫‘染色体’。请同学们看彩色挂图。"他侧身用教棒指着整套人类染色体挂图讲，"染色体都是成对排列，每对一半来自父方，一半来自母方。其中有一对表明主人的性别，叫性染色体。图中 XX 是女性，XY 是男性。在受精过程中，雌雄结合可能产生含有一对 X 染色体的受精卵，也可能产生含有 XY 各一条的受精卵，前者发育成女孩，后者发育成男孩。"童老师停下来望着全班同学问，"请问生男生女，是由谁决定的？"

"由男方决定的！"同学们齐声回答。

"是的，我们应该把我们学到的科学知识讲给当地的老乡们听，就像我们医学院不仅治好了当地的‘麻脚瘟’，杜公振教授还查出了病因，就是食盐中氯化钡惹的祸，向老乡普及了科学知识，根治了这个病。"

童老师归到正题说："当一个精子细胞穿透一个卵子细胞的表面，精子与卵子的细胞核就会融合。当然，卵子只能允许一个精子进入，只能一心一意，不能三心二意啊。"同学们都笑了，课堂气氛十分活跃。童教授用手示意大家安静下来继续听讲，"如果一切顺利，不出几分钟，受精卵将制造出一个人所必需的 10 的 16 次方个细胞中的第一个细胞。"

他见同学们听得很认真，他教得更认真。他布置好作业后告诉大家说："胚胎发育，是指胚胎构造由简单到复杂的过程。我们下一节还要重点讲，请同学们先预习一下。"童教授话音刚落，下课铃也响了。

一堂课让同学们饱餐之后还未回味过来，一位男同学见助教收拾好教具准备离开时，忙问："老师，花儿为什么那么好看？"

"漂亮才能吸人眼球呀。"

"那花是植物的什么器官？"

"花是植物的性器官。"同学们笑起来。

助教笑笑后一本正经地说："有什么好笑的。春花绽放标志着植物性成熟，美丽的花朵要靠虫媒结合。人类则复杂多了，正如以前中国男女结婚，靠的是父母之命，媒妁之言。当然，现今社会放开些，可以自由恋爱了。"

"'春花绽放标志着植物性成熟'，那德文为媒，同济不就是我们的爱巢了？"叶龙台听吕思麟讲着，一时胡思乱想起来。

同济大学，这个不想来被逼来上的学校，吕思麟开始抵触、拒绝，但家庭不允许，只得认命。虽然内心念念不忘自己喜爱的文学，但生物系丰富有趣的知识，可敬的老师和和谐的师生关系，让素来学习认真的吕思麟也按部就班地钻研起生物学来。她在日记里写道："李庄是个读书的好地方。晨曦初吐，夜露犹存，手捧书本，朗声诵读，神清气爽，过目不忘，在古镇校园里，探索生命之谜，真是一件非常有意义的事。"

吕思麟带着弟弟妹妹到同济一晃两年过去了，两年来三姐弟生活得无忧无虑。妹妹吕思慧比姐姐小两岁，脸模子长得很像姐姐，只是稍胖一些，才读高二，她为人憨厚，做事认真，性格比较倔强。因她远在镇东麻柳坪附中读书，除跟工厂的几位老师混得很熟，很少到大学部伸头露面。弟弟吕思懿刚上高一，性格内向，因为从小家教严苛，处事一直谨小慎微，现又得到教务长谢德理夫妻的关照，住在他们家，越来越拘谨得可爱，给人的印象，他就是一位憨态可掬的小弟弟。姐弟三人学习都很刻苦。学习之外，吕思懿不问事，吕思慧对姐姐的事则隐约知道一点，她对叶龙台老师印象非常好，是乐见其成的人。吕思慧也知道，"强扭的瓜不甜"，爱情是外人无力促成和改变的事。而吕思麟两年来，性格变得越来越活泼开朗起来。骨子里的清高也无法掩盖发自内心的欢欣和畅快。她觉得就是在华西，曾被捧为校花，也没有在同济学习这样轻松愉快过。

每天清晨，同学们从东西街的男女宿舍涌向一座座庙堂。一时间，小街上挤满了去上课的同学们，有的拎着书包，有的随手拿着书本，有的行独行，更多的是三五为伴，脸上充满了阳光和欢乐，有说有笑，有礼貌有风度。一幅《战时莘莘学子图》，就舒展在川南的大地上。在这幅学子图上，吕思麟显得格外光彩照人：匀称的身体，白色的衬衫，黑色的长裙，齐耳的短发，姣好的面容，常常吸引着不少人的眼球。只见她左肘弯曲，习惯地用手托着教材和《德华大辞典》，与同学们一齐赶往教室。当她用德语问候沿途的老师和教授们时，俯仰之间，简直就像一位骄傲的公主。

抽空帮助叶龙台洗洗衣被，也成了吕思麟乐意干的事情。虽然叶龙台坚持不让吕思麟代他洗衣浆衫，可是一到周日，吕思麟总是抢先把叶龙台的衣服拿到江边清洗，叶龙台只好提着衣篮跟在她的身后。"你跟在后面干什么？"见叶龙台闷声发大财似的跟着不回答，她说，"不就是两件衣服。你怕我洗不干净？"

"不，不，我怕您累着。"

吕思麟虽然嘴上这么说，心里却希望叶龙台就这么陪着。她有时望着跟在她身后的这位清秀有点腼腆的龙台老师，觉得可亲可信。龙台老师为人忠厚正直，做事一板一眼不说，对她可是一个知冷知热的人。想到终身将要托付给他，不觉脸红起来。心想，我和他还没有到谈婚论嫁的时候，怎么心生此念？不过郁闷的心情早就没有了，此时的李庄在吕思麟眼里，无论是两岸春山、川江白帆，还是小街庙堂、落日霞光，都是那么美丽，那么亲切，也激起了她的诗兴。她一路走着，心里还在斟酌着诗句。叶龙台见状问："你嘴里在念着什么？"

"我在作诗。你想不想听？"

"作诗？念出来听听。"

"这是我路上酝酿的七绝《春到李庄》。哪句不好，你可要帮我改改啊。"吕思麟不等叶龙台反应，放下夹着的脸盆，拿棒槌的右手向上一挥就吟道：

春来绿草荣江岸，
满目山花点素妆。

课罢随心呼女伴，

水边浣衣沐斜阳。

"好美的意境！"叶龙台虽然不会写诗，但身临其境，的确感到好。他放下衣篮，忙空出双手拍着巴掌连说："好！好！好！"。

只见这两个人，旁若无人，一路欢歌，一路笑语，你追我赶，穿过草色青青的运动场，向江边跑去。

四

上天垂怜这对有情人，又设了一个英雄救美的局。暑期到了，江边就成了同学们的天然游泳场。吕思麟和弟弟妹妹相邀一道来游泳。虽然江边有许多男女同学，叶龙台还是不放心，也跟着他们下了水。叶龙台的水性很好，他就是要做好护花使者。虽然他知道这姐弟仨在家时就学会了游泳。但在长江中游泳，他对吕思麟一直不放心。叶龙台站在水中，眼睛盯着水中的吕思麟。姐妹相伴游了一小会，吕思麟看见有人在江边裸露的岩石上跳水，也想跑上去逞一下能，叶龙台想喊都来不及。只见她爬上岩面，弯着腰，双臂向后伸，纵身一跳，"嗵！"一个猛子扎下去，水花溅得很高。不知是水深寒冷，还是腿脚抽筋，吕思麟突然感到害怕起来，在水中竟忘了游泳套路，手脚非常不协调地乱划乱拍，只想赶紧露出水面站立起来。可是江水深不见底，一睁眼见到的是一个昏暗的水中世界。她心里一慌，完全乱了方寸，连呛了几口水。随着一阵恐惧感升起，她双手拼命地乱抓，双脚拼命地乱蹬起来，想踩着水浮起来，就是浮不起来。刚一露点头见到了天光，"咕咚，咕咚"，又沉了下去。眼前一会是浊黄晃荡的浪花，一会又是黑咕隆咚的江水，嘴里的气憋不住了，不断地向外冒着泡泡，人也一个劲地往下沉。她手忙脚乱地拍打着江水，做着垂死的挣扎。上天就是不给她一个露出水面的机会。随着时间的推移，她已陷入绝望之中。正在这时，背后有人用力一推，她吓了一跳，心想，这下子真完了。她拼尽全力，做最后一搏，一蹬腿，嗬，碰到了江底，一抬头，人竟然站了起来，她得救了。惊魂未定的她，脸色煞白，站在那里，不断地呛咳，不断地吐水，不断地喘息，湿透了的秀发披在脸上，水滴如下雨。叶龙台赶快拨水赶上前去，搀扶着她上了岸，用大浴巾裹住她，帮她抠掉嘴里的污物，让她弯腰依靠在自己的手臂上，一边拍打着她的背心，一边让她呕吐掉肚子里的江水。弟弟妹妹也赶来了，擦身的擦身，喂水的喂水。吕思麟坐下，喝了点水，余悸未消，惊恐的眼睛看着正在用干毛巾为自己擦头发的妹妹吕思慧说："小慧，要不是叶老师推我一把，我就彻底完了。"吕思麟这次受惊吓不小，半天没有回过神来，晚饭都懒得吃。叶老师为了给吕思麟压惊，和她弟弟妹妹一起，硬是把她拖到四方街留芳菜馆。

"思麟，你想吃点什么？"既然为吕思麟压惊，叶龙台点菜时当然先问吕思麟。

"随便。"吕思麟懒洋洋地说。

"看你这个样子。其实早已没事了。"叶龙台心疼地说，又转脸对小慧说，"你点一个。"

"姐姐喜欢吃回锅肉，就点一个回锅肉吧。"叶龙台知道小弟喜欢吃花生米，顺便买了一包"哑巴花生"，又点了一盘醋熘鳜鱼和几碟小菜。大家喝着茶，谈到下午游泳的事，叶龙台一再提醒他们说："在陌生水域里游泳，一定要先摸清环境，特别是在江中游泳，还要注意水流情况，最好有伴，处处把稳，切不要疏忽大意，贸然行事。"妹妹吕思慧连连点头称是。姐姐吕思麟还是有点不服气地说："是的，你讲得都对。在成都我学过跳水。在这里，人家能玩，我为什么不行？"

"好了，好了，吃一堑长一智，以后注意了。吃菜、吃菜。"

小弟吕思懿看着姐姐游泳吃了这么大亏，也不知道如何安慰是好，何况有叶老师和二姐轮番照应，干脆闷着头吃花生，不多插一句嘴。叶龙台本来也请了同事张载存，他因要准备实验，没空来。

叶老师告诉小妹说："载存老师来不了了。"

思麟知道妹妹正与张老师谈恋爱，关心地问："你们进展得怎么样了？"

这反引妹妹不高兴起来，思慧涨红着脸责怪姐姐当面羞她。吕思麟马上改口说："好了，不说了，不说了。"

可妹妹摆出一副不依不饶的样子，盯着姐姐和叶龙台说："你们两个人怎么样了？"这让叶龙台和吕思麟非常尴尬，两人相视一笑，都不好说什么。

还是小弟知趣地说："我上厕所去。"

吕思麟望着妹妹说："问世间情为何物，直教人生死相许？"

吕思慧答道："说不清，爱情这东西说不清。"

吕思麟面对着小妹，其实心里是对着叶龙台说："陆游的词《钗头凤》读过吧，我就讲讲陆游的爱情故事给你们听。陆游和表妹青梅竹马，两小无猜，成婚后情投意合，琴瑟和鸣。可谁承想到陆母嫌弃儿媳，棒打鸳鸯，致陆游休妻再娶，表妹改嫁他人。多年后，陆游独游绍兴沈园时，恰遇表妹及其后夫，承表妹情赠酒肴，百感交集，乘酒兴挥毫在园壁上题下了《钗头凤》，直抒胸臆，'红酥手，黄滕酒，满城春色宫墙柳。东风恶，欢情薄，一怀愁绪，几年离索。错、错、错……'此词情浓意厚，如呼如怨。表妹读后心难平复，和词一首，更是如泣如诉，'世情薄，人情恶，雨送黄昏花易落。晓风干，泪痕残，欲笺心事，独语斜阑。难、难、难……'""世情薄，人情恶。"故事看起来是对叶龙台和妹妹讲的，其实，世事难料，最后还是吕思麟对自己说的。

李庄的美丽，是从春天开始的。清晨薄雾，梦幻的长江从李庄脚下流过，夹江两岸油菜花开得灿烂，岸上桃红柳绿、灼灼芳华。古老庄严的庙宇祠堂、黑瓦白墙的川南民居散落在开满春花的山峦之间……"美极了！"吕思麟兴奋地说。

"姐，李庄是花开四季，你就慢慢品味吧。"随着节令的轮替，花信风把李花、杏花、桃花、梨花、橘花、石榴花、桂花、梅花依次带到李庄，上天把美好洒向这片土地，也洒在了两姐妹的心间。

俗话说得好，日久生情。校园里的青年男女，就像李庄一样，美丽是从青春开始的，内心充满着对爱情的渴望。当两个年轻的心灵长年在一起，促膝共读，亲密接触，耳鬓厮磨，没有不撞出爱情火花的。何况两个人患难与共，同是天涯流落人？现在有叶龙台做伴，吕思麟有了依靠，已不再感到孤独，虽相处时还有几分矜持，内心却有"一日不见如隔三秋"的期待。

林花谢了，匆匆，却迎来了夏天的石榴花红。这学期眼看就要结束了，禹王宫南大墙上贴出了盟军在法国诺曼底登陆成功的消息，眼看德国法西斯的末日就要到了，人们无不欢欣鼓舞。傍晚，叶龙台和吕思麟边交谈着期末考试的情况，边交换着对时局的看法，不知不觉又逛到江边。江边凉风习习，川江号子不断，不时还有小轮靠岸的汽笛声。

规模恢宏、构筑坚固的禹王宫，现在已被叶龙台和吕思麟远远地抛在身后，但回眸还能看到它那红墙飞檐古朴庄严的身影。远处体育场上，踢足球的同学们争抢着，欢叫着，声声可闻。吕思麟和叶龙台手牵着手，愉快地走着、走着，走过草地，走到他们经常幽会的地方。他们找了个僻静的草地坐下来，叶龙台从口袋里掏出一包"哑巴花生"给吕思麟，他们就这样一边吃着，一边聊着。天慢慢黑下来，万籁俱寂，只有细小的虫鸣和不时飞过的萤火虫。时值下半月，月亮还没出山，只有满天星斗，浩瀚的银河横亘于天际。吕思麟无意去数星星，也不想去逮萤火虫，只是有一搭没一搭地回应着叶龙台越来越暧昧的话语。爱情最容易让人忘记时间，已是三星中天，半夜生出几分凉意。可吕思麟和叶龙台内心正热血沸腾。吕思麟努力抑制着蠢蠢欲动的心，可咚咚的心跳，她自己都能听得见。传统的家教、几千年的伦理文化，让她就这么呆坐着，任脑子想入非非。叶龙台血脉偾张，自己都快把持不住了。他想摸一下吕思麟的头发，也想摸摸她的脸，可他感觉自己全身都在发抖，迟迟不敢上前。黑夜里，两个人谁也看不清谁的表情，更无法明明白白地交换着自己的想法。但欲火中烧，欲罢不能。其实，真爱本身就会让人变得勇敢起来。突然，叶龙台举臂把吕思麟揽进怀里，这下她听到了叶龙台的心比她的心跳得更响。随着叶龙台的鼻息越来越近，她用力推搡着，抵抗着，娇嗔地问："你真爱我?"

"爱。请相信我。"叶龙台正要发誓，吕思麟用手堵住叶龙台的嘴说："有这一个字就行了。"她钩紧叶龙台的颈脖，献出一个炽热又甜蜜的吻。

夜深了，露水渐渐重了，叶龙台把西服外套脱下来放在地上垫好，吕思麟也慢慢地褪去自己的衣裙。下弦月慢慢升起来了，朝着东方，露出半边脸，朦胧的月色下，吕思麟舒展开肢体，美得就像米开朗琪罗画笔下的仙女，让叶龙台惊叹，让叶龙台战栗。吕思麟全身都酥软了，感觉下身湿漉漉的，她正等待着叶龙台来采摘花蜜呢。而这时吕思麟对于叶龙台来说，真像蜜蜂见到花蜜一样，飞进了她的花苞，吮吸着芬芳的花蕊。她全身过电似的，虽然有点痛，但飘飘如仙，快乐得轻轻地呻吟着。这里没有誓言，但上有天上的银河，下有地上的长江做证，还有夜航船隆隆的祝福，这是一次完美的爱的结合。可能这就是校园里一种清纯唯美的爱吧，虽然有点青涩，但却很甜蜜。

三星已渐偏西，月色更加柔美可爱，两人背靠着背，还在回味着那一刻人间的甜蜜。吕思麟轻轻地说，近似耳语："龙台，亨利·梭罗说过——幸福就像一只蝴蝶，你愈追她，她就会愈躲你；但如果你把注意力转移到其他事情身上，她会在你的肩膀上轻轻地停留。"

"哼。"叶龙台应着。想到以前自己的一个梦：德文来做媒，同济来做我们的爱巢。没想到梦想成真。"为了爱，我最终战胜了懦弱。"叶龙台首先给自己一个赞美，心想，这幸福不就像蝴蝶，在不经意中就落到我的肩膀上。

吕思麟还沉浸在两情相悦的幸福之中，她不会想到性爱对于一个男子来说将意味着什么。爱情对叶龙台来说，是珍贵的，也是难得的。大千世界，芸芸众生，能有一个真心爱你的人，真的是很难得。在性爱满足之后，他懵懂之中感受到作为一个男子汉真正地成熟了。他追问一句："你真爱我吗？"

吕思麟转过身抱住叶龙台，在他的耳边轻轻地说："爱！因为拥有了你，我就拥有了一切。"

初尝禁果后，吕思麟一直处在兴奋之中。她用清秀的小楷在日记本上写下了七律《赠吾师》，诗中充满了对叶龙台的感激之情：

患难川南相识处，
春花江水本无知。
晨昏促膝如兄妹，
朝夕相随似梧枝。
耳鬓常厮闻鼻息，
眼缘咫尺患无辞。
今生心里无惆怅，
陪伴书前是我师。

叶龙台非常珍惜与吕思麟的感情，作为理工男，学机械的，他对诗词歌赋没有专攻，但一切顺着吕思麟，爱吕思麟所爱，大凡吕思麟读给他听的诗，他都说好，大凡吕思麟写给他的诗，他都好好地珍藏着。

爱情是什么？是两情相悦、男欢女爱？是生死相许、从一而终？是相濡以沫、白头到老？亚当和夏娃有了第一次，就会有第二次，这是原罪吗？不是。因为这种冲动与生俱来，由心而生，因情而动，是积蓄体内很久的激情的一次次释放。

"生命诚可贵，爱情价更高，若为自由故，两者皆可抛。"在中学时代，吕思麟就很喜欢鲁甸老师朗诵裴多菲的诗。当吕思麟在朦胧的月色中脱光衣裙，把自己的胴体第一次展现在自己心爱的人面前的时候，因情到性，因性到爱，是她对爱情的第一次诠释。校园里的恋爱从生命角度来讲是无可厚非的事，正如春花到时要绽放一样，是一种清新美丽的风景。吕思麟爱叶龙台，叶龙台也爱吕思麟。但是作为男人，叶龙台虽说主动，但事后总没有吕思麟那样放松，时有后怕，怕吕思麟怀孕，怕事情败露影响不好。何况初尝云雨之欢的男女，欲罢不能，二人总不能就这么偷偷摸摸，整天提心吊胆地过日子吧？

求婚地点选在留芳菜馆二楼单间，这里也是叶龙台和吕思麟多次约会的场所。虽然这里毫无情调，乱糟糟的，但关起门来就是二人世界。叶龙台本想找一个正式一点、气氛好一点的地方，但学校人多，不能太招摇。何况，他总觉得现在有许多双眼睛都在盯着他们。

"你真爱我？"面对吕思麟的一次次追问，他都想向她敞开心扉，说出他对吕思麟一生一世的真情，可是没有一次能说出口。叶龙台早就下了决心，向她正式求婚，在求婚时表明心迹。他觉得，若再犹豫，好事就会错过。

为防见面尴尬和局促，求婚前，叶龙台反复练习着"你愿意嫁给我吗"这句话，其实，叶龙台就是要让吕思麟明白自己的心意。在长久相处中，叶龙台并不觉得向吕思麟求婚太唐突，他相信，只要自己求婚，思麟肯定是会答应的。因为这时两人已经发生过关系，更重要的是他被她的美丽迷住了，忘不掉，他也真切地感觉到思麟对他的好感，她也离不开他。

吕思麟匆匆赶来。然而，吕思麟的反应令叶龙台大为意外。他刚想开口，吕思麟便止住他，现出一脸的痛苦。

"怎么啦？不舒服？"叶龙台说着，就要摸吕思麟的头。吕思麟头一偏，低着头，咬着嘴唇，不说一句话，眼眶已湿润了。叶龙台有点发慌，只好耐着性子等待。过了好一会，她抬起了头，两眼闪着泪花，有点痛苦地说："真不好意思。"

叶龙台递过手帕，让她擦擦双眼。问她："你遇到什么问题了?"

"什么问题? 你说呢?"叶龙台一头雾水。

"都是你干的好事，都是你干的好事!"吕思麟双手捶打着叶龙台的胸脯，嗔怪着叶龙台。

"到底怎么了?"叶龙台急着问吕思麟。

吕思麟说："我怀孕了。"

"怀孕了? 怎么这么快?"叶龙台还心存侥幸地说，"我们不是注意避开怀孕敏感时间的吗?"

"我这个月月经没有来，也有些胃肠反应。我就到医学院找了廖老师的朋友小范，是她带我去查的，说是妊娠反应阳性。"

叶龙台一下子蒙了，不想发生的事还是发生了。当时，大学里是不允许谈恋爱的，更何况未婚先孕，一旦事情露馅，必将毁了吕思麟的学业和前途，自己也不好在学校里再混了。就是双方家长这道关能不能通过，也是一个问题。叶龙台一时六神无主，完全忘了刚才求婚时的信誓旦旦，只是不住地搓着手说："这怎么是好? 这怎么是好?"。

"怎么是好? 这能有什么问题?"而这时吕思麟反而镇静起来。她说，"我们有了爱情的结晶，这没有什么见不得人的，我们理应高兴，共同承担，积极面对才是。"母性的苏醒，给了吕思麟的力量。吕思麟最担心的还是自己封建专制的家庭，她深知恶魔般的父亲是不会接受未婚先育的事实和这门婚事的。

"龙台，快给你父母写信说明真相，马上结婚。"

"给我父母写信? 马上结婚?"叶台龙犹豫了。

"你犹豫什么呀! 丑媳妇总是要见公婆面的!"

"我妈妈拖家带口地在逃难，父亲又远在军校，通信十分困难。"

"什么困难不困难，就这么办。"吕思麟有点不耐烦地命令着，让叶龙台没有回旋余地。但叶龙台还是迟迟不敢给自己父亲报告这件事，更不知道如何处理嫁娶和以后的生活。

"要不然先做掉吧?"叶龙台急得没有办法，试探着征求吕思麟的意见。

"什么？做掉？亏你说得出。闹得满城风雨不说，你把我们母子两条命就不当一回事了！"吓得叶龙台再不敢在吕思麟面前出馊主意了。日子就这么一天天地过去了，吕思麟虽然任性倔强，她也决不会挺着一个大肚子在学校里招摇过市。为了防止体形变化，她穿上紧身裤，束紧宽腰带，再套上学生制服，而且尽量不参加学校活动，饭也吃得很少。妹妹关心地问姐姐："最近你怎么了？"

"胃口不好。"可是老这样搪塞妹妹也不是一回事，有些事还要请妹妹帮忙呢。

李庄夏天的湿热，让吕思麟越来越不好受。可下一步怎么办？叶龙台寄出的家信至今还没有收到回音。吕思麟权衡再三，找到妹妹吕思慧商量。"小慧，姐有了。"

"那你打算怎么办？"妹妹倒不紧张，因为她知道，姐姐和叶龙台亲密久了，怀孕是迟早的事。

"姐姐想跟你商量一件事，这件事暂时对家里要保密。"妹妹也怕这件事家里知道了，不但闹翻了锅，自己与张载存的事也就黄了。

"那么下一步怎么办？"

"我已叫龙台给他父母写信，尽快向我家求婚，还不知道叶龙台父母怎么想？"

"姐，就是一切顺利，时间也等不得。眼看过几天就要放假了，你还要考虑一个万全之策。"

听妹妹这么一说，吕思麟也一时陷入窘境。思量半天，吕思麟叹了口气对妹妹说："只好借病申请休学一年了。"

"只有这样最好。看来，你们还是先跟谢教务长商量商量。"

教务长谢德理是一位很开明的教育家，他听完吕思麟和叶龙台的诉说和要求后，笑着说："一个是我的高足，一个是我的干女儿，我首先得祝贺你们呀。"搞得吕思麟和叶龙台两个大红脸。

"你俩没听说过：最美好的爱情，莫过是校园里从校服到婚纱的嬗变？我能不恭喜你们吗？我还想做你们二位的证婚人呢。至于善后处理，也只能这样了。"

事后，在教务长的帮助下，吕思麟办妥因病休学一年的手续，谢德理还专门为叶龙台写了封推荐信，介绍他到重庆民生机械厂工作，好照应吕思麟。

五

叶龙台辞去教职，在重庆民生机器厂谋得一工程师之职，带着吕思麟暂时在工厂附近安顿下来。初尝禁果的愉悦，曾让校园里充满了阳光。可现在已不仅是他们二人的世界，新的生命已来到他们之间，叶龙台和吕思麟虽然未被正式逐出"伊甸园"，但已下凡到了人间，将带着即将来到人世间的小东西，接受生活的考验。

叶龙台初来乍到，机械作业又非常辛劳，十几元月薪尚不够两人的食宿费用，何况吕思麟有孕在身，需要买些营养食品，吕思麟只得到附近歌乐山小学兼教国文。

到了九月，素有"火炉"之称的重庆暑气仍没有消退的迹象，他们租住的小屋就像蒸笼，闷热难熬。吕思麟的妊娠反应又特别重，整天油盐不进，烧心作呕，吐又吐不出什么东西，肚子还胀得难受，加上双乳胀痛，睡又睡不安，脾气也就不可能好到哪里去。叶龙台下班后，拖着疲惫的身子，顺路给吕思麟买了一小包腌萝卜头，他知道吕思麟只有嚼嚼这个酸萝卜头还能喝得下一碗半碗稀饭。吃过晚饭，吕思麟问叶龙台："你什么时候给家里回信？"

"好，马上。"

"马上、马上，'黄花菜都凉了'。"吕思麟见叶龙台做事总是犹犹豫豫，没好气地说，"你不写，我写。"

先前在学校里，吕思麟就叫叶龙台给他父亲写信，叶龙台就是不敢给家里报告实情，勉强写了一封，还是请安的信。吕思麟气得把信撕了，执意要他重写，写清他们二人的关系和目前赴渝谋生的打算，并要叶龙台寄加快航空。时间一长，吕思麟看叶龙台做事，就急，但也心疼他，心疼他太老实了，老实得没有用。他们一到重庆，叶龙台的父亲回信也到了，好在叶龙台的父亲叶国勋很通达，没有责怪他们，还答应马上提亲，并希望帮助他们在重庆尽快完婚。

吕思麟知道自己的父亲就没这么好说话了，他是个眼里容不得半点沙子的人。虽然宠爱她，但在家里专横惯了，她还真有点怕他。这一次是牵涉到自己终身大事，非同小可。好在离家远，父亲想教训她也鞭长莫及。但是问题迟早是要解决的。俗话说，嫁鸡随鸡，嫁狗随狗。既然自己已是叶家的人了，何况还怀着叶家的种，只有先得到了叶龙台父母肯定的答复和认可后，才能写信向自己父亲禀告自己的婚事。

接到叶国勋的信后，她马上给自己父亲写了一封信。在信中她告诉父亲自己在校中选佳偶，希望父亲支持女儿完婚。并把叶龙台和他家庭情况做了详细介绍，特别说到叶龙台的父亲叶国勋还是爸爸保定军校的校友。

吕赛斯回信说，并不反对这门婚姻，只是气她为什么迟迟不肯写信禀告。并一再叮嘱，不能荒废学业，等明年暑期返家时举行婚礼，云云。吕思麟总算松了一口气，没想到这么顺利。其实，叶龙台的父亲在收到儿子说明实情的信后，就已写信给吕赛斯，为儿子提亲。吕赛斯也乐意叶吕两家结为连理，但为事先未接到女儿只字片纸而怄气，在给叶国勋复信中还一再请姻兄不吝教诲并赐规箴。这些吕思麟并不知晓，但她深知父亲的脾气，婚事虽同意，但万万不能讲出未婚先孕之事，这会把他老人家气死，雷霆盛怒之下，会断了他们父女之情。随着腹中胎儿开始躁动，吕思麟只得再求助于那位开明的未谋面的公公，有些丑话也就不能不说在前面了。见叶龙台迟疑，只好自己亲自动手写信。磨好了墨，吕思麟摊开纸，稍思忖了一下，拿起笔一气呵成。

世伯父母大人尊前：

　　谨禀者，八月告别李庄，继湘桂战势转危，念大人之平安，后得见寄龙台函知，阖府均已安然退出，现已为慰。侄来渝已三月，身既有累，罪无可恕。龙台前已函禀，幸蒙大人不怪，且嘱近期在渝举行婚礼等话，大人苦心周全，本当勉力从命，奈当前时局困难，尊姨姑舅虽属至亲，但少至二三万元之助，亦觉不可求。再者侄生长旧家且居长，家父母本意来年暑假在蓉结婚，今已在准备中。若突然应允于年内在渝成礼，势必不可。为强求，则父母当知已有异状，且蓉中多亲族又必议论纷纷。侄罪孽深重，不敢过伤父母之心，但求能于结婚之先，对家中有暂时性之隐瞒。侄愧无荣利心，非以嫁资之图，但念及龙台工作辛劳，犹不可谋温饱，如即刻在渝中申布结婚，万一父母知情降罪而不顾，则不但婚费之借贷无出，且日后人口又增，生活当不堪设想矣。今侄已商同龙台并小妹，且由李庄转函去家，云侄仍在校，婚礼待明夏返家举行。不知大人意为何如？谨以明禀敬待示下

专此敬叩

金安！

侄思麟

十二月二十七日

叶龙台的父亲叶国勋接到儿子的来信已过了元旦，他认得儿子的笔迹，写得可以说是"鬼画符"。家乡沦陷，儿子是在逃难中求学，自然没有机会认真练练毛笔字。而这封信，信封虽落款是叶龙台，但一手好毛笔字，完全是出自多年临帖的手。展开一看，是未过门的儿媳妇吕思麟写的，流畅的行草，运笔有王献之的余韵，行文结构得当，透出书者很好的学养。叶国勋先喜欢了几分。读罢内容，更觉得这位未过门的儿媳妇是一把好手，儿子托付给她，不会吃亏。况已怀叶家骨肉，从顾全儿女和亲家颜面计，也只能这么办了。当下，时局艰危，蒋校长在机械化学校又排挤异己，清洗皖系教师，重用浙江亲信，为此，他已提前一年退休，暂滞湖南洪江，为帮助逃难到湖南的安徽籍老乡的子女就近上学，正在筹办皖光小

学。他很认真地写了回信，表示理解儿子他们的想法，为求万全，他也忙着与成都亲家翁书信沟通。

吕思麟执笔求助叶国勋的时候已怀孕近六个月，无论如何缩食和捆绑腰身，怀胎征象已逐渐明显，自觉腹部和臀部在膨胀，小生命也不安分起来，时有胎动。在床上，吕思麟经常拉着叶龙台，让他伏在自己的肚皮上听听胎儿的声音，"滴滴滴……"细如怀表跑点的声音，是小东西急不可耐的敲门声，虽令叶龙台惊喜，可如何解决目前困境仍让叶龙台愁上心头。吕思麟说："令尊的意见是对的，得马上结婚。"

"那想什么办法才能改变岳父他老人家已定下的婚期？"叶龙台已改口称吕思麟父亲为岳父。

吕思麟想来想去，望着叶龙台说："只有你亲自上门拜望我父亲，并呈情，你今后会负责照顾我的学业，恳请泰山老大人应允寒假回家结婚。"叶龙台见吕思麟恳求的眼神，虽暂时要抛下妻子，他有点不放心，但是，事到临头，他也只得起程赴成都面见未来的泰山大人了。

叶龙台过了成都南门桥，不远就到了吕思麟的家。东桂街二十号，门头不高，但门口两座威风凛凛的石狮子则显示着家势的显赫，让他有点怯。他整整衣冠，上门通报，家佣带着他走过长长的过道，经过前院前厅，又经过一个院子，吕赛斯已在堂屋正襟危坐，等着这位第一次上门求婚的女婿。叶龙台整衣敛容恭恭敬敬地向座上这位泰山大人行了一个九十度的鞠躬礼，垂目禀道："吕伯父，我叫叶龙台，刚从宜宾来。这是吕思麟给您的手札。"吕赛斯接过女儿的亲笔信，没看，随手就放在桌子上问道："思麟在校学习尚好？"

"好！"叶龙台不敢正视，仍垂目应道。

接着，吕赛斯神色严肃地说："我是不主张你们在校谈恋爱的。既然令尊为你提亲，我们又是世交，也不好回了这门亲事。本商定明年暑期来蓉成亲，为什么要改在寒假？"

"我和……"叶龙台诚惶诚恐，有点吞吞吐吐地说，"我和思麟感到时局危难，日寇已打通大陆交通线，政府考虑再迁都，学校里也人心惶惶，我们想尽早完婚，也好互相有个照应。"

"有个照应？"吕赛斯知道自己女儿自小娇生惯养，遇事任性，叶龙台能照应她当然好，就不知眼前这位文弱的书生是否真的能照应得了她。

吕赛斯说："我曾教育吕思麟以学业为重，将来才好科学救国。一再叮嘱她，等毕业后再考虑婚姻大事。你看，她可听我的？"

叶龙台了解吕思麟的个性，可这次登门也是她的授意，非达成目的不可。于是叶龙台壮着胆子说："伯父大人，我保证照顾好吕思麟，并愿承担婚后她的求学之责。"吕赛斯深知，四川传统父母包办婚姻虽根深蒂固，此二十世纪绝非已往，恋爱自由、婚姻自主渐成风尚，也就没有再说什么。只是叮嘱："婚事我与亲翁商量着筹办，你回去要督促思麟发奋攻读，不要分散精力。"

吕思麟婚期定下后，吕赛斯立即航空挂号寄信给亲翁叶国勋，说明"龙台来蓉呈情，言婚后愿负求学之责，乃有寒假结婚之议，恳兄谅弟前后矛盾之苦衷，并请兄早率龙台思麟来蓉，并主持婚礼，以昭郑重，既了此一件大事，弟与兄对子女之教养重责庶得结束。并请先期告之来蓉时间，以便郊迎"，云云。

因时局不稳，时间仓促，又因叶龙台母亲负一家老小避难湖南之责不能前来，两亲翁商定，就在吕赛斯家里举办一个小型的婚礼，由双方父母共同主持，并邀请谢德理教务长担任证婚人，同时小范围请一些双方至亲、好友、同学参加。

叶龙台和吕思麟一回到家中，如释重负，又恢复了活泼的天性。龙台上次来去仓促，只跟未来的丈母娘行了一个见面礼，这次得以相处，觉得是一位慈眉善目信佛的老太太，就跟自己母亲一样，感到十分亲切。吕思麟带着他屋前屋后转了一圈。叶龙台发现吕公馆真大，坐北朝南，三进院落，有二十多间房，前院住着佣人，中院两厢有三间客房、一间小客厅，自己父亲和谢教务长就安排住在连通小客厅的南北房间。后进堂屋西面两间是岳父岳母连带小妹思旗的卧室，东面两间北为书房，南间就做了他俩的新房。后院除厨房外，就是一个很大的花园，虽然是冬天，绿竹掩映、腊梅吐芳，竹篱小径直通逍遥阁。吕思麟带着叶龙台缓步登上凉亭，叶龙台一时兴起，抱着吕思麟就转了起来，一边还大声喊着："我太幸福了！"

吕思慧在阁下仰头喊道："姐夫，小心点！不要把大姐摔着了。"

叶龙台放下吕思麟，有点神伤地说："我家什么都没有了。房子被鬼子炸光了，一家人现在还流落四方。"

"你说什么呢？"吕思麟望着叶龙台说，"将来要靠我们自己努力，总会好起来的。"

当下到二楼的时候，吕思麟拉着叶龙台的手进了她的绣房。她指着绣架说："这是家母以前教我学刺绣的地方。"接着她指着一幅蜀绣"荷花鲤鱼"座屏说："这是家母的得意之作，现在已是逍遥阁的镇阁之宝了。"说着莞尔一笑。随后，她又指着桌上五彩丝线说："这几年，妈妈又热衷于编织九眼金刚结。编织前，她都要净手，焚香，并念法语，非常虔诚。"

叶龙台凝神静气地听着吕思麟介绍，突然问了一句："你也会编金刚结？"

"会。"

长女吕思麟和叶龙台两人的婚礼虽然在家举办，吕赛斯也不敢懈怠，毕竟是女儿的婚姻大事。作为一方士绅，不说自己在四川军政两界还有点声望，姻亲也是自己保定军校的老同学，资深的少将教官。自复信与姻亲定下儿女婚期是正月初二，一进入腊月，全家上下就忙活起来，里里外外拾掇得干干净净。大红灯笼从大门，沿着过道到厅堂，高高挂起，一直挂到逍遥阁的六角亭子上。从腊月二十四开始，一到入夜，前厅后院红灯笼全部点亮。本来春节到处都是喜气洋洋，再行婚礼之事，这吕公馆真是喜上加喜了。荣和茅台酒和双喜牌香烟送来了，还请来了成都最好的大厨和摄影师，连宴会用的银质餐具、请柬、喜糖和小小纪念品这些细节，也都筹办妥当。腊月二十八，姻亲叶国勋一到，吕赛斯就与叶国勋商定所请亲朋宾客和婚礼仪程。决定婚礼由双方父母共同主持，新事新办，不搞"三拜天地"，但中西合璧，两种文化一个不少，只要新年里大家开开心心，婚礼就一定能办得圆满。

婚礼宴会厅安排在后进堂屋大厅，十桌宴席也筹办齐备，就等着布置婚礼大厅和新房了。

正月初二，是叶龙台最兴奋的一天，因为这一天，他要正式迎娶美貌娇妻吕思麟。而这一天对于吕思麟来说是最忙最累的一天。从上午开始，妹妹吕思慧就帮着姐姐化妆、换衣、熟悉仪程。吕思麟想，这毕竟是自己的人生大事，总想把自己打扮得漂亮些，但是肚子大了，妹妹用弹力绷带把她的腰身紧了又紧，直到全身绑得难受，就是穿上白色的婚纱，她也觉得别扭。穿了脱，脱了穿，试了好几次。

"好了嘞！"妹妹都有点烦了。

她自己又试着穿上白色高跟鞋在穿衣镜前走来走去，婚纱如帐把整个人罩住，虽不婀娜，但也不显得笨拙。"唉，也只能这样了。"吕思麟叹了口气说。

下午，叶龙台和吕思麟双双到双方父母膝前跪拜敬茶，感谢养育之恩。叶国勋包了两个很重的红包给儿子和儿媳，并把婆母送给儿媳的一对金手镯亲手戴在吕思麟的手腕上，鼓励慰勉了一番。吕赛斯则拉着叶龙台接着红包的手，不忘嘱托说："今天，我把女儿就交给你了，我们教养重责得以结束，你要负起她学业的全部责任。"叶龙台再次叩谢，表示不会辜负岳父大人的重托，当起责任。吕思麟母亲则流着泪把金手镯给女儿戴好，哽咽着说："麟儿，今后妈妈就不能再照应你了。你要多听公婆的话，相夫教子，好好过日子。"

当这对新人起身离去后，思麟的母亲用手帕按了按泪眼，对吕赛斯说："我请人看过了他们的生辰八字，猴与猪有点相害。"

下午六时左右，母舅姑姨等至亲和宾朋好友陆续经过张灯结彩的过道厅堂，齐聚后进婚礼宴会大厅，大厅正中是红底金色的双喜字，上绕祥云，下有蟠龙和麒麟，案上大红蜡烛跳动着喜悦的光芒，案旁德国造的"埃菲尔铁塔"型落地灯留声机正放着轻柔舒缓的《圣母颂》。

六点半，司仪宣布婚礼正式开始，大厅传来《婚礼进行曲》。叶龙台穿着一套藏青羊毛西装礼服，胸前"花眼"里饰一朵小红花，上衣口袋则露山"爱彼褶型"一簇红，红色领带，褚红色皮鞋，显得英俊帅气。他一手挽着穿白色婚纱手捧鲜花的新娘，一手托着礼帽款款走来，两边的伴娘吕思慧和伴郎吕思懿也打扮得很漂亮。当他们转向嘉宾时，一下子吸引了大家的眼球。

"真是郎才女貌！"

"好一对俊男靓女，真是天生一对地造一双。"

接着司仪宣布证婚人谢德理讲话。谢德理和今天的主婚人一样，一色的长袍马褂，更显得儒雅。只见他红光满面、喜气洋洋地对嘉宾说："我受新郎、新娘之托，担任他们的结婚证人，感到十分荣幸，同时也万分快乐。夫言婚者唯求喜也，喜者今日佳偶得配，乐者真乃天作之合。此乃叶吕两家之喜，也是同济大学之乐也。"接着主婚人叶国勋代表双方父母讲话："希望你们今后要互敬互爱，互谅互让，担起家庭的责任。"

婚宴开始后，新郎新娘忙着一桌桌敬酒、谢客，四冷四热十二道主菜，还有点心水果，婚宴非常丰盛，但小两口根本没有时间去品尝。当上过最后一道甜点之后，他们又双双站在门口恭送嘉宾。回到新房时，新郎意犹未尽，因为从今天起，他和吕思麟就是合法夫妻，这也就意味着他与吕思麟今生今世永不分离。他高兴地问妻子："你猜猜看，男人什么时候是最高兴的时候？"

吕思麟累了，懒得理他。他就抱着妻子，鼻子顶着鼻子说："洞房花烛夜。"

"放开，放开。还花烛夜呢？你看看我这肚子，勒成什么样子了。"接着吕思麟认真地对叶龙台说，"我警告你，今晚不许乱来啊。让我好好休息休息。"

叶龙台顿感索然无趣，倒头睡去。吕思麟仰在床上想着今后的学业，想着今后的生活，想着今后的孩子，竟没有一点睡意。她侧身望着已露出轻轻鼾声的叶龙台，觉得自己就像只小鸟，渴望自由，追求爱情，这才多久，又身不由己地飞进了自己编织的鸟笼里。

六

结婚是男女性生活的一次大解放。叶龙台每晚纠缠着妻子，无止无休，有时吕思麟烦了，推开压在自己身上的叶龙台说："你能不能消停点，你不顾我累不累，也得顾我肚子里的孩子。"

预产期还有一个月，叶龙台的父亲来信询问母子情况。叶国勋在信中说，抗战已接近尾声，胜利就在前头。若生个女儿，叫盼盼，生个儿子，就叫庆生吧。

四月初一，天还没亮，思麟的肚子痛得一阵紧似一阵，叶龙台目睹妻子痛得变了形的脸，禁不住流下心疼的泪水。爱情是甜蜜的，但生孩子则是生命与生命的搏击，这里要承受多大的风险和痛苦。好在顺产，日出辰时，宝宝出世了，母子平安，叶龙台一颗悬吊的心，总算放下了。疲惫的思麟，当听到宝宝响亮的啼哭时，脸上流露出的是一种满足的笑容。

鸡年生的男孩，就像一只小公鸡，敞开嗓子"哇！哇！"地啼号，庆祝自己来到人世间。庆生的生日在父母的心中则是刻骨铭心的一个日子。吕思麟抱着怀里的小宝宝，完全忘记了生产时的痛苦。俗话说，母子连心。只要吕思麟一亲到宝宝的小脸，宝宝就会笑。庆生的出生，把吕思麟的角色一下子从女大学生变成了母亲，生活也随之发生了改变，让她整天围着儿子团团转起来。她没有想到的是，当孩子"哇"的一声落地时，她感到了无限的幸福，正如性高潮那一刻的销魂，幸福快乐之后就是无穷的责任和负担。因为生物课上没有哪位老师会讲人类是生物界最可怜的动物，不但婴儿生下来不能独立生存，就是在他整个幼年时期都是无助的，都离不开父母的照料。

吕思麟喜欢给庆生喂奶，因为每当宝宝的小嘴碰到奶头时，她就感到快乐，吮吸的节奏让她无比舒适。宝宝常常一边吮吸，一边用小手抚摸着另一只奶头，就像小鸟一样依偎在妈妈的怀抱里，吮吸两口，又脱开奶头，望望妈妈的眼睛，手舞足蹈地又偎到妈妈怀里，咬住奶头，尽情地吮吸起来，似乎分享着妈妈的快乐。

叶龙台盯着襁褓里的小东西，感到惊讶。这个小东西似乎在什么地方见过，可一想不就是自己一个模子倒出来的复制品嘛。他简直不敢相信，他和吕思麟的爱，就是为了复制一个小小的"我"？谈情说爱时，他从来没有想过。这小东西嘬嚅着小嘴，好像说："不是我要投胎的，是你们带我来到人世间的。"叶龙台苦笑着，点了点头。

"你只会远远地欣赏着你的杰作，你就不能搭把手，抱抱他？"吕思麟看着叶龙台围着宝宝转圈，久久不敢抱起他时，责怪地说。

住院期间，叶龙台临时请了一个保姆烧饭，自己就家里、医院两头跑。重庆山城山高坡陡，每天要爬几十级石阶，虽然年轻，也累得够呛。有时吕思麟肚子饿得咕咕叫，他的饭菜还没有送到。自从孩子出世，叶龙台就感觉到从来没有这么累过，也不知道如何才能照应好吕思麟母子俩。陪夜那几天，他就睡在吕思麟的身旁，半夜里吕思麟给孩子喂奶、换尿片，他一点都不知道。接下来的日子，为孩子喂奶、把屎把尿，吕思麟没日没夜地操劳，可叶龙台一点也帮不上忙，有时还嫌烦。吕思麟暂时也顾不上他，只一心一意地照应着儿子。晚上，刚眯个小觉，只要宝宝用小脑袋蹭一下，吕思麟就醒了。她赶快爬起来，把宝宝抱在怀里喂奶。小家伙贪婪地吮吸着，因自己营养跟不上，奶水也不足，小家伙就会"咿咿，呀呀"地哼着。吕思麟换了另一只奶，怜爱地看着从自己身上掉下来的这块小肉儿，越看越像叶龙台。"'儿子像父，不富也富'，像父也好。"她宽慰着自己。

吕思麟知道叶龙台除了要上班，一个人也带不好孩子。满月后不久，她就抽空买了五彩丝线用钩针编织长长的丝带，只要出门她就用丝带把宝宝绑在自己的背上，欢快地说："走啰。"邻里妇女都夸她丝带编得漂亮，还赶到她家里来向她请教。可她们进门一看，吕思麟编织的金刚结项圈更漂亮，五彩的丝线，缠来绕去，一只圆圆的小绳圈，由整整九只五色佛眼构成，无论是手链还是项圈，拿在手里，仿佛有一种佛光在闪耀。"这是思麟姐你编的?"

"是的。我刚为宝宝编好。准备戴在宝宝脖子上，与佛结缘，一切空行佛母爱护他就像我时时在他身边。"

"太神奇了，能教教我们吗?"

"好哇。但是九眼金刚结只给自己和亲人编，不可多编，编时要净手、焚香，心要虔诚啊。"众姐妹点头称是，吕思麟也乐意教她们。白天，叶龙台不在家，屋里多了女伴，也热闹多了，有时还能搭把手，带带小庆生。

宝宝长得一白二胖，人见人爱。吕思麟就是欢喜跟宝宝讲讲话，唱唱歌。宝宝不会说话，就咿咿呀呀，手舞足蹈起来。每到这时，思麟就亲着宝宝的小脸蛋，把小庆生揽进怀里。

一到傍晚，吕思麟就给宝宝洗好澡，放在床上哄他睡觉，可是小庆生总是缠着妈妈不肯睡觉。这时叶龙台就跑过来逗着小庆生玩，嘻嘻哈哈，一家三口，充满了欢乐。吕思麟顺手捡起未绣完的红兜兜，一针一线地把翠绿丝线缝到粉桃贴叶的茎部。

"别闹了，让宝宝睡觉。"每当看到时间不早了，吕思麟就催着叶龙台去休息。她一个人拍着宝宝，一边哼着她自己编的摇篮曲《金刚结》，哄宝宝睡觉。

金刚结，彩丝结，
彩丝缕缕心中结。

结个宝宝心间挂，
结个金刚度万劫。
宝宝本是妈妈肉，
前世今生因缘结。
一针一线妈妈心，
宝宝与妈心连接。
一绕一结妈妈爱，
宝宝与妈缠成结。
缠成结，金刚结，
九眼金刚五彩色。

小庆生一只小手拽着妈妈垂肩的秀发，一只小手凑上来捋着，捋着，慢慢地，慢慢地，在弥漫着妈妈奶香的摇篮曲声中，小眼睛迷糊起来，小手也垂了下来，甜蜜地在妈妈怀中进入了梦乡。

民生机器厂在江北，叶龙台每天下班后，都要过江到市区为母子买一些代乳品和营养品，回到家，烧锅做饭，为妻子煲汤。妻儿安顿好了，自己还要抽空洗干净换下的衣袜和尿片，整天疲于奔命，一倒到床上，就呼呼大睡，雷都打不醒。夜里，吕思麟喂完奶，想要喝口水，又心疼丈夫辛苦，不忍喊醒他，只得自己起来倒。十几平方米的出租屋，整天充满着奶香、尿骚和烟尘味，也经常传出两个人的抱怨。吕思麟本是个爱干净的人，现在也没空收收捡捡，屋里的确乱成了一锅粥。

"龙台，起风了，快把外面的衣服收一下！"

"龙台，煤炉上的稀饭溢出来了。快！"

叶龙台收了衣服，掀起锅盖，又要上厕所，倒痰盂，忙得两头顾不得一头。有时，叶龙台也没好气地说："我回来也没歇着，你不能好好讲，叫，叫什么？"

"这个家是我一个人的？孩子是我一个人的？晚上，你睡得跟一头死猪一样，一点也指望不了你。就是白天，想你搭把手，还要我三令五申。"吕思麟一边抽泣一边诉说，"你嫌我声音大了？我讲小了，你装聋作哑没听见。"

"我装聋作哑？"

叶龙台见妻子哭了，心也软下来，低着头做着手上的事。他心里也堵得慌，轻轻叹了一口气，自怨自艾地说："怪来怪去，只怪我无用。"

仔细想想，也是的。现在成家了，娘婆两家都指望不上，仅靠自己那点微薄的薪水，是不够一家三口开销的。结婚的礼金和嫁妆还得省着用，月子里请的保姆也辞了，何况今后还要承担起吕思麟的学业责任。

眼看暑期过后，吕思麟就要复读了，自己还要找人帮忙回校复职。叶龙台一时愁上心头，跟吕思麟商量说："我们还是把宝宝送人吧？听说，我那届的同学程梅生老师，就把私生子送给当地老乡了。"

"送人？亏你说得出口！他那是私生子，小庆生是我们的亲骨肉！"吕思麟没想到丈夫会说出这样的话，没好气地说。

叶龙台也觉得不应该往这方面想，安慰妻子说："这不过是权宜之计嘛。等你毕业工作后，我们可以再把小庆生赎回来。"

"赎回来？说得轻巧。宝宝是人，不是东西。我们好容易把他领到人世来，你就送人？"吕思麟也知道日后求学及生活的艰难，但把自己的亲生骨肉送给别人，她想都不愿想。

"再困难，孩子也不能送人！"她说这话的时候，已决心把所有的苦都吞进自己的肚子里，把所有的累都扛在自己的肩膀上。

因下学期要复学，吕思麟狠心地决定三个月就给宝宝断奶。断奶那些天，她暂时住到亲戚家去。离开孩子让吕思麟整日牵肠挂肚。这十多天只身在外，做什么事都没心思，做菜忘了放盐，喝水忘了拿杯。整天梦里梦外都是宝宝的哭声。

妻子一离家，叶龙台更是六神无主，慌了手脚。可怜，他从小到大哪做过这些事，烧锅做饭喂孩子，还要给孩子把屎把尿洗尿片，小小一个家简直变成了一个杂货店。锅碗瓢盆，叮当响，纸屑尿布，彩旗飘。宝宝的哭闹，自己的烦躁，把一个小小的空间撑得就要爆炸了。一到晚上，喂了代乳粉，又把了尿，宝宝就是吵。叶龙台不得不整夜地摇着宝宝的小摇床，还止不住宝宝的夜啼。他不得不把宝宝抱在怀里抖着、哄着："宝宝好，宝宝乖，妈妈就要回来了。宝宝好，宝宝乖，宝宝好好睡觉觉。"宝宝全然不理，继续干号，让叶龙台急得六神无主。突然他想起吕思麟在家时，每晚哄宝宝睡觉，总是轻轻哼着摇篮曲，拍着宝宝，他也学着哼哼起来：

金刚结，彩丝结，
彩丝缕缕心中结。
结个宝宝心间挂，
结个金刚度万劫。
宝宝本是妈妈肉，
前世今生因缘结。
一针一线妈妈心，
宝宝与妈心连接。
一绕一结妈妈爱，
宝宝与妈缠成结。
缠成结，金刚结，
九眼金刚五彩色。

叶龙台把宝宝抱在怀里，一边抖着，一边哼着，直到宝宝在催眠曲中睡去。

八月初，叶龙台和吕思麟带着小庆生回到同济大学。他们在李庄附近租了一间民房，并请了一位保姆，安置好了自己的家。吕思麟新学年顺利复学，开学后回到生物系读大二。叶龙台在教务长的帮助下也顺利返聘为机械系助教。这一天，吕思慧、吕思懿带着叶龙台的同事们跑去看他们。当看到白白胖胖的宝宝时，大家都挺喜欢。这个说让我抱抱，那个说让他抱抱。小庆生就在这群伯伯叔叔阿姨手里传来传去。他也不认生，很得人喜。当彭枫林把他高高地举过头时，他竟咯咯地笑起来，逗得大人们都很开心。

吕思麟眼尖，发现少了张载存。她把妹妹拉到一边问："载存呢，他怎么没来？"

吕思慧跟姐姐说："去年秋天，日寇侵占贵州独山，战局吃紧，滇缅前线又紧张，学校响应国家号召，'一寸山河一寸血，十万青年十万军'，700多名同济师生报名参了军，张载存也投笔从戎，报了名。"

"我们也报了名，但是学校不让我们校办工厂的人走光了，结果只批准张载存一个人去了。"彭枫林放下宝宝说，"当时，大家在禹王宫大礼堂召开誓师大会，高唱着：'我们奋起战斗的青年，我们奋起今天，本着同济固有的精神……'，雄赳赳，气昂昂，奔赴前线。"

"我们奋起战斗的青年，我们奋起今天，本着同济固有的精神……"廖仲敏、赵山生、吕思慧、吕思懿跟着彭枫林的声音唱起来，还真有那么一点气壮山河的味道。

"载存后来呢？"叶龙台急着插上前问小妹。

吕思慧脸露喜色地说："快回来了。"

大家一时莫名其妙。小妹拿出张载存最近来的一封信晃了一下，兴奋地准备展开，被赵山生抢了个正着。大家七嘴八舌地嚷嚷说："快念念，快念念。"

小慧：

我们随部队经过三个月的训练后，只开拔到泸州。日军事实上已成强弩之末，前线也不需要我们这么多译员。听上峰说，等胜利后，我还有可能复员回学校工作。目前我们连队就在驻地维持治安。

勿念。

　　载存字。

　　"啊——"大家蹦起来，跳起来，廖仲敏把头上的帽子都甩到天花板上去了，尽情地欢呼着。这胜利前的欢呼也感染着小庆生，他舞动着两只小手，嘴里"啊，啊"不停。

　　1945年8月15日正午，当日本天皇向全日本广播，接受《波茨坦公告》，实行无条件投降，结束战争的特大新闻在禹王宫南墙上张贴出来时，整个同济校园沸腾了。下午，全校教职员工集中到禹王宫校总部开庆祝大会。

　　这时，吕思麟正抱着小庆生在四方街上玩，当她看到街上的人奔走相告，接着就听到卖报纸的小孩喊："号外！号外！日本鬼子投降啰！"她还不敢相信，于是买了一份报纸一看，也情不自禁地叫喊起来："日本鬼子宣布无条件投降了！"她不断地亲着小庆生的脸，不断地叫喊着，"日本鬼子投降啰！日本鬼子投降啰！"小庆生在妈妈怀里，也被妈妈这一时的"疯狂"刺激着，拉开报纸，不断向上挣扎，终于伸出了小脑袋。

　　整个李庄，这一刻似乎还没回过神来。突然禹王宫里就像炸开了锅似的热闹起来，年轻的学生和教工们手执着中国、美国、英国和苏联四国的旗帜，冲向街口，人们蹦着、跳着、喊着："我们胜利了！中国胜利了！日本鬼子投降了！"接着李庄各界父老乡亲，举着"庆祝抗战胜利"的旗帜，打着锣，敲着鼓，有的干脆敲打着脸盆，从四面八方涌向四方街。一时间，小小四方街人头攒动，整个李庄被挤爆了，鞭炮声、欢呼声响彻天空。吕思麟抱紧宝宝，跟着大家一齐喊，一起笑，激动得眼泪都下来了。中国人压抑太久了，艰苦卓绝的抗日战争终于胜利了，这种发自心底的高兴让人们欢呼，让人们疯狂。同济大学的师生和李庄父老乡亲们一道欢庆这来之不易的胜利，一天一夜没有停息，鞭炮声此起彼伏，震天价响，大家都沉浸在胜利日狂欢的海洋里。

吕思麟赶回家中,妹妹带着张载存已先来了。也就是今天,张载存已复员回到了同济工学院任教。叶龙台正准备饭菜,一家人高兴得把酒言欢。这时,吕思麟看见小庆生在张载存的怀里,伸出两只小手,向吕思麟"么妈——"地叫起来,她赶忙跑上前一把把儿子抱起来,亲了又亲,高兴地说:"我儿子会叫妈妈了!"

七

第二年,同济大学准备迁返上海,为感谢当地父老乡亲对同济大学六年来的关心和支持,学校要求青青艺术剧团和青年剧社做一次联合演出,由高原老师导演,重排曹禺的《原野》。抗战期间,同济大学社团很活跃,吕思麟和她的弟弟妹妹都是青青艺术剧团的骨干。高原决定吕思麟出演女一号金子,因为时间紧,他直接找到吕思麟的家。

当他跨进吕思麟家的门槛,看见摇篮里睡着宝宝,吕思麟坐在旁边,正聚精会神地编织着丝带。摆放在小竹箩里的五彩丝线牵牵拉拉如五色光束,在她灵巧的两手指间不断地缠绕着小环,结成一个个细密的彩结,缠过去,绕过来,编好的丝绳已呈五彩的眼纹,柔和的光和五彩的色,让高原眼前一亮。"太漂亮了!"他情不自禁地赞道。

吕思麟抬头见高老师来了,不好意思地说:"高老师来了。"

高原问思麟说:"你编的是什么?"

"高老师,我正在为宝宝编九眼金刚结。"

"什么?九眼金刚结?"

"是的。给宝宝做手环。高老师,这金刚结编好后,无论从哪个方向看,都能看到九只佛眼。"吕思麟站起来,拿起手中的丝结边给高老师看边说:"您看,我才编到一半,只有四个佛眼。"她又指着宝宝颈子上的项圈说:"您看,这项圈上就有九只佛眼。"

"啊!"高老师正看得起劲,叶龙台上前招待高老师用茶。高老师说:"谢谢!"又回过头问吕思麟,"你这只手环什么时候能编好?"

"大概要到明后天吧。"

"能不能抽空也给我编一只手环?"

"好。"顿了一下,吕思麟望着高老师说,"老师,您也要祈求佛母保佑呀?"说得大家都笑起来。

在一问一答中,高原老师更专心注视着的是迎面而立的吕思麟的一举一动。他仔细地端详着,心里思忖着:"乌黑的头发,线条明显的嘴唇,丰满的脸蛋,明亮的眼睛,充满着青春的活力,不像是生过孩子的女人。可以。"他心里虽然决定下来,还是问吕思麟:"你行不行?"

"行。我演金子没问题。"吕思麟想都没想,一口答应下来。

高原把剧本交给吕思麟时说:"你先看一下。要演好金子这个角色,首先要熟悉这个角色。金子是一个美丽纯朴而充满了野性的乡土女人,她在爱恨情仇面前,将自己外表的美和内心的真毫无遮掩和保留地挥洒出来,大胆地追求爱情和自由,顽强地与命运抗争。她是封建礼教下的牺牲品,同时也是黑暗社会的反叛者。"看吕思麟接过剧本,高老师又问,"孩子怎么办?谁带?"

"高老师,请放心,家里我都安排好了。有保姆,还有妹妹可搭把手。"

"不仅是你一时顾不了家,我还想请叶龙台老师和他的同事帮帮忙。"

吕思麟知道高老师看上了喜欢文艺的叶龙台和他的四个伙伴,想请他们跑跑龙套什么的,连忙说:"我把他们计算在内了,高老师,您就放一百二十四个心吧。"

高原心里虽然很喜欢他物色的主角吕思麟,但还是很认真地征求叶龙台的意见。他问:"叶老师,我想请你搞灯光,其他四位老师帮助置景、搞音响和跑跑龙套,不知行不行?"叶龙台望了望吕思麟说："没什么问题，他们都知道了。我家里也安排好了。"

"好。"高原松了一口气，接着说，"叶老师，还有请您顺便通知一声你们教研室的那位文艺活跃分子程梅生，叫他到我办公室来一下，可别忘啰！"

"高老师，我等会就去通知。"

高原老师正准备离开，只见送他的吕思麟妩媚中透着刚毅，自信中带着泼辣，无论从长相、衣着打扮，还是言行举止看，活脱脱的就是一个金子。

高老师走后，吕思麟就与叶龙台商量说："排演这些天，我跟保姆讲好了，增加点钱，白天晚上都由她带宝宝。妹妹也答应白天过来照看一下。你呢，也兼点心，抽空回家看看。"

"宝宝也乖，你就放心吧。"大凡吕思麟做主的事，叶龙台都没有什么不同意的。何况，吕思麟这次演女一号——金子，他更要全力支持妻子工作。

吕思麟很喜欢曹禺写的这三幕话剧，非常同情仇虎复仇的悲惨结局和他与金子的凄美爱情。在表现金子与两个深爱自己的男人的关系时，她费了好大功夫。剧本要求：当金子面对着善良软弱、不明事理、唯唯诺诺的丈夫时，要演出自信骄纵、责难和怜悯的一面；当面对自己深爱的耿直粗野的男人仇虎时，则极尽温柔、泼辣乖巧中透着倔强。

出演时，她完全进入了角色，把内心的不安分和泼辣野性演绎得淋漓尽致。舞台上，她真的就像金子一样娉娉婷婷，眉宇间藏着泼野，一颦一蹙中透着任性。当仇虎开枪自杀前，让腹中孕育着他全部希望的金子离开他时，吕思麟哭了，哭得撕心裂肺，催人泪下。

演出非常成功，在李庄和宜宾两地引起轰动。高原很欣赏她，临结束时，意味深长地对她说："吕思麟同学，你这方面很有天赋。以后有机会，可找我。"吕思麟不知道眼前这位已很有名气的长发飘飘的艺术家是地下党。听说，演完《原野》，高原老师就先行回上海去了。

当一家三口又回归常态时，吕思慧问姐姐道："你真舍得把儿子一个人留在家里？害得我一天跑两三趟。好在，小庆生乖得很。"

吕思麟说："有什么舍得舍不得的？也没冻着饿着庆儿。"

叶龙台抱着儿子过来，对吕思慧说："谢谢你，思慧。"

"谢什么，一家人还说两家子话。何况小庆生得人疼爱，我就喜欢他。"

吕思麟接过儿子，鼻子顶着宝宝头说："你应该先谢谢我，是不是？你应该先谢谢我，是不是？是我把你带到人世来的，是不是？"逗得小庆生"咯，咯"直笑。

"要是我，舍不得。"吕思慧替个手，又把宝宝抱过去，有点难过，又不无调侃地对姐姐说，"是的，宝宝是你生的，你辛苦了。"

叶龙台也讪笑着向吕思麟鞠着躬说："感谢你为我生了这么个好宝宝。"

"你就喜欢耍贫嘴。"吕思麟说完，转过脸拿起桌子上这次演出的合影照给妹妹看，"思慧，你看，这次演出成功是不是我给儿子一周岁的最好纪念？"

1946 年暑假，学校开始组织回迁上海。因宜宾是抗战后方的文化中心之一，李庄一带还有中央研究院文科所、中央博物馆、中国营造学社、金陵大学等十多家国家级高等学府和研究机构要复原回迁，当时运力有限，各单位走陆路的已经动身搬迁，走水路的就只能等待船舶安排，一时李庄小小码头，拥挤不堪。同济大学的师生都发给了路资，让大家分批东归。

叶龙台从禹王宫门口邮政代办所拿到家信，一边走一边看。当得知父亲带着一家老小，已从湖南回到家乡宜庆，希望他们回上海路过宜庆时回家看看，并把小庆生带来。他高兴地跑回家，一推门就对吕思麟说："家里来信了，说他们已回到老家，叫我们早点带庆生回去呢。"

正在收拾衣服的吕思麟接过信一看，也很高兴，转而犯愁地说：

"船这么挤，票也不好买。哪能说走就走？买不到直达上海的船票，我班有的同学就打算先到宜昌，再乘车回上海。像我们还要带着小庆生，真不知道驴年马月才能回到家？"

叶龙台见吕思麟担心行程，坐到她旁边说："没关系，我听说总务处雇了一艘小火轮运校产，直回上海，慢是慢一点，不过中间不要倒车换船了。我已与图书馆押送的老师讲好，可以顺带我们一家三口。"

"真的？有这等好事？"吕思麟兴头还没被调起来，又回归平静地对叶龙台说，"不行，不行啊。小弟虽然讲好与谢教务长一家走，小妹可是要跟我们一齐走的啊。"

"是的。是说好了的。可是她不是回成都了吗？"叶龙台说。

吕思麟说："过两天不就回来了。龙台，'好事不在忙中起'，何况我们家还有许多东西没有整理好呢。"

叶龙台看思麟低头整理着衣物，床前放着两个大皮箱也有待拾掇，就没有再说什么。

吕思慧回来后，与姐姐和姐夫买好了联票先上船到宜宾，再经重庆搭大轮船回上海。叶龙台的"四兄弟"同行，不过廖仲敏多了一位朋友，医学院的范小姐。这群"青春作伴好还乡"的青年师生，上了船，都有一种"漫卷诗书喜欲狂"的欣喜之情。三等舱的舱室，六张上下铺，大家共挤一室，加上一个活蹦乱跳的小庆生，真像一大家子人那样亲密。

轮船满载，连通铺都挤满了回沪的师生，过道上也都坐着没有舱位的散客，还堆放着行李。一路上大轮喘着粗气，冒着浓浓的黑烟在江面上负重而行。叶龙台和吕思麟大多时间都是窝在舱室内哄逗着小庆生。小庆生快一岁半了，长得乖巧逗人。廖仲敏说："小家伙都长这么大了。"

范小姐笑着说："小人儿来到人世，是最先向我报的到。"

吕思麟不好意思地笑着说："就算你功劳大。小庆生，快叫干妈。"小庆生只顾在舱间跑来跑去，没理会妈妈的招呼。他见范小姐蹲下拍手欢迎他，就直接扑向范小姐怀里，被妈妈一把拉往。宝宝正在长牙，行前保姆用线穿了一只腌萝卜头戴在宝宝右手腕上让磨牙。吕思麟生怕宝宝的口水弄脏了小范的衣服。廖仲敏见状就近伸着手说："来，让我抱抱。"他把小庆生接过去，抱在怀里，亲着小庆生的脸蛋，胡子拉碴的，戳得小东西直哆嗦。小庆生一边躲闪着，一边用手推搡着。范小姐见宝宝左手腕上的五彩手环，高兴地叫起来："好漂亮的金刚结！"又看见宝宝颈项上也有一个金刚结项圈，说，"是你编的？"

"是的。"

大家也都伸过头来看。

"你真心灵手巧。"大家你一言我一语，说得吕思麟不好意思起来。

她连忙说："就是图个吉利，托佛母保佑小庆生健康平安。"

"嗯、嗯。"小庆生似乎听得懂大人们说的话，嘴里哼哼着，一只小手不忘推着廖叔叔的脸，戴手环的手缩回来又去捏廖叔叔红红的鼻子，这回是轮到廖仲敏甩着头避让了，小庆生拍着两只小手，"咯，咯，咯"地笑着，引得大家也大笑起来。在大家的欢笑中，小庆生从廖仲敏手里传了张载存，又传给了赵山生，最后传到彭枫林手中。彭枫林个子矮，他干脆让小庆生骑到自己的头上，在舱间来回地小跑着，孩子也玩疯了，一时急着叫："尿，尿尿！"说要撒尿，尿就下来了，淋得彭枫林一头一身的，又引来满舱"哈哈"大笑。吕思麟上前，接过宝宝，嗔骂着："你这个小浑蛋！"同事们都幸灾乐祸地说："谁都没有神行太保这个福，童子尿一浇，个子就一下子长高了。"彭枫林没空理会同事们的调侃，在叶龙台陪伴下，到卫生间换洗衣服去了。吕思慧看舱室一下乱了套，赶忙帮姐姐给宝宝换好裤子，带着小庆生出舱玩去了。

江上风大雾大，天黑得快。到晚上九点，已是夜间行船时间，乘务员帮各舱室关好窗户，拉上窗帘，熄了灯。可这时，小庆生还在妈妈怀里闹着不想睡。吕思麟上床前，就已用丝带松松地缠着宝宝，把结打在床栏上，然后搂着宝宝睡下来，一边轻轻地拍着小庆生，一边轻轻地哼着摇篮曲《金刚结》：

> 金刚结，彩丝结，
> 彩丝缕缕心中结。
> 结个宝宝心间挂，
> 结个金刚度万劫。
> 宝宝本是妈妈肉，
> 前世今生因缘结。
> 一针一线妈妈心，
> 宝宝与妈心连接。
> 一绕一结妈妈爱，
> 宝宝与妈缠成结。
> 缠成结，金刚结，
> 九眼金刚五彩色。

见小庆生睡着了，大家又活跃起来。赵山生说："思麟，你这个摇篮曲跟谁学的？"

"自己瞎哼哼。"

"蛮好听的嘛。"

"外行听声，内行听音。这词如缠丝绵绵，包含多少母子之情，你可晓得哇？"

大家你一言，我一语，躺在床上闲聊。很快扯到国家的前途和自己的命运。张载存说："抗战胜利后，国人盼望和平，听说去年10月10日国共在重庆签订《双十协定》，还是可以的啰。"

"什么可以不可以，人民不希望打内战。"彭枫林很担忧地说。

赵山生翻了个身面对大家说："最近人民要求'全国党派，无论在朝在野，均各以和平建国为共同目标'的呼声很高。只有这样，我们同济回沪建校才有希望。"

吕思麟搂着宝宝睡在下铺，喊叶龙台为宝宝喂点水。叶龙台从上铺跳下来，看见赵山生外衣掉在地板上，顺便捡起来。一看是同济大学的呢制服，上面还缀着嵌有"同济"二字的铜纽扣。"山生兄，这是你的旧校服？以前没看你穿过。"

赵山生伸手接过制服说："是的。我入学时学校发的，还有呢大衣和帽子，帽徽上也有'同济'二字。我只剩下这一件了，舍不得穿，顺便带回家。船上凉，我这才拿出来披披。"

大家传看着这件老校服，有一种作为同济人的骄傲。

"我入学不久，'八一三淞沪战役'爆发，日寇在吴淞登陆，一夜之间日寇的炮火就把我们美丽的校园夷为平地，多少校工倒在血泊之中，学校仓促搬迁，先暂避租界，随着战事发展，又不得不搬到金华，再迁赣州。唉，我们就这样一路逃难过来，谁还希望再打仗？"

"那同济大学的校园呢？"小范问。

"同济大学校园可漂亮了。那时在上海吴淞镇上，是德国人办的，校舍一色西式建筑，教室里都装有纱门纱窗，夏有电扇，冬有暖气，学生睡的都是单人钢丝床，一日三餐饭票制，米饭不限量，中晚餐都是两菜一汤。"赵山生回忆着说，"可这一切在战争中都化为乌有，我们这次回去复校，还不知道住哪儿。"

"听说在虹口五角场，政府给了一片地皮建校。"张载存说。

这时，彭枫林带着一股冷风，从门外进来，接着大家的话尾说："刚才，我在厕所里听旁边的人说，前几天，有一条运校产的船超载，顺流而下时遇到风浪，还没有驶出三峡就翻沉江中，眼见校产和图书都沉入江底，无法打捞，大家都非常心疼。"一时大家唏嘘不已。

叶龙台乍听此言，身上惊出一身冷汗，心想，要不是吕思麟阻拦，说不定我们一家三口，早就葬身鱼腹了。吕思麟也赶紧翻身爬起来，摸摸宝宝，并紧了紧系在宝宝身上的缠丝带……

天刚放亮，舱外就传来熙熙攘攘的声音，"要过三峡了！"不知走廊里谁在大呼小叫。吕思麟舱室住的人都是第一次过三峡，闻声也都很快起了身。吕思麟叫叶龙台出去看看，她先看着宝宝。叶龙台他们几个人挤进左舷过道，见船都有点倾斜。只见两岸高山对峙如门，一侧崖壁上可见"夔门天下雄"五个大字。山高水急，风浪鼓鼓。

"两岸青山相对出，孤帆一片日边来。"一个年轻人脱口而出，他旁边学者型的中年人说："那是李白《望天门山》的句子。"

这个小青年说："老师，这句诗与眼前景很贴切啊。"

"说得也是，三峡之门，拱卫陪都，终于让日寇止步于门前，不得前进一步。"

张载存上前一问，才知道他们是金陵大学的。

叶龙台回房，见宝宝还没醒，就招呼吕思麟去看夔门，换他来看着宝宝。吕思麟挤到妹妹旁边，大家惊叹长江三峡的雄险旖旎。面对渐渐驶近的左边山上的白帝城，有人指着隐约可见的永安宫说："那是刘备曾托孤的地方。"

"托孤寄命，临大节而不夺"，是吕思麟在书上看到的，因此才有奉节县。船在峡江中行驶得很快，奇峰怪石、绮丽幽深的巫峡到了。吕思麟知道巫山十二峰，尤以神女峰最著名。迎着阳光可见神女峰那妩媚婀娜的剪影耸立于左边群峰之上。当船驶过她的脚下，众人回眸，神女峰更像一位亭亭玉立的神女，身着霞帔神采奕奕地送别他们的航船。吕思慧读着陆游《三峡歌》中的句子："十二巫山见九峰，船头彩翠满秋空。"

"传说神女峰可是西王母幼女瑶姬的化身啊。"吕思麟笑着对妹妹说，"你看这神女峰，还有'巫山云雨'，以前只听老师讲过，现在就展现在眼前，真美。"

"美是美，我们就要远离家乡了。姐，我真有点舍不得。"

"没出息。人们常说，男儿志在四方，我们巾帼为什么就不能四海为家?"

到傍晚，南津关远远可见。这一水路甬长，滩多水急，礁石密布。晚霞斜照，只见十几个纤夫，赤着膊，裤脚卷起，脚踏着礁石，背负长长的纤绳，右手用力拉着，前弯九十度，左手几乎着地，拖拽着身后已落下风帆的木船，稍前石头上站着一位穿长衫的工头指挥着这支筋疲力尽的队伍，"嘿哟！嘿哟！嘿哟！嘿哟！"川江号子连天价响。吕思慧指着这些拉纤的人说："姐，这些人辛苦不说，万一不慎，将是船翻人亡。"

联想到国家当前的状况，吕思麟心里一直很沉重。当船过南津关，直下宜昌，夜色中，"星垂平野阔，月涌大江流"的壮阔景色，又让这姐妹俩心里开朗起来。

八

又是一天一夜的航程，当天空微微露出晨曦时，很远就能看见前方一片城市的轮廓，在晨光初露的小城之上有一个小小的尖塔，宜庆到了。临近码头，"呜——呜、呜"，大轮突然左转，在江心绕了一个大圈掉头向着来路，接着"呜、呜、呜"三声短鸣，只听见船舷边铁链拖拽的声音和人们准备下船混乱的杂沓声。轮船随着哨声"嘀、嘀、嘀"倒车，慢慢地慢慢地靠近趸船，船员甩下缆绳和钢索，由码头上水手套好系牢。"嘀——"，舷门打开，跳板靠好，下船了。叶龙台拎着两只大皮箱，吕思麟抱着小庆生从跳板上小心走下来。吕思慧和叶龙台的同事们一直目送他们上了岸，久久没有回到舱室。

叶龙台夫妇俩带着宝宝走过长长的天桥上得岸来，因出口处狭小，只见下船的、等待上船的、送客的、接客的挤成一团，他们从人缝中硬挤出来。叶国勋带着小儿子叶龙平就站在出口处的灯光下。"爸。"叶龙台和吕思麟上前喊道，叶龙平接过哥哥手中的皮箱，吕思麟抱着叶庆生紧跟着公公上了马路。叶国勋雇了两辆黄包车，一前一后，绕到大栅子进了城，向城北集贤门方向跑去。

叶国勋抗战前住在西围墙街一个四合院式的民居，日本鬼子来时，民居被炸成废墟。叶国勋在湖南洪江办皖光小学时，遇到避难芷江的皖省老同盟会员申子休，申子休说，他回皖后还要去芜湖筹办公立职业学校，宜庆老屋暂时闲着，叶家人回皖后可先住在他家。申子休在集贤门内的老屋是一套两进式平房，叶国勋一家回来后就住了前进四间，好在门前有一个小广场，离拐角头菜市场也近，生活很方便。

叶国勋带着儿子、孙子到家时，天已大亮。婆母叶舟氏叫帮佣王荣买菜都已经回来了。吕思麟拜见过婆婆，婆母高兴地说："回来就好，回来就好。让我看看我的宝贝大孙子。"说着伸手就从吕思麟怀里接过大孙子，亲了又亲。

叶龙台和吕思麟从长江头带回来的小人就像"蒲公英"自然而然地飘落了长江尾这块称为家乡的皖江土地上。当然，小小"蒲公英"是不知道他的生身父母是谁的，他自来到人世间，蒙眬中只觉得有缕缕彩丝，缠绕成九只佛眼，陪伴着他，保佑着他。

叶龙台回家了，当然有一种亲切感，吕思麟是第一次到婆家，虽然陌生，但毕竟是自己的家，很快也就适应起来。婆母裹着小脚，但人特别精干，一天到晚颠来颠去没有停歇。她又特别爱干净，桌椅擦得一尘不染，身上的衣服也浆洗得亮亮堂堂。她住的里屋靠墙的条桌上供奉着一尊瓷质观音菩萨，菩萨像前宣德炉里整日香烟袅袅。婆母吃花斋，手腕上绕着一串佛珠，得闲时总要坐下来一边念念佛经，一边捻动着佛珠，就跟吕思麟母亲一样。

"妈，您也信佛？"吕思麟知道自己母亲吃斋念经是为了"今生不好，修修来生"，没想到婆母也信这个。

"是啊。思麟，吃斋念经好，只要你多念几遍'观世音菩萨'，她就会循音而来，为你排忧解难。"

"我妈也信这个。她说：'为儿孙积福，为自己修修来生。'"

"是的、是的。你妈过得可好？我们老姐妹虽没见过面，还很投缘。这是修的。阿弥陀佛！"

"好奇怪啊，您和我妈都信佛。"

"信佛好。信佛菩萨会保佑你们。"

"真的？"

"傻丫头，你看，国家多灾多难，自我出世，这天下就没有消停过。我没有一天不烧香拜佛求菩萨保佑。这不，保佑着我们一家老小总算平平安安地盼到了胜利。"接着叶舟氏有点伤感地说，"一家刚团圆，可过两天，你们都要走。俗话说：'养儿防老，积谷防饥'，可我养了两个儿，一个都指望不上。"

"不会的。上海也不远，何况有小庆生跟着您，您也就放心了。"吕思麟一边劝慰着婆母，一边把宝宝递到婆母手里。这小人儿也得人疼，一沾到奶奶的怀，就直嚷嚷："奶，奶，奶。"让奶奶高兴得直抹眼泪。

新媳妇第一次回家，接连几天，叶舟氏就屋里屋外张罗着给儿子媳妇做点什么好吃的。叶龙台当然喜欢家乡的味道，首先表态："鸡汤泡炒米。"

叶舟氏说："你也不先问问你媳妇，她喜欢吃些什么。"

"啊，啊。"叶龙台一边傻乎乎地应着，一边问吕思麟说，"你喜欢吃什么？快说啊，好让妈烧给你吃。"

吕思麟转向婆母说："妈，回家了，您做什么，我们就吃什么。"

"这孩子，哪有我做什么你吃什么的道理，就是客人来了，我们也要盛情招待啊。"

叶舟氏每天都准备一大桌子的菜，什么山粉圆子烧肉、红烧鳜鱼、酱牛肉脯、芹菜芽炒肉丝……还有清水大闸蟹。抗战胜利后，回到老家的叶舟氏还没有这样开心过。

一家人坐在一起吃饭，叶国勋叫大家多吃菜，叶舟氏笑眯眯地看着大儿子，只往他碗里夹菜。小叔子不服气地说："妈，你就是喜欢哥哥嘛。"

叶舟氏说："说什么鬼话，做妈的都喜欢。"

叶龙台就把菜夹给思麟，思麟说："妈心疼你，你就吃吧。"吕思麟看着婆母还是不住地往大儿子碗里夹菜。心里想，真是偏心的父母，叫不应的皇天。

小叔子长得一表人才，白净的脸皮，一对三角眉，眼睛透着英气。他虽然比吕思麟小一岁，看起来老练多了。婆婆就曾警告过吕思麟："你不要惹他，别看他文质彬彬的，其实他比龙台厉害，龙台在外受了委屈都是他去打抱不平。"

叶龙平对这个漂亮的嫂嫂尊敬有加，开口闭口总是："大嫂，你歇着，这事我来。"

叶龙台回来还有中学同学处可走走，小庆生也是奶奶带得多，有时佣人王荣也能搭一把手，吕思麟回家这几天，几乎是无所事事。只有小叔子陪她谈谈心。小叔子高中没毕业就跟着妈妈逃难到湖南，后来靠自学，考取了叶国勋供职的机械化学校，今年毕业分发到北平傅作义部队装甲兵当见习排长，这次顺便送父母回宜庆。过几天就要北上去履职了。

晚上宝宝睡摇窝，一听到哭声，叶舟氏就要跑过来看宝宝。吕思麟说："我来。"

"你睡吧。哟，你看，你把宝宝包得这么紧。"婆母一边解着包被上的丝带，一边说。

"我怕他晚上蹬被子。"

"你看小衣服都汗湿了。"婆母为小庆生把好尿，用干毛巾擦干宝宝背上的汗，轻轻盖好，等宝宝睡实了，才离开。就这样，三天还没过，婆婆就跟媳妇说："思麟，晚上还是我来带。过两天你们不是还要走？"说着就把摇窝子搬到她房间里去了。又过了两天，吕思麟人还没走，婆母干脆把宝宝抱到自己床上带着睡。

吕思麟说："妈，晚上带宝宝上床睡，拉屎拉尿的，您也睡不好。"

"带孩子床上睡，大人辛苦些，冷热心中有数，把尿也方便些。"婆婆最烦的事是思麟让宝宝啃咸萝卜头，说了好几回，"思麟，你看给小人儿咬得口水直滴，又脏，又不养人。"

"妈，我是给他磨牙用的。"

"磨牙可用甘草，明天我就给你换掉。"说着，叶舟氏颠着小脚亲自到中药店挑了一根小指粗的甘草，用红头绳穿好，系在宝宝右手腕上这才放下心来。不过，婆母也有说吕思麟做得好的地方。她常拉着宝宝的左手，欣赏着宝宝手腕上的手环，一看就看老半天，说："编得真好。不论从哪个方向上看，都能看到九只佛眼，这锁扣也用九乘金刚结编成。真好。"她又摸着孙子的金刚绳项圈说，"这么脏了，也不洗洗？"

"妈，可以解下来洗。让我来。"

"不用了，我连同手环一同解下来洗干净，包好放在箱子里，菩萨同样会保佑我们宝宝的。"

"爷奶疼的头孙子"，回家几天，公公婆婆对思麟再好，思麟都感觉是客气，他们对小庆生才是真正疼爱。

回到宜庆，叶龙台每天没事都要带吕思麟上街逛逛。一出门向南两步就到了拐角头，豆腐坊、菜摊、㧟饼油条店、包子铺应有尽有。向北一出城就是柴草市场，什么松丫柴、芦苇柴都堆在路边。从拐角头向东就到了市中心。路上，叶龙台简直成了一名导游，滔滔不绝地向吕思麟介绍着。安徽设省比较晚，康熙年间才从江南省分出来，不过，宜庆也有近 700 年历史。当时建城就是为了抵御北方金兵的入侵。因临江沿山势而建，又扼吴控楚，进可攻，退可守，历来都是兵家必争之地。

"你看看，宜庆近代刚经历了太平天国之乱，又遭日寇多年蹂躏，现在城市毁成什么样子。"叶龙台气不打一处出，激动起来。吕思麟一边听着丈夫的介绍，一边看着街景。一路上，两三层木质或砖木结构的瓦房也还整齐，只是有些残垣断壁还没有来得及清理，古城破败凋零的景象跟她见到过的重庆、成都没有两样。

向南进入四牌楼，麻石条的路面，狭窄的街道，两边开满了店铺，熙来攘往，很是热闹。叶龙台说："这是宜庆最繁华的商业街，老字号的店铺大多集中在这条街上。"他说，"妈就喜欢吃'麦陇香'的绿豆糕，我们买点带回去吧。"他们俩买了些糕点，又到隔壁"胡玉美"酱坊买了蚕豆酱，就向西折进另一条街。这条街中药铺、银楼和布庄很多，叶龙台要给吕思麟买段布料，吕思麟说："过几天到上海，再买也不迟。还是给宝宝买一对银手镯吧。"吕思麟拿着挑拣的手镯，摇摇还叮当作响，很是满意。

宜庆城不大，虽说只有"九里十八步"，但街道高高低低，曲曲折折，号称"九头十三坡"，一个多小时走下来，吕思麟已经感觉很累，说："我们歇一会好吗？"

叶龙台兴致勃勃地对妻子说："好，不远了。我带你吃'江毛水饺'去。"

十多天下来，小庆生跑前跑后，"奶奶，奶奶"叫得欢。小叔要按时报到，已先走了。叶国勋问龙台夫妻今后的打算。龙台说："回父亲的话，同济大学回沪面临复建的问题，工作肯定很忙。思麟已读大三，学业也不能耽误，看来一时也回不来。"

"我们不是要你们常回来。你们有你们的生活，还是要以工作为重，养家糊口不容易。何况你对思麟的学业也要负责到底。"

"是的，爸爸，我记住了。"

"小庆生丢在家，你们放心。等放假有空，多回来看看。"

"爸，由爸爸妈妈带着有什么不放心的。"吕思麟回答道。

叶国勋突然想起什么，说："你们走之前，可带小庆生去照张相，你们带在身边，想他时，可拿出来看看。"

临去照相时，吕思麟还是把洗干净的手环和项圈给小庆生戴上。留芳照相馆离家不远，叶龙台和吕思麟牵着小庆生不一会就走到了。小庆生看见木板门里黑咕隆咚的，哭着就是不愿进去。叶龙台抱起哄着说："庆生乖，听话，你看，那个窗户里的美人照漂亮不漂亮？我们进去也照个漂漂好不好？"

"不漂，不漂漂！"小庆生犟起来，一连串说，"我不，我不！"就是不愿进照相馆。

思麟气了，拍了一下他的小屁股，狠狠地说："不听话，不听话妈妈不要你！"

叶龙台也放下宝宝跟着说："我也不要你了，我跟你妈妈走了。"

这下可把小庆生吓哭了，急忙哭着喊："妈妈、妈妈，我听话，我听话。"

叶龙台夫妻连哄带吓，小庆生总算让妈妈抱着照了一张相。但这种失去安全和亲密的恐吓留在了照片上，没有表情，显得呆板，似乎还有泪痕的影像一直影响着小庆生的一生。

这次照片洗了三张。叶龙台说，多洗两张吧，又加洗了二张。爷爷奶奶留了一张，其他几张叶龙台夫妻带走了。奶奶问："怎么没让宝宝单独照一张？就是这一张宝宝也没照好。思麟，你怎么把宝宝挟得那么紧？"

回沪的船票是下午五点的。头一天，吕思麟就整理好宝宝的衣物，还有包被，她用缠丝带捆好，交代给了婆母。饭也是思麟坚持要给宝宝喂的。奶奶把炖好的鸡蛋羹端来，她一边吹冷匙中的蛋羹，一边说："妈妈明天就要走了，你可要听奶奶的话啊。"

小庆生一边吃着一边点着头，两只小手不知在舞着什么，只听见手腕上银镯的小铃铛叮当作响。

上船时，婆母坚持要送。王荣抱着小庆生也来了。吕思麟亲着小庆生的小脸说："宝宝，你会想我吧？"宝宝两只小手只摇着，吕思麟心里很难过，拉过宝宝的小手又亲了一下。

"呜——"大轮拖着悠长的鸣声，离开了码头，向东方驶去。泪水模糊了吕思麟的双眼，也模糊了儿子的身影。

船行至振风塔下，高高耸立在江边的宝塔在夕阳斜照下熠熠生辉，非常壮观。吕思麟端详着它，这八角七级楼阁式建筑华美庄重，真没有辜负"万里长江第一塔"的美誉。回想着叶龙台带她来玩时的感觉，塔高何止七级，台阶很陡，拾级而上十几层也不止。何况门门虚设，犹如迷宫，越向上护栏越低，风险也越大。振风塔为振文风而建，这些设计是不是昭示着振兴文风之艰难？

第 二 章

一

叶庆生办完妈妈的丧事，回程时买的是无座车票。好在临上车，弟弟季桑从售票厅退票窗口前抢到一张坐票。告别弟弟，进到北京站，离开车时间已很紧张，叶庆生匆匆登上上二楼的扶手电梯，一脚踩滑，差点摔了下来。他也不管自己多么狼狈，拎着帆布旅行袋，冲向检票口，硬挤上了南行的127次列车第10节硬座车厢。

没想到列车上人竟然这么多，人挤人，人贴人，连过道上都是人。叶庆生把手提黄色帆布旅行袋顶在头上，一步一步向位于车厢中部的自己座位挪去。几米的距离，挤得他全身冒汗，头上冒热气，还没挤到座位跟前，火车就开了。叶庆生好不容易挤到位子前，见座位上已坐了一位穿灰呢外套的女人，抱着不到两岁的孩子，正在哄孩子睡觉。她脚边还放着一个鼓鼓的马桶包。两个人的座位，靠窗边坐着一位穿蓝棉制服、戴黑色人造革鸭舌帽的中年男子，他见叶庆生一手扶着头上的旅行袋，一手拿着车票，站定不动，指着身旁女同志说："她问我位子上可有人，我看车都开了，就说，没有。她就坐了下来。"叶庆生点点头，站着把旅行袋塞进右上边的行李架上，说："没关系。"那位女同志见状，不好意思地说："刚从姥姥家来，买不到硬座票。"说着，就要起身让座。叶庆生看她抱着孩子，还带着东西，起来让到哪里去？忙摇摇手说："你先坐着，你先坐着。"

"大哥，谢谢了。我家在天津卫，年前几天假，带孩子去看姥姥。没想到，还没到春节，车票就这么难买。"说完，她低下头，怜爱地抚摸着怀里的小男孩，继续哄他睡觉，嘴里还轻轻地哼着摇篮曲。

叶庆生直直腰，扶着黑色人造革的座椅背，调整了一下站的姿势，顺手解开自己棉衣纽扣，舒了一口气。一看车厢里，不仅是人满为患，也是货物成堆了。地上撒着烟头、瓜子壳和橘子皮。抽烟的喝酒的，乱糟糟的，乌烟瘴气。两边行李架上，堆满了大包小包的行李，北京果脯、糕点自不必说，连粮油都堆在上面。特别是那些廉价的条格塑料袋里塞得鼓鼓囊囊，竟然是抢购来的钢精锅，袋子都快要被撑破了。车厢两头也挤满了人，堆满了行李。自己座位对面是一对小夫妻，穿得还时尚，男青年，把棉大衣挂在衣钩上，人靠在绿色的窗帘上，望着窗外黄昏时刻最后一抹阳光，女青年穿件橙色花呢翻领外套，靠在男青年身上，嗑着葵花子。她头上行李架上放着一个醒目的大大的红色塑料旅行袋。她这身"花"和头上这朵"红"，无疑给车厢蓝绿灰底色添加了一点亮色，也增加了一点热度。

不知怎么搞的，近几年，人心是浮的。车上也不例外，生怕物价上涨，大家抢购着锅碗瓢盆、冰箱彩电，就连柴米油盐也往家里搬。叶庆生想不通的是，现在也不是没有得吃没有得穿的时代。抢什么？锅碗瓢盆家里有得用就行了，买许多放在家里，久了还是垃圾。心想，自己1968年从医学院毕业，工资十年不涨不也过来了。现在已翻了一番，每月也能拿到一百多元，去年又评上了主治医师，日子顺着过，也就有希望了。想想，继父季侯道是位老干部、老教授，每月工资400多元，也对目前调资调低不调高有意见。临走，他还跟叶庆生叨唠："庆生，我这是几年一贯制了，工资就是不涨。还是你们年轻，当医生的，实用，有希望。"

"宝宝乖，宝宝乖，宝宝是妈的好乖乖……"穿灰外套的妈妈慈爱地望着怀里的儿子，不时轻轻拍着宝宝。孩子已睡得很沉，车上这么闷热拥挤，他感受不到，仍能甜甜地睡在妈妈的怀抱里，嘴角还流着梦口水。

这位年轻的妈妈用天津话哼着摇篮曲，是那么自然，别有一番韵味。叶庆生触景生情，心生羡慕。他不由自主地跟着这位妈妈的韵律在心里哼起了摇篮曲《金刚结》。这是他快到四十岁时，找到妈妈，靠在妈妈的怀里，妈妈教他唱的。

金刚结，彩丝结，
彩丝缕缕心中结。
结个宝宝心间挂，
结个金刚度万劫。
宝宝本是妈妈肉，
前世今生因缘结。
一针一线妈妈心，
宝宝与妈心连接。
一绕一结妈妈爱，
宝宝与妈缠成结。
缠成结，金刚结，
九眼金刚五彩色。

哼着哼着，叶庆生有点可怜自己起来。他始终不明白，小时候，父母为什么要抛弃他？以后妈妈为什么不找他？父亲又为什么跑到台湾去了？现在总算搞清楚了，搞清楚了又有什么意思？自从自己成家之后，最讲究的就是自己的两个儿子，自己不吃要先给两个孩子吃。冬天怕孩子冻着，夏天怕孩子热着。饭凉了温热了再喂，连吃鱼都先要把刺给挑尽。平日里把两个孩子照顾得好好的，生怕孩子有一个三长两短。寻亲多年，也想开了，人到中年什么苦难没有经历过？但从小失去父母的陪伴，现在亲人又一个个先后离去，才是叶庆生现在最痛苦的事。

二

话又说回来，当夜航船把叶龙台和吕思麟带到上海时，天已大亮了。他俩拎着皮箱从十六铺下船。码头上人头攒动，叶龙台和吕思麟好不容易才挤上岸。放下皮箱，叶龙台叫吕思麟看着行李，他去喊黄包车。

吕思麟站在江边人行道上，俯瞰着黄浦江宽阔的江面，大小船舶穿行繁忙，一艘外国的巨轮正在迎面驶来，江边一座座大小码头上，有不断上下船的人和货物，显得异常繁忙。外滩风格迥异的西式建筑林立，各国洋行楼顶上都高高飘扬着异国国旗，道路宽敞，小轿车众多，热闹和繁华是成都不能比的，李庄就更不用说了。

两辆黄包车来了，一前一后拖着叶庆生夫妻向虹口方向驶去。先来上海的二妹吕思慧已在虹口租下一个大房子，安置他们一家和大姐夫一家。赵山生回自己家住去了，廖仲敏暂时住到学校宿舍里，彭枫林到上海不久因继承遗产，到美国去了。吕思麟的小弟吕思懿一直跟谢德理生活，还没有到上海。

叶龙台和张载存整天忙着机械系和实习工厂的复建和教学恢复工作，吕思麟和吕思慧又恢复了学生生活。枯燥的学习，让吕思麟一直打不起精神来。周日姐妹俩上街，南京路上，有轨电车、小汽车，车来人往，好不热闹。街道两边布满了标牌和广告，加上电影、舞会等西方生活方式，让她俩见识了什么叫现代大都市的魅力。虽然一路大减价、大赠品促销不断，但姐妹俩还是看得多，买得少。刚来上海，自己烧自己吃，每天到虹口菜场，避开大腹便便、满脸络腮胡子、头戴包巾的印度警察，从当地渔民、屠户和农民手里买些既便宜又实惠的鱼、肉、鸡蛋和蔬菜，精打细算，省着点过，感觉生活水平也不是太高。

上海金融、贸易和商业发达，社会上弥漫着一种认钱不认人的气氛。吕思麟到上海不久，也渐渐学会了上海人的精明，因为在这个商品社会里，什么东西都要用钱买，自己既不富有，又不是人下之人，想过好一点的日子，只能货比三家，讨价还价，买到价廉物美的东西，图的不就是一个实惠？在注重生活实惠的忙忙碌碌之中，也逐渐消减了吕思麟对政治的热情，她采取的是一种敬而远之的态度。随着内战的开打，市面上人心惶惶，物价飞涨。吕思麟感觉到这日子越来越没法过了。她在附近小学找了一份兼职教师工作，以补贴家用。叶龙台全然没有注意到社会生活上的这些变化，只是日复一日地埋头做着他理工男的机械工作。

1947 年底，同济学生在寒衣劝募活动中，喊出"高涨物价，死人无减"的呼声，开展了"反饥饿、反内战、反迫害"和救饥救寒的运动，遭到镇压。因为同情，叶龙台把自己的学生藏匿家中，吕思麟很不高兴，说："人家躲都躲不掉，你还引火烧身？"叶龙台说："他们是我的学生，学生有什么错？"加上叶龙台支持学生自治会改选应学生自主，也得罪了校方，受到警告。

1948 年初，校方开除了三批闹事的学生，从而爆发了"1·29"同济学生大游行。军警搜查学生宿舍时，也连带搜查了叶庆生他们在虹口租住的房子。吕思麟怪叶龙台不听话，搞得一家不得安宁。

吕思慧劝说，时局这样，也怪不得姐夫。叶龙台负气干脆搬到校办工厂去住。吕思麟觉得叶龙台简直不会生活，她和他几乎没有共同点，自己仅有的一点理想主义，也被他的机械棒击得粉碎。

想想三年来，因为生活中的分歧，大部分时间都是在争吵中度过的，无法沟通。原来最看中的是叶龙台的忠厚正直和他决不会昧着良心去做一些损人利己的事情，但是他做人做事，一板一眼，太执着，太刻板，似乎一切都得按图纸来，没有丝毫的迁就和通融，就像一位不近人间烟火的菩萨，没有一点浪漫情怀和感情色彩。作为女人，她更喜欢的是懂得浪漫、懂得生活、懂得爱她的男人，可现在看着这个老实得就像一根榆木疙瘩的丈夫，连"对不起"都不会说，还认死理，倔得几头牛都拉不回头。"唉——"一想到这些，吕思麟只有深深地叹一口气。

记得前几天，吕思麟在街上无意中碰到了高原老师。高原老远就喊："金子！金子！"

"金子？"吕思麟潜意识里感到好像有人在喊她。她抬头一看，只见前方有一个熟悉的身影，正站在路边向她招手。

"高原？高老师。"她赶忙上前亲切地喊了声，"高老师。"

高老师比在李庄时，穿戴整齐多了，西装革履，一头油光的头发向后梳着，精气神十足。"呵，还是老样子。我们漂亮的四川妹子。"

吕思麟不好意思地低下头说："高老师，又要取笑我了。我记得在李庄您是长发飘飘，很有风度。"

"在沪上可不行，邋里邋遢的人家瞧不起，特别是我供职的明星影片公司。"他顿了一下又说，"我这身行头，叫讲究。上海人认为失去讲究是比失去爱情更大的灾难。"

"呵——"吕思麟"呵"了一声。高老师约吕思麟到附近一家咖啡馆坐坐。咖啡馆门面不大，倒还洁净。门口竖着一幅很大的可口可乐广告牌。他们找到靠窗的桌椅相对而坐，高原要了一杯现磨的热咖啡，吕思麟因喝不惯咖啡，只点了一杯可口可乐。坐定，高老师掏出美丽牌香烟，自顾自地抽起来。他问吕思麟："我记得你还有一年就要毕业了吧？"

"是的，今年大三，明年就要实习了。"

"学习还好吧？"

"烦透了。"

"那你读生物系干什么？"

"是家父要求我念的。"

"你父亲强迫你学，你就学了？"

"有什么法子哟。家父只许我读理、工、农，不准我学文、史、哲，用他'科学救国'的梦，活活地把我想当作家的理想扼杀了。"

"有意思。不过你有演戏的天赋，上次在宜宾你演的金子很成功。"

"老师过奖了。我喜欢写作是真，可一直没这个条件。"

"有。只要你喜欢，我可以帮助你实现自己的理想。"

吕思麟期待地望着老师。高老师说："两年前，著名教育家顾毓琇与著名戏剧家李健吾等在横浜桥成立了上海市立实验戏剧学校，我的好朋友熊佛西先生现是校长。他那里设有编导专业，就像现在我干的编导一样，不知你可感兴趣？"

偶然之间巧遇高原老师，这就像冥冥之中有命运女神一样，用高原老师的热情点燃了吕思麟的文学之梦。她考虑了一下说："好是好，我也愿意重拾起自己的爱好。不过我得回去与叶龙台商量一下，再告诉您好吗？"

"没问题，只要你喜欢，随时来找我，我给熊校长推荐一下，作为在校大学生，你不需要经过考试，只要递个申请，就可转学过去接着读。"

吕思麟谢过老师，一路轻快地哼着《四季歌》："……秋季到来荷花香，大姑娘夜夜梦家乡，醒来不见爹娘面，只见窗前明月光……"回到家中。

"龙台，我想学编剧。"晚上，吕思麟坐在床边编织着叶龙台的一件毛线背心，一边跟叶龙台说。叶龙台占用着家中仅有的一张三屉桌，在台灯底下正在校对图纸什么的，心不在焉地说："你喜欢编织就编织吧，不要太累了。"

"什么'编织'？是编剧！"

这回叶龙台听清楚了，放下图纸，盯着吕思麟说："干什么不好，学什么编剧？你明年大学就要毕业了！"

"你是让我去教生物，还是一生与那些没有感情的动植物为伍？"

"那有什么不好？那是科学，科学是可以培养起兴趣的。"

"什么'科学'？跟我老爸一个腔调！"

"那也是一种职业，是谋生的手段。"

"你也知道它只不过是一种谋生的手段。我早受够了，能坚持到现在，就算对得起你了。"

"别、别，这不是我强迫你的，这是你老爸的意见。"叶龙台赶快用手势表达，这是老泰山的选择，没有讨论的余地。

"天高皇帝远，现在他还能管得到我？笑话！"

"你可不能这么说，他是你爸，他也为你好。"

"他为我好？他为他自己好，他从来就没有为我考虑过。"吕思麟说着，有点激动起来，眼泪也不由自主地溢出来，把手中活一甩，坚持说，"这事由不得你，明天我就到学校办转学手续！"

"思麟，这事你千万别冲动。有事慢慢商量。"叶龙台不会忘记岳父嘱托的使命，要对吕思麟的学业负责到底，可现在冒出这么一档子事。他知道，他是管不住她的，但责任还是要负的。

"思麟，你爸爸一再托付我，要完成你的学业，我不能不负责任！"

"你负责任？你负什么责任？俗话说，嫁汉嫁汉，穿衣吃饭。就靠你那几十块薪水，能养活谁？若不是我去代课，你连我都养不活！何况，现在儿子由爷爷奶奶带着。"

"我们是夫妻，我必须要对你负责到底！"

"夫妻？我嫁给你，也不是你的附属品。你有什么权力干涉我的自由？"

他们俩各执一词，声音越来越大。这时惊动了隔壁的吕思慧和张载存。他俩都跑过来问，怎么了，这么大声音？这时，吕思麟和叶龙台背对着背，气鼓鼓的，反而不说话了。吕思慧问明缘由后，劝大姐说，这件事一定要三思而后行。

吕思麟决定了的事，十头牛都拉不回来，更不用说丈夫和妹妹的劝说。第二天，她就到明星影片公司找编导高原老师，带着高原的信，到上海市立实验戏剧学校报到去了。

从家到学校，路不远也不近，吕思麟顺便买了一辆女式二手自行车，以便每天上学用。

三

上海虹口，横浜桥，呵，这就是鲁迅先生写《且介亭杂文》的地方。吕思麟走到这里，一种亲切感油然而生。上海剧专门头不大，花岗石的围墙圈起了一片艺术的天地。"上海市立实验戏剧学校"的牌子就挂在左边的门柱上，黑色的铁栅门后，是一幢老式中西合璧带回廊的建筑。吕思麟上楼找到了校长办公室，熊佛西校长热情地接待了她。

当吕思麟见到我国著名戏剧教育家、剧作家和中国话剧的奠基人之一的熊佛西时，肃然起敬，站在门口不敢迈步。"请进、请进。"熊校长招呼吕思麟进门就座。校长微胖的脸上戴着玳瑁边眼镜，宽宽的前额透着睿智，他让吕思麟坐在他的对面。他接过高原的引荐信看了看，和蔼地问："你就是吕思麟同学？现在在同济大学三年级？"吕思麟点了点头。吕思麟崇拜名人，可当她见到了名人，则显得拘谨起来。"你能弃工学文不容易，特别是在国家前途抉择时期，还立志学艺报国，是一种勇敢的选择。戏剧是推动社会前进的一个轮子，又是搜寻社会病根的 X 光镜。"

"是的，我喜欢文学，文学能透视人性。"

"说得好。听高原说，你很有表演天赋，你不想到话剧演员组试试？"熊校长喜欢人才，他见吕思麟长得秀气，丰满的脸蛋，明亮的眼睛，外表的美和内心的真毫不遮掩，一颦一蹙中都有戏。

"我？"吕思麟自信不足，"那是我们学生剧社演着玩的，特别是演员想哭就哭，想笑就笑，假戏真做时就比较难。"

熊校长笑起来："好演员是要有很快进入角色的本事的，一般人是不行。"

"熊校长，学编导教不教写作？"

"编导是戏剧的基础和航标，好的一出戏，要有好的剧本，能不能演得出彩，不光靠演员，还要有好的导演。编导专修班虽不教写作，但剧本写作是要讲的，那要在后期实践中去学。前期主要讲文艺理论和戏剧学术研究。"剧专不教写作，想当作家的吕思麟有点意外，可是她知道中文系也不教写作。可有人对她说："作家是写出来的"，写作完全是作家自己的事，那也只有今后靠自己努力了。

吕思麟想，人生路很长，但关键处只有那么几步。既然自己放弃了将来当生物学家或当生物老师的前途，而重打锣，重起灶，选择了学习编导，不管能不能成为编剧或导演，只能走一步是一步，在学习中学习了。

吕思麟早出晚归，每天骑着自行车到剧专上课。叶龙台也是早出晚归，到校办工厂去上班。晚上回来，谁先进门谁烧饭，吃饭时也没有一句话可说，日子就这样在"冷战"中一天天流过。眼看快放寒假了，叶龙台先开了口说："寒假，你可想去宜庆看看孩子？"

他们也一年多没见儿子面了，说不想是假，可他俩现在这个样子，无法沟通，各顾各的，无法商量出一个意见。夫妻反目，最先受到伤害的肯定是自己的孩子。

"我忙。"吕思麟只两个字。

"你不去就算了，我也走不开。"

就这样儿子永远留在了这对父母的记忆里，他们从此再也回不到一年前被丢给宜庆爷爷奶奶的儿子的身边。九眼金刚结的缠丝，虽丝丝缕缕，可连蛛网都不如。孩子从此没有了父母的陪伴，孤独、绝望，甚至陷入无尽的黑暗，似乎都跟他们没有关系了。

想一想，才两岁的小庆生好不容易从长江头被带回到长江尾这块称为皖江的地方，这对夫妻真的就把自己的儿子当成了"蒲公英"？因为，小小的"蒲公英"从来就不需要父母的。可是，"我的生身父母是谁？"却成了小庆生一生之痛，也是他生命中执拗的追问。

寒假一过，吕思麟借口每晚要观摩话剧组同学们的演出，晚上回来不方便，干脆在剧专附近租了一个单人间，搬出去住了。这对夫妻一下成了陌路人。

编导专修班 40 位同学，男生居多，吕思麟同桌的方月琴是上海人，娇小玲珑，长发披肩，虽比吕思麟小两岁，反而显得老成多了。她每天骑自行车早出晚归，与吕思麟相处久了，见面就喊"姐"，不知道的人，还以为她们是姐妹俩。给编导班上课的都是当时中国戏剧教育界的大腕，如熊佛西就亲自给他们讲"写剧原理"，李健吾讲"文学概论"。正巧曹禺二月从美国回国，就给他们讲了一学期的戏剧创作。曹禺是吕思麟最敬重的剧作家。在宜宾饰演《原野》中的金子时，就对他的戏剧语言个性化有所体验。曹禺塑造的每个角色在人物与人物的心灵交锋和外部争执中，都能激发出角色演员真实的内心冲突，随着剧情的发展，展现出剧作者固有的对原始野性美的讴歌。而曹禺上课一个最大的特点是，能让人物身临其境地讲话，还能即席演出，与假设时空转换成的舞台联系在一起，产生强烈的戏剧效果。曹禺在讲改编的《财狂》主角时，一个人在讲台上又是哭，又是闹，最后"嘣噔"一声晕倒在台上，把守财奴韩伯康表现得活灵活现，让同学们印象深刻。

教古典诗词和《楚辞》的是沙正清老师，而教现代文学和新诗的是季侯道老师。对这两位老师，同学们背后早有个比较。虽然他们都是中等身材，也很讲究，但是——前者壮，后者瘦；前者红光满面，精气神十足，后者面目清秀，戴着金丝边眼镜；前者同学们称他为"美髯公"，后者同学们称他是"清秀才"。

季侯道老师刚毅木讷，不善言笑。他虽然是五四新文化运动的亲历者，讲起新文化运动来也照本宣科。当他讲五四以来我国新诗发展脉络时，从浪漫派，讲到新月派，从新月派，讲到现代派，一丝不苟，清清楚楚。当他说到郭沫若先生的《女神》时，肯定它是新诗革命纪念碑式的作品，是"文学为人生"的一次大胆实践。虽然他讲课轻言慢语，但讲到激动处，也火光四溅。"我飞奔，我狂叫，我燃烧……"张口呐喊，挥手向前，好像他正在个性解放的痛苦挣扎中，猛起，以"天狗"那可吞掉"一切的星球"的气概，去与一切因袭守旧传统战斗。最有意思的是，他上课常提醒同学们说："同学们在学校不要谈恋爱，好好读书，学好了，自然会有女孩子找你。"

而沙正清老师每次上课总是口若悬河，侃侃而谈。与其说他是一位诲人不倦的老师，还不如说他是一位出色的演说家。本来中国古诗词就是五四运动革命的对象，可经他这么一讲，如春风扑面，梦笔生花，暗香浮动，妙趣横生。特别是讲屈原，讲《楚辞》，在别人看来晦涩难懂，诠译比较难。而他则从新诗入手，用极通俗易懂的白话文去解读《楚辞》中的《九歌》《九章》和《离骚》，让学生能听得懂，甚至普通人也能欣赏。沙正清老师喜欢屈原，喜欢《楚辞》。祖籍在湖南的他更喜欢江南浪漫主义的情怀。他用"美人芳草"概括《楚辞》。他认为屈原爱国，也爱美人，屈原无论对国家还是美人都一往情深。他甚至自诩屈原转世。

"清秀才"季侯道老师每天走进教室，脸刮得很干净，头梳得油光，西装领带，衣着整洁。大凡不适或微恙，他都会请假调课，不愿把自己不好的一面展现在同学们的面前。

按道理当老师是不宜留胡子的，而"美髯公"沙正清却与众不同，非常注重自己的胡子。每天都要清洁，每周都要修剪，青丝一样的发须，配着他那张方额大脸，更彰显出成熟男人的魅力，多了几分女孩子们喜欢的阳刚帅气。沙老师不喜欢穿西服，他更多时间是穿唐装或长袍。正式的场合，穿件崭新的中山装。更"奇葩"的是，他每天上课，都要手提一根紫檀木的弯头文明棍。他好像不会生病，从来没有请过假，调过课，每天精神饱满，气宇轩昂地走进教室，把文明棍往讲台上一放，等班长一声喊："起立！"他就挥着双手和同学们一起唱校歌："……我们是中华民族的善良儿女，我们是人类灵魂的青年工匠。迎着彩光，粉墨登场，给你快乐，让你思想，揭示心灵的奥秘，展示人生的榜样，发扬时代的风貌，创造灵魂的辉煌，人生的戏剧，戏剧的人生，人类的精神，在这里闪光！"然后，才让同学们坐下来听讲。

他看见班上有八位女生，个个年轻漂亮，而且都扎堆坐在前排，调侃地说："你们班是众星捧月，还是绿叶丛中八点红？我看这八朵鲜花，都长得不错嘛。不比去年上海滩选美时那些姑娘差。"当他看到吕思麟坐在中间，眼睛为之一亮，似乎在哪里见过，一拍脑袋说，"呵，周璇？一个活灵活现的周璇！"老师所指，让同学们把注意力都集中到吕思麟身上，搞得她不好意思地低下了头。

沙正清双手一撑讲台，把黑板擦一拍，来了个闲话少说，言归正传。"什么叫学问？"他环视教室后说，"学问学问，会学还要会问。老师只会复述教材里前人的东西，那是教书匠。我教书，就是要带大家做学问。"他上课从不看教案，从讲台这头走到那头，又从讲台那头，走到这头，不时用右手助力，抑扬顿挫，充满激情，突然转过身，面对同学问："那'离骚'二字真正的含义是什么呢？"稍停顿，他就一字一句地说，"较合适的解释是'被离间的忧思'，苦闷的心灵中喷涌而出的是一片精诚为国和爱民的缠绵情怀。那《楚辞》的精神所在又是什么呢？对于中国传统文化，可用'风''骚'两个字概括之。中华民族之共性曰'风'，代表人物是孔子；个性曰'骚'，代表人物是屈原。《楚辞》对整个中国文化系统具有不同寻常的意义，特别是文学方面，它开创了我国浪漫主义文学的诗篇，对后世文学影响深远。而在对待妇女的态度上，我认为，诸子百家很少谈及女人，是对女权的歧视。春秋诸子中，屈原最尊重女性，《离骚》中多以歌颂女性为中心，这是非常了不起的。"

吕思麟听得很认真，也很感慨，之所以老师推崇屈原，热爱屈原是有道理的。当讲到《招魂》时，方月琴举手站立问："有人说《招魂》为宋玉所作。"

沙老师示意她坐下，说："《招魂》的作者只能是伟大的爱国主义诗人屈原所作。《招魂》通篇乃自明其志，这时诗人对人世有着异常深厚的眷恋，其精神实质与《离骚》《天问》《哀郢》等是一贯通连的，都是诗人的代表作。从表面上看，'羌灵魂之欲归兮，何须臾而忘反''惟郢路之辽远兮，魂一夕而九逝'，诗人已形神分裂而自招其魂了，其实诗人是在为楚国招魂！魂兮归来——"沙老师用他那浑厚略带湖南口音的男中音吟诵起来，其声幽咽，一会把你带入屈原芬芳馥郁的想象世界中，一会又把你带入一片超尘之境界。"路漫漫其修远兮，吾将上下而求索"，景象何等动人，让人感慨，催人泪奔。

沙正清老师讲着讲着，眼睛又转移到吕思麟的身上。每当此时，吕思麟就羞涩地低下了头。虽然她微低着头，可双耳却竖着听沙老师讲课。沙正清学识渊博，积淀深厚，已达到了"胸藏万汇凭吞吐，腹有诗书气自华"的境地，你看他面对几十位思维活跃的学子，反应机敏，应答如流，妙语连珠，尤其是那灵光"一闪"的睿智，常让吕思麟敬佩不已。

有同学问："沙老师，您对写文章有无高见？"

"有！"同时，沙老师反问提问的同学，"你可认得刘文典？"

同学站起来回答："老师，我知道。他是清华大学著名教授，安徽大学校长，还曾踢过蒋介石一脚。"众笑。

"对。他曾说过写文章要做'观世音菩萨'。"

同学们不解，沙正清解释道："观世人百态，了人情世故，讲音律韵谱，润受众之心。"

吕思麟听到沙老师讲她像周璇，虽然不好意思，但她也是第一次从别的男人眼中看到了自己的美丽。吕思麟在女生中个头不算高，但年龄最大，是已婚女人。上剧专，是源于她对文学的热爱。可是她在这群小女生中，并不因失去豆蔻年华而稍逊风骚。她来上海后学会了化妆，不是那种浓妆艳抹，而是薄施粉黛，巧妙地把下眼睑初露的细纹屏蔽掉，加上川妹子的灵动和秀丽，显得神采奕奕，富有性感。何况她不断追求个性的解放和文学的梦想，在潜心学习中，不断战胜着时间的苛刻，始终保持着光彩照人的形象。她的穿着也不像当时上海滩那样"大胆前卫"，而是梳了个大辫子，留着整齐的刘海。作为一名学生，她很会打扮自己，不是白衬衫蓝裙子学生装，就是清新的中式女装或花格子的短袖旗袍，她知道对于一个买不起珠宝首饰的穷学生来说，美貌和风韵就是她的讲究。

如今学文的愿望已经实现，当她走进自己喜爱的领域那一天起，她就决心埋头苦读，吸取更多的营养。她每天总是第一个到校，听课，记笔记，虽不练功，但只要有观摩课，她都会认真地去看，然后写出自己的感想。在老师们的眼里，她是一位好学上进的好学生，文静乖巧，让人心生爱怜。

沙正清被吕思麟的美丽打动，热烈追求她就像百米赛跑，不断地加力，只盼冲刺的那一刻。而吕思麟在剧专长达一年的学习中，从最初对沙正清学识的仰慕，发展到相知相惜相爱，挨到1948年夏天，他们才正式交朋友。

吕思麟为沙正清的帅气、博学和文采所倾倒。她不在乎财产、门第和对方婚姻状况，因她的精神完全投入到文学世界，投入到情投意合、琴瑟和鸣的虚幻之中。她认为成熟的爱是因为我爱你，所以我需要你。吕思麟是个单纯的人，尤其对金钱名利之类看得很淡。她也不善于和社会人打交道，与比她小的同学们相处，多是谦让。不过人生经历让她已意识到世界不如自己想象的那么美好，可"爱"的突然造访，仍让她猝不及防。方月琴就曾劝过她："姐，你不能与沙老师来往。你看他那色眯眯的样，就喜欢向女生上衣里看。何况他家有老婆。"

"嗯。"此时吕思麟已失去了理智，陷入突如其来的爱情不能自拔。

"姐！"方月琴加重了语气，拖长了声音，好像吕思麟真是她亲姐姐似的。吕思麟不是不知道方月琴为她好，可是她心里想：我不傻，当你跟一个人心意相通，分享激情时，你又做何选择？

"你千万不要相信沙老师的甜言蜜语，而毁了你的终生幸福。像沙老师那样花心大萝卜，你无法驾驭他，吃亏还在后头。"吕思麟看着这位上海姑娘说出这样沉甸甸的话，就像她的长辈教训她，不觉感到惊讶。

她自忖：我选择了年纪比较大，满腹经纶的沙老师，不正是为了爱？因为人这东西一旦有了爱，当她站在心爱的人面前时，心跳就不由自主地会加速，与心爱之人交目时就会害羞，有时会莫名失落惆怅，有时会为爱暗自流泪。

生活在上海滩、阅尽美女无数、已婚的沙老师，从第一天见到吕思麟，就因她彻底地沦陷了。他的眼睛从此没有离开过吕思麟，除白天直勾勾地盯着她看不停，连夜梦中，也还是她那娇小美丽的身影。

四

一天周日将近中午，吕思麟的房门，轻轻地响了两下。是龙台，还是妹妹？吕思麟想，我没有带他们来过，有事，都是我回家与他们商量。"思麟，思麟，是我，是沙正清。"

"沙老师？"吕思麟慌忙起身去开门。

吕思麟租住的单间在二楼，只要有人上楼，都能听到木质楼梯嘎嘎作响的声音。吕思麟正在看莎士比亚的《王子复仇记》，太专注了，竟没有听到有人上楼的声音。她拉开卡住的房门，"嘎吱"一声，沙老师皱了一下眉头，侧身进了屋。沙正清见吕思麟住的是一间不足十平方米的房间，桌椅和床铺收拾得干干净净，靠窗小桌左侧旮旯里放着一只藤书架，书架上堆满了教材和文学书籍。沙正清闻见房屋里有一股不知来自何处的清香，是女人用的香水，还是特有的体香？他不由自主地深深吸了一口气，刚坐下就问："你就住在这个地方？"

"是的，真不好意思。"吕思麟接着好奇地问，"老师，您怎么知道这个地方？"

"我鼻子底下长着嘴，不能问啦？"沙正清露出了狡黠的笑容。他看见桌子上的《王子复仇记》，说，"你喜欢悲剧，还是喜剧？"

"国人喜欢大团圆，西方人则倾向悲剧。总之'人生无常'，这里有悲又有喜，难免用情至深大梦一场。"

"'你这个乱伦，杀人，该死的丹麦王，饮你的这剂药!'"沙老师用哈姆雷特的腔调即席表演。

"自作自受!"吕思麟接上说。

"你的珍珠还在里头吗？尾随我的母亲去吧! 我将死了，赫瑞修。"

"哈姆雷特死了，全都死了。"吕思麟难过地说。

稍停，沙老师张开双手说："生存还是毁灭!"一下子抱住了吕思麟。吕思麟仰着头，双手挽着沙老师的颈脖，把红唇递给了沙正清，沙正清打了一个响吻，说："我们出去走走吧。"吕思麟撞入沙老师的怀抱，就像女儿依偎在父亲的怀抱里一样。沙正清抱着吕思麟恍惚就是抱着自己的女儿。他们就这样拥抱在了一起，显得那么亲切和自然。

沙正清是一个多情的种子，又是一个研究性学的专家，情色对他来说，就像花蜜对蜜蜂一样有吸引力，但他自恃是有学养的人，好色的野性，往往穿上儒雅的外衣，就显得非常有风度，不到时候，他是不会见之于乱的。

沙正清右手拄着紫檀木的文明棍，左手挽着吕思麟，不知道的人真以为在人行道上行走着的是一对父女。沙正清今天要带她到大世界，开开眼界。因为，他听说，吕思麟来上海这么长时间，还不知道大世界在哪里，就说："我带你去玩玩。"当他俩从黄包车下来，一眼就看见魏碑体"上海大世界"招牌横亘在门头，抬头是耸立中间的由十二根圆柱支撑的九层六角形明黄色尖塔，两侧连体的是中西合璧的一色明黄的三幢四层楼高的建筑群护卫着这样一个庞大的供市民消遣的娱乐城堡。两人穿过头上层层叠叠的广告牌，走进大世界。

这里真可谓是娱乐的世界。中央有露天空中环游飞船，各层分布着许多小型戏台，轮番表演着各种戏曲、歌舞、杂耍和书场。还有电影院、商场、小吃摊和中西餐馆。特别是那十二面哈哈镜，会把正常人变成魔鬼或猪八戒，让人忍俊不禁。走进大世界，有得吃，有得喝，有得玩，玩一整天不用出门，都玩不完。大世界里熙来攘往，人声嘈杂，让吕思麟不能适应，很快转出一身香汗。"沙老师，我们歇一会，好吗？"

沙正清精力充沛，连说："好、好。"接着说，"我们去看一场电影吧，周璇主演的《马路天使》。"

走出影院，天色已晚，好在大世界里小吃应有尽有。吕思麟只想吃点连汤带水的东西，要了一碗小馄饨，沙正清则要了一份盖浇饭，一荤一素两个菜，蛮实惠。沙老师问吕思麟："你吃那么一小碗就够了吗？"

"够了，你看用小砂锅煮的，分量不少，还有紫菜和虾皮。沙老师，不过上海的小馄饨没有我们家里的'抄手'有味道。"

"呵，你们叫'馄饨'为'抄手'，我曾在重庆吃过，比上海馄饨大，实在，满碗红油，麻辣味重。"

沙正清坚持把吕思麟送回住处。一路上，他们俩还在讨论着电影《马路天使》。

"我说你长得很像周璇吧？"

吕思麟脸又一红，娇嗔地说："你长得更像赵丹。"

"是吗？我有那么帅？"

吕思麟随口哼了一句："小妹妹唱歌郎奏琴。"

"郎呀，咱们俩是一条心。"

"哈哈！"两人对唱，一人一句，一路上欢歌笑语，尽兴而归。到了楼门口，吕思麟说："沙老师，上楼喝口水吧？"

"不早了，我该回去了。下个礼拜天，我还会来看你的。"

吕思麟回到房间，没有开灯，快步走到窗前，掀起窗帘，望着沙老师的背影慢慢地走远，她似乎看见，美髯公不时地回过头来向这边张望，她又慌忙放下窗帘，也没洗漱，就和衣躺在床上。马上眼前就浮现出沙正清那张方额秀目、美髯帅气的大脸。

　　"你就是周璇。""你就是赵丹。"吕思麟想着想着，又暗自笑起来。赵丹没养胡子，可他们俩的脸模子和神态真有点像，讲话也很像，而沙老师美须飘飘，更显男子汉的阳刚之气。何况，沙老师才气横溢，文采飞扬，怎能让人不爱？越想，爱意越浓。有人说，爱一个人始于颜值。一点不假。什么叫一见钟情？不就是颜值对眼。谁不喜欢帅男美女，谁又愿意爱一个丑八怪？《巴黎圣母院》中的吉卜赛美女爱斯美拉达生前能爱上奇丑无比的敲钟人卡西莫多吗？就是剧作者有这样美好的愿望，最后也只做了悲剧的安排。可是我爱沙正清，沙老师爱我吗？吕思麟又有点担心起来，生怕误人单相思式的自作多情。她起身喝了一口白开水，回忆着从见到沙老师的第一天起，她从他的眼神，从他的举止，就能判断，沙老师是爱她的。吕思麟一下子又兴奋起来。法国剧作家莫里哀不是说过："女人最大的心愿是叫人爱她。"这一夜，吕思麟在床上辗转反侧，不能入眠，心中始终惦记着另外一颗心。江南俚语说得形象：一时不见，心如小猫抓痒。这一周，吕思麟是在不断牵挂中度过的。

　　周日到了，这一天，吕思麟早早地起了床，洒扫房间，把原本已褪了色有点透光的薄窗帘换成厚重紫罗兰颜色的绒窗帘。然后坐在镜前，仔细地梳拢她那一头乌发，慢慢地结成一根黑又粗的大辫子。她把梳好的辫子甩到颈后，又细心地梳理刘海，对着镜子剪剪整齐。她画上淡淡的眼影，扑上薄薄的脂粉，打开粉红透明的唇膏均匀涂抹在上下唇上，然后抿了抿嘴，让唇膏在唇线间均匀漫润，透出自然的亮色。她换上新买的紫色小花短袖旗袍，穿上高跟鞋，在房间来回走了走，就像在 T 形台上走台步，体会一下自我感觉。"女为悦己者容"，模特儿为的是让观众喜爱，而吕思麟则是为欣赏自己、喜欢自己的人打扮。

　　今天，她对平日栖身的狭小房间突然感觉亲切起来，处处透出一种温馨的气息。她从窗子俯下身看了看外面的风景，楼下阶前的小草，青翠得那么可爱，仿佛是侍者，礼貌地站立在阶前。而路边随风轻拂的垂杨柳，则显得那么依依可人。今天的阳光怎么比平日里更加明亮？照在身上暖洋洋的，让吕思麟有一种无以名状的快感。这一天，难耐的骚动不时在心头涌起，她不时回到镜前，端详着自己的容颜，顾影自怜地说："我的相貌能不能配得上他？"

下午，她上街买了一束红玫瑰，插在花瓶里。傍晚，她简单地吃了一点东西，又重新洗漱了一番，在颈脖上和房间里洒了一点清香型香水，一种稍纵即逝的甜美味道，一下子弥漫在这鸽子笼似的空间里。

华灯初放时节，吕思麟还没有听到楼梯的响声，就感觉到有人在轻轻地敲门。吕思麟忙把旗袍往下抻了抻，并捋捋平，欢快地跑到门口紧握门把手，轻抬着往后拉开了房门。沙老师穿着一身白绸褂裤，脚蹬白色的皮鞋，就像一位得道成仙的高人飘然而至。他身上那种男士古龙水清香，一下子侵入鸽子笼的味道之中，自然融为一体。他放下文明棍，抱起吕思麟，用力亲了起来，让吕思麟一下透不过气来。

沙老师问："你想我了？"吕思麟没有回答，像上周那样，双手挽住沙老师的脖子，就着劲用双唇堵住了沙老师的嘴，沙老师把吕思麟抱得更紧，连舌头都塞进了吕思麟的口中，双舌交汇，带来的是全身颤抖。沙正清就势把吕思麟揽入怀中，两人搂抱着滚到床上，吕思麟顺手熄灭了灯。厚重紫罗兰颜色的绒窗帘几乎挡住了城市的光害，但街面上的灯光就像上海人的精明一样总能穿过有隙的门缝，窥探着这对男女偷情时的情景。借着这点"星光"，沙正清影影绰绰地看到睡在自己身下全裸的吕思麟那完美的身材，如雪的肌肤，沙正清欲火中烧。但他不愧为老师，不会不顾深浅，"临门一脚"，他要按性学的程序和学者的逻辑，首先鉴赏他捕获的美人鱼。他嗅着吕思麟酮体散发出的幽幽兰香，亲吻着盈盈动人的双眸、娇艳的樱唇和饱满的双乳，又从上滑到腹部，每一处的诱惑他都不会放过。这一夜，他们俩不是巫山云雨，而是翻江倒海。吕思麟算长见识了，她也被沙正清完全征服了。在被心爱的人追逐和征服的全过程中，她早已忘记原来自己还有一个家和儿子了。

当他们起身更衣时，天已微明。吕思麟自语道："坏了，有了一，就有二，有二就有三。"因为，她与沙正清的这次性体验，从爱抚、等待，到兴奋，是她与叶龙台在一起时从来就没有过的体验。沙正清临走吻了吻吕思麟说："别送。"转身离去。上午，沙正清照常上他的课，而吕思麟已经累瘫了，请了半天假，在家好好地睡了一大觉。

吕思麟好像与沙正清达成了默契，除周日外，逢双必会，在沪上初夏的和风中愉快地双栖双飞。

有一天，沙正清度过销魂的一夜，为避人耳目，还是天蒙蒙亮就起身返回。临走前，他对吕思麟说："今晚到我家吃饭。"俗话说，丑媳妇总要见公婆面。吕思麟想，是不是沙老师要带我见见他的父母？

沙老师住在马当路一幢三层砖瓦房里。有一次，沙老师约他们班八位女生到他家去玩，她还记得。

因为是周日，她下午睡了一个好觉，然后洗了一个热水澡，换上她在街上淘的绵绸女式套装，在镜前照了一下，又在脖根洒了点香水，就骑自行车赴约去了。

因天尚早，她到沙家时大门是开着的，她就在门口喊："沙老师，沙老师！"

沙老师从三楼窗户伸出个头，说："你上来。"吕思麟就噔噔直接上了楼。走到二楼，只见沙太太雅愫站在楼口，侧面看还蛮漂亮，有点像电影明星梦露。吕思麟正想喊声"大姐"，沙太太突然转过脸来，吓了吕思麟一大跳，简直就是一张婴儿肥的脸，与她身段极不相称。只见她叉着腰说："哟，哪里来了个乡下人！"

吕思麟望了她一眼，还是喊了声："大姐！"

"阿拉上海人，不敢当哟。"

沙正清在三楼喊吕思麟："别理她，神经病！"

吕思麟刚抬起脚往上爬，后面又响起雅愫的嘲笑声："哟，哟，骑自行车的啰，裤脚上还留着夹子呢。"这时吕思麟才想起，来得急，连裤脚上两只小夹子都忘了取下来。她低头取下裤腿夹，上了三楼，绕过牌桌和零乱摆放的椅子，走进沙老师位于三楼的小房间。

沙正清一个人住在三楼，一张木板双人床、书桌和木质书架，书架里边放着一个书箱。书架上有一本《康熙字典》，还有一本《金瓶梅》和一本红封面的精装书。书箱上摆着的尽是线装书，最上面是一本《楚辞》，下面压着的好像是《影印四库全书珍本》。沙正清说："爸爸妈妈买菜去了还没回来，一会还有牌友来，你就在我房间里坐一会。"沙正清要下去接客，转身对吕思麟说，"我家那位不要搭理她。"

吕思麟端起水杯，润了润嗓子，随后就随意翻看书架上的藏书。她拿起那本红封面的精装书，书脊有些破损，封面没有印字，可能是封套卸掉了，翻看扉页，书名是《性学》二字。吕思麟赶快关起书页，插回书架。她站立在书架前，用手轻轻地在每一本书上滑过，她能感受到书架上那种熟悉的味道，沙老师的气息，芳草、美女，还有卷烟和咖啡的味道。

沙正清带吕思麟见过爸爸妈妈。爸爸微笑着说："呵，呵，来了就好。"妈妈一脸的厌恶，好像吕思麟根本不存在，连正眼都没有看吕思麟一眼，就忙着招待客人去了。当沙正清带着吕思麟走进一楼的饭厅，围着满桌子的酒菜，已坐了好些漂亮的客人。沙母穿着海蓝色的绣花缎子旗袍，烫着大波的卷发，显得很高贵。她站着一一介绍说，这是××太太，这是××小姐，最后轮到吕思麟，她屁股对着她没有了下文。一位不识相的客人插嘴说："这就是令公子的小奶奶吧？"沙母脸阴沉得可怕，没有回答。在沙母的眼里吕思麟就是一个一文不值的穷学生、小瘪三，一个坏女人，她怎么瞧得起她？吕思麟很识相，转身就走。沙老师追出来说："你好歹吃了饭再回去。"

"我吃不下！"

"我妈就是这个怪脾气，对我们家每个人都是这样。"

"我爱你，没名没分也就罢了，今天还遭到你妈当众的侮辱。你要知道，我刚才如坐针毡。我的良知告诉我，我不能为了你自私的愿望，连起码的人格都不顾了！"

沙正清推着自行车，陪着吕思麟。吕思麟要夺过自行车，说："路我自己走，不要你陪。"

"思麟，不要耍小孩子脾气啦。我已代我妈向你赔不是了，还不行吗？"

"你妈看着像个人样，人五人六地穿着光鲜，其实就跟路口上站着的越南巡捕没有两样，又黑又瘦又讨人嫌！"

"还有什么怪话？都说出来听听。"

"要说的话多着呢！"沙正清一路上就听着吕思麟倾诉，"学校里早就有风言风语，说我不务正业，贪慕虚荣。邻里讲我们偷鸡摸狗，不正经。你家那位说我是'阿乡'，可你的母亲根本就不把我当你们家的人，爱理不理的，好像我是来要饭的。这几个月，有人嘲笑我，有人诋毁我，有人轻视我，正是因为你，我才坚持到现在。"

走着走着，天黑下来，路灯亮了，可天气反而燥热起来，沙正清解开领子，抻了抻脖子说："从我第一眼看到你，我就知道，这一辈子我都将沉沦在对你的爱慕之中。当我母亲知道我对你的爱以后，竟然胁迫我，'不要跟那个穷学生来往！'你是知道的，我抗争过，甚至威胁绝食过。可是，她是我妈，她不喜欢你，我真莫奈她何。婆婆对儿媳都是这样。你今天受的委屈让我心疼。我发誓，我一定要娶你，决不让你承受这份爱的痛苦。当然，我知道，你的牺牲远远超过了我，你为我放弃了自己的丈夫和孩子。唯有我们好好地相爱，才能对得起这些牺牲。"

听着听着，吕思麟轻轻地抽泣起来说："你心里明白就好。"

沙正清拍拍吕思麟说："思麟，对不起，都怪我，是我让你承担了这么多压力和痛苦。"

吕思麟停止了哭泣，抬起头看着自己深爱着的人说："你不要这么说，爱情这东西都是我们两个人的事，没有你，我永远不知道自己想要的是什么。"说着她靠在沙老师胸前又抽泣起来。

沙正清用左手挽着她，怜爱地说："你还记得《雷雨》中的繁漪吧，她跟你一样是一个敢于追求自由和爱情的新女性，当她陷入了'一口残酷的井'时怎么办？"

吕思麟正思索着，沙正清说："你要从这'宇宙残酷的井里'爬出来，你一定能爬出来。"

不知不觉，他们走到黄浦江边。他们俩在码头边找了一处干净的石阶并排坐下，看着江面上来来往往的夜航船和外滩"东方华尔街"上的万家灯火。吕思麟说："我到上海，就爱上了上海的繁华、上海的浪漫，真想融入其中，成为一个上海人。路遇高原老师后，又萌发了上剧专当作家的梦想。心中的执念常常让我心有不甘。"

"思麟，人有点梦想比浑浑噩噩过一辈子强。可是上海是洋人的天堂，是有钱人的天堂，是发国难财人的天堂，是流氓地痞们的天堂，繁华浪漫与我们一根毛的关系都没有。"沙正清愤然立起，指着外滩不断驶过的豪华轿车说，"上海你别看它灯红酒绿，纸迷金醉，坐车洋气，那是冒险家的乐园。在上海是没有天生高贵的，流氓做大了就是爷，贵族没落了，就是小瘪三。你不见那些白俄贵族小姐如今沦落为上海舞女，你不见那班御用文人一夜成名而飞黄腾达。而我们老百姓呢，物价飞涨，连饭都快吃不上了。这些你不是都看见了？"顿了一下，沙正清又说，"现在金圆券贬值到不如一张手纸。昨天，我爸到港务局去领工资，工资没涨，驮回来的是一大捆纸钞。"吕思麟插不上话，只是默默地听着沙老师讲。江面上起风了，沙正清指着江面上涌动的乌云说："要变天了，我渴望着那明亮的一天。"

吕思麟在沙正清身上看到了卢甸的影子，也看到了高原的影子。她问："你是地下党？"

"过去是。"

"那现在呢？"

"他们说我参加的那个是托派组织，我就退出来了，以后就没再跟组织联系。不过我参加过左翼作家联盟，与不少地下党是朋友。其实我们学校是地下党的一个点。季侯道就是一名真正的地下党。"

"'清秀才'是地下党?"吕思麟感觉怪怪的，真是人不可貌相。

"季侯道还是一个老革命。听说他很早就参加了革命队伍，去过延安，参加过新四军，是新四军派他到上海做地下工作的。"

"思麟，起来，我们回去吧。"他拉了她一把，说，"你作为文学青年，积极追求自由和光明，是好的，但是更要像作家艾青那样对文学报以至死不渝的热爱啊。"

思麟点点头，她知道艾青，她早就想像艾青那样对文学抱有一辈子至死不渝的爱。

夜深了，人也走累了，他俩吃了一点夜宵，雇了一辆黄包车，把他们拉回到吕思麟的租住房。因他俩同进同出久了，左邻右舍也习以为常，见怪不怪了。只要吕思麟按月缴房租，房东是不会多管闲事的。他们一前一后走进房间，也不再管"吱嘎"的开门声，上好门锁，打开台灯，拉上窗帘，吕思麟赶忙给沙老师冲了一杯热咖啡，自己沏了一杯菊花茶，对坐了一会，吕思麟说："我累了，我先躺去了。"

"宝贝，我的宝贝，你快去躺着吧。我坐一会，再上床。"沙正清习惯睡前点一支香烟，吞云吐雾，享受半天，让思绪活跃一些。他干脆坐到床边，让吕思麟枕在他的大腿上，他拽拽她的大辫子，说："我建议你还是把辫子剪掉，再烫起来，更时髦些。"

"好。你再讲讲你过往有哪些轶闻趣事嘛，不然我睡不着。"吕思麟撒娇地摇着沙正清的大腿央求着。沙正清过足了烟瘾，来了精神，从他在重庆吃住在郭沫若家里，切磋《楚辞》今释讲起，讲到20世纪30年代在上海与鲁迅握过手，与胡适、郁达夫共过事……他说："无论鲁迅、郭沫若，还是郁达夫、徐志摩，他们在年轻时都疯狂过，特别是在遇到挫折看不到前途时，都会谈一场惊天动地、荡气回肠的爱情，然后在爱情中得到重生。"吕思麟睡眼蒙眬，听着沙正清絮絮叨叨，也似乎飘飘然起来。当然她不会知道，当一个女人喜欢一个男人时，她希望能不断听到谎言。在昏黄的灯光下，沙正清看着心爱的人疲惫的面容时，心疼不已，他轻轻地拍着她的肩膀，哄着她入睡。他突然想起莎士比亚的一句话，自言自语道："你是不是要我辗转反侧不成寐，用你的影子来玩弄我的视野？"

沙正清干脆不回家，每天跟吕思麟窝在这个小小的空间里，相爱的两个人是不讲条件的，他们俩认为有和谐的性生活比什么都幸福。每晚他们俩欲火难耐，就在这鸽子笼式的狭小空间里激情缠绵到天明。沙正清喜欢坐到床边，让吕思麟枕在他的大腿上，抚摸着她那凝脂般的肌肤，讲着悄悄话。

每晚总是吕思麟倾诉得多："你不知道我多渴望爱，可是……"她不断讲她爸爸的专横。她少不更事盲目出走时，父亲轻则骂，重则施以拳脚，甚至关禁闭。在她选择志向时，又横加干涉，硬是掐灭了她心中的文学之火。当她结婚成家，他又一推六二五，不闻不问，指望女婿承当责任。"这就是我遭遇到的父爱，还不如一盆泼出去的水。"对于丈夫，她只觉得青春萌动，爱情青涩，婚姻仓促而已。结果自己找了对象就像抱着一根榆木疙瘩，除了枯燥，没有人生乐趣。"龙台他可是个老实人，什么都顺着我，但是我们在一起总是不开心，动不动就吵架。"

沙正清把吕思麟的左手放到自己掌心摩挲着，说："我知道、我知道。那你儿子呢？"

"由他爷爷奶奶带着呢。"吕思麟现在自我感觉良好，因为沙正清给予她的是父亲和爱人般的双重爱。

"你跟雅愫是怎么回事？"

"包办婚姻，妈妈要的，我不要，现在就由她跟妈妈过好了。"

"我可不要做你的二奶。"吕思麟连推带揉着沙正清的腰部说。

"不会的嘞。好了、好了，安安心心睡个好觉。"

"我不，我要您给我讲个故事。"吕思麟又撒起娇来。

只要吕思麟一撒娇，沙正清就顿生爱怜，觉得吕思麟越发可爱。

"好、好。我讲、我讲。"沙正清喜欢讲女人，特别是女性被困在不如意的婚姻中那类当代的故事，如阮玲玉的死、萧红与萧军的爱等等。他喜欢看到她们有外遇，乐趣在于评判这些女人。他认为女人抛弃自己的孩子是过火了一点，但为了爱情有时也不得不为之。他认为丈夫遭遇可怕的意外这种结果比较理想，他不明白像阮玲玉这样美人坯子，为什么要寻死呢？她只要活着，有多少机会可以找到新的爱情。

"我不要听这些嘛，您还是讲个好听的故事吧。"

"好，好。从前在江南有个小镇，镇上有一个美女年轻漂亮，嫁给了一个长得帅气的坏男人……"

"又是老套路，这种故事太老旧了，还不如教教人怎么做菜更实惠。"

"哈，哈！睡觉，睡觉。"沙正清关了灯，一下子鸽子笼里又传来两人恩爱的呻吟。

五

上海弄堂烟火气重，时尚，暧昧，"笑贫不笑娼"。但流言总会随着晨起的鸽子们从石库门弄堂，飞到东边铁门弄堂、西边公寓弄堂，再回到闸北、虹口交界处吕思麟住的棚户杂弄，让表面袒露着的弄堂多了些许亲切的神秘感，也让花边新闻成为里弄小市民们每日津津乐道的话题。"瞧瞧这对老夫少妻黏糊的，不知道是露水夫妻，还是野合的鸳鸯？""现在不要脸的人多了，只要对眼，脱了裤子就能上床。"

"好事不出门，坏事传天下。"上海人特别对身边能干漂亮的女性被困在不如意婚姻的事感兴趣，一听到吕思麟有外遇早就议论开了。当他们知道她竟然抛弃了自己的孩子去追求幸福就是一片冷眼谴责声了。何况虹口就这么大，很快，叶龙台听到了有关妻子红杏出墙的绯闻，吕思慧也听到了，叶龙台的同事们都听到了，同济校园一时风言风语不断。

"不知道吕思麟是这么一个人，现世现到学校里来了。好好的书不念，非要跑去学什么艺术？"

"什么学艺术？学艺术的没一个正经人。"

"听说她在剧专和一个什么老师勾搭上了？"

"可怜了叶老师。"

"叶老师也就是老实头一个，连老婆都管不住。"

"现在时局这么乱，谁管得了谁？"

叶龙台走在上班的路上，总觉得有人在取笑他。他常不自觉地摸摸头，头上并没有戴帽子，但他总感觉有顶绿帽子压得他抬不起头来。很长一段时间以来，叶龙台陷入苦闷之中，不能自拔。他常扪心自问，我也没有亏待过她，什么事不都依着她？只有她占我强的份，我可从来没有欺负过她。坚持让她修完学业，既是作为丈夫的责任，也是岳父的嘱托，我哪点做错了？我是哪八辈子倒的霉，作的孽，娶了这么一个水性杨花的老婆，现成的丈夫和孩子不要，非要跑到外边去跟人家鬼混？叫我怎么做人？怎么面对父母和自己的孩子？

生性懦弱的他，是不会强迫自己老婆屈从于自己的，也不会去跟踪调查，找到那个野男人决斗，绿帽子只有自己戴，气只有自己受。如今没脸见人了，每天从单位到家里，两点一线，干脆出门戴顶鸭舌帽，遮住脸。回到家，往床上一躺，什么事都不想，脑袋涨着痛，大脑一片空白，要不是家有父母和儿子，也许他一头就钻到黄浦江淹死算了。吕思慧和张载存来了。叶龙台就这样低头垂目，陪两位好朋友干坐着。张载存说："同学们羡慕的天生一对，怎么闹成这样？"说完，只有陪在一旁叹息的份。

吕思慧则说："大姐真糊涂，好好的学不上，好好的家不要，不知道中了哪门子邪了？"说完又劝慰叶龙台一番，"我这个姐姐真是身在福中不知福啊。她就是这种个性，从小随着性子来，脾气忒坏，也就是你能包涵她。"

叶龙台深深地叹了一口气，带着哭声说："二妹，我是爱她的，不知道她为什么这样对待我？"

"我知道。这事只能怪她，不能怪你。等她回来，我们再劝劝她。"吕思慧和张载存知道，虽然他们极力劝和不劝分，感情这种东西，外人是无法帮上忙的，只能靠他俩自己去承受。何况吕思麟连父亲的话都不听，她能听他们的劝？

叶龙平听说哥哥的事后，特地跑到上海来了一趟。叶龙台一见到弟弟，就抱着弟弟痛哭了一场。叶龙平等哥哥稍稍平息了一点说："你们怎么搞的，大嫂她……"

"我也没有欺负她，可她……"说着，眼泪又模糊了双眼。

"大哥，别难过。我去把她找回来！"

叶龙台知道弟弟个性，忙把他拉住说："别，龙平，这是我自找的。"

"别这么想，是她的不对，也要讲讲清楚。她背着你在外面偷人，就这么算了？"

"不算了，又能怎么办呢？俗话说，'拴得住人拴不住心'，有什么用？"

"你就这么懦弱。那庆生怎么办？"

"庆生有爷爷奶奶照应，我是放心的。"

"你下一步打算怎么办？"

"离了算了。龙平，我们是自由恋爱，多少是有感情的，随她去吧！"

"大哥，女人在上海滩这个花花世界，有几个不变心的？你也不要太难过了。三只脚的蛤蟆难找，二条腿的人有的是。"

"龙平，我拜托你一件事，这件事千万不要跟爸爸妈妈讲，免得惹他们生气。"

"那你今后有何打算？"

"你看我这倒霉相，我再也没有脸在上海混了。"

"那你打算到哪里去？"

叶龙台呆呆地望着窗外灰蒙蒙的天，自言自语地说："天涯海角！"

暑假到了，吕思麟不得不回家住一段时间，但沙老师建议出租房不要退。

刚来上海那一年，吕思麟就爱上了上海。她和叶龙台与妹妹、妹夫住在一起，有说有笑，和和睦睦的，周日不是她与叶龙台上街买菜，就是和妹妹吕思慧一起逛街，并没有什么嫌隙。但是，当年在川父亲给她的挫折感伴随逆反心理始终没有消失。她心有不甘，就是要跟父亲拧着干，决不学工，只要有机会，她就想做做那个久蕴于心的文学梦，直到路遇高原萌发上剧专的念头，一时家庭矛盾骤起。

平时占强惯了的她，根本不考虑丈夫的感受，而老实憨厚的丈夫，犟起来，也不依不饶，根本没有商量的余地，一时家庭陷入冷战之中。可是吕思麟是特立独行之人，她想做的事，是不顾是非后果的。在上海，没有人能做得了吕思麟的主，也没有人能劝回她那野马一样的心。虽然她面对的人生不再青春浪漫，但她有梦想，她有追求，她的心还没有死。她曾独自徘徊在黄浦江畔，思考着自己的前途。冷静过后，她认识到女人最想要的是独立和自由。她要亲手从自己束缚自己的牢笼中解救出自己，毅然弃家不顾，走上她为自己重新选定的道路。在这条大道上，她找到了她的理想，找到了爱情，也看到了光明。

吕思麟回到既熟悉又陌生的家，叶龙台上班还没有回来，一切设置照旧，衣柜里她的衣服放置得整整齐齐，书架上她读过的书依然码放得整整齐齐，她想洗把脸，她想喝口水，一切如前，非常方便，因为这就是她的家。她坐下来想歇会儿，一种落寞感油然而生，在她还没有回过神来时，吕思慧进来了。"大姐，回来了？"

"放假了，回来看看。"

"姐，外面风传，你跟你们那个沙老师好上了？是不是？"吕思慧望着只比自己长两岁的大姐，就像同学方月琴望着吕思麟一样，潜台词就是：你家里有丈夫和儿子，怎么能跟一个有妇之夫的人搭上了，叶龙台哪点做得对不起你？

吕思麟一点也不避妹妹的眼睛说："是的。沙老师喜欢我。"

"喜欢？喜欢不等于爱情，那是玩弄感情。"

"你不懂，感情这东西只有我自己知道。"

"那叶龙台怎么办？"

"我正想跟他好好谈呢。叶龙台是个好人，和好人不一定就能在一起。我与叶龙台的缘分已尽了，你们也就不要管了。"

"那你自己的儿子都不要了？"

"他有爷爷奶奶照应，我有什么担心的。何况，你看我现在这个状态，我哪有时间管孩子？"

这时叶龙台拎了一个饭盒回来了。自吕思麟走后，他早出晚归，中午在校办工厂吃一餐，晚上，顺路带一份盒饭回来，省得自己烧，还不要为油盐柴米操心。他进门，喊了一声："二妹。"就到里间去了。吕思慧使眼色给姐姐，叫她跟进去。姐姐动都没动。吕思慧讨了个没趣，大声对二人说："你俩好好谈谈，千万不要吵架啊。"晚上，叶龙台把被子抱到堂屋，一头扎进简易三人长沙发上，把床让给了吕思麟，两人好像陌生的路人，互不搭理，可是两人都辗转反侧，一夜无眠。

早晨，叶龙台拎了饭盒要走，吕思麟说："我想跟你谈谈。"

"有什么好谈的？你有你的自由，我有我的工作。"叶龙台说着，带上门就走了。吕思麟也气来了，心里怨道，这么一个死老理，榆木疙瘩！你不搭理我，我还不愿搭理你呢！她收拣了几件衣裳和用品，负气地回到她那间出租屋。

沙老师知道吕思麟在家蹲不住，不知道这么快就回来了。他问她："跟你丈夫谈了？"

"谈什么呀，一句话没说。"

"你呀，你呀，还在耍小孩子脾气。他毕竟是你的丈夫，你们有婚约在身，是名正言顺的夫妻。在一起过了三年，多少还有点感情吧。”

"我能说些什么呢？"

"你就如实告诉他，你现在的想法。"

"我哪能说得上，他一句话都没有。你也晓得，我哪是哄人的人。"

"过两天，你还是得回去看看。古人云：'夫妇有恩矣，不诚则离'，是不错，但是俗话说得好，好聚好散，不要搞得大家不愉快。"

有一天，廖仲敏来看叶龙台，顺便告诉他一个好消息，小范父母在台湾为女儿谋好了一个工作，他过两天也要随妻子去台湾谋生。他说，台湾目前工作比大陆好找，问叶龙台愿不愿意同行。叶龙台听了有一种解脱的感觉，说："我去。我也正在为此事打算呢。"

廖仲敏知道叶龙台的婚姻出了问题，已到了无法挽回的地步，就劝道："夫妻恩断义绝并不需要什么具体的理由，就算表面上有，也是心早已离开的结果。结束了，就让它结束比较好，硬要绑在一起也难受。什么性格不合，生活拮据，不过都是一些搪塞之语而已。"

叶龙台当然心里很难过。三年来共患难，好容易安稳下来，她又有了异心，竟然跟别人同居了，为此倍感绝望，心里最后一点温情和牵挂也没有了，他曾想到死，为了父母和儿子，他只能选择逃离伤心之地上海了。

叶龙台给吕思麟留了一张字条，压在玻璃板下，锁上门。连吕思慧和张载存都没打招呼，就与廖仲敏一道到台湾谋生去了。

吕思麟回到家时，门锁着。她开了门，一切还留有叶龙台的气息。她放下手袋，走进卧室，只见平时叶龙台忙碌着的桌子已收拾干净，玻璃板下压了一张纸条，只几个字："思麟，我走了，家留给你，自由留给你。龙台字。"龙台真的走了，她有一种失落感，仿佛丢了魂似的，她闭上眼睛并强忍着泪水，就呆呆地站在空落落的房间里。平时，这个家就是她使小性子的地方。叶龙台的涵养好，对她一再宽容忍让，她自己有时都感觉到被宠爱得有恃无恐，甚至恶言相向。不过，她一直把叶龙台当作自己亲哥哥看，除了尊敬，还是尊敬。她曾听廖仲敏说，要在台湾为叶龙台找工作。她没有与妹妹商量，就直接跑去找沙正清说："叫您爸爸赶快给我搞一张到台湾的船票，我得马上走！"

拿到船票，她马上给廖仲敏发了一份电报，廖回电四个字："龙台接船。"

六

1948 年夏天，上海码头已经很乱，趸船上、跳板上都挤满了要上船的人。吕思麟好不容易挤上船，可船头、过道都坐满了带着行李包袱的人。不过船行得很快，天亮就到了基隆港。叶龙台早已在码头等候。熟悉的身影，熟悉的声音，他接过吕思麟手上的小皮箱说："你来这里干什么？"

"看看你不行啦？"

他们下榻在海边一个小小的旅馆。旅馆门前榕树婆娑，屋后则是高大轻扬的王棕，在屋内虽看不到海，但能感受到大海的气息。旅馆门外不远是一条小小的商业街，吃的、用的都有。还有人把珊瑚、玉石摆在路边叫买，红的、白的、绿的，煞是好看。吕思麟蹲下，拿起一支红珊瑚爱不释手地说："这是哪里采来的？"

还没等售货人说话，叶龙台说："这些都是台湾产的。不少渔民从深海里把它捕捞上来，或沿街叫卖，或卖给工艺品厂。"说完，他又指指不远处一家前店后坊式的工艺品商店，说，"珊瑚就在那里加工成饰物，挺漂亮的。"

住下后，叶龙台还是那么一句话："你不该来。"叶龙台自从远离了上海那个伤心之地，心情好多了。他毕竟是同济大学的高才生，德语让他获得了一种新的思维方法。

"是我对不起你。"吕思麟检讨着自己说，"那你也没必要跑到这么远的地方来。"

"康德说得好：'痛苦就是被迫离开原地。'"叶龙台闷声地说。

吕思麟心疼地望着眼前的男人，说："是我做了对不起你的事，道德上亏欠了你。"

"道德首先要求的是支配自己。我没有给你你所需要的爱，是我的不好。"叶龙台还是闷闷地说。

吕思麟极尽温柔地说："你是我大哥哥，比亲哥哥还亲的哥哥。"

"思麟，我是真心爱你的。"叶龙台这时才抬起已润湿了的双眼看着思麟，难过地说出了心里一直憋着的这句话。叶龙台爱思麟，到现在还是爱她的。爱她，他就必须做出牺牲，爱她所爱，是德国人的思维还是君子风度？他没有仔细区分过。他同意离婚是为了成全她，希望她幸福。

"我知道。但是我爱上了我的老师沙正清。"

"我听说，那个人风流成性，我担心……"

"他对我很好。龙台，爱情这东西，我也说不清。但是我觉得，如果我爱他，我应该感到和他一致，而且接受他本来的面目比较好，而不是要求他成为我希望的样子。"

"那就好，今后有人照应你，我也就放心了。我现在在新竹化肥厂谋得一个工程师的职务，薪水比上海高，生活也好过多了。"

这对"兄妹"在风和日丽的台湾海边始终没有谈及他们爱的结晶，唯一的儿子小庆生，或者设想为孩子能做点什么。因为时间能使人忘记爱情，何况爱情的结晶。两年多了，他们恐怕连儿子长得啥模样都想不起来了。没有父母，"蒲公英"不是照样能活？何况小庆生还有他的爷爷奶奶照应。

临别时，叶龙台给沙正清带了封信："沙大哥，听说你将带思麟奔向光明和幸福，我衷心祝福你们。今天，我正式把思麟托付给您，也算了了我的心愿。我为我的父母和儿子，为不愿他们坠入黑暗的深渊还在努力。龙台字。"

路上，叶龙台为思麟买了一些台湾水果和凤梨酥，当走到工艺品商店门口时，叶龙台问思麟："你喜欢红珊瑚，还是台湾墨玉?"

"送我?"

"当然。只要你喜欢。"

"红珊瑚好看。"

叶龙台想给思麟买一件顶级的红珊瑚挂件，思麟看了一眼价格，直摇头，指着玻璃橱里的一件桃红并蒂莲胸花说："就买这件吧。"当叶龙台把这枚小小的胸针别在吕思麟的胸前时，吕思麟笑了，笑得很开心

心生欢喜，无与伦比。人生中常常就有这么短短的一瞬间，让她铭记终生。至死，她都不会把这枚红珊瑚胸针丢失。

叶龙台站在基隆码头，直到吕思麟乘的航船消失在东海海平面的那一头，他才蹒跚地离开码头。基隆港风浪很大，风推着海浪，翻卷起白色的浪花，一阵又一阵撞向岸边。趸船在摇晃，叶龙台也感觉自己在摇晃。他多么希望吕思麟能回心转意，他们能破镜重圆。当他给她带上红珊瑚胸针的一刹那，他看到吕思麟发自内心的喜悦时，他是那么地开心。他认为，上天会眷顾天底下的痴情男。他是真心爱着吕思麟的。为了爱她，他什么都依着她；为了爱她，他什么都愿帮她。当他同意解除他们的婚约时，他落下了伤心的眼泪，因为爱别离是人世间八苦中最难舍的痛苦啊。当笔落下，自己所爱的人就将成为别人妻，你说，这心里有多难受，再大度的人也受不了这窝囊的罪。

回想不久前，自己就是因为受不了这种窝囊罪，一个人逃离上海，跑到台湾新竹找工作。那天在基隆上岸，正是凄风苦雨天气，海浪有一丈多高，好不容易船靠了岸，叶龙台拎着皮箱站在岸边，前面云雾之中是莽荒的大山，后边是无边的大海，自己真把自己放逐到"天涯海角"了? 路在何方? 他一时失去了方向。

好在有老同学廖仲敏接船、陪伴和带路。但岸边风太大，撑开

的伞一下子就被大风掀翻了，雨打得人连眼睛都睁不开。在风雨中，他只能跟着廖仲敏的脚步走，他没有注意到望海亭，也不知道自己已走过了顺天宫门，当他俩艰难地翻过金山进入台北地界时，叶龙台整个人还是糊涂的，连东南西北都分不清。

台北也是一片萧条的景象，市面上很冷清，人们忧心忡忡，不知道前途在何方。叶龙台只在台北蹲了一天，连廖仲敏的家都没去。因为，这次不是出川时，有那种"青春作伴好还乡"的喜悦，而只有因婚姻失败逃离伤心地、避人耳目的酸愁和颓废。

第二天他就南下新竹县，找到化肥厂，递上自己的履历。工厂主管对叶龙台这样的技术人员还是很欢迎的，很快安排了宿舍，虽然只有20平方米大小，在台湾当时就是很奢侈的了。房内已配置了竹床、竹桌、竹椅、竹柜，还有两只竹壳热水瓶，带上被褥和日用品，就能入住。叶龙台很满意，毕竟是自己今后的家，可以遮风避雨了。他把箱子往竹柜上一扔，放下铺盖，铺好床，倒头便睡。他要让身心彻底放松下来，好好思考今后的生活。不错，在自己感情受伤的时候，他能尊重思麟的选择，他不后悔，可是自己今后的路还长，这样消沉下去也不是事。何况婚姻的失败，不代表人生的全部。失败的价值何在？不就是叫人直面人生，重新站起来。"坚强地站起来，我能不能做到？"他一翻身下了床，站直了身体。可是他转念一想：人生不是问答题，因为自己提出的问题，谁也无法帮你解答，只有靠自己在失败和挫折中慢慢求解，等时过境迁，慢慢理清后，这样的问题还是问题吗？

他来回在房间里踱着方步，自己问着自己：我真这么无用吗？在新的地方，新的单位，我不能再沉沦下去了，我必须坚强。最后，他在心里与自己暂时达成协议：起码不再想过去的伤心事，要振作精神，善待自己。

叶龙台初到台湾，人生地不熟，除了老同学廖仲敏夫妻，他没有其他朋友。他一踏上台湾这片土地，明显感觉不适应。好在叶龙台本性孤僻，不喜欢交往，更不愿委屈自己去迎合别人。

叶龙台第一天上班，就向主管提出，想尽快熟悉情况，投入工作。主管拍拍他的肩膀说："叶工，不用着急，化肥厂正处发展时期，今后有得你干的。"最初几天，他随主管熟悉工厂环境，了解自己所在部门岗位和职责。白日匆匆而过，当晚上他回到自己一个人住的狭小空间时，一人一灯一铺盖，内心就感到空捞捞的。刚开始，一个人住真还有点害怕，孤独，还是孤独，抑制不住的孤独感向他袭来。当他关掉灯，眼前一片漆黑，万物沉寂中的恐惧最为强烈。这个时候他躺在床上，外面只要有点动静，他就屏住呼吸，竖起耳朵静静地听着。新竹这个鬼地方，常常莫名其妙地刮起大风，尤其是夜里，把屋后高山榕吹得呼啦啦的，还有公共厕所的铁皮屋顶，被吹得咣当咣当响。他只好把被子拉起来，盖住头，不去听，不去想。可身处黑暗的空间，感觉人就像沉在水底，不能呼吸，被压抑得吐不过气来。沉溺得久了，想挣扎着翻个身都不行，而心口悸痛也没有缓解的迹象，人难受得不能自持，莫名的失落让他一下子陷入空虚和绝望之中。他撳亮电灯，房间依旧，小瓦砖墙，门窗都是关着的，竹桌、竹椅没动，自己的皮箱就架在竹柜上。他只好披上衣服，出门上厕所，回来继续与孤独进行战斗。

叶龙台宿舍左隔壁住着厂医陆大夫，山东人，听说他是北平医学院毕业，在军队当医生，妻子儿女留在大陆，后来撤退时，军队打散了，到台后，他就应聘到化肥厂当了厂医。叶龙台房间的右隔壁是厂供运部的石课长，湖南人，台湾光复时，他就拖家带口到了台湾，算是最早进厂的一批外省人了。这两年，台湾农业歉收，化肥需要量大增，化肥厂一直在扩建。石课长是比较忙的人，他几乎三天两头北上台北，南下高雄，采购设备，组织调运，很少回来。而且，他把家安在台北，周日笃定回家，因此他房间空多住少。

化肥厂的宿舍建在工厂生活区，食堂、公共浴室、理发店、医务室和商店配备齐全，生活很方便。但是，叶龙台到达台湾时，台湾经济并不发达，生活艰苦，物价飞涨，米荒严重，老百姓吃不饱，能吃番薯果腹就不错了。化肥厂好一些，但是，主食多以糙米饭和蔬菜为主。叶龙台胃不好，加上水土不服，只要吃了糙米饭和苦油菜，就拉肚子。好在，他身边带了黄连素，吃三片，暂时止一止。有时夜里肚子痛起来，忍不住时，他就敲开陆大夫的门，要一片颠茄止痛。陆大夫劝他多吃点软食如面条等。他就买了煤油炉，钢精锅，自己在家下点素面吃。叶龙台挺喜欢吃新竹当地的一种叫米苔目的蔬菜面。周日，没事，他就一个人踱到城区一个叫御欢楼的餐厅吃碗米苔目。

在与孤独的战斗中，叶龙台曾静心思考过，哪个人不孤独？就是有家有室的人，每个人不都是生活在自己的内心世界里？谁又能走进别人的心里，去触摸别人的痛楚？孤独是自己给的，无论身处何处，孤独是没有办法用外力消除的，除非自己适应它，战胜它，与孤独为伴。

经过痛苦的斗争，他学会了独处，让生活规律起来。每天，他早早起来，在院子里活动活动筋骨。很快他发现新竹这个地方山清水秀，蓝天白云，空气新鲜，他有时快活地与鸟儿说起话来。回到室内，他打理打理房间，有时把带回的一束野花插在玻璃瓶子里，随后给自己煮一碗可口的素面。他还向厂里申请了一块绘图板，放在竹桌上，没事画画图纸，闲暇时看看书看看报。虽然没有亲朋好友谈心，他还可给在北平军中的弟弟写写信，告诉他自己来台的情况。

最近，弟弟叶龙平来信告诉他，自己已从军营逃到父亲在北平的朋友，宜庆同乡会伍会长的家里。叶龙台最担心的是宜庆家中的奶奶、父母和儿子，他从弟弟信中，知道他们平安，也就放心了。但他唯一的心结是，怕兄弟把自己的不幸透露给了父母，让他们担心。

七

1948 年冬天来得早，上海不到冬月，就飘起了小雪花。街面上百业萧条，酒吧生意清淡，女招待坐在门口无聊地打发着时光。除了不断疾驶而过的军车，人们行色匆匆，把棉帽拉得很低，让围巾紧紧地捂住耳朵。共产党提出召开政治协商会议，成立民主联合政府的号召在坊间不胫而走，人们渴望着并期待着"把中国建设成为独立、自由、民主、统一、富强的新中国"。上海剧专的一些知名学者和上海不少民主人士已悄悄绕道香港，向东北解放区进发。沙正清也接到华北政治大学的通知书，要他年底赶到华北学习。

"要变天了，让我们用双手去迎接那明亮的一天吧！"沙正清把通知递给吕思麟看，高兴地说，"思麟，为了爱情，我们将离开南方，到北方去，轰轰烈烈地爱他一场！"沙正清兴奋，吕思麟也憧憬多多。吕思麟娇嗔地说："我们马上结婚吧。"

"我们是深爱的灵魂伴侣，婚姻保证不了爱情，只是对爱情的束缚。"沙正清用诗样的语言回答了吕思麟的要求。吕思麟还是央求说："人生大事，总要有个仪式比较好。"

"革命婚姻不在形式，而在实质。我们不已是一对新人了？"他们没有求婚，没有婚纱，连婚礼都省了。沙正清说："革命如结义，以后我们是夫妻也是战友，让我们以自己爱的激情迎接中华人民共和国的诞生吧！"

沙正清由地下党开了路条。一过封锁线，沙正清和吕思麟脱掉身上的棉袍，换上解放军的棉军装，一路北上，通过苏北、山东，虽然长途跋涉，但沿途接待都非常热情。

一路上，望不到头的支前大军，或肩挑或车拉，解放区的老乡们都把自己家最好的粮食送到解放军前线。沙正清和吕思麟为眼前的景象所感动，这就是人民，这就是人民的力量，用小车推出了一个新世界。

进入河北地界，吕思麟实在走不动了，当地民主政府叫向导雇了一辆独轮车推着吕思麟向天津方向前进。推车的大爷就像推着自己的女儿一样高兴，一路上唱着："解放区的天，明亮的天……"脚步小跑着，把向导和沙正清都甩在后头。大爷说："闺女，你这么年纪轻轻就参加了革命，真不简单。我家闺女还小，不过在家都分到了土地呢。"

吕思麟说："大爷，共产党来了，你福气好，翻身得解放，过上好日子了。"

"是的、是的。多亏了共产党。"

他们一行还没走到天津郊区，就已听到前方的枪炮声。大爷说："快到天津了，你看解放军已打到城里去了。"

因吕思麟怀孕了，反应比生第一个孩子重，一路干呕着，就是吐不出来。到驻地，老乡给她熬了点小米粥，炒了点咸菜，她勉强吃了一点东西。沙正清心疼地说："早知道你反应这么重，你就不要跟着我跑了。"

吕思麟笑了笑说："那怎么行，你我是一对奔向自由和光明的双飞雁，怎么能让你一个人单飞?"接着高兴地对沙正清说，"反应重，肯定是个男孩。"

这时，前线不断传来胜利的消息："陈长捷被活捉了!

"天津解放了!

"北平和平解放了!"

沙正清和吕思麟在老乡家里过了一个愉快的年。己丑正月初五，他们又上路了。沙正清顺利进入华北政治大学学习，吕思麟也如愿考进了《群众日报》社，当了一名副刊编辑。

思麟到北京一安顿好，就给叶龙台去了一封信，说她与沙先生已走向光明，并关照叶龙台这位大哥哥，曾经的爱人，要多关心自己身体，特别是寒胃，要多带暖和些。

接着叶龙平也给大哥叶龙台去信说，北平得以和平解放，人民少受灾难。南京和家乡也都解放了，奶奶、父母和庆生都好，勿念。

叶龙台立即回信说，得知家中一切安好，奶奶及父母和庆生无恙，也就放心了。只是台湾为防"渗透"，加强了"清乡"，形势日趋紧张。工厂一切按部就班，氰氨化钙工厂已建成投产。只是拜托龙平在得便时去看看思麟，代向她问好。

叶龙台这封信寄出不久，5月19日，陈诚颁布《台湾戒严令》，5月20日零时起实施戒严。谁也没想到这一戒严竟长达38年零56天。

叶龙台本来就是一个胆小怕事的人，世道艰险，他更谨言慎行了。在厂里跟谁都不敢深交，几乎每天都是出了房间，就到车间，出了工场，就回房间，两点一线，从不更改。虽然叶龙台很少说话，但工作总是全力以赴，处事力求尽善，任劳任怨，待人又谦和诚恳，很得上司青睐，进厂不到一年，就提升为工程部课长。提拔不提拔对于叶龙台来说，都是一样干事，多年养成的严谨工作作风一丝不改。

工作走上正轨的叶龙台生活还是孤独的。晚上回到宿舍，关起门，打开皮箱，想翻找出一些过去的照片，遗憾的是竟然没有一张全家的合影。战争离乱无法成全也罢，但抗战胜利后回到家乡宜庆，也没陪父母照张全家福却是人生憾事。总认为来日方长，有的是机会，可是现在只能在回忆中忆及儿时奶奶带自己的情景，还有父母操劳的身影和慈祥的面容。好在留有一张儿子的照片，那还是在宜庆临走时照的，不管怎样，看到小庆生白白胖胖的笑脸，还有他项脖上那条金刚结项圈，那是思麟花了五个晚上用蜀丝编成的，这些印象总能把他带回到过去那美好的时光之中去，可是那美好时光如流水，早已不在了。"唉——"他只有深深地叹了口气。

戒严早期，通过转信，还能间断收到大陆亲人的信件，可是到了年底，两岸通信就彻底断了。一时两岸冰封，音讯断绝，亲人陌路。叶龙台无奈至极，肠子都悔青了。为什么能通信时，不给父母请安，告知自己境况，什么老婆偷人，无脸见人，连父母都不通告一声，自己还是人吗？美其名曰为了儿子，自己又能为儿子做些什么？至于从小带自己的奶奶，想是今生无法再见到一面了。夜深人静，他面西而跪，不住地磕头、赎罪，既想哭，又想倾诉，但又不敢高声，只能心中默默念叨着："爸，妈：儿子不孝，今生对不起你们了。祖坟不能祭扫，奶奶和父母面前无力尽孝，连儿子都无法教养，这些都是儿之过啊！现在两岸阻隔，音讯全无，我想赎罪都没地方赎啊。让上天原谅儿子之过，保佑一家老小平平安安吧！"

其实，叶龙平早已将哥哥婚变及远遁台湾的经过都如实写信告诉了父母，父母又能奈何？只有"哑巴吃黄连，自己往肚子里吞"，逢人三缄其口而已。

话说吕思麟，十月怀胎，一朝分娩，不仅沙正清高兴，她供职的报社领导和同事们都高兴。时逢新政协第一届会议刚刚召开，还有十天不到中华人民共和国就要诞生了，这时得的真是百年不遇的大喜事。当然，让吕思麟一个人带孩子是有困难的，当时生活是供给制，营养跟不上，奶水也不够，吕思麟从医院回来几乎没睡个囫囵觉，情绪低落，脾气也躁。沙正清说："干脆我送你回上海坐月子。"吕思麟知道他学习不能分心，坚持不让他送。她说在火车上睡一觉，第二天不就到了。吕思麟抱着第二次爱的结晶，在火车上迎来了中华人民共和国的诞生，迎来了她心目中明亮的那一天。就这样，轰隆隆的火车，风驰电掣，又把她送回到她不愿再回去的不属于她的家的那个"家"。

家还是那个家，婆还是那个婆，三层的小楼还是那个三层的小楼，门口的马当路还是那个马当路，只是路口的越南巡捕不见了。婆婆不因吕思麟为沙家生了一个儿子，态度就有所转变，她始终把吕思麟当个"鬼"，吕思麟始终把婆婆当作自己的克星。产后抑郁症恶化了这对婆媳的关系，吕思麟盼望睡个好觉，她盼望有人照顾，就这点小小的企盼，也无法实现。她想到了死，想到了与儿子一起离开这痛苦的人世，但她唯一的牵挂是沙正清，她唯一的企盼是沙正清快点回来。她每天晚上，就这样抱着儿子哭，儿子睡了，她就打开日记本趴在床上给沙正清写信，写不想寄出去的信，把心中的苦恼一股脑儿地宣泄在纸上，然后捧着白纸黑字一句句咀嚼着，度过了难熬的一天又一天。

亲爱的：从异乡回到异乡来，借了孩子的名义回到这个并不欢迎我的家，心里是一片冰凉。我不能显得懦弱，我必须忍耐、沉默地度过这两三个月，等你回来……

三楼是打牌的地方，平日里一片零乱。毛毛是我自己带，饮食、睡觉，甚至洗尿布。这原是意料中的事，所苦的是我自己不健全的神经，失眠的痛苦，我告诉你母亲，没有得到解答。失眠永远跟随了我，眼睛红肿，外人还以为我是新雇的女佣。在北京你疼我，夜夜为我讲故事，使我得以安眠，如今只有孩子，他折磨我，他欺负我是一个软弱的母亲。枕头湿了，我亲吻它，唯有枕头是你和我共枕过的，但是它怎么也不肯告诉我入睡的法子。吃药、下奶，你妈说我的奶真奇怪，吃了许多好东西都不下来。其实，何怪之有，奶妈夜夜失眠，眼睛都快瞎了，哪里还会有奶？奶不下来，花了老太太两万多块钱买奶粉，老太太心疼，我也不安。十月五日

你在信中说错了，在北方受苦难与其说是你连累我的，不如说是我连累你的。我来上海为的是使你完满结束学习的阶段，自己试做没有工钱的奶妈而已。本来我愿与你的母亲融洽相处，但她老人家一点都不顾惜我，说什么"我为正清北上学习花掉我最后一点金子种"。这话的意思我明白，是叫我不要想钱。我怎么会想你母亲的财产，她知道我卖了许多衣裳，也没有说一句给我做一件的话。十月八日

大夫说我乳腺小，发不出奶，吃了下奶药是会伤身体的，但是你母亲依然要我吃药，她说，一月下不来，等两月，有的要到第四

个月奶才会下来。十月九日

孩子胖了，大家都抢着抱他，亲他，你的母亲很爱你的儿子毛毛，但她忘了毛毛的血有一半也是我的，更有一部分是我用失眠的痛苦煎熬出来的。看见孩子痴痴地对着别人笑，我的眼泪禁不住就要流出来了。别人把快乐建筑在我的痛苦上，亲人，我这痛苦的代价是在你身上，好好度过你学习的阶段，明年来接我，连同我们的儿子。十月十一日

失眠、失眠，正清啊，我受不住这苦痛了，你哪一天才能回来？其实你回来又有什么用，你也怕你的母亲。我的眼睛简直睁不开来了，今天我对你的母亲说："妈，我的眼睛痛得厉害，晚上找个人替我带着孩子睡就好了，白天做什么事情我都行。"

"你哭嘛，再多哭点，眼睛就不痛了。"

我着实伤心地哭了一场，奶着孩子，蒙着头咀嚼着这句话，痛哭了一场。十月十五日

昨晚我哭了一夜，我在日记本上鬼画符地写下这么几个字："我多么担心，我多么怕有一天，我会依然走我自己的路。"我的心肝，我不能欺骗你，你父母家庭的低气压迫使我不能不这么想，这是一个万全的法子。在不得已的时候，我只好重做流浪汉了，但至少等你回来。

今天，听说一位有钱亲戚来了，你母亲不听我劝，硬是把熟睡中的孩子抱下楼去，就想那点见面礼。我看见可怜的孩子成了大人的玩物，只好自己再哭一场。我不喜欢你家那副势利的样子，也特别憎恶你家那种嫌贫爱富的样子。十月二十日

你父亲说等毛毛到了半岁，他就可以带他睡觉了，你母亲则骂他说："你简直老了发昏，白天上班去，晚上还能带孩子？"

奶粉涨价了，你母亲大约有雇奶妈之意，因为听说奶妈的价钱比吃奶粉还便宜，价钱一石米，不过三四万元是不贵，你母亲则叹息着说："不贵？还是要有钱才请得起啊。"

我是小心眼的人，你去想想，我那时的心情吧。我记得你曾告诉我说："亲至父母，势利关系依然存在"，心里也就稍觉释然了。十月二十四日

说是雇奶妈，长久不见下落，突然你妈找来一个比我乳水还少的奶妈，因为价钱低，于是我的事情更多了，除了管孩子，还要照顾奶妈，夜里依然喂两次牛奶，依然失眠……

奶粉已涨到五万元一磅，每天拿牛奶都要看你母亲的脸色。而你母亲请裁缝三天两头来，你母亲仿佛永远不停地做新衣，绸子的，缎子的，今天烫发，明天买高跟鞋，一桌牌输赢二三十万。而我和雅悰一切零用，草纸、肥皂和开水，天天要钱没钱，不是小菜贵了，就是缴电费没钱了，整天扯鸡骂狗："死相，点电灯就像不花钱一样！""死相，你还好意思吃饭！"雅悰实在可怜，常常挨打挨骂，常常把眼睛哭得红肿。今天，她对我说，爹妈本来是要她做女儿的，弄到现在比佣人都不如。十一月十日

这些日子，我才真正觉得生活的苦涩，在北京将近一年的淡泊生涯也很恬静，虽然窘一点，精神上的威胁却是没有的。而在这里穷得没有肥皂洗衣裳，没有钱买热水，早晚洗脸和洗脚都用冷水，为了本月份三万块钱电费又在那里骂人。十一月十二日

下午，你母亲特地取出你的结婚照给我看，说，雅悰家里曾经兑了多少钱给她买东西……这是什么意思？我不禁从心里颤抖起来。我说："妈，解放了，你还说这种话？我和我儿子不是你家的人？本来吃您这碗饭我并不安心，你千万不要以为我就是一辈子要靠您供养的人。但是您老人家从来不为我设想一下，洗衣没肥皂，洗脸洗

脚没热水，上厕所没草纸，晚上不准开电灯，你未免太刻薄了吧！"

这么一来，把你母亲气坏了，问我什么叫刻薄。你父亲连忙说："你看、你看，思麟，你把妈妈气得手都凉了。"后来，我叫她，她不答应。

我说："妈，你不答应我，我还是因为正清的关系才叫你妈啊。你不喜欢我，我知道。我坦白告诉您，我也不喜欢您，大家处不来，我走就是了，我不愿把您气坏了。"

外面落着小雨，我抱着孩子，失魂落魄地走下楼梯。你父亲把我拖上了三楼，苦口婆心说是把我当作亲生的女儿一般。于是，你母亲病了，我照你父亲的意思去向她认了错，因为我不能不等你回来。雅愫说，同你母亲相处是太难了，她与人相处无常性，就是你回来也搞不好。好了，这几天，午饭便是一盘酸菜和一碗青菜汤，早饭根本没有。晚上，你爸妈回来就不同了，要招待打牌的客人，又是鱼肉满桌。

人贵自立，我想应该自己解决生活，否则一切都弄不好，你回来也是白费。亲爱的人哪，与其说我在为你受苦，为你忍辱，毋宁说我是在接受生活的另一面的教训。和他们一个月来的接触，我才发现你很多不经心的自负、吹牛，尤其是以自己作为中心的种种缺点，都是有它的来源和根据的。十一月二十日

昨夜通宵未曾合眼，你母亲说我的失眠是月子里得的，不会好。早上，我把孩子抱给你母亲，因为我想到你告诉我的话，什么事都爽快地说出来。在我忍无可忍的现在，我实在没有别的办法好想，我说："妈，请你找个人看看孩子，我支持不住了，我想到朋友家去休息两天。"

"好，你去好了。"她明知道，我能跑到哪里去呢？可怜的毛毛，可怜我的儿子，谁知道他长大起来还看得见他的妈妈不？我要带走我的儿子，我要把他带走，我扔了一个，万万不能再扔掉第二个，何况他身上流着我爱人的血液。十一月二十八日

亲爱的，我不愿瞒你，我不能瞒你，本想让你平静地度过这两个月工夫，但是我怕我万一死了，你的伤心会无可弥补，而我也枉活了一世，但我们认识只有一年多的日子，我想让它长一点……十二月三日

正清，我很觉对不起你，不能为你做个卑躬屈膝的好媳妇。我的强烈的人性叫我无法接受这种生活，但是，我还得忍耐地等你回来。你回来，或许因为我曾经顶撞了你母亲，我们便可以据为理由来各自走开。我把你好端端还给你的娘，我也要带我的儿子走了，即使法律阻止我，我也不管。带不走他的身体，我可以带走他的生命，因为他的身体有一半是你的，爱你然而要不了你，只有拼我的生命来得到这半个你，与其让他在如此铜臭的家境里长大起来，不如早点教他死了好些。十二月十日

经历了近三个月痛苦的煎熬，吕思麟再也无法忍受恶婆和失眠的折磨，当她接到沙正清问到她母子和家中情况的信时，就像抓到一根救命稻草，只想沙正清早一点回来，带她逃离这个魔窟，把昨夜胡乱写在日记本上的第二十二封信誊清，立即寄给了沙正清：

正清给你第二十二封信，今晨发出。在我昏乱中写成，前晚还来不及细细地读你的来信，我的心已飞到北京来了。对于我的走，你母亲不赞许亦不反对，且多方示意孩子可由我带走。我有能力带走吗？仔细检查你的信，似有难言之苦，我明白你的意思，我将遵从你的主意，等你回来。

是的，我的亲人，我不能对你再事隐瞒，我在你家的生活，可能比你在北方更苦。因为是你的母亲，我忍，一忍再忍，但是你母亲认为是她在忍。她骂我说："我都在忍你还有什么不能忍？"为此还有什么意思呢？

去年临行前，我依你的话给你双亲叩了头，卑微地生活到现在。可如今，我也不怕伤你的心了，事情迟早都得明白，你母亲说等你回来要让你跪在她面前，看她用刀把我们的儿子杀死，看你能把她怎么样？似乎一切灾难都是我此次南来招致的。亲爱的，我再问你，为此还有什么意思呢？开口是钱，闭口也是钱。先生：请你原谅我对于势利观念的落伍。你是你母亲的儿子，如果你认为不得不顺从她，问题就好解决了。因为我是我儿子的母亲，咱们就爽爽快快弄个明白吧。你可以抛弃我，因为我未能尽到孝顺的名，而不能完成你自私的愿望。你可以一脚踢开我，而我无所谓仇视，只是有一点，无论如何，我不能放弃我的儿子毛毛，如果你要争得他，我就要控诉你，跟你拼了。我没有什么理由，只因孩子身上流着你的血液，在我不能不把你还给你伟大的母亲的时候，可怜的孩子便是我这个神经病女人的一点最后安慰。十二月十九日夜

话说，沙正清接到吕思麟的第二十二封信后，不得不请假匆匆赶回上海，把她接回到北京。一进家门，吕思麟就急忙打开小皮箱，从里面拿出日记本，叫沙正清读她未寄出的二十一封信。她说："您可害死我了。您看看，您看看，我是如何在地狱里煎熬的。"

"知道、知道。"沙正清边说着，边嘻嘻哈哈地抱起吕思麟在屋子里转了起来，然后把她往床上一丢，猴急地就要上床。

"别、别。"吕思麟路途疲劳还未消除，头还昏昏沉沉的，忙央求着，推搡着。

沙正清厚着脸皮，硬往吕思麟身上贴，嘴里还直嚷嚷："久别胜新婚、久别胜新婚嘛。"

吕思麟回到北京后，沙正清极尽安慰之能事。他雇好了女佣，为吕思麟烧饭做菜。当吕思麟入睡时，他就坐在床边，用温暖的手抚摸着她，用慈父般的声音安慰着她，让她终于能睡个好觉。一个刚从家庭低谷里沉浮过来的女人，欣喜若狂，往往情不自禁地流出

了眼泪。吕思麟情绪和精神好一些的时候，也帮沙正清抄抄写写。沙正清已从华北政治大学分配到文化部整理典籍工作，并在北京几所大学兼职教授古汉语。因他编写的《离骚今译》，上级催得紧，就是感冒了，吕思麟还熬了几个通宵，为他赶着誊清。沙正清告诉吕思麟，季侯道也调来北大教现代文学，就住在他们家不远处的府学胡同。

　　吕思麟希望回《群众日报》社上班，沙正清说："我每月薪水也有二百万，完全够我们生活，你就在家好好陪陪我，有空帮我誊写一些文稿。"吕思麟在上海时就曾想过：人贵自立，应该自己解决生活。她试着从狭隘的感情生活圈子里挣脱出来，眼前展开的是一个并不生疏的新环境。她胡乱搬弄文笔的时候，歌颂过那漫无边际的自由，歌颂过那虚幻缥缈的爱情，梦想着山外那辽阔的世外桃源……如今，走进了一个新世界，人民把斗争胜利的果实展现在眼前，崭新的国家就像一个冉冉升起的太阳，不正是一位写作者努力工作的大好机会？

　　"来吧，亲爱的同志，我们欢迎你！"单位领导和同事们的热情，常常让吕思麟感动得流泪。沙正清工作相对宽松，不坐班，每天上下班，他都早早地接送吕思麟，引起吕思麟单位同志的羡慕。吕思麟也为自己的丈夫感到骄傲。

　　有一天，沙正清请季侯道吃饭，吕思麟亲自下厨，做了一道川味鱼。季侯道连声说："好吃！真好吃！"平时沙正清与季侯道在两个单位工作，见面机会少，沙正清应酬机会多，季侯道除了上课，就是在家看书，没事还是在家看书，偶尔，他也来沙正清家坐坐，不过，他很少说话，顶多吃顿饭，特别欣赏吕思麟做的鱼。因此，只要季侯道一来，吕思麟必给他做一道川味鱼。季侯道除在沙正清面前称道吕思麟的厨艺外，也没什么话可说，吃完饭说声"谢谢"就走。

　　吕思麟上班下班，在新世界欢快的节律中工作着。但是，她也常常感到自己的空虚，在那么多年轻的谦让的同事面前，似乎有一股强大的力量感召着她，使她觉得必须而且是自然地走向他们，向他们学习，加上上级领导的关心，又让她感到不安，几乎全身心地投身到工作中去。

<h1 style="text-align:center">八</h1>

七月底，毛毛被送来北京，但是孩子已不认识吕思麟这个妈妈了。虽然家里有女佣，本以为可以稍稍解脱一下，可是半个多月下来，白天要上班，晚上要带孩子，失眠和劳顿又把吕思麟折磨成了病人，刚刚恢复的一点健康又没有了踪影。好不容易适应了的工作，又显得无比艰难。

沙正清说："上什么班？你是上班的料吗？就在家蹲着，照应照应孩子，于你于我都好。"吕思麟只好请假，可是单位又不批，报社领导说："小吕同志，革命工作不能三心二意，你应珍惜才对。刚请假没几天，又请假，不好吧。"编辑部主任说："新社会了，男女都一样，你还指望丈夫养活你？你真相信你那个丈夫养活你？何况编辑部的人都反映他作风不好。你没看见，他每天接送你，就喜欢和我们单位年轻的姑娘七搭八搭，让人很反感。"

吕思麟确实依恋沙正清，而且一直深爱着他。她认为在旧社会封建的家庭里，"爱"是一个奢望，无论父子、夫妻间都很难找到一种真正的爱。对真爱的渴望和追求，让她从一个封建的家庭进入另一个封建的家庭。吕思麟不认命，在偶然的条件下，她与沙正清邂逅，认为自己找到了爱。从此，她真心感谢沙正清给予她父亲和丈夫的双重感情。她非常珍惜两人之间的爱，虽然这种爱情成分酸楚多于欢乐，她也不愿意对此造成伤害。

吕思麟不听领导和同事们的劝阻，未经请假就离岗回到沙正清的家里，做了一个全职的太太。家庭是吕思麟的安乐窝，也越来越成了吕思麟最大的负担，常年的失眠、累月的焦虑，只有靠沙正清的抚慰，才得以稍许消停。可是失眠，已把吕思麟折磨得人瘦毛长，憔悴不堪，小孩照应不好，大人又满足不了。可是，沙正清身强力壮，欲望不减，竟然乘吕思麟上街短暂的间隙就与女佣上了床。归来的吕思麟看到自己心爱的男人竟与丑陋无比的女佣在他们的床上做爱，再好脾气的她也忍受不了了。她把女佣的衣服甩到门外，大骂："你这个骚货，不要脸的家伙，不看看这是谁的床，也敢上！滚！滚——"吕思麟歇斯底里地叫喊着。这一哭闹，惊动了邻里。沙正清匆匆忙忙穿好衣服，从边门先溜了出去。吕思麟坐在房间里则是大哭特哭了一场。

晚上，沙正清不知道在哪里过的夜。吕思麟抱着儿子整夜坐着，黑沉黑沉的夜，压得她吐不过气来，让她感到恐惧和无助。她不断哭泣，哭泣着，直哭到泪干心碎。令她想不通的是：我与沙正清是真爱，曾经爱得那样死去活来。她擦了一下泪眼，又思忖：我不应该怀疑沙正清的爱。是我不能满足他的要求？但凭我们那么一片赤诚，即使另有新欢，他也应该向我说明白了。为什么急不可耐，跟这么一个上下一样粗、胖得像冬瓜、邋邋遢遢和猪一样的女佣上床？想到这一点，她又忍不住哭了起来。

女佣辞了，又换了一个。好像什么也没有发生过，不过沙正清晚上出去多了，大多要到九十点才回来。以前家庭中那种琴瑟和鸣、卿卿我我的温馨时光再也见不到了。得闲，吕思麟还得奉命为沙正清抄抄写写。可是，但凡偶尔抄错一个字，遭遇到的轻则是一顿臭骂，重则是拳脚相加。"你看看，书是怎么念的？这么简单的一个字都给抄错了！"甩手就给吕思麟一个巴掌，竟打掉了吕思麟的一颗门牙。怒气未消的沙正清，头都不回，撂下一句话："重抄，不睡觉也得给我重新抄好！"说着，扬长而去。

吕思麟好不容易重新抄完，等沙正清回来，想辩解二句，话还没说完，沙正清就对着她咆哮："你知道这份文稿的分量吗？比你这个人都重要！"

"比我都重要？笑话！那你叫我抄干什么？你自己抄好了！"说

124

着起身就要离去。

"你给我回来！"沙正清用力一拽，把吕思麟摔倒在床上，指着她鼻子吼道，"你也不睁眼看看是谁在养活你！"

吕思麟挣扎着爬起来，怒对沙正清骂道："你是人，还是猪？怎么动不动就打人？"

"打人？我打你怎么啦？你以为你是谁呀？"

"我是谁？"这一句话骂醒了她，他们只是同居者，没有婚约。虽然中华人民共和国成立后，雅愫已与沙正清解除了婚约，但是作为同居者的吕思麟还不如家里的雅愫。只因为吕思麟痴爱着沙正清，仰慕他的学识和风度，作为一个女人，更陶醉于每次沙正清都能给予她所需的性快感。可这个时候，她感到受了欺骗。一时感情冲动，让她红颜变色，杏眼倒竖，直指沙正清的脸骂道："沙正清，你这个大骗子，也不屙泡尿照照，看看自己屁股上有多少屎，尽干些欺世盗名、坑蒙拐骗的勾当！"

沙正清脸色铁青，正要发作，吕思麟凑上来说："你还想打我？你打、你打，我让你打！"沙正清面对一转脸间变得狰狞可怖的女人，也失去了往日的方寸。因为暴力和哄骗对于一个失去冷静的女人都是无用的。吕思麟把被沙正清打落的门牙拿在手里，威胁道："我明天就到你们单位找你们领导，让他们看看你家暴的战绩！"

沙正清因作风问题刚背上一个记大过处分，已无脸见人。现在，他不愿再刺激吕思麟，让她任性所为，但是，中国传统男权和自恃的权威受到挑战，一时怒气难消，气得手直发抖，声嘶力竭地叫道："滚！你给我滚！"

"滚？这是我和我儿子的家。"

"你的家？你不要得了好，还卖乖。我要让你知道，这是我的家，是我养活了你和你的儿子！"沙正清用手指敲着桌子，恶狠狠地对着吕思麟说。

吕思麟一下子被骂蒙了。她擦干眼泪，直盯着沙正清那双虚伪得失真的双眼，连同那张胡子拉碴的黑脸，越看越觉得丑陋无比。

沙正清过去哄骗要养活她的一切承诺和温情，看来都是赤裸裸的谎言。她气得一时找不到话回击他。想不到沙正清这时一下子扯下伪善的面皮，嗔恚地对她说："你不是一直想要走吗？你走、你走呀！我绝不留你！"

吕思麟从小到大，还没遭受过如此奇耻大辱。这句话如晴天霹雳，让她猝不及防，心有后怕。她真不懂，自己真心相爱的丈夫怎么一下子就变成了六亲不认的"魔鬼"？她不知道，沙正清崇拜的是她一时的美貌，现在厌烦了，不需要了；她更不知道，他在给她幸福的幻觉时，带给她的将是无边的痛苦。何况吕思麟寄生在沙正清的身上，她在沙正清的心目中，不过就是一个靠他养活的穷学生，一个玩偶，又能算得上一个什么东西呢？

吕思麟大梦初醒，一下子从床上抱起宝宝，哭着冲出了家门。天正下着大雨，保姆紧跟上来，硬从她怀里夺过宝宝。宝宝受惊吓的嘶哭声，吕思麟没有听到，她就这样湿淋淋地站在大雨中，望着黑咕隆咚的天空，哭喊着："天啦，这就是我要的爱，这就是我深爱的男人吗？"

毛毛被送入栖凤楼街道托儿所。现在，即使白天在家，吕思麟与沙正清也没有多少话可说。所谓夫妻感情，已经到了难以为继的地步。吕思麟常常想，我失眠，是因为恐惧于他的种种威胁吗？笑话！人活着总免不了一死，说我明天就要短命也好，无论如何，今天我到底还活着，这就够了。在我认识了他的所谓爱情之后，也实在不应该老着脸皮鬼混了。现在心里要盘算的是，今后我应该怎样活！

十月，老太太从上海回来了，沙正清依然十点以后才回家。这种家庭冷暴力，吕思麟已不能忍耐了。她决定把儿子还给他们。此时，吕思麟早已心灰意冷，承认要不了儿子毛毛，也要不了丈夫。第二天，办好手续，在邻里好心人帮助下，拎着自己的小皮箱、棉被和装洗漱用品的网篮搬到《群众日报》社宿舍暂时栖身去了。

吕思麟找到《群众日报》社的领导，表达想回报社上班的意愿。报社领导非常同情吕思麟家庭遭遇，温和地说："吕思麟同志，不是我说你，你这是小资产阶级思想作祟，应该要好好改造改造。为了家庭，怎么能说不来就不来上班呢？一去就半年多，连个手续都没有，报社也只能按自动离职处理了。"

"领导，是我错了，我没有听组织劝告，犯了严重的自由主义错误。领导，可是我在北京举目无亲，丢掉了工作，我怎么生活呀？"说着，眼泪就流了出来。

"小吕同志，不要哭了。你回去好好写一个深刻检查送来，交报社党组研究以后再说，看能不能重新给你一个工作的机会。"

吕思麟从报社出来，全身没有一点力气。回到宿舍倒在床上，一时真不明白自己怎会落到这么一个境地。当初一根筋，不听单位领导和同事们的劝告，死心塌地地跟着丈夫跑，现在可好，应验了。妈妈在家说得好："要有自己有，丈夫还隔个手。"怎么自己就那么糊涂？她是怨恨自己，还是记恨沙正清，哀叹命运对她不公，她也一时说不清，一种被家庭和社会抛弃的悲哀在心里弥漫开来。

自怨自艾支持她度过了一个礼拜的光景。等到冷静下来，才明白没有工作不行，离开沙正清也不容易活下去。有两整宿失眠连着失眠，让她睁着眼望着天花板心里老盘算着一个念头：沙正清已经完全背弃我了，我也离开了他，什么都落了点，心里为什么还是这么焦虑，不能放松下来？当然，她自己心里明白，这空虚不是任何男人的爱情所能补偿得了的。她捶着自己的脑袋说："我真该死！还每天不能自持地去想他，我实在管不住自己的感情。"

报社的事情，凶多吉少，已没有多大希望回去。正巧，小妹思旗来北京读书，吕思麟按小妹思旗告诉她在北京上大学的住址赶过去，想在他们的图书馆看看书，让大脑冷静冷静。当小妹听到大姐的想法时，一顿责备道："大姐，你就死了这个心吧。这种人不是人，一副道貌岸然的样子，到处拈花惹草。他不可能一辈子只爱你一个女人。他有本事把自己装扮成正人君子，把好色的情欲当作感情掰成很多份，给出的每一份都看着是那么'真诚'，让痴情女子上当。结果是始乱终弃，看把你欺负成这个样子，你还想着他？"见大姐不作声，小妹又补了一句，"大姐，不是我说你，不知道他现在又搂着哪个妖精在寻欢作乐呢。"妹妹的话如一盆冷水浇在吕思麟的头上，让吕思麟清醒不少。这句话也让妹妹说中了，不到一个月，沙正清又要结婚了，这是后话。

问到四川老家情况，思旗说："爸爸把家产全捐了，我们都成了自食其力的无产者了。哥哥思懿和他的丈人老子谢德理因院系调整现在又回到重庆大学工作去了。二姐思慧夫妻已分配到天津。你可以到她那里散散心。"

买好下午四点十分的快车票到天津，可是一想到沙正清和儿子，吕思麟的眼泪不由自主地又流下来。在天津由吕思慧和张载存夫妻陪着她跳舞玩笑，又去马场看华北物资交流展览会，让吕思麟心绪渐渐平静下来。说到沙正清和儿子，吕思麟不免难过起来。吕思慧劝道："俗话说得好，'情不敢至深，恐大梦一场。'沙正清有学问，有风度，你爱他，我相信，可他家有老婆，却来纠缠你，我看这个人就靠不住，离开他好。"

张载存也劝道："大姐，夫妻共处，信任最重要，既然沙正清这么对待你，你也没有什么想图的了，把心放开些，要活得比他好才好。"

说到儿子，吕思慧说："看来，你与沙正清的儿子你是要不回来了。可是你与龙台的孩子庆生，你不想把他接回来？"

思麟皱着眉头说："二妹，想是想，想有什么用？你看我这个样子，工作都没有，自己都养不活自己，还能养得活孩子？不想也就罢了。"

思慧给大姐在书店找了一份临时工作，小妹思旗为吕思麟在北京舍光女中找到一份代课的事，可是吕思麟一圈转下来，疲惫不堪的身心都没有恢复，只好等休息休息再说。

一晃半个月过去了，合适的工作仍然没有找到，吕思麟又一次跨进《群众日报》社。她相信报社那位主要领导，是他亲自招收她，是他鼓励她为中华人民共和国建设好好工作的，正是因为他的照顾，她暂时还住在报社宿舍。这位领导是一位革命老同志，对报社同志都非常关心，吕思麟觉得他就是自己的依靠。这位老同志见到吕思麟来了，还是如往常一样热情，不过说："小吕同志，报社岗位已满，你回来上班的可能性是没有了。不过听说《文学读物》缺人手，不知道你愿不愿意去那里工作?"吕思麟正愁找不到适合自己的工作，听到又可回到编辑岗位，还与"文学"有关，便欣然答应下来。等开好推荐信，这位领导语重心长地说："吕思麟同志，你到新单位要好好学习，不能再犯无组织无纪律的错误了。"

第 三 章

一

吕思麟和叶龙台分道扬镳，各人走上各自的人生道路时，他们丢落在宜庆家乡的小庆生，很长一段时间，都不知道自己是父母生的，还真以为自己是棵蒲公英，轻薄的花丝，随风飘落在皖江岸边。他就这样在爷爷奶奶的怀抱里无忧无虑地生长着。他从小没有父母的概念，更没有父母的印象，因为他不知道自己的生身父母是谁。

后来叶庆生学了医，他知道人的大脑是人类发育最早的器官，大概两岁左右，都发育完成了。他常自问，为什么我从来没有喊过爸爸妈妈? 为什么对生身父母一点印象都没有呢? 他自我分析认为：因为这些都是后天获得的。父母的缺失，不仅是爱的缺失，而是离开父母前大脑有限的记忆被成长格式化了，现在从哪里再能找回原来存储在大脑里的对父母那点可怜的记忆呢？每一位被父母抛弃的孤儿都心有不甘，成年后本能的执念，让他挣扎着，痛苦地修补着血亲的欠缺，进行着自我救赎，在寻找中寄托着人生哪怕丁点的希望。

当然小时候的叶庆生除了吃，还是吃，除了玩，还是玩，到四五岁时，叶庆生一觉醒来，还是只会叫爷爷奶奶。虽然小孩子不关心大人的事，可小庆生生性敏感，对自己的成长，无论是快乐，还是痛苦，都铭记在心，历历在目。

他记事时，是宜庆解放的那一年。1949 年 4 月 23 日宜庆天亮了，奶奶牵着小庆生出门，一开门就见到门口都是穿着黄衣服的解放军。他们坐在背包上，人人腰上挂着一个绿色的搪瓷碗。开饭时，许多人围着大脸盆，或蹲或站着吃饭。小庆生觉得稀奇，就挣脱奶奶的手，怯生生地走上前去看。

"庆生，过来！快过来！"奶奶一边喊，一边颠着小脚赶上前去，拉住小庆生就往家里拽。

一位小战士看见了，招着手，亲切地喊："小鬼，过来，给你一个好玩的东西，要不要？"

说着，小战士放下饭碗，从口袋里掏出一只摩挲得透出紫红色光亮的子弹壳来，放在嘴边吹了一个响哨，然后递给小庆生。小庆生伸手去拿，奶奶打了一下小庆生的手说："别人的东西不能要！"

"我要，我就要。"小庆生犟着说，硬拖着奶奶走到小战士跟前，接过小战士手中的子弹壳就走。

奶奶上前对庆生说："还不快谢谢叔叔。"小庆生嘴里嘟哝着，就像得到宝似的欢天喜地地跑回家去了。一路走着，还一路吹着："曲，曲。"

解放军临走，还把庆生家水缸挑满水，把院落和大街扫得干干净净的。

小庆生的光头爷爷，总是把胡子刮得光光的，走路时腰杆挺得直直的，一身中山装，虽然老了，仍显得很有精神。他不喜欢多说话，只是见到孙子就高兴，笑眯眯地逗逗孙子或带孙子上街玩耍，平时家里很少听到他的声音。小庆生的奶奶白白净净的皮肤，清秀的脸庞，眼里总是透着慈祥，因近视眯缝的眼睛就像屋里条桌上供奉的观音菩萨露着笑容。小庆生每天睁开眼，首先看到的就是这张慈祥的脸，一片阳光。

童年所有的记忆：满眼红的、黄的颜色，满耳欢乐的锣鼓声，都是从奶奶带他走进这个五彩缤纷的花花世界开始的。叶舟氏无私地给了小庆生全部的爱，奶奶的爱让小庆生感到充实，也是他成长的动力。小庆生对奶奶的依恋胜过孩子对自己亲生父母的依恋，奶奶早已成了他每天形影不离的亲人。亲戚和邻居们都说，小庆生是奶奶抱在怀里养大的。上中学时还带在床上睡觉，冬天怕孙子冻着，热天怕孙子热着。有点好吃的尽量让孙子吃。其实，那时候也没有什么东西吃，每天除了青菜、咸菜，还是青菜、咸菜，但奶奶每天都要给孙子炖一个鸡蛋。衣服鞋袜是缝着补着穿，一人一年就一丈多一点布票，再省也要给孙子做件新衣服。小庆生的脚长得快，剩点碎布头就糊鞋壳子。可怜叶舟氏一双近视眼，每天凑在煤油灯下，纳鞋底，赶着给孙子做布鞋。亲戚和邻居们都称奶奶带孙子不容易，背地里叶舟氏则难过地说："小庆生可怜，从小没有父母。我不心疼，谁心疼？"

因叶国勋工作还没有落实，只有靠典当家中物品和糊火柴盒度日。到了上学年龄，叶国勋也没有送孙子去上学，奶奶嘴里就叨唠开了说："千耽搁万耽搁，不能耽误了小庆生读书。"

"听说省文史馆的聘书快下来了。今年，我先在家里教小庆生识识字。"爷爷说。一有空，爷爷就拿出识字块教孙子念起来。

小庆生的家离集贤门很近，走不到一百步就到了城门口，只要有热闹，小庆生就拉着大人往外跑。这天，小庆生正要往外跑，小庆生的叔叔叶龙平回来了。小庆生觉得叔叔长得很好看。一身青年学生打扮，白衬衫，蓝裤子，白白的皮肤，头发梳得油光，一双燕眉，特别有精神。叶龙平见到小庆生背着竹筒做的带转盘冲锋枪，就做了一个举手礼的动作，说："报告小庆生同志，我回来了。"随手一把将他抱起来，亲了亲，说，"小庆生长大了。"又把小庆生高高举起说，"小庆生长大啰！"逗得小庆生"咯咯"直笑。

奶奶接过孙子抱在怀里对孙子说："你这个叔叔是个人精。俗话说，'一娘养九种，九种不像娘'，我只养了两个儿，两个儿子秉性都不一样。你爸爸忠厚老实，你叔叔精明强干。我不担心你叔叔，就担心你的父亲。"她说这话的时候心里很难过，不知道庆生父亲孤身一人，现在在台湾过得怎么样了。接着她又继续说："你叔叔虽然比你父亲小四岁，可精干多了。他从小调皮捣蛋，天不怕地不怕，淘气是出了名的。门口的孩子只有欺负你父亲的份，没有敢惹你叔叔的。"

"妈，你是不是在侄儿面前又讲我的坏话了？"

"没有。"小庆生插了一句，高兴得在奶奶怀里直蹬腿，惹得大人们都笑起来。

叔叔回来头几天，只顾跟爷爷奶奶呱白谈心，好像有什么心事。当然不外乎自己的亲事，还有大哥只身一人在台湾的事。叶庆生就是不喜欢大人说话，大人说起话来啰啰唆唆，没完没了，没人理他，让他感到孤独。叶庆生故意吵着要叔叔带他上街去玩。

"别闹！"正听爷爷说话的叔叔突然一声吼着，吓了叶庆生一大跳。叔叔怎么啦？看他吹胡子瞪眼睛的样子，庆生有点害怕。叔叔的心事，一个六岁的孩子怎么能搞得清？

"龙平，你怎么跟孩子说话的！宝贝过来，别怕。"奶奶尽管当时心情也不好，对孙子说话还是慈祥温和的。说着，就把小庆生揽到怀里坐好。

可是到了第二天，叔叔就变了，又变得可亲可爱起来，就像一个大哥哥。一吃过早饭，他就携着叶庆生的手说："小庆生，我带你上街玩去。"

"好。"小庆生屁颠屁颠地跟着叔叔出门去了。一上街，他一会儿给小庆生买一个瓷鸟小叫叫，一会儿给小庆生买一只大烧饼……总之，这叔侄俩玩性大，到吃晚饭时才回来。一进门，叶舟氏没好气地说："你一个大人玩性大，可不要把小庆生也带野了。"

"妈，不会的，小庆生要看西洋片，我就带他看了一小会儿。"

那段日子是快乐的，叶庆生真怕哪一天叔叔走了。叶庆生问叔叔："您回来就不走了吧?"

"不走了，这次回来就不走了。"叔叔肯定地说。

叶庆生拍着小手高兴地说："好哇，叔叔不走了，这下有人带我玩了。"小时候的叶庆生快乐就这么简单。

"谁说叔叔不走了?"

"是叔叔自己说的。"睡在床上，奶孙两人对话。

"唉，儿子大了，留不住啊。"奶奶叹了一口气，一边拍着小庆生，一边给他讲叔叔的故事。

你叔叔在跑鬼子反时，没机会上大学，就一个人跑到湖南洪江找爷爷，报了机械化学校。机械化学校毕业后被派到北平当了一名装甲兵排长。在北平，他认识了你爷爷的老朋友，宜庆同乡会会长的女儿伍青云，一见钟情。可这位姑娘的父亲觉得女儿太小，正在读师范，有点不情愿，说另给他介绍一个。你叔叔表示，非伍青云不娶。没过几天，他开着吉普车带着伍青云说到香山去玩，其实是想带着心上人从田村机场乘飞机到台湾。伍会长知道后，可以说是给吓坏了，跪着对你叔叔说："你要娶我女儿可以，就把军装脱了，到我开的商店里来做朝奉。"叔叔听了，真的就脱掉军装，偷偷地躲到会长家里来。原来这位同乡会长只有这么一个宝贝女儿，从小娇生惯养，他想招婿入赘。虽然女儿年岁早已过了及笄，尚待字闺中，未曾聘嫁，提亲保媒的人不少，老夫妻俩就怕宝贝女儿吃亏，自己好不容易挣的一点家产给了人家，找个理由回了。

你叔叔无论从人品，还是相貌，老夫妻俩看着都很满意。但是老两口不知道你叔叔的秉性，也不知道他们宝贝女儿能不能驾御他;

更犯愁的是当时你叔叔脱了军装，没有了收入，他们执意要住到他们家的叔叔当学徒。那时正逢北平和平解放，你叔叔觉得解放军刚进城，自己在北平又举目无亲，衣食无着，既然攀上一个老乡，又与其女相好，总有个依靠，就同意了。叔叔一进门，第二天，老两口就把家中唯一的一个伙计给辞了。叫他每天除了学着帮助打理店面上的事，回家还要扫地抹灰，倒痰盂。商人的吝啬，寄人篱下的苦恼，让你叔叔无法容忍。你叔叔本来就是一个争气好强的人，心想这样下去也不是一个事。听说京津各高校都恢复了招生，他就跟会长商量去报考大学，将来能自立，有一番出息。就是这点愿望，他那位未来的岳丈也不愿成全。

"人在屋檐下，哪有不低头。"你叔叔只好起早贪黑帮助料理商店，还要看她家人的白眼，听她家人的气话。尤其让你叔叔咽不下去的一口气是，她家人动不动就骂他，穷光蛋，吃白饭的。为了考大学，他忍气吞声，背着她家人，挤着空儿看点书，并偷偷地报考了京城里一所医学院。参加考试那天，他跟伍会长说："伍伯父，我决定去参加考试。若考取了，读完大学就迎娶伍青云，若考不取，我就回老家不来了。"你叔叔一回来就对我与你爷爷说："若这次考不取，就再也不回北京了。"你爷爷批评他说："不可，你吃住在人家两年多，人家待你不薄，不要亏了人家。"我则叮嘱你叔叔说："'宁可吃过头饭，莫说过头话。'对她家人也要好坏掺掺，遇事要忍，'忍'字头上一把刀啊。"叔叔说："爸妈说得对，这次也得亏青云暗中相助，不然我也无法去参加考试的。临回来，青云还一再讲：'不管考取考不取，你都要回来。'"

就在叶龙平接到医学院录取通知书的那一天晚上，叶庆生和小伙伴们在街口路灯下玩捉迷藏，突然他右耳孔爬进了一只小虫子，直往耳洞深处钻，好像很快就要钻到脑子里去了，吓得小庆生大哭起来："奶奶、奶奶，我耳朵里飞进了小虫虫！我耳朵里飞进了小虫虫！"小伙伴们都被他的哭声吓跑了，只留下他一个人站在路旁哭喊着。最先跑过来的是叔叔叶龙平，他二话没说，就把叶庆生抱回家。奶奶跟在后面，一边拍着叶庆生的背心，一边哄着他说："宝宝，别怕，是蠓虫子，别怕。"

叔叔刚把小庆生抱在自己腿上让他头贴胸坐好，爷爷也赶过来看看。叔叔说："爸，请把那碗水放在我的左手边，并把灯关了。"叔叔一边按紧叶庆生的头说，"小庆生，不怕，不痛的。"一边用手电筒照叶庆生的右耳孔，不一会，叶庆生觉得耳道里痒痒的，伸手就想抓。"别动！"叔叔按住了叶庆生的手。接着，他左手在水里蘸了一下，贴近叶庆生的右耳孔，又把手放到碗里洗了一下，叫道："开灯！"叶庆生睁开眼睛，看见碗里飘着一只小虫子，在水中只扑腾，再掏掏耳朵，什么感觉也没有了。放下小庆生，叔叔笑着说："我说没事吧。让我们把蠓虫子消灭掉，好不好？"说着，把蠓虫子往水中一按。这时，叶庆生眼角的泪迹还没干，看着在水中挣扎的小虫子，突然觉得叔叔就像孙猴子一样能钻到耳孔里，把蠓虫子逮出来，好有本事啊。奶奶把叶庆生抱上床，一边拍着叶庆生，一边哄着他说："宝宝，别怕，我们胜利了，蠓虫子消灭了，宝宝睡觉觉啰。"

叶庆生迷迷糊糊中还惊叫着："蠓虫子，杀！"奶奶叫叶龙平过来看一会侄子，自己跑到大门口，扯起嗓子喊："庆生——快回来！""庆生——快回来！"一声接着一声为叶庆生喊魂，这响彻夜空的呼喊就好像是来自远方的呼唤，具有一种洞穿力，它能穿透黑暗，穿街过巷，在夜空中回荡，带着受惊吓而迷失的灵魂平安回来。

天一亮，叶庆生就嚷着要叔叔，叔叔来了，他就要昨天叔叔手中拿的那张报纸。因为他记起昨天白天，叔叔拿着那张报纸特别高兴，一会给爷爷看，一会给奶奶看，叶庆生也凑上前去拽那张报纸，想看看上面有什么好看的画画，被奶奶轻轻地拍了一下手说："小庆生，别把报纸撕破了，这是你叔叔的宝贝。"

叔叔高兴地拿出报纸平铺在床上让叶庆生看。笑着说："这上面都是录取大学的名单。你看，这是你叔叔的名字。"

叶庆生只见许多蚂蚁一样的黑点点，密密麻麻地排在那张纸上。

爷爷说： "你叔叔考取了北京的一所医科大学，过两天就要上学去了。"

叔叔则摸着叶庆生的头说："将来你上大学，叔叔供你读书。"

"将来你上大学，叔叔供你读书。"叶庆生记忆特深。

叔叔上船走了，走了很长很长时间没有回来。奶奶常自怨自艾地说："你叔叔又给人家了。"奶奶的担忧没有错，叔叔上医学院那年就跟那位毕业已当了中学老师的姑娘结了婚，条件是必须留在京城工作，生了第一个男孩必须跟娘家姓，叔叔都答应了。好在叔叔争气，大学毕业后就留校当了助教。

奶奶一想起儿子们的事就伤心地说："我就生了两个儿子，结果都白养了。"

而爷爷开导她说："人生本来就是如此，孩子不可能永远都留在父母的身边，至于孙子姓什么又有什么关系呢？儿子也好，孙子也好，不都是国家的人？"

奶奶说："俗话说得好，'草屋年年盖，一代管一代'，我们养大了儿子，现在又管孙子，可是我们老了能靠得住哪一个？"

爷爷理解奶奶的心，每到这时，他就抚摸着叶庆生的头说："不是还有大孙子小庆生嘛。"爷爷的这句话，比什么劝慰的话都管用，希望就像一束阳光顿时驱走了奶奶脸上那一丝迷惘和失落。大概人到晚年，特别怕寂寞，虽然儿子不能侍奉在身边，正是有了孙儿的陪伴，让叶国勋夫妻颠沛流离的一生，拥有了一个安逸的晚年。

没过几天，乡下亲戚来报信："祖婆病危！"祖婆，就是叶庆生爸爸的奶奶，爷爷的妈妈，已九十高寿了。叶庆生记得祖婆长着圆圆的一张大脸，满头的银发，祥和温煦的神态，就像一个小太阳。当然祖婆特别喜欢庆生这个重孙儿，每次他们下乡她都抱着不离身。祖婆一生也只生了两个儿子，因疼爱大儿子叶国勋，喂奶喂到12岁，才怀上小儿子叶国公。叶国公黄埔军校四期毕业，在宝鸡攻防战中战死。这件事，当然不能跟祖婆讲，只是让留在乡下老屋里照应祖婆婆的婶奶奶说他打仗跑散了，迟早是会回来的。

叶家老屋离宜庆市区东去 40 多里，乡下的本家大伯天没亮就推了一辆独轮车进城来接爷爷奶奶。叶庆生和奶奶坐在独轮车两边，爷爷步行，大清早赶路，一直走到中午才到叶家老屋。此地虽属圩区，但老屋坐落在一条南北向的山岗中间，坐东朝西，一个方方正正的连体大瓦屋院子，呈田字形，住着十几户叶姓的族人。宜庆这地方，自古就是兵家必争之地，特别是元末明初，战争一直来回在这里打，原居民几乎死绝了，等朱元璋执政，从江浙、江西大量移民于此，才让这里恢复生机。据调查，此地居民十之八九祖籍都是外地的。

叶庆生他们赶到时，祖婆已断了气。大人们忙着收敛入棺做法事。叶庆生不时被牵进去磕头。叶庆生磕第一个头时，只瞥见祖婆睡在床上动都不动，脸上盖着一张黄表纸。再磕头时已看不见祖婆了，只见面前是一口黝黑的大棺材。天断黑后，棺材前小桌子上点起了香烛，老道士披上蓝黑色的道服，锣钹开打，绕棺仪式开始。只见老道士拿着小纸幡在前面引路，作为孝子的爷爷紧跟其后，接着是奶奶牵着披麻戴孝的小庆生走过场。棺材边是一棵高大的皂角树，幽幽地笼罩着祖婆的大棺材。绕棺结束，叶庆生坐在盘根错节高高凸起的粗大的树根上，仰面问奶奶："祖婆婆到哪里去了？"

"升天去了。"

"升天？我看祖婆睡着了。"奶奶见孙儿不明白，接着详细告诉孙儿，人死后，不是升天，就是下地狱。人一生做好事，死后就可升天享福；生前干坏事，死后就要下地狱受罪。"你祖婆一生为人积德行善，是好人，死后肯定升天去了。"她又指指围着棺材正在超度祖婆亡灵的道士们说，"他们击磬念经，就是颂扬祖婆婆的功德，助祖婆升天。"

"我能不能再见到祖婆人呢？"

"供奉在老屋后阁楼上祖宗牌位中的祖婆牌位就是祖婆婆本人。

只要你清明、冬至和新年时节向祖婆婆烧香磕头，就能见到祖婆婆。"小庆生一边听着奶奶说祖宗，一边仰望着晶莹闪烁的满天星斗，他觉得天空是那么清晰，又是那么遥远，是那么空阔，又是那么深邃。

二

很快到了 1953 年开学季，叶国勋带着小庆生报名上学去。头几天，奶奶叶舟氏就赶着为孙儿缝制布书包。这天，叶国勋牵着小庆生，走进近圣小学校长办公室，要为庆生插班，读二年级。校长客气地说："能不能让孩子过来简单测试一下？"

"行。小庆生过来，好好回答罗校长的提问。"叶国勋说着就把叶庆生拉到校长跟前。

校长摸摸孩子的头问："你叫什么名字？"

"叶庆生。"

"今年几岁了？"

"八岁。"

校长拿了识字卡让叶庆生认认字，小庆生歪着头一个字一个字地念着："五、星、红、旗，天、安、门……"

"很好。"罗校长又在小黑板上写了一年级的几道简单加减算术题，叶庆生也一口报出了答案。测试还是比较满意的。接着这位女校长和蔼地问："叶庆生小同学，你爸爸妈妈怎么没带你来报名？"

"爸爸妈妈？"一组陌生的词，他从小只知道有"爷爷奶奶"，不知道还有"爸爸妈妈"。他呆立在校长面前，自卑地低下了头。叶国勋忙上前跟校长解释，孩子爸爸妈妈因战乱，杳无音讯，至今没有下落。

校长能糊弄过去，但"爸爸妈妈"这几个字在孩子心中生了根。没有爸爸妈妈，始终是叶庆生心里的一个隐痛。父母亲是人类基因最紧密的人，是大脑深处爱的始基，小庆生怎么会丢失呢？只要一激活，血浓于水的亲情，就像编织金刚结的蜀丝那样，终生缠绕着叶庆生的心灵，难以割舍。

中国人的伟大，最体现在父母的父母身上，无论父母死亡或失联或离异，只要有爷爷奶奶或外公外婆在，他们就会捡拾起这种爱，弥补失去的亲情。可从小失去父母的爱，这必定是人生的一个重大缺憾。这一缺憾在叶庆生的生活和情感上必然会表露出来。

上学第一天，爷爷牵着叶庆生的手，带他去学校。临出门，奶奶还不住地叮嘱："到学校要听老师的话，好好学习，不要淘气。"那天天气特别热，大清早太阳就晒得人脸疼。叶庆生越走，就越往下赖，最后干脆就蹲在地上不走了。爷爷拽着叶庆生的手问："怎么啦？肚子痛？"

"不是。"小庆生摇摇小脑袋哀求地说，"爷爷，我不想去上学。"

"那怎么行？你是插班生，今天必须去见老师和同学。"爷爷不怒而威，在家话虽不多，说一句就是一句，连奶奶都听他的。叶庆生只好由爷爷一路拽着走进学校。

奶奶听爷爷说到小庆生不想去上学的事后，晚上吃过饭，碗都没洗，就把孙子拉到房间，苦口婆心地说叨起来："上学多好，为什么不愿意去？"小庆生只是低着头不吭声。

奶奶知道孩子心里苦，也不责怪他，只是耐心地开导他："你看看，在学校里有老师教你读书识字，有那么多同学陪你玩，多好。我们不说'书中自有黄金屋，书中自有颜如玉'，单凭'秀才不出门，能知天下事'，有什么不好？何况你将来长大了，要出门做事吧，没个学校文凭，哪个要你？你老公公教私塾的，死脑筋，不让你爷爷上新式学堂，你爷爷是吵着去上的学。你爸爸和你叔叔在战火中还不忘去上学读书。我们家就我没上过学，念过书，是个睁眼瞎子，看本书都困难，多可怜。"

"那我在家，让爷爷教我不也一样吗？"小庆生试探着问。

"傻孩子，那是没法子的事。今年，你爷爷参加市人民代表大会回来，就跟我说：'省文史馆员聘书已下，根据我家情况每月有40元生活费补贴。'有了钱，我们才能供得起你去上学。"

叶庆生突然抬起头望着奶奶说："您肚子里有那么多故事，是从哪里学来的？"

"那是奶奶抽空捡几个字看书得来的。"

"只要奶奶给我讲故事，我就去上学。"

"好。还是我的乖宝宝听话。"

奶奶对叶庆生管教很严，她对叶庆生灌输的是，"棒棰底下出孝子""惯子不孝，肥田出瘪稻"。平时奶奶只许叶庆生在自家院子里玩，不许上街，更不许晚上出去玩。有时叶庆生调皮，在外闯了祸，奶奶就用针线箩里的竹尺敲打他。叶庆生从学校回来，老远就看见奶奶站在门口，等她把孙子身上的灰掸干净后，才让他进门，进了家门就不许他再出门了。叶庆生做完作业，就缠着奶奶讲故事。有时烦了，奶奶就用指头点着小庆生的额头说："你就像一块牛皮糖，粘在奶奶身上甩都甩不掉。"

奶奶聪慧好学，又阅历丰富。军阀混战时跟随着丈夫走南闯北；宜庆沦陷，她独自一人拖儿带女领着一家老小逃难到湘西……

虽然她没有进过学堂念过书，但她在颠沛流离的生活中，既照顾了一大家子人，又识了字看了书。她读过《西游记》《封神榜》《三国演义》《岳飞传》等不少古书，这些书既成了她孤寂生活中的消遣，也成了她给小庆生讲故事的源泉。岳飞精忠报国、诸葛亮智气周瑜、刘关张桃园三结义和孙悟空的神通广大都钻进了小庆生的记忆里。奶奶讲故事有点像说大鼓书，虽然声音不高，但抑扬顿挫，说得绘声绘色，常常让小庆生听得入迷。讲到猪八戒背媳妇时，小庆生会笑；讲到孟姜女哭长城、王宝钏苦守寒窑18年时，小庆生会哭。夏天乘凉，讲牛郎织女和嫦娥奔月天上人间的故事；冬天围坐在火桶里，讲二十四孝的故事。"为什么丁郎刻木算头一孝，王祥卧冰只算个末名？"小庆生突兀冒出一个问题。"你想想看，冬天卧冰求鲤，淹死了怎么办？所以是愚孝。丁郎从不孝到孝，'浪子回头金不换'，值得尊重。"奶奶见孙子听得这样认真，高兴得眼里都闪闪发光，基本上都是有问必答。

有一次讲到《西游记》，小庆生就问："奶奶，为什么要给孙猴子戴紧箍咒？"

奶奶说："人一有本事就翻生，所以就要管。这世上都是一物降一物，孙猴子一个跟头能翻十万八千里，但他也逃脱不了如来佛的手掌心。"

有一天，讲到商纣王剜了忠臣比干的心时，奶奶降低了音量，学着商纣王的腔调，郁郁地说："赐你不死，回去吧！"比干走到半路上，忽闻"卖空心菜啊——"心想，菜有空心能卖，人有空心倒下马来。"死啦？""死了。""奶奶，奶奶，为什么像岳飞、比干这些忠臣，皇帝还要杀他们呢？""古话说得好，'伴君如伴虎'。"奶奶说完，拍拍叶庆生的小脑袋说，"这些你长大了会懂的。"

叶庆生觉得奶奶太有才了，连吃饭，都能讲出故事来。有一天吃菠菜豆腐汤，奶奶指着菜汤说："这道菜里有故事。"爷爷看着这对奶孙觉得好玩，也竖起耳朵听。"老头子，你是要听听，当年跟你在河北，生小庆生他爸，你天天给我吃小米粥，还说是当地的'人参汤'，对不对？"

"是的，你又说那些陈年往事干吗？"奶奶又要接爷爷的话往下说，小庆生赶快拉着奶奶的手说："不要说人参汤嘛，还是讲讲菠菜豆腐汤好不好？"

"好、好。我的小宝贝！"奶奶便说当年朱元璋在逃荒要饭时，饥肠辘辘地来到一个村口，向老农讨口饭吃。这位老农为他盛了一碗饭，还做了一碗菠菜豆腐汤给他吃。朱元璋问是什么菜，这么好吃。老农回答："这道菜叫'红嘴绿鹦哥，清香白玉板'。"当朱元璋登基做了皇帝，又想起这道菜，叫御厨们去做，一个个做不出来，都被朱元璋杀了。刘伯温见状派人去探访，原来是菠菜豆腐汤。

有时，小庆生作业没做完，就想听故事，奶奶是不会依他的。这时奶奶总是盯着小庆生说："孩子，'少壮不努力，老大徒伤悲'，你现在不好好读书，将来长大了，怎么成家立业？我每天洗衣浆衫，烧锅做饭，辛辛苦苦的是为了谁？还不是为了你好好用功读书。"

与其说叶庆生是听奶奶的故事长大的，不如说，叶庆生是在奶奶唠唠叨叨的语境里长大的。奶奶说话很形象，简单易记。她常说："不听老人言，受苦在眼前。"她所说的老人之言都是家乡人耳熟能详的谚语：什么"人要真心，火要空心，轻人还自轻""习善则善，习恶则恶"，什么"身正不怕影子歪""平日不做亏心事，半夜不怕鬼敲门"，什么"人能克己身无患，事不欺心睡自安"，什么"滴水之恩，当以涌泉相报""冤家宜解不宜结"……只要叶庆生在她的身边，她就小到饮食起居，大到生活哲理，唠叨得没完，而且是天天讲，年年讲，反反复复，不厌其烦，几乎把嘴垛在孙子身上。平时，奶奶讲她的做人大道理时，叶庆生坐在旁边不作声，低头做着自己的作业。虽然看起来随随便便听着，久而久之，润物细无声，这些哲理警语，见缝插针，深深地扎进了小庆生的心里。小庆生有时听烦了，也冷不丁地冲奶奶一句："啰唆！"奶奶望望孙儿，不愠不怒，爱怜地说："'响鼓不用重敲''要成人自成人'，你不要嫌我烦，我讲的都是为你好。"

奶奶带小庆生睡在大床上。所谓大床，也不过是长条凳上多架了几块板。床板上垫了厚厚的干稻草，是乡下大伯送的。每年秋收以后，乡下大伯就拉了一大车干稻草和大白菜上街来，奶奶除自己留用的菜草以外，就把多余的稻草白菜分送给左邻右舍。

奶奶每天起得很早，梳头洗脸后，就烧香拜佛。小庆生醒了，喜欢赖床。他看见奶奶每天都是认认真真地擦干净条桌，再小心翼翼地捧起观音菩萨，仔细地擦拭着，然后归放到原位。小庆生眼前的这尊观音菩萨，总保持着白净光亮的本色，菩萨左手托着玉净瓶，右手轻拂柳枝，慈眉善目，让人感到无比圣洁。奶奶点好三炷印度奇楠香，双手拈香，三作揖后，端端正正地插在香炉里，然后毕恭毕敬地站立在观音菩萨像前，双手合掌放在胸前，口中念念有词："南无阿弥陀佛观世音菩萨，南无阿弥陀佛观世音菩萨，南无阿弥陀佛观世音菩萨。"小庆生觉得奶奶敬佛，是诚心的，就像每天对待自己那样，捧在手里，抱在怀里，细心呵护着。就是小庆生淘气时，也只是着急地喊着："我的小祖宗，我的活菩萨嘞。"奶奶喜欢把家里家外的事说给菩萨听，因为是在嘴里叽里咕噜说得很快，声音又小，小庆生听不清，但多少能猜到一些。左邻严大妈这几天就要生了，奶奶就说："大慈大悲的观世音菩萨，保佑保佑他们母子平安吧。"右舍庞姑娘多年不生，奶奶就求菩萨："仁慈的送子观音菩萨，让庞姑娘如愿以偿吧。"乡下遭受了洪灾，每天奶奶祈求保佑的是那些受灾的乡亲和灾民："救苦救难的观世音菩萨，救救他们，让他们早点过上好日子吧。"当然，奶奶托菩萨保佑最多的还是自己的家人，求菩萨保佑儿孙平安，为自己修修来生。叶庆生见奶奶面对菩萨站着，虔诚地默念着经文，久久地沉浸在她自己的冥想之中，就好奇地问："奶奶，观世音菩萨怎么那么有本事？"

"这孩子，醒来也不作声，吓我一大跳。"奶奶一边给孙子穿衣，一边说。

奶奶虽然自己不宽裕，但常接济乡下的穷亲戚，就是乞丐路过，也叫孙子送去几分钱，兑现她在菩萨面前表示的力所能及济困的承诺。她一辈子恨自己生不逢时，没有机会读书，她把一切希望都寄托在叶庆生的身上。她经常语重心长地对孙儿说："'有志不在年高，无志空长百岁''人争一口气，佛争一炉香'，人活着就要争气。"她特别敬重读书识字的先生，连字纸都不允许孙儿随便糟蹋。她更要孩子珍惜光阴，她常挂在嘴上的一句话就是："一寸光阴一寸金，寸金难买寸光阴。"

当叶庆生跟邻居家孩子们玩耍时，小朋友们一个个被他们的父母喊回家去后，一个人落单站在院子里，才感觉到一种孤单。孤单的叶庆生就像霜打的叶子蔫了，耷拉着脑袋悻悻地向家里走去，心里总有一个声音在追问："我怎么没有爸爸妈妈呢？"爷爷奶奶从来没有和叶庆生讲过有关他父母的情况，叶庆生偶尔问奶奶一句："我的爸爸妈妈呢？"奶奶总爱怜地摸着孙儿的头，长长地叹了一口气说："你还小，等长大了就知道了。"叶庆生隐约猜到奶奶是晓得自己父母的下落的，可能是父母不要他或有其他什么难言之隐不愿跟他说吧。

几位表姑来看爷爷奶奶时，喜欢拿小庆生逗乐。有的说："小庆生，你是你爷爷奶奶奶捡来的。"有的说："小庆生，你是从天上掉下来的，地下冒出来的，就像孙猴子从石头里蹦出来的一样。"更有意思的是，一位大表姑竟然说："不是，我看见小庆生是从她奶奶胳肢窝里长出来的。"大表姑的话把一屋子的人都逗笑了。而叶舟氏也宽慰地附和着说："是的、是的，小庆生是长在我身上的心肝宝贝。"这时，小庆生就噘着嘴，流着泪，趴在奶奶的怀里，用屁股对着她们，不理不睬她们的起哄。这时也谈不上叶庆生真生了这些表姑的气，只是叶庆生觉得自己被父母遗弃了，不仅没有人同情他，还拿他开玩笑，恣意嘲弄他，让他难过和讨厌。

叶庆生喜欢过年，除了有肉吃，还能穿新衣，打灯笼，放鞭炮，更让他高兴的是能和邻居家的孩子们一起玩，而且晚上能玩一通宵。放鞭炮时，爷爷奶奶就是不让叶庆生亲手点燃鞭炮，就是鞭炮燃完，拾哑炮"嗤花"也不让，怕炸了眼睛。叶庆生只好站在房门口看邻里大人带着孩子放鞭炮。特别是放"双响"时，点燃后先在地上炸一次，"嘣——"冲上天去，在老高处又炸响一次，"叭"，让他高兴得直拍手。

年前，爷爷忙着写春联贴春联，并把叶庆生胡乱涂鸦的钟馗贴在大门上，逢人便夸："你看我的大孙子钟馗画得多好。"这让叶庆生在孩子们面前有点沾沾自喜了。因为平日里，同龄的孩子们可以各自玩着父母买的玩具，他只能独自一人在家里画自己的画。随着小庆生渐渐长大，他开始渴望和其他同龄孩子一样有父母疼爱，能有父母一道陪着他一起玩。可是他从未得到过父母的爱，他最亲近的人，只有爷爷和奶奶。

一到腊月二十四，奶奶就忙着祭灶。天一黑，奶奶就在灶前供上灶糖、元宝糖和花生糖，小庆生伸手拿了一颗灶糖，被奶奶打了一下，说："不能吃，这是甜灶王爷嘴的。"当锡烛台上一对红烛点亮时，奶奶就带着小庆生焚香磕头。奶奶嘴里不断地求灶王爷"上天奏好事，下地保平安"，然后，揭下灶头神龛里旧的灶王爷画像连同纸钱在灶前焚化。奶奶指着旋转上升的火焰和灰烬说："灶王爷上天奏好事去了。"到除夕祭祖后，奶奶又带着小庆生行接灶神之礼，贴上新的灶王爷画像。小庆生这时就站在灶前，借着闪闪的烛光，呆呆地看着灶头那位上天回来的和蔼可亲的白胡子灶王爷，心想，你有通天的本事，能不能帮帮我，打听一下我的亲生父母在哪里？

申子休爷爷参加新政协会议后，被调任安徽省副省长，到合肥去了，他的家人把房子卖了，北区房管所给叶国勋一家安排到不远处四方城街中段一个大杂院里居住。两间平房东西走向，叶庆生跟奶奶住一间，爷爷则住着通往厨房的里小间。新房子比原来居住的房子简陋多了，砖地，小瓦，纸糊的窗子，关不严的房门，四壁透风。奶奶望着阴暗潮湿的房子说："这简直就是住'寒窑'了。"

爷爷说："这有什么法子呢，中华人民共和国刚成立，百业待兴，哪有财力建新房？"那时倍受战争创伤的小城还没有恢复元气，大家都过着艰苦、勤俭的日子。叶庆生跟爷爷奶奶就一直住在"寒窑"里，再也没有挪过窝。

叶庆生非常喜欢新居，因为前有小院子，后有大院子。后院残砖碎瓦虽没有收拾干净，但有花圃、菜畦、竹林，还有一棵桂花树和两棵高大的梧桐树。春夏之交，白色的萝卜花、紫色的牵牛花和红色的月季花，把院子装扮得就像一个小花园。小庆生放学回来后和邻居孩子们在院子里追蜂捕蝶、跳绳子、打弹子，有时还搭锅锅家，捉迷藏。秋天，桐子落了，满院桂花飘香，孩子们就在这残砖碎瓦堆里逮蛐蛐、烧桐子吃。冬天，大雪覆盖了整个院子，孩子们就躲在竹林里，撑着簸箕拖着长长的绳子，罩麻雀。麻雀没逮住，孩子们都冻成了小雪人，冷得直打哆嗦，只要一人呼喊，打雪仗，堆雪人，个个又玩得热气腾腾。大院子简直就成了孩子们的乐园。

大杂院人多热闹。小庆生家右隔壁，住着姓毕的一家，毕叔叔很胖很高，站在人面前就像一座大山。他在郊区水电队当会计，有点像奶奶故事里说的沙和尚，挺着个大肚子，冬天都不怕冷。除了星期天回来，平时很少见到他。只要他一回来，大帆布包里总塞满了吃的：山芋、青菜、花生，什么都有。一到过年，单位杀猪，他几乎把猪下水全背回了家。他能吃，每餐都是有盐无油的饭菜一大海碗。不知道为什么，后来他不回来了。家里剩下毕阿姨带着三个孩子真不容易。大女儿比叶庆生大几岁，动不动就跟妈妈顶嘴，一天到晚，家里吵吵嚷嚷的，两个小男孩都比叶庆生小，一遇到这种情况，都躲得远远的。左边住着文妈妈，弯腰驼背，白发已爬上两鬓，她除了整日操持家务，还要给人家缝缝补补、洗衣浆衫，挣几个辛苦钱，院子里几乎听不到她的声音。她的大女儿卫校毕业后分配到省城工作，文妈妈身边只带着一个儿子，叫文国治，比庆生大两岁，从小就戴着一副近视眼镜，为人憨厚诚实。对门住着两家工人，左手边是机械厂钳工钱师傅，病恹恹的，钱师娘没有工作，拖着三个还没成年的女儿，怪可怜的。右边是房产局的瓦工赵师傅，黑红的脸庞，壮壮的身体，赵师娘是个矮胖子，怀着一个大肚子，每天还跟着丈夫上班做小工。

好在这条街有不少学校。这一头，是叶庆生上的近圣小学；那一头就是这座小城最有名的中学龙门中学。

大杂院的人们对爷爷奶奶都非常尊重，尤其是奶奶，经常听到叶奶奶长、叶奶奶短的呼喊。其实叶奶奶早已成了大杂院里的总管。这家有事，孩子都丢给她照应；那家出门，房门钥匙就交给叶奶奶保管。只要赵师娘挺着大肚子出门，奶奶都要叮嘱一声："注意不要闪着腰。"有时，乡下送来时令菜，做好了，奶奶总要分送给邻里尝尝鲜。每到这时，奶奶就催着孙子说："快，给毕阿姨送去。看文妈妈在不在家，也给她送点去。"叶庆生望着奶奶分菜，奶奶就对叶庆生说，"远亲不及近邻啊"。

大院里孩子们也习惯了，每逢爷爷节庆开茶话会回来，就围了过来，爷爷随手就把一些糖果、花生，分散给孩子们吃。孩子们也喜欢围着爷爷奶奶转。叶庆生在这样环境里少了一些孤单，但他还是喜欢一放学就往文国治家跑。奶奶一般是不允许小庆生乱往人家跑的，唯独文国治家是个例外。

文国治家住一间大房子，床边放着一个大方桌。叶庆生和文国治面对面而坐，或趴在桌子上写作业，做完作业就打打纸牌，直到奶奶喊："庆生，快回来吃饭！"才跑回家。

三

有一次，文国治问叶庆生："你爸爸妈妈呢?"

叶庆生说："我不知道。爷爷奶奶不讲。我有时问急了，总说下落不明。"

"你好在有爷爷奶奶照顾。"文国治叹了口气说，"我父亲死得早，只靠妈妈缝缝补补挣几个钱养活我，真不容易，我不好好学习，也对不起妈妈。"

文国治和叶庆生在同一所学校念书，文国治比叶庆生高一级。他们每天上学，正好一路做伴。

叶庆生的同桌胡来也住在这条街上，比叶庆生长两岁，皮肤黑黑的，身体壮壮的，喜欢打架，因头上有癞痢，总剃得光光的，同学们都叫他胡秃疤。叶庆生从来不喊他的绰号。而胡来动不动就喊叶庆生是野孩子。"野孩子，坐过去点！""野孩子，让一下！"平时上课叶庆生都尽量往旁边坐，让着他。这天，胡来看见叶庆生铅笔盒里有一只子弹壳，就要拿。叶庆生赶快把子弹壳收到口袋里。下课后，胡来说："叶庆生，把子弹壳给我玩玩。"

叶庆生说："为什么要给你玩?"

"那我拿铅笔换。"

"不干。"

"不干？我就抢。看你这个不要脸的野孩子给不给？"

"你敢？你才是不要脸的野孩子！"

"野孩子"的绰号不胫而走，同学们早就知道了。见两人吵起来，跟胡来玩的几个小屁孩，起哄喊起来："有娘生，无娘养，没人要的野孩子！"

"一二三，野孩子！一二三，野孩子！"

"啊——"他们几个围着叶庆生起哄，巴掌拍得"啪啪"响。

叶庆生难过地哭了。他不怕同学们不带他玩，而是哭自己没有爸爸妈妈，恨胡来嘲笑他是野孩子。因为，叶庆生本来就没有爸爸妈妈，在他的记忆里没有一点爸爸妈妈的印象，从来没有喊过一声"爸爸妈妈"。每天回家就叫"爷爷奶奶"。奶奶一直带他睡觉，喂他吃饭，每天给他洗脚、洗屁股。叶庆生早已习惯了没有爸爸妈妈的生活。自从上学以后才突然发现，自己的确是一个没有爸爸妈妈的孩子。叶庆生自管自地哭着，右手把口袋里的子弹壳捏得更紧了。老师走进教室，见教室里闹哄哄的，生气地大喝一声说："别吵了，上课！"

放学路上，叶庆生孤单地走着，很难过，也很自卑。心想，"我是没娘老子养的野孩子吗？不是，我有家，我有爷爷奶奶。可是我的爸爸妈妈呢？我的爸爸妈妈到哪里去了呢？我怎么一直没有见到我的爸爸妈妈呢？"一路上自问自答，百思不得其解。可能这就是心理学家们常说的，这类孩子没有安全和归属感吧。突然胡来带着两个同学，从路旁蹿了出来，拦住了去路。"把子弹壳给我。"

"我的东西凭什么要给你？"

"你不给试试。"

"就是不给。"

"上！"

叶庆生见这三个人要上来抢，拔腿就跑。胡来和那两个同学一边追一边骂道："什么屌东西，没人要的野孩子，还把子弹壳当个屄宝收着。"

叶庆生不管后面怎么骂，就是拼命地跑。只听胡来叫道："拿石子砸那个狗日的!"

"咚!"一个石子磕在叶庆生的头上，血马上就下来了。"哇——"叶庆生吓得大哭起来。胡来一看惹了祸，三个人一哄而散，只剩下叶庆生一个人蹲在路边哭着。

"怎么啦? 让我看看。"文国治正好路过，一边拿出手帕按在叶庆生的头上，一边对胡来跑远的方向大声喝道，"胡来，你们几个促寿鬼，看我报告不报告你们的班主任老师!"

"起来，快回家包扎一下。"

"叶奶奶，叶庆生被同学打了，头都打破了。"文国治一进门就喊叶奶奶出来看。

"哎哟，我的乖乖儿，让我看看。流了这么多血，补都补不起来。"

爷爷把叶庆生拉进屋里，对奶奶说："快洗洗，把云南白药敷上。"说着就去端水拿药帮奶奶给叶庆生包扎起来。

"到底怎么回事?"奶奶问孙子。

"我没惹他们，他们要抢我的东西，我就跑，他们在后面骂我是'野孩子'，还拿石子砸我。"叶庆生委屈地哭着说。

"我看见的，是上街头胡妈妈家的儿子胡来砸的，还骂叶庆生是没老子娘要的野孩子。"文国治说。

"谢谢你，小国治，真感谢你帮了小庆生的忙。"

"不要谢。我回去了。"文国治又回过头来对叶庆生说，"下午你不要上学了，我向你们班主任报告胡来把你头磕破了，并给你请个假。"

文国治走后，奶奶问爷爷："哪个胡妈妈?"

爷爷说："就是上街头那个胡寡妇。"

"哪个胡寡妇?"

"刚解放时，居民大组学习，我们分在一组，她一天到晚说丈夫要她去宁波上船到台湾，她相信共产党，热爱新社会，把船票退了，带着儿子跑了回来。"

"啊，就是那个说话跟吵架一样的婆娘，我找她去。"

"你不要去。等会我带小庆生去。她现在靠卖菜为生，孤儿寡母的，也不容易。"

等下午放学时分，爷爷牵着孙子出了门。叶庆生头上用白布裹着，像个伤病员，走在大街上，叶庆生不好意思，就用右手把头护着。胡来家住在上街头一个庳屋里，门口放着卖菜的挑子，一头筐子里还剩些大白菜，估计没卖完。爷爷站在低矮的门口问："胡家嫂子在家吗？"

"呵，呵，在家呢。"说着，只见一位面色憔悴的中年妇女伸出头来。一见面就说，"是叶大组长，是叶大组长来啦。屋里坐。"

爷爷说："我就不进去了。只是今天你儿子把我孙子头砸破了。还骂他是没老子娘要的野孩子。你也该管管他了。"

"哎哟，让我看看。"她过来就要看看叶庆生的头。

爷爷说："我已包好了。也不费你心了。"

她不好意思地搓着手，用脏围裙擦擦鼻子，转过头扯起喉咙喊："胡来，你这个摊炮子的，给我过来！把人家孩子打成这样。"胡来躲在屋角里就是不伸头。

"你快说，你骂没骂叶爷爷孙子'是没老子娘要的野孩子'？"

"骂了。他本来就是没爹没娘要的野孩子。"

"你这个短命鬼，你是怎么知道的。"

"是你说的。"

"你才是没人要的野孩子，要不是老娘养了你，你早死了。"胡妈妈气得脸涨得通红，一边骂着儿子，一边点着头向爷爷道歉说，"叶大组长，大人不计小人过，您老不要往心里去。回头看我怎么收拾我那畜生儿子。"

爷爷平心静气地说："这条街上跑到台湾去丢下一家老小不顾的

人也不少，你一个人拉扯着孩子也不容易。别人家的事，不要在孩子面前说，这样不好。"说完牵着小庆生就走。

晚上，奶奶带叶庆生上床睡觉，并给他掖好被子。叶庆生不想睡，因为一碰到伤口就痛，奶奶想哄他睡觉，最好的办法就是给他讲个故事。"讲什么呢？"奶奶问。

"讲黄巢的故事。"

"黄巢造反？不是讲过了吗？"

这个故事叶庆生以前是听过，但叶庆生没弄明白，为什么造反失败后，黄巢想躲都躲不掉，结果是"在劫难逃"？

"奶奶，再讲讲嘛。"

"好、好。你闭着眼睛听就行了。"

小庆生皱着眉头，紧紧地抓住奶奶的手。

"怎么啦？"

"我怕。"

"怕什么？"

叶庆生困惑的是，黄巢本事那么大，会武功，造反时杀人如麻，连唐朝京城长安都给他攻破了，后来兵败逃到泰山狼虎谷，性命难保，他的朋友黄庙住持要他躲到庙后的千年古树洞里，看看能不能逃过这一劫。结果上天有眼，精准定位，剑锋所指，人头落地。奶奶抚摸着叶庆生的额头，肯定地告诉叶庆生说："这就叫作'善有善报，恶有恶报，不是不报，时候未到，时候一到，一定要报'。黄巢他们原本是八百万号丧鬼投胎，来世上兴风作浪，纵兵杀人，啖食人肉，作恶多端。你看他攻进长安时要多狂有多狂，自以为马上就要当皇帝了，作诗说：'冲天香阵透长安，满城尽带黄金甲。'其实，天若灭其，必让其疯狂。上天要收他们回去，他能躲到哪里去呢？"后来，叶庆生看书，看到孔子对颜回说的话，"千年古树莫存身，杀人不明勿动手"，心想，这可能是历史巧合，也可能是因果报应。黄巢当时肯定没有读过孔子的书。

学期结束时，叶庆生班主任范老师来家访。奶奶一见范老师的面，就知道她是经过师范学校正规培训出来的老师，斯斯文文的，很懂礼貌。短短的卷发，清秀的脸上戴着一副玳瑁色的近视眼镜，一身蓝格子短袖旗袍很得体，手里捧着一个自制的墨绿色丝绒小书包，款款坐下，慢慢打开手中的小书包，抽出学生成绩册，翻了一翻，对奶奶说："叶庆生同学很老实，也很本分。遵守纪律，尊重老师表现不错。只是学习成绩一直上不去。你看期末考试还是六七十分。"范老师指着她带来的成绩册缓缓地说。

奶奶插话说："这孩子就是太老实，回来就做作业，从来也不出去野。"

"是的，我也觉得奇怪。这学期我注意观察了一下，发现叶庆生在班上不爱和同学玩，一天到晚落落寡合。上课时，看似盯着黑板，当我叫他起来回答问题时，他迟迟不作声。更多的时候，他一个人在那里出神，摆弄铅笔或在纸上涂涂画画。因为我担心孩子遇到了什么事，所以就过来问问。"

老师的话奶奶听进去了，说："非常感谢范老师对我孩子的关心。小庆生没有父母，从小都是我一手拉大的。他就是一个闷头驴，每天回来除做作业就闷头闷脑地玩。以后还望范老师多多关心他。"

范老师说："这是我应该做的，其他老师我也可打打招呼。但也请家长多关心孩子的成长，有什么情况，我们可及时沟通。"

失去父母的陪伴使叶庆生从小就有自卑感，对爷爷奶奶有极度的依赖性。奶奶心里明白，有爷爷奶奶在，不会让孩子饿着冻着，但是把再多的爱给孩子，也代替不了他父母的爱。小庆生从小性格内向，性情孤僻，胆小怕事，不合群，在家只晓得跟着自己转，学习成绩上不去可能与这些也有关系。奶奶把范老师家访的情况对孙子说："范老师讲你在校表现不错，就是成绩为什么上不来。读书是要靠天分，但不勤奋也不行。最重要的是要学会做人，要记住'穷不失志，富不癫狂'这句话，诚实守信，做事要凭良心。"爷爷回来后，奶奶把老师家访的事跟他也说了一遍。爷爷说："这孩子是有点不自信。"

"勤奋也不够。"

"那让我们多鼓励鼓励他。"

"宝宝喜欢画画，你也可在这方面培养他的一些兴趣。"奶奶说，爷爷点点头。

爷爷一向做事雷厉风行，第二天就给小庆生买了一本《芥子园画谱》，还买了不少纸笔和颜料。叶庆生高兴得合不拢嘴，这下有东西画画了。

奶奶知道小庆生有心事，在家更注意着孙子的一举一动。晚上陪着他做作业，有时还带着他玩玩纸牌游戏，睡觉前不忘给他讲故事，给孙子捏捏脊背，让孙子睡得更香。爷爷老朋友们聚会时，也有意带着小庆生去。有时半天，有时一天，有得吃，有得玩，也有人疼爱。这些白发银须的老人聚到一块，总是谈笑风生，虽然叶庆生进入不了他们老人的世界，但是他们个个仙风道骨的模样却留在叶庆生的记忆里。随着年岁的增长，叶庆生慢慢地知道这些老人都是皖省近代革命史上叱咤风云的人物，有辛亥老人、北伐功臣，还有皖省的民主斗士。爷爷可能是几十年的行伍生涯，养成了烟、酒、茶的嗜好，虽有这些嗜好，但他不讲究，用泥丘壶把茶叶放在炭炉子上炖得浓浓地喝。老朋友来了，他也是用这三样待客，从不分彼此。也正是这烟、酒、茶浓烈的刺激，铸就了爷爷坚韧的性格。他的话很少，不仅是因为他的右耳被炮弹震聋了，听力不好，也是他的性格使然。他很豪爽，只要朋友有事相求，哪怕自己不吃不喝，也要解囊相助。朋友病了，他都要登门看望。朋友走时，他每次送客都要送到大门口，恭送客人走远了，才回来。奶奶说，这些都是爷爷待人接物的习惯。当然奶奶最了解爷爷的个性，她对叶庆生说："你爷爷一生仗义疏财，很得人缘。他最烦那些言而无信之人。"

高小报到时，爷爷叶国勋找到新任班主任白川老师，说孩子从小失去父母，比较内向，请求白老师对孙子多兼点心，白老师爽快地答应了。上课第一天，白川老师就把叶庆生喊到办公室，告诉他说："叶庆生同学，你知道的嘛，你爷爷奶奶很爱你。你爷爷曾找过我，希望我多关照你。你是一个聪明的孩子，应该理解家长和老师的一片苦心。现在国家正在进行第一个五年计划建设，年轻的中华人共和国朝气蓬勃，各行各业欣欣向荣，我们不要辜负了祖国的希望，好好学习，天天向上，时刻准备着做共产主义的接班人好不好？"叶庆生肯定地点了点头。

白老师人到中年，寸头间杂着不少的白发，但总剪得整整齐齐。正如他姓白，皮肤白白的，脸上长着一双和善的眼睛。他身兼数职，教叶庆生的语文、美术和音乐，还担任着学校少年先锋队大队的辅导员。白老师讲课，绘声绘色，很能吸引同学们。他讲祖国大好河山时，就带着彩色长城、黄山等挂图，让同学们先看，看后让同学们一个个上台讲讲对祖国山河美如画的印象；他上音乐课时，先从简谱教起，不光带同学们唱流行歌，还教唱家乡黄梅戏；他上美术课时手把手教同学们学着观察、透视、速写、素描，还亲自动手带同学和黄泥巴学雕塑。白老师发现叶庆生很有画画的天赋，就鼓励他参加课外兴趣小组，带着他到野外去写生，为学校和班级写黑板报。为了迎接国庆节，学校准备排节目时，白老师就吸收叶庆生参加黄梅戏《打猪草》演出，让叶庆生高兴了好一阵子。叶庆生为演好陶金花，一路走一路唱，在家里他还不时哼唱着："小老子本姓陶，呀子依子呀……"

奶奶说："你讲什么话，什么'小老子长，小老子短'地挂在嘴上，要不得。"

"奶奶，你说什么呀，我在唱黄梅戏，国庆要演出。"

功夫不负有心人，结果演出非常成功，在市里还得了奖。叶庆生在白老师帮助下，课后雕的《鲁迅》半身石膏塑像也参加了全市中小学学生美术展。

这一年，白老师让叶庆生找回了自信，学习成绩也赶上来了。

这一年，叶庆生光荣地加入了中国少年先锋队，戴上了鲜艳的红领巾。这一年，让叶庆生一辈子忘不了的是见到了我国自行设计制造的第一辆解放牌汽车。那是叶庆生刚戴上红领巾不久，听说长春第一汽车制造厂生产的我国第一辆解放牌汽车要来宜庆巡游展览，学校少先队组织全体队员，身穿白衬衫，背带裤，系着红领巾到市中心广场参加欢庆仪式。

叶庆生和老师、同学们赶到指定地段时，街上已是人山人海。随着鞭炮声响起，叶庆生看到一辆草绿色的四轮大卡车缓缓驶来。车头上系着一朵大红花，三条彩带连接着车顶上的三朵大红花。车厢上站满了人，车周围也都是人，人们欢呼着，跳跃着，还不断往车边挤。绿色大卡车鸣着清脆的喇叭，像一条神牛，慢慢地犁开汹涌的人流。白川老师叫同学们保持好队形，可孩子们兴奋得忘记了老师的嘱咐，也一个劲地往前挤。叶庆生和同学们一样，就是想多看一眼我国工人叔叔亲手制造的大卡车，亲手摸一下这庞然大物崭新的身躯。这时同学们心里，谁不在为共和国取得的巨大成就而高兴，谁不想将来长大了为共和国做贡献？

四

话说，吕思麟正愁找不到合适自己的工作时，原工作单位《群众日报》社领导出于关心，把她推荐给《文学读物》编辑部，听到又可回到编辑岗位，还与"文学"有关，吕思麟便欣然答应下来。《文学读物》编辑部就设在北京市文化处，与北京市文联、作协都在一幢楼里办公。当吕思麟走进《文学读物》编辑部，一眼就看见了方月琴。"姐，你来了。"方月琴还是像在校同学时那样热情。这一喊，让正在工作的编辑们都抬起头来，望着这一对姐妹。吕思麟说："我刚来报到。"

"我们又成同事了！"方月琴抱着吕思麟高兴地转了一圈。吕思麟在这同学情谊中开始了新的一天。

刚开始工作，审稿、编稿、划版接踵而来。到《文学读物》编辑部工作，让吕思麟真正干起了自己喜爱的文字工作，开启了她梦寐以求的人生。本以为《文学读物》比《群众日报》工作会单纯些、轻松些、自由些，工作氛围也可能更有利于她自己的写作，其实工作不仅一点不轻松，相反是越来越忙。一是党对文学艺术事业十分重视，二是解放了的人民对文学的热情也越来越高涨。面对一期期出版的刊物，吕思麟没完没了地编辑和给作者或读者回信，一年到头忙忙碌碌没有停息的时间。可回到家中，躺在床上，刚闭上眼睛，那一期期的杂志，那一篇篇文章又都展现在眼前，给疲劳的身心带来无穷的快乐。特别是过年过节，作者寄来的贺卡如雪片般飞来，总能给吕思麟一个好心情。

下午政治学习，吕思麟和方月琴坐在一块。方月琴丈夫在出版社工作，他们有了一个小孩，家住在崇文门外，比较远，也只有每天学习时，她俩才捞得上说几句话的机会。吕思麟掏出沙正清来的信给方月琴看，信上说："思麟，我们不能做夫妻，可以做朋友嘛。"还说，他又结婚了。方月琴嗤之以鼻说："无耻！"当然，她也知道，吕思麟对沙正清是爱得深也恨之切，可是人们往往不知道爱也会带来恨，而往往被恨的人没有痛苦，恨人的人都终将遍体鳞伤。

中华人民共和国成立初，吕思麟一个人在单位的宿舍里度过了好几年清贫的岁月，歌颂祖国，表现工农兵生活。这几年是她生活最自由，也最充实的岁月。她在编辑工作之余，阅读材料，构思小说，练习写作。每天自烧自吃，一张桌子上砧板、菜刀同列于纸笔之侧，在家弹奏着锅碗瓢盆交响乐，而最强音是从纸笔之间弹出的《欢乐颂》。她的小小说处女作《星星》在《北京晚报》上发表了，她越发不可收拾。上午工作，下午到市文联听文学讲座，晚上就拼命地阅读中外名著，尤其是苏联和中国作家的优秀作品，这些讲座和作品像涓涓细流浇灌着吕思麟干涸的心田。屠格涅夫细腻的心理描写、诗样的语言和严谨的结构，艾青为农村劳动人民呈献的最真切的诗情，汪曾祺短篇小说体现的生活思维方式，等等，都给吕思麟短篇小说创作提供了丰富的营养。

吕思麟因工作热情和能力受到组织的青睐，一年后，她被调进创作室任写作组组长。担子重了，任务大了，虽然每年有两到三个月下基层体验生活的机会和创作假，对写作提供了方便，但顶了一个帽子，就有了一份责任。她多次向组织提出，辞去组长职务，潜心搞创作。组织没有同意，但同意她每年抽时间下农村体验生活。吕思麟正好"就汤下面"，吃住在老乡家，有时一蹲就是半年。她在深入农村生活中，真正感受到劳动人民的纯朴和对中华人民共和国的热爱，写出《怀念》《战沙河》等十多篇讴歌劳动人民战天斗地的精神和对共产党热爱的短篇小说，先后发表在《人民文学》《小说月报》《北京文学》等文学刊物上。这一年，她也如愿地成为北京市作协会员。渐渐她身边多了倾慕她的人，可是她在第二次婚姻失败后，总是拒人千里之外，只想在忘我的工作和写作中获得一点人生的慰藉。

正在吕思麟志得意满，沉浸在自己丰收的喜悦之中时，组织上又调她担任市文化处办公室秘书。从自由的创作空间，一下子降落到"机械"的工地上，听鼓下桡，可她没有"桡手们"的热情，工作起来，一直别别扭扭的。但是她知道，这是组织对她的信任，也是组织在培养她，做得好，将来仕途通达。可是吕思麟自知不是做官的料，不往这方面努力，只想多写点好的作品，将来成名成家。

到办公室工作后，政治上她最大的愿望就是争取早日加入中国共产党。于是，她认认真真地递交了一份入党申请书，从剖析家庭出身，到批判自己小资产阶级思想，从二次婚姻失败到想成名成家的思想作祟，洋洋万言，剖肝掏肺，向党交心，表示要在灵魂深处闹革命，誓把自己改造成为一名真正的无产阶级战士，早日加入党组织。党组织的大门永远是敞开的，对她的志向表示欢迎，但组织的考验是严格的，要求她脱胎换骨，按一名共产党员的标准要求自己。吕思麟信心满满，走在康庄的大道上。

1955 年，季侯道调市文化处任处长。他每次遇到吕思麟时的眼神都很和蔼，而吕思麟最易被和蔼的眼神所愚弄。季侯道因为吕思麟长得像他的初恋情人，暗恋了她近十年。季侯道知道吕思麟并不十全十美，吕思麟也知道季侯道也不十全十美。因为吕思麟"爱"怕了，更顾忌自己不再值得被爱，五六年来，一直独往独来。有一天，当季侯道向吕思麟求婚时，她发现还是有人真心爱她的，面对不十全十美的人，她选择了不再孤单下去。事前，她去征求方月琴意见。方月琴说："别看季老师刚毅木讷，他是完全可以托付的人。"吕思麟也确实希望有个依靠。两个人两张单人床一拼，给单位同事发点喜糖，就算结合了。吕思麟总算遇到一位能填满自己心的人，人生目标也有了亮色。以后，季侯道调任京城中学任书记兼校长，她也随夫到了京城中学，并改名叫如意。

结婚后，她曾对季侯道提出想抽空去看看她与沙正清生的儿子。季侯道表示同意。

暑假，当吕思麟走到沙正清家门口时，感觉是那么熟悉又是那么陌生，是那么亲切又是那么疏远，甚至有点胆怯，不是想儿子，谁又会再向这里迈出一步？

"毛毛、毛毛！"吕思麟边敲着门，边轻轻地喊着儿子的小名，声音中透出的是母爱的温柔。毛毛听到有人喊，就要往门外跑。奶奶见了说："你到哪里去？"

"门外有人喊我。"

"是那个鬼婆娘来了，出去干啥？"

沙正清也听到了吕思麟的喊声，对妈说："妈，是毛毛妈妈来看他，你何必阻拦？"

"什么妈，是鬼！"说着，又指着门外叫骂道，"你这个不要脸的东西，只生不养的货，还有脸来看儿子，不许去！"

沙正清没有顾及老娘的阻挡，对毛毛说："毛毛，去看看你妈妈。"

毛毛听父亲一招呼，就要抬腿往外跑，被他奶奶一把拉住说："只许在门外见你那个死鬼妈，不许带她进咱家门，听到没有？"毛毛望着奶奶凶神恶煞的样子，害怕地点了点头。当他走出门外时，他只见门口站着一位穿着藏青色列宁装，就跟自己学校的女老师差不多的女人，他呆呆地望着她，没有作声。吕思麟一见到毛毛，就赶快上前搂抱着儿子说："我毛毛长大了，长这么高了。"毛毛在妈妈怀里也感受到了少有的温暖。

"今年上一年级了？"

"嗯。"

"每天谁送你上学？"

"有时奶奶，有时爸爸。"

吕思麟看着儿子穿着短袖衬衫、吊带短裤和凉皮鞋，高兴地说："像个小学生的样子了。妈妈今天来，给你买了一些文具和糖果……"

这时沙正清伸出头来说："思麟，进来坐一会嘛。"

"呵，呵，不了。"

说完，吕思麟对毛毛说："妈妈走了，以后还会来看你。你要好好学习啊。"

吕思麟也曾给季侯道提出想到宜庆找找大儿子叶庆生，被季侯道劝住了，庆生有一个台属的身份。

五

生活在宜庆的叶庆生，转眼小学就要毕业了，奶奶看见孙子开朗了，一天到晚活蹦乱跳的，心里也高兴起来，不时地鼓励叶庆生几句："还有一年就要考初中了，学习可不能偷懒啊。争取进龙门中学，那里可是老夫子庙，也是你爸爸曾读过书的学校。"奶奶的鼓励起了作用，让叶庆生学习铆足了劲。

暑期，生活在长江边的孩子哪有不亲水的，小庆生也不例外，常偷偷和几个小伙伴到江边洗冷水澡。

　　眼看这届学生就要毕业了，为了让自己带的学生升学能考出个好成绩，白川老师征得家长同意，愿意毕业考试后留下复习迎考的，他都亲自组织大家复习。爷爷奶奶当然希望孙子考出好成绩，让叶庆生也报了名。

　　毕竟孩子小，玩性大，叶庆生经不住同伴的呼唤，相约去洗冷水澡。这天中午，小庆生跟奶奶撒谎说，老师要他们早点到校。临出门，奶奶还担心，这么大热天，不要中暑了。可下午白老师却找上门来，说"叶庆生下午怎么没去上学？"

　　白老师刚走，这时叶庆生回来了，一进门就被爷爷拧着耳朵，按在院子中间的石凳上打屁股。

　　"你这个小精怪，翅膀长硬了，竟然学会撒起谎来！"奶奶帮着腔。

　　叶庆生心虚，游泳时又吃了一个大亏，呛了不少水，惊魂未定，只好忍气吞声，只哭不应声。

　　"说，是不是又跟那几个鬼孩子洗冷水澡去了？"爷爷问。

　　叶庆生放赖说："我没去。"

　　"还在撒谎！没去？你下午没上学干什么去了？你看看、你看看，这一身晒得这么黑，一划水印还在。"说着，爷爷又是一顿暴打。

　　"哎哟！哎哟！"

　　奶奶也跟着骂："是该打。江边也是你玩的地方？你淹死了怎么办？"

　　"我最恨小孩子撒谎。"接着爷爷的棍子就像雨点般落在叶庆生的屁股上，"打你，是教训你，让你长记性！"

　　这次叶庆生怕了，哭叫起来："爷爷不要打了，我下回不敢了！"

　　奶奶怕打狠了，忙上前劝爷爷说："我托个保，下回小庆生不敢撒谎了，也不敢去洗冷水澡了。"

　　叶庆生从小在爷爷奶奶面前从来没撒过谎，这次贪玩，溜了号，没想到惹爷爷奶奶这么生气。回到屋里，奶奶给叶庆生屁股上敷了云南白药，她心疼地说："做人要'内不欺己，外不欺人'，爷爷最恨不诚实的人！"她叹了一口气又说，"你怎么这么糊涂，你淹死了，我们怎么办？"叶庆生听奶奶这么一说又哭了，哭得很伤心。不是因为痛，也不是因为被打，而是小小的心灵第一次有了怜悯。

叶庆生记得奶奶曾说过，人无忠信，不可立于世。出娘胎前，阎王爷总要在人的屁股上狠狠地踢上一脚，"哇——"一声大哭来到世上，就是要人长记性，让每个人屁股上留下踢青了的脚印。叶庆生一个人睡在床上，护着打肿了的屁股，望着头顶上芦席编织的顶棚上，斑斑驳驳霉点勾画出的鬼怪形态，想着奶奶的话，就有点害怕，原来自己的屁股已被阎王爷打过了，还未长记性。而爷爷这一顿板子，却让叶庆生长了记性。

小升初考试前，叶庆生病倒了，不知是中暑，还是感冒，爷爷奶奶急得像陀螺一般在房间里直打转。奶奶摸着叶庆生烧得通红的脸，催促爷爷说："老头子啊，你赶快带庆生去找医生看看吧，别把孩子脑子烧坏了。"

爷爷带叶庆生到红十字会医院找院长，院长看后说："孩子得的是热感冒，我开几粒北京同仁堂生产的'金老鼠屎'吃吃，可起到清热解毒的作用。若热还不退，去买点犀牛角粉冲服，热迟早会下去的。"

晚上服过药，奶奶安顿孙子睡下后，又跑到大门口，有一声没一声地为孙子喊魂："小庆生快回家，小庆生——不要怕，奶奶带你回家。"小庆生就在这声声呼唤中，安静地睡着了。生病的孩子易盗汗，奶奶就不断地用干毛巾擦，几天睡不了一个整觉。爷爷奶奶从小为小庆生操碎了心，一旦孙子生了病，他们照应得更兼心了。小庆生烧一退，奶奶就坐在床边给他讲故事，讲着讲着就讲到了陈年往事。

奶奶说："抗日战争爆发那年年底，南京沦陷了，消息一传到小城，大街小巷人心惶惶，大家都准备逃难。年还没过完，你爷爷就赶回来，安排我们一家老小，上船到汉口。当时我真担心日本飞机来轰炸，听说几天前，日本鬼子的飞机在芜湖轰炸了英国的德和号客轮，船上一千多人都死得差不多了。小庆生，你想想，这一船人跑没地方跑，寒冬腊月的，就是跳到江里也冻死了。"奶奶说到这些事，似乎还有点后怕。

奶奶接着说："当我们赶到汉口，还没站住脚，汉口就告急，你爷爷搞来一辆军用大卡车，载着我们一家老小又向湘西跑反。那时你爷爷所在的陆军交辎学校由南京内迁到有'小重庆'之称的湖南洪江，改为陆军机械化学校。我们一家老小就跟着你爷爷跑。从汉口经长沙到邵阳，最后在洞口住了下来。后来鬼子打到洞口，我们又跑到洪江。这一路上逃难的、行军的，熙熙攘攘，常常把公路挤得水泄不通，汽车没法通过，我们只好走走歇歇，一千多里路走了一个多月，吃没吃的，喝没喝的，儿女都跑散了。你爸爸半路上跑去报考了内迁的同济大学，你叔叔跑到洪江机械化学校上学去了，你大表叔跑去参加了新四军，而你小表叔则当了国民党兵上了抗日前线。"

"唉——"奶奶长长地叹了一口气说："世事难料。都是日本鬼子惹的祸，弄得那时国破家亡。你爷爷参加抗战时，差点就死在日本鬼子的刺刀下。"

"真的？"小庆生伸长脖子问。

"那是在打昆仑关时，打到最后短兵相接，上刺刀，一个小鬼子迎面猛刺过来，亏得你爷爷闪得快，从肚皮上斜刺而过，至今还留着这么长一个疤。就在那场战斗中，你爷爷一只耳朵也被炮弹震聋了。至今聋三哑四的，你喊他要对着他耳朵大声喊。"

那个伤疤，小庆生跟爷爷洗澡时看见过。小庆生问爷爷怎么搞的。爷爷说："鬼子刺的。"不过，爷爷挺高兴地对小庆生说，"那战我们打赢了。"

说到现在生活清苦，奶奶说："慢慢就会好的。所谓，'宁当太平犬，不为离乱人''持家犹如针挑土'，国家也不容易。到老了，我们总算盼到过安稳的日子。小庆生啊，你可要珍惜呀。"她又一再嘱咐孙子说，"病好了，莫忘到校找白老师补习补习落下的功课，考试时考出好成绩。"

当白川老师带信给爷爷奶奶说叶庆生考取龙门初中时，叔叔放假回来了。那天，叶庆生和文国治上街玩回来，刚走进家门，只见房间里亮堂起来。这次叔叔回来还带着婶子和小弟弟。三个人都穿着崭新的夏装，特别是婶婶最漂亮，一头波浪卷发，穿着高领短袖小花旗袍和女式凉皮鞋，更显得光彩照人。叶庆生感觉叔叔这次与小时候见到的印象比没有多大变化，只是觉得长"大"了一些，说话老成多了。叔叔正在和爷爷说着话，婶婶带着孩子坐在旁边，帆布旅行袋就放在床边矮橱上。

"叔叔婶婶回来了，快去见见。"奶奶招呼叶庆生上前，见过叔叔婶婶和小弟。

叔叔站起来，抱了一下小庆生说："真快，都长这么大了，我快抱不动了。"他放下小庆生，又蹲下来，拉着小庆生的手问，"小升初考得怎么样？"

爷爷说："龙门中学录取了。"

叔叔高兴地再次抱起小庆生说："中学生了，真可以。这个暑假，我带你好好玩玩！"

奶奶忙上前拉住小庆生说："小庆生，别闹了。叔叔婶婶刚回来，让他们好好休息。"

"妈，不累。"叔叔说着忙解开大旅行袋，把礼物一件件拿出来。送给爷爷一顶呢帽子，送给奶奶一段府绸，还有一块苏联大花布。奶奶说："这么花，我怎么能穿得出去？"

叔叔说："北京老太太都时兴穿苏联大花布。"奶奶最终还是把那一段花布压了箱子底。叔叔还带回不少他不穿的旧衣服，叫奶奶以后改给叶庆生穿。

他递给叶庆生一只永生铱金钢笔说："中学生了，就要知道自个用功，将来要读大学，不用功怎么行呢？"

叶庆生谢过叔叔说："我怕不行。"

"傻孩子，怎么不行？'只要功夫深，铁杵磨成绣花针'，还没到时候，到时候就行了。"奶奶拍着孙子肩膀鼓励说。叔叔一边在包里掏着物件，一边自言自语地说："口琴呢？"

"你手里拿的不是吗？"奶奶说。

叔叔笑笑说："真是忙糊涂了。"忙把口琴递给叶庆生问，"喜欢不喜欢？"

"喜欢。"叶庆生大喜过望，高兴地接过口琴。

叔叔这次回来，是带着他的媳妇和儿子回来见公婆和爷爷奶奶的。婶婶一进门就京腔京调地说："房子太小了，我们娘儿俩怎么住呀？"

叔叔赶忙说："别急，我去想办法。"说着他就丢下手里的活，凑到爷爷奶奶跟前商量了一下，就出去了。不一会回来对婶婶说："搞定了，你带孩子到表姐家去住吧，他们家住在楼上，干燥、宽敞。"

叔叔安顿好婶婶和孩子，回来就在爷爷屋里放了一张竹凉床，坐下来陪爷爷奶奶拉家常，叶庆生搬了一只小凳子坐在旁边听叔叔讲京城里的轶闻趣事。叔叔讲学校里来了好几位苏联专家，说人家如何高贵，如何有钱，如何会享受，学校每周都要组织他们年轻男女教师陪苏联专家跳舞，说是政治任务。爷爷奶奶问到亲家的情况，叔叔说，还不错，公私合营后除分红，每月还拿定息，日子过得比自家好。自己一家到现在还住在亲家翁的屋子里。

吃饭时，婶婶往她儿子碗里夹菜，奶奶往叔叔碗里夹菜，叔叔往小庆生碗里夹菜。

叔叔对爷爷说："我工作了，想每月寄点钱回家。"

爷爷说："不用。"

"小庆生上学要用钱。"叔叔说。

爷爷眼睛亮了一下，说："庆生就当是你们多养了一个儿子，好不好?"叔叔笑着点了点头,婶婶只顾吃饭,没有吭气。爷爷忙收住说出口的话,说:"你们也不容易,又不常回来,算了。"

"庆生上大学的费用我是要付的。"叔叔对爷爷奶奶许下承诺。

婶婶在京城住惯了,嫌婆婆家的"寒窑"破旧、潮湿,总在家待不住,白天就带小弟上街去玩,叶庆生就站在旁边,她装着没看见,这让叶庆生心里很不好受。本来叶庆生就感觉到自惭形秽,灰头灰脑的,穿着奶奶旧绸子褂翻改的圆领衫和土布鞋,而小弟梳着小分头,身穿白衬衫和西装短裤,脚蹬新皮鞋,显得特别神气。叔叔看小庆生寒样,叫婶婶把小庆生也带上,叶庆生气恼而羞赧地跑开了。

吃过晚饭,婶婶带着孩子到叶庆生大表姑家睡觉去了,叔叔就教叶庆生吹口琴。

奶奶责怪他说:"买了笔,又花钱买口琴,你哪有那么多'咸盐拌苦菜'?"

叔叔笑着说:"侄儿、侄儿,也是儿嘛。"接着他把口琴在嘴里来回湿润了一下,吹了起来,一组轻快、欢乐的音符在"寒窑"里跳动起来。"好听不好听?"叔叔吹完一曲问。

叶庆生说:"好听。"

叔叔说:"这是圆舞曲,我们陪苏联专家跳舞时常放这个曲子。"

"叔叔,你教我吧?"

叔叔摸着叶庆生的脑袋说:"教你之前,我要告诉你如何保养口琴。每次吹完口琴,要把口水甩掉,再用毛巾擦拭干净,不可让同学互吹,听到没有?"叶庆生点点头。这个暑假叶庆生是在快乐中度过的。每天晚上叔叔手把手教叶庆生吹口琴。吹,吸,吹,吸,"1,2,3,4——"

叶庆生喜欢看着叔叔的那张脸,从他一吹一吸的神态中似乎能看到自己父亲的影子。"我的爸爸妈妈呢?"小庆生突兀一句,叔叔一下子愣住了,盯着小庆生半天,看见侄子大了,想想还是告诉他吧。

叔叔小声地说："你爸爸妈妈原来在上海同济大学，解放前可能到台湾去了。"并拍拍小庆生，爱怜地说，"你可不能对外乱讲啊。"但是，就是这种雾里看花的结果，让叶庆生很高兴了一阵子，因为他终于知道爸爸妈妈的下落了，不再是没爹没娘的野孩子了。

叔叔临走答应给叶庆生订《儿童时代》，叔叔回去不久，就寄来了。每次收到叔叔的信，叶庆生都非常高兴，不仅因为它带来了欢乐，带来了鼓励，还有那每封信信封上都贴着的最新发行的纪念邮票，花花绿绿的，让叶庆生从方寸之间看到了一个五彩缤纷的世界。可是，每封信信封上，叔叔都用小楷工整地写着"邮票请剪下寄回"。这成了叶庆生每次回信时必做的功课。叶庆生想集邮，叔叔就给他买盖销邮票。叶庆生想集信销票，叔叔就教叶庆生如何收集信销票。他说，不能直接从信封上撕邮票，要连信封一齐剪下来，放在清水中漂洗下来，再用吸水纸吸干水，阴干保存，才能保持邮票好的品相。

叶庆生把《伟大的祖国》五组和《努力完成第一个五年计划》一套十八张都收集齐了。叶庆生也从小小的邮票上看到了祖国日新月异的面貌和取得的巨大成就，

叔叔刚走，小姨奶奶就来了。小姨奶奶比奶奶小两岁，胖胖的，大圆脸，戴着一副深度近视眼镜，说话轻声慢语的，一看就是一位有学问的人。她出差路过宜昌，回家看看姐姐。她和小姨爷都在北京轻工业学院教书，经常周济爷爷奶奶一点。奶奶一见到妹妹就夸她："舟家就算你最有出息，读书读出来了。看我这个睁眼瞎，只好在家带孙子。"

"看你多有福气，孙子都上初中了，我儿子才上高中呢。"

"那你这个在大学当教授的奶奶可不要忘了多提携提携我孙子。"奶奶说着，就拉过孙子说，"小庆生，快给小姨奶奶磕头。"

小姨奶奶笑着制止说："别逗了，你孙子将来一定是个有出息的人。"

进了中学，叶庆生懂事多了。他看到爷爷奶奶年岁大了，感到自己也应承当一些家庭责任了。他一放学到家，就帮着家里扫地抹灰，和爷爷到自来水站抬水，陪奶奶下塘洗衣，有时还和爷爷到粮站排队买米打油。爷爷奶奶都是六七十岁的老人，虽然身体还算硬朗，什么事都不让孙子做，但是叶庆生一心只是想减轻一些老人们的负担。

宜庆这个鬼地方，年年都要晒霉。因为每年一到夏初梅雨季节，一连几天、几个星期，连天的阴雨不停地下着，到处都是湿漉漉的，街上湿漉漉的，屋里湿漉漉的，连心里都是湿漉漉的，人就像蹲在蒸笼里，闷热难受，感觉特别不舒服。奶奶是个爱干净的人，这湿漉漉的天气，每天怎么扫怎么抹，都搞不干净。"天终于放晴了。"奶奶长长地舒了一口气。经干燥的南风一吹，这潮湿的地面一下子就干了。她见叶庆生放学回来就说："明天星期天，你帮我晒晒霉可好？"

星期天是个大晴天，太阳特别好。叶庆生帮奶奶把家中仅有的几只大皮箱从箱架子上抬到院子里，这些旧皮箱跟着主人走南闯北，已有好些年头了，扣箱子的皮带有的地方已经开裂，箱沿也起了毛。

"小心！"奶奶见叶庆生爬高上梯的，招呼着，叶庆生更担心奶奶那双小脚不要崴了。叶庆生搬下箱子，帮奶奶抬到院子里。几床被里子、被面子，还有一些浆洗得干干净净的旧衣裳，就是一床好一点的羊毛毯，也有十几个年头了。奶奶一件件拿出来翻晒。叶庆生帮着清理箱底包樟脑丸的小纸，突然从箱盖的袋子里掉出一只发黄的小布袋。叶庆生捡起布袋，发现里面有一个装照片的纸袋和两个五彩丝线编的小圈圈。纸袋里有四张老照片，岁月已把照片染成了暗黄色，但是当年黑白照片中的人像依然清晰可辨。上面一张就像叶庆生小学的毕业照，光头，面带微笑，不过他不戴红领巾，而是穿着中山装，照片上有圆形的白日青天钢印，可隐约看到压上去的"安徽省政府"几个阳文，叶庆生想这就是我的父亲吧？看来这张照片明显是从他的中学毕业证书上撕下来的。第二张可能是父母的结婚照，父亲西装革履，满面春光，左胸前戴着花，右手挽着母亲，戴白手套的左手捧着一顶礼帽。母亲白色的婚纱从头上披散下来，显得格外妩媚，母亲手捧着一蓬鲜花，靠在父亲的肩上，特别开心。他们的背景是一对飞翔的灰喜鹊。再一张，就是父母亲手挽着手在野外游玩的场景，照片是在冬天拍的，父亲穿着棉长袍，围着围巾。母亲则穿着深色的丝绒长袍，手拢在手袖里，放在胸前。最下面的一张是母亲抱着一个胖娃娃的照片。她一只手托着孩子的小屁股，另一只手扶在他的胸前。宝宝两只小手在舞着，像笑又像哭。

　　"奶奶，奶奶，这是我爸爸妈妈的照片吧?"叶庆生明知故问，好像冥冥之中有人指点，一眼就看出照片上的人是自己的父母亲，那个女人怀里抱的就是叶庆生自己。奶奶的记忆力和眼神已不大好了，她端详着照片好半天，才慢慢地从以往的岁月里回过神来，连忙说："是的、是的，这些照片我收着，藏着，生怕弄丢了，就是等你大了，交给你，让你知道谁是你的亲生父母亲。好了，你爸爸妈妈的照片，现在由你保管了。"她似乎卸下了一副重担。"你看，你妈妈怀里抱着的就是你呀。"她捡出最后一张说，"这是你妈妈把你送回来时，在家抱着你照的。看，现在你都这么大了，像个大人了。"她把照片递给叶庆生，坐下来，靠在椅子上，眯起一双眼睛，又看看两圈丝环，说，"这是你妈妈希望神灵保佑你，亲手编的九眼金刚结项圈和手环，我洗好收在箱子里，你也可以拿去了。"她想想又说，"将来你有家了，可挂起来。现在先保管着。注意不能拆开它们啊。"奶奶这时看着眼前的大孙子，一种欣慰慢慢地涌上她那满是沧桑的脸庞，似乎一切辛劳都被这和煦的南风吹走了，全身暖洋洋的，享受着这难得的阳光。奶奶叮嘱叶庆生道："好好收着，不要把照片和金刚结弄掉了。"

　　"奶奶，还是您仔细，您先保管着。我拿着，放哪儿呢?"奶奶笑着说："也是、也是。还是我孙子懂事。"

人们常说：快乐在心。特别是青少年，一个敏感的阶段，容易兴奋。那是一个火热的年代。叶庆生和同学们每天唱着"我们年轻人，有颗火热的心——"走在上学的路上。龙门中学就在叶庆生家的东面，建在小城夫子庙的旧址上，人们欢喜叫那地方为龙门口。几十年来忠实地守卫着中学大门的是两棵几丈高的梧桐树。每当叶庆生走进那座大门，就感觉自己像早上八九点钟的太阳，充满了朝气，充满了希望，充满了活力。大门后是一片小树林，穿过小树林是一个四合院，"安徽省高级中学"的巨匾就悬挂在四合院的门额上。走进四合院，中间是木板墙夹道的长廊，学生会的墙报就粘贴在两边的板墙上。过了四合院，就是两层楼的教室，与教室隔院相望的是一排实验室和图书馆的小楼，小楼后面是大礼堂，大礼堂后面是新盖的三层楼教室。向东几步就到了夫子庙，大成殿前有石牌坊、泮池和状元桥，大成殿后是一个青石铺地的大院子，东西两庑有厢房一二十间，是郊县同学们的宿舍。

每天小庆生就沿着这条路径走进位于二楼的教室，他很快度过了初中学习的适应期。因听说自己爸爸妈妈去了台湾，上地理课时，他特别留心听老师讲我国的宝岛台湾。台湾物产丰富，气候适宜，有美丽的日月潭、阿里山。回到家里做作业时，叶庆生就对着地图册描摹中国台湾，从台北到台南，从高雄到花莲，一个小小的台湾，在叶庆生的笔下都跑遍了。他常想，我的父母在台湾什么地方？他们在干什么？他们是不是也在想我呢？

六

高中二年级是叶庆生成长的关键期，让他在人世间懂得了爱和被爱。少年时代没有父母陪伴的叶庆生是不幸的，爷爷奶奶的照料代替不了父母的爱，直到上高二，他遇到了班主任元伯仁老师，是元老师给了他一直渴望的爱和呵护。从此叶庆生从纠结于失去父母的阴影里走出来，变成了一位好学上进、团结同学的学生骨干。

元伯仁老师曾是一位翻译，从部队转业到龙门中学教俄语，四十出头，中等身材，穿一身洗得泛白的旧军装，端正的面孔，温柔的海门软语，他一进教室就亲切地喊："孩子们，'哈达说'！"教室里显出从未有的轻松。有一天，他把叶庆生叫到身边，和蔼地问："你从小没有父母，长年跟爷爷奶奶生活？"

"是的。"

"没有关系，老师就是你的父母，你有什么困难和需要尽管跟我说，好不好？"他那慈祥的眼睛透射出一种人性的光芒。在教学中，他像对待自己孩子一样对待学生，从来没有责备之语，更多的是鼓励和关心。"听说你擅长画画，我建议你当宣传班委，把班级搞活跃起来，好不好？"他看叶庆生有点犹豫，拍拍叶庆生说："不会？没关系，我会帮你的。放学后，你到我办公室来一下，我先教你刻蜡纸，把《让我们荡起双桨》这首歌刻好，发下去。"

很快元老师就和全班同学们融在一起。他深爱孩子们，每天总是关心地问这问那，不论遇到什么问题，他都组织同学们认真讨论；不论谁遇到困难，他就组织同学们相互帮助，班上快乐的空气越来越浓。上课时，他在黑板上写下"学习、立志、成长、成功"这几个字，然后说："古人云：'宝剑锋从磨砺出，梅花香自苦寒来''有志者事竟成'，人生就是要我们自己去拼搏，去奋斗，坚持不懈，百折不挠，勇往直前，成功属于那些敢于追求梦想而又充满自信的人。"叶庆生心中升起一股特殊的感情，学习也更加自觉和发奋。

这一年叶庆生被评为三好学生，学校奖励他一本《红旗谱》，叶庆生几天就看完了。朱老忠跟党闹革命，一身浩然正气，深深地印刻在叶庆生的脑海里。除完成好当天的学习任务，叶庆生课余时间都投入到班级宣传工作中去。不久，他又被选为学生会宣传部长，学校的大幅宣传画都出自叶庆生之手。对学生会专栏，叶庆生尤其用心，除时事政治，主要是全校同学们的学习心得、文学习作和立志报国的决心。同学们早就回家了，夕阳的余光照在墙报上，显得更加夺目。叶庆生站在四合院过道上，端详着新出的这期墙报，感到非常骄傲。刊头和插图都是他昨天课外活动时才画上去的。

可就在叶庆生干得最起劲的时候，一天下午上课时，他肚痛难熬。元老师来了，就跟家长来了一样，急忙问："孩子，怎么啦，哪儿痛？快让我看看。"

说着，他把叶庆生带到教师休息室，在床上又认真摸了摸叶庆生肚子，当摸到叶庆生右下腹时，"哟哟！"叶庆生直喊痛。

"急性阑尾炎？赶快到医院！"

"我要回家跟奶奶说一声。"叶庆生弯着腰，捂着肚子说。

"我去说，你先安心到医院。"他立马喊来几个同学七手八脚，很快把叶庆生送到医院。医院安排做了急诊手术。一切顺利，医生舒了一口气，对叶庆生说："你们老师真好，送得及时，不然阑尾就要穿孔了。"等叶庆生回到病房里时，爷爷奶奶也来了，问来问去，总算放心了。奶奶说："元老师亲自到我们家讲你生病的事，说一切安排好了，叫我们两个老人不要担心，他已跟医生护士交代好了，医院有病号饭，他每天跑一趟，有情况再与我们联系。"奶奶唠唠叨叨说了半天，用手帕擦了一下泪眼说，"元老师是个好人啦，他可是你救命的大恩人。"

叶庆生在医院里也得到了医生和护士的呵护和关爱。病房护士李阿姨就像亲人一样，每天给叶庆生洗脸、喂饭，鼓励他早下床活动。叶庆生术后第一天下床，右下腹痛如刀割，李阿姨就站在床边说："扶着床边，慢慢挪动脚步。好，好样的，不愧为中学生。"打点滴时，她总选好叶庆生的一只手，连扎胶带都是轻轻的，一针见血，非常利索。她对病房里的病人都一样细心，从早到晚，病房里都有她的身影。晚上临下班时，她又巡视一遍，走到叶庆生床前，亲切地说："叶庆生小同学，晚上睡个好觉。睡着了，就不想家。明天一早我就来看你，好不好？"她招招手轻轻地走了，却把温暖留给了叶庆生。

心理学认为，爱是一个人追求幸福过程中不可或缺的一种能力，但它不会有生俱来，其来源于亲生父母的爱和社会环境给予的有效良性互动。叶庆生在这种有效良性互动中，感受到了爱。

七

大杂院这时也有了变化，消失三年的毕叔叔回来了，他现在每天拖着一辆大板车扫大街。钱师娘丈夫死后，街道安排她在面坊上班，并当了居民小组长。因孩子大了，房子不够住，她就在正对叶庆生家房门口的小院子里沿着她屋子的下水盖了一间大披屋，几乎占了院子一半。奶奶说："钱师娘，你这一盖，我家都没出场了。"

钱师娘不好意思地说："叶奶奶，我也是没法子的事。"奶奶心疼她一个寡妇拖着三个儿女怪可怜的，也就没再说什么。毕阿姨则不依不饶，要她拆掉。明知"胳膊拧不过大腿"，毕阿姨干脆在大门口也盖了一个小储藏室，一下子小院子没有了，只剩下走人的过道。赵师娘连生一儿一女，房子也不够住，就在家里搭了一个双人床。文国治忙着高考，文妈妈也显得更苍老了。

这一年，"调整、巩固、充实、提高"八字方针，终于一扫全国饥饿的阴霾，国民经济有所好转，学校也恢复了生龙活虎的景象。

有一天，晚自习，班主任元老师让同学带信，叫叶庆生到他办公室去一下。这是学校的俄语教研室，很大，有三对办公桌，晚上其他授课老师都不在，只有班主任老师的办公桌亮着一盏台灯。元老师正伏案在写着什么。叶庆生想，老师是找我问问班上同学们的情况，还是要我安排好明天班上的什么活动？"报告！"叶庆生站在门口等老师招呼。班主任老师没有像往常那样应一声"进来"，而是抬头望望他，然后站起身，缓步走过来，拉着叶庆生的手说："坐、坐。"等叶庆生在老师桌子边的一张椅子坐下来，元老师面带微笑地说，"要不要喝点水？"叶庆生发现老师今天不像是布置什么事的样子，而是要找他谈什么。

果然，元老师坐下来，望着叶庆生说："你家就你和你爷爷奶奶？爸爸妈妈一直没有消息？"这些老师早就知道了，老师家访了解过，学生登记表也填写清楚了，叶庆生不解地望着老师说："是。"

"你生活有什么样困难吗？"

"没有。"

"思想有什么顾虑没有？"

"没有。"

这次是老师不解地望着叶庆生。"那你为什么不写入团申请书？"他问叶庆生。

这下把叶庆生问住了。是的，哪一位革命青年不积极要求进步？哪一位好学上进的学子不积极要求入团？对这个问题，叶庆生不是没有想过。不过，从小就缺失父母的爱，生性敏感的叶庆生，对社会给予的台属身份尤其敏感，怎敢奢望入团？

元老师递给叶庆生一张《中国青年报》说："今天报上登了如意同志写的《青青和她的同学们》这篇文章你看过了吗？"

"中午我看过。"

"你看青青跟你一样，学习努力，热心帮助同学，还鼓励同学入团，就是自己迟迟不写入团申请书，觉得条件不够。结果经受住了组织考验，终于成为一名光荣的共青团员。"

"我——""怕"字没说出来，忙低下头，轻轻地说了一句，"我怕不够条件。"

"要积极争取嘛。"

"可是听说我的父母亲……"

"那有什么关系呢。"元老师停住话题，望着叶庆生郑重地说，"党的政策是'出身不由己，道路可选择'嘛。你是学生骨干，又是三好学生，就应该积极向团组织靠拢。"最后，他寄予厚望地说，"希望你通过努力，早日加入中国共产主义青年团。"

回到家里，叶庆生激动得一夜都没有睡好觉。他在想，许多革命先烈，像朱老忠那样，为了建立一个民主、自由、独立的中华人民共和国，以天下为己任，前仆后继，抛头颅，洒热血，几千万革命先烈倒在血泊之中，换来了红色江山，为我们创造了幸福的今天，我们发奋读书，学好本领，就是要继承革命先烈的遗志，去建设美好的明天。越想越激动，叶庆生干脆翻身起床，月亮已升上中天，他拿起笔疾书："敬爱的团组织……"千言万语，全部倾注笔端，向团组织捧出了一颗年轻人的火热之心。

　　如意写的这篇《青青和她的同学们》，没有想到被《中国青年报》很快刊登出来，受到广泛好评，读者来信不断，还被翻译成好几国文字。学校团委则把她这篇文章发到各支部组织学习讨论。当时，她的确有点激动，当激动过后，她依然按部就班地备课上课，并没有沾沾自喜。有的老师碰到她说："恭喜啊，大作拜读了，写得真好。"

　　如意说："不好意思，真不敢当。"

　　有的说："我们同事多年，只知道你是语文老师，不知道你还是知名作家。"

　　她只笑笑说："什么知名作家，我们是同事，你晓得的，学生课是不能耽误的。写作只是爱好，业余时间有空就写一点。"

　　如意已不像年轻刚入行时轻狂，已没有成名成家的思想了。她跟随季侯道调来京城中学任语文老师，后又当教研室主任，是有充分思想准备的。她知道自己到底要什么。当离开市文化处时有不少同志，其中包括好朋友方月琴都劝过她，不要轻易离开自己喜爱的工作，去干没人愿意当的中学教师，做孩子王。如意说："我喜欢写作，我也喜欢孩子。教书安稳，还有寒暑假，也不影响我搞创作。"

　　季侯道主政校务，重用人才，他秉承"德智体"全面发展，教书育人，坚持"教育为无产阶级政治服务，教育与生产劳动相结合"的教育方针，把学校办得红红火火。如意写这篇有关"出身不好"的同学积极要求进步的文章，他是支持的。他也不知道会有这样大的反响。他想，可能是时代要求，体现了"出身不由己，道路可选择"的政策吧。

如意在校既带语文，又兼了高二（1）班的班主任。她跟叶庆生的班主任元伯仁老师一样，爱学生如同自己的孩子。这篇文章主人翁青青的原型就是她现在所带班级的学习委员张圆圆同学。张圆圆聪明漂亮，好学上进，很懂礼貌，尊重老师，除热心学校工作，还主动帮助同学，只是因为出身问题，入团迟迟批不下来。在如意的鼓励下，张圆圆没有气馁，不断严格要求自己，在一次夏令营活动中勇救落水儿童，受到学校表扬，光荣地加入了中国共产主义青年团。

如意跟全国所有的教育工作者一样，为培养革命接班人辛苦工作着，从高一开始到高三，一轮轮带班。张圆圆是她这轮带上来的学生，很争气，她很喜欢。但是，她每次带班带到高三时，就担心起自己大儿子叶庆生来。她心里算着，如果按正常入学年龄，叶庆生今年应该上高二了，不知道他现在怎么样了……

有一次，她走在教室走廊里，恍惚感觉前面走的一个小男生是自己儿子，她就这么一直跟着，当走近那个孩子时，她才突然清醒过来。那位小同学回头问如意："如老师，您找我吗？"

"啊，不。"如意笑笑走开了。

不管怎样，《青青和她的同学们》影响了那一代的中学生。多少年后，叶庆生的同学中还有人说，自己高中时是读着如意《青青和她的同学们》长大的。

如意是 1957 年生小儿子季桑的，因产程过长，孩子生下来不哭，后来说话也迟，让如意操碎了心。孩子大一些，她才安下心来，除教书，业余也写写短篇小说，回到家里就相夫教子，把所有的母爱都给了季桑。季侯道是个独子，父母去世早，加上为人厚道，性格又好，凡事多能包容，家中一切都是如意做主。如意在家请了一位长年保姆做家务，她盼望睡个好觉，她盼望有人照顾，她盼望有个安稳的小家，这些小小的企盼，现在都能在自己的手里实现，不用再受气，也没有压力，生活虽然很清苦，但很平静。

平平淡淡，安安稳稳，一晃十年就过去了。与季侯道结合后，如意心境日趋平淡，处事低调，在校很得人缘，学生都喜欢她。她给自己的人生定位是：做个称职的人民教师，当个编制外的好作家。

八

如意当然不知道，她的儿子也很争气。

三年前表哥吕天洋考取了北京大学中文系，去年文国治也考取了安徽大学中文系。文国治临走时，叶庆生问他："你们中文系将来是干什么的？"

"教书、当秘书或当作家。"

"当作家，那可是个好专业。"

叶庆生读到高三时，老师和同学们都认为他善良正直，宽厚温和，责任心强，选他当了班长。他每天都过得很充实，除了上课、做作业、复习，还和好朋友一起帮助学习有困难的同学。说起好朋友，就是班上的学习委员裴文静，她又是班团支部的组织委员。裴文静是一位极聪明，又非常清秀的姑娘，她那一双会说话的眼睛，总是闪着动人的眼波。她是叶庆生入团的介绍人，她也希望叶庆生早日加入团组织，但是她从不说教，而更多的是同情叶庆生，尊重他，平等地与他讨论问题，协助他搞好班级工作。但是她也弄不明白，叶庆生入团班上团支部通过了，校团总支批准了，早已报到团市委，不知道为什么上级团组织就是迟迟不批下来？

入团不入团，这丝毫没有影响叶庆生复习迎考的决心，也丝毫没有影响他和学习委员裴文静的关系，特别是到了高三下学期，几乎天天要接触、天天要商量如何当好班主任老师的助手，搞好班上的复习迎考工作。裴文静经常协助叶庆生帮助学习遇到困难的同学，叶庆生与她在帮助同学的同时，也互相勉励，争取考出好成绩，考上好大学。

填报志愿的那一天，裴文静高高兴兴跑来跟叶庆生说："叶庆生，国家都要造原子弹了，我们再不努力，也对不起党的培养。"为改变我国"一穷二白"的面貌，叶庆生早已下定为国学习、为国争光的决心。这次考试就是他向祖国交的一份答卷。裴文静关心地问："你准备报考什么学校？"

"我考北京医学院。"

她高兴地说："我也学医。"她说，学医可以解除病人的痛苦，是一种高尚的职业。她母亲就是一位受人尊重的儿科大夫。她将来也想当一名儿科大夫，就像她妈妈那样。叶庆生非常赞同裴文静的话，因为他从小就体弱多病，爷爷奶奶也希望他将来当一名医生。特别是去年春天，在课堂上患急性阑尾炎，经医生手术治疗，及时解除了病痛的亲身经历，令叶庆生感受到医生这个职业的高尚，加上学医的叔叔做工作，叶庆生最终还是放弃了学美术，选择了学医学。

文静的家在学校东边的一条小街窄巷里，进门是一个小院子，院子中间有一丛腊梅树。文静的妈妈是市立医院的儿科大夫，她爸爸是卫生局长，家中还有一位老外婆。每次叶庆生去她家，老外婆都非常热情，叶庆生看到她的外婆也感到格外亲切。

叶庆生觉得与裴文静非常投缘。不知道为什么，裴文静也愿意跟叶庆生在一块。每天放学，她等叶庆生收完同学们的作业本，就陪着一道送到授课老师那里去。虽然他们回家不同路，叶庆生有时也要陪她走一截路，然后绕道回家。叶庆生与裴文静在一起有说不完的话，从家庭谈到学习，从学习谈到理想，从理想又谈到眼前的复习迎考。裴文静非常同情叶庆生的境况：从小失去父母，全靠爷爷奶奶含辛茹苦地抚养长大。她时常安慰叶庆生说："你总有一天能见到自己的爸爸妈妈。"

在叶庆生的眼里，裴文静是班上最出色的女孩子，跟她在一起就有一种愉悦感和满足感。有一天裴文静腼腆地对叶庆生说："跟你在一块，我很快乐。"

裴文静的话，让叶庆生怦然心动。但是叶庆生马上避开了裴文静的眼神，低声地说："我也是。"其实，叶庆生就是喜欢她，特别喜欢她的微笑。她的微笑是那么地让人赏心悦目，令人神往。平时叶庆生总是装扮得一本正经，与裴文静以礼相待，讲话也非常注意分寸。可是开班务会时，他就情不自禁地偷偷地看着她，她也不时侧过脸来看叶庆生，她微微一笑，让叶庆生慌得赶快躲开她的眼睛。有一次传递作业时，叶庆生不小心碰到她的手，就像触了电一样，就在叶庆生不好意思缩回自己手的时候，裴文静投过来的还是那令人魂不守舍的微笑。叶庆生真不敢想，这就是青春萌动时的爱情，没有任何表白和誓言，有的只是面红耳赤、心慌意乱。初恋就这样悄悄地来到，就像夏天的阳光，照得人心里暖洋洋，让人终生难忘，回味无穷。但是理智战胜了一时的冲动，因为他们都怀有美好的理想和远大的抱负，希望在高考中一展自己的身手，考出理想的成绩，考上心仪的学校。

1963 年高考是在 7 月中旬，连考三天，那也是宜庆市最闷热的三天。知了不厌其烦地吹着冲锋号，同学们在考场里冲锋陷阵，个个挥汗如雨。那时没有电扇，也没有空调，监考老师在教室中央放了一个大澡盆，大澡盆里放着一块大冰砖，就这样，止不住的汗水还是顺着叶庆生的手腕往下流，他把干毛巾扎在右手腕上，防止汗水印湿了试卷。叶庆生低头疾书，在规定时间内完成了答卷。叶庆生考试有一个特点，事前都要充分准备，他不喜欢临时抱佛脚，考试结束，基本心中有了底。最后一场考下来，裴文静拦住他问："你考得怎么样？"

叶庆生信心满满地说："感觉不错。"自忖考上北京医学院没有问题。虽然学校一再告诫同学们要抱着"一颗红心，两种准备"，可叶庆生连"服从分配"都没有填。

毕业联欢会的气氛既热烈又忧伤，教室里张灯结彩，大伙含泪唱着歌，互相赠送照片和纪念册，在临别赠言中展开想象的翅膀，写上祝福溢美之词："祝君鹏程万里，大展宏图""海阔任鱼跃，天高任鸟飞"等等。平时，同学们都想早点毕业，可在即将离校时，大家意识到同窗共读的美好时光已不会再来，心中顿时生出一丝惆怅和眷恋。大伙相聚通宵达旦，尽兴才散。

8 月初，高校录取通知书陆续来了，叶庆生陪裴文静到校长办公室取通知书，老校长和教导主任祝贺她考取了北师大生物系。虽然裴文静将来当不成医生，但是她还是很兴奋，因为考取了全国重点大学，也是一件值得骄傲的事。叶庆生站在她的身后，学校没有他录取的信息。平时挺热情的老校长和教导主任，今天就好像没有看见叶庆生一样，只顾跟其他同学寒暄。

叶庆生的大学录取通知书迟迟没有来，不少同学都在打点行装，准备起程了。叶庆生整天憋在家里，大门不出二门不迈，焦急得茶饭不思。奶奶沉不住气了，问："你这次没考好？"

"不是。"

"考好考不好，饭总是要吃的。"

"不吃。"

"这孩子，'人是铁饭是钢'，不吃饭怎么行。大学可明年再考嘛。"

叶庆生就是想不通，考试下来，老师组织同学们估分时他算出自己平均也在 90 分上下，录取全国重点大学没有问题，怎么录取通知书到现在都没来？看看学校老师们对待自己的态度，心想这次考大学肯定黄了。叶庆生一个人越想越难过，越想越懊恼，怎么还有心思吃得下饭？奶奶看这样下去也不是办法，久了会憋出病来。

"我给你找个算命先生算算？"

"搞什么嘛，那是迷信！"

一天奶奶真的把算命先生请来了家。叶庆生只见一位小姑娘牵着一个盲人算命先生进来，那人瓜皮帽下戴着一副墨镜。算命先生坐下后，找奶奶要了叶庆生的生辰八字，仰面朝天，掐指算起来。叶庆生听不懂算命先生嘴里咕噜着什么，奶奶则听得很专心。叶庆生只听清最后一句："贵人相助待时日。"

"天无绝人之路！"奶奶非常高兴地说，"'命中有时终归有，命中无时莫强求'，小庆生，你有'贵人'搭救，在家好好等着吧。"

又过去了几天，到了 8 月中旬，邮递员才送来录取通知书。叶庆生抽出在毛边纸上打印的录取通知书，是淮河医学院。通知书要求：带户口、粮油转移证明，书籍讲义费和伙食费各 10 元，8 月底来校报到，逾期不来报到者即取消录取资格等。可是这座省内高校叶庆生志愿上没有填报，因老师估计叶庆生这次考得不错，有把握进重点，填写的都是全国重点高等医学院校。"怎么一所重点高校都不录取我？"叶庆生心里很沮丧。他跟爷爷奶奶说："我准备复读。"

爷爷说："这种事要慎重。可先跟班主任老师商量商量再定。"

裴文静见到叶庆生时则鼓励他说："有什么气馁的，毕竟录取了。学医不在乎学校是不是重点，而在于自己立志。华佗读的是什么大学？靠的是刻苦钻研，不是成了历史上一代名医？"

第二天，叶庆生到学校找到班主任成老师，想把自己复读的意愿跟老师说一说。成老师为人憨厚，因他出身贫苦，学生时代入了党，师范一毕业就分配到龙门中学搞团的工作，但他坚持不脱离教学，有时带带政治课。"学高为师，德高为范"是他一生为人师表的理念。他不太爱讲大道理，把学生培养成合格的无产阶级接班人贯穿在他日常为学生服务的一言一行之中。

记得填写报考志愿的那几天，教室里整天闹哄哄的。"老师，你看这样填行不行？""老师，全国重点我该填哪几所高校？"班主任成老师回答了这个同学，又忙着看另一位同学填写的志愿表。指导填写报考志愿需要智慧，也需要技巧，成老师根据同学们平时的表现，因人施策。学习成绩好的，鼓励多填写全国重点高校；就是成绩不稳定的，老师也反复斟酌，让你填写省级有录取把握的学校。结束时，成老师总不忘告诫大家一句："同学们注意了，表最后一栏千万别忘了写上'服从分配'几个字。"同学们陆陆续续散去，成老师才把叶庆生留下来，关心地问叶庆生是不是考虑成熟了。

"考虑好了，成老师，我决定报考北京医学院。"叶庆生跟成老师讲。

"好、好，学医好，就这么定了。"成老师看起来很满意。

其实，成老师这半年来，一直关心着叶庆生的报考志愿。因他知道，叶庆生自幼喜欢画画，学校宣传画大多出自叶庆生之手，叶庆生也有立志当个画家的想法。

"你原来不是想报考美术学院吗，怎么变了？"

"叔叔不同意。他说，那只能做个业余爱好，没有多大用处。要考，也只能考中央工艺美术学院。工艺美术实用些。"

"这也很好嘛。"

"可这两天叔叔又来信，坚持要我报考医学院。说，学医好，学医实用。是最受人尊重的职业，在国外工资也最高。他甚至说，就是坐牢也不会吃苦，还是当你的医生。"

成老师看着自己心爱的学生笑了。心想，这个叶庆生的叔叔也逗，几乎把事情讲绝了。本来学生所学应根据自己理想和国家需要，可往往他们自己做不了主，所学非所用的也的确不少。"学习是你自己的事，你应该做主啊。"成老师鼓励叶庆生说。

"可爷爷奶奶一劝我，我就六神无主了。奶奶说：'学医好啊，可以济世救人。何况荒年饿不死手艺人，当医生好。'爷爷说：'就听叔叔的吧，报考医学院。'"

"就这样定了也好。"成老师欣慰地说。

成老师是叶庆生最信得过的老师，他不找他商量一下，自己下不了决心。叶庆生一走进成老师办公室，就不好意思嗫嚅着喊："成老师。"

成老师看看叶庆生，又看看对桌的同事，低声对叶庆生说："你找我有事？"叶庆生点点头。成老师站起来说："我们到外面去谈。"

在操场石阶上，成老师拉叶庆生坐下说："遇到什么困难了？"

"没有。我觉得这次没考好，想复读一年后再考。"成老师突然站起来，认认真真地对叶庆生说："不可，明年再考？你肯定考不取。"

临离开宜庆前，成老师又带信叫叶庆生到学校去一趟。他从办公桌里抽出一个大档案袋交给叶庆生说："这是你入团的档案，到大学交给组织，对你进步有帮助。"叶庆生看是团市委退给学校团总支的材料，已封口，档案袋上盖了一个蓝色的方戳，上面有"社会关系不详，退回"的字样。成老师告诉叶庆生："这个袋子里装的是你入团的申请书和学校团组织同意发展你的意见，因为你父母的具体情况不详，团市委没有批，希望你到大学后还要继续努力，争取早日实现自己的愿望。"

第 四 章

一

初次离家，叶庆生就像飞出笼子的鸟，放开翅膀在蓝天上自由地飞翔。当兴奋过去后，就是无尽的思念。思念同窗共读六年的中学同学，思念培养自己成长的中学和老师，思念江边古老美丽的家乡小城，更思念养育自己长大的爷爷奶奶。"人生要靠自己把握。"爷爷临别时的叮嘱犹记在心。

叶庆生永远记得，自己背着行囊提着旧皮箱，准备坐夜船上学时，出家门已走了很远，可回头望见风烛残年的两位老人还站在家门口昏暗的路灯下频频向他招手，叶庆生站住了，一种无限依恋的感情涌上心头。"快走，不要误了船！"爷爷大声招呼着，叶庆生脸上挂满了泪水，内心里充满着对爷爷奶奶深深的爱，踏上了征程。

小城的夜静悄悄的，街上没有行人，只有微弱的路灯和陪伴自己忽前忽后忽长忽短的影子。每个青年人都曾梦想着诗和远方，诗是刻骨铭心的体验，远方则是一个未知的世界，有风景也有灾难，就看你的机遇和心态了。

　　叶庆生上的大学位于淮河之滨，是由上海一所医科大学内迁组建而成的新学校，学校除有新的教学大楼和校舍，还有不少全国知名的医学教授。新的学校、新的生活，一下子吸引了叶庆生。裴文静临别时说的话还在耳边："学医不在学校重点不重点，而在自己立志。华佗读的是什么大学？靠的是刻苦钻研，不是成了历史上一代名医？"叶庆生决心要珍惜这五年的大学生活，不要辜负了爷爷奶奶的希望和裴文静同学的鼓励。

　　到大学不久，叶庆生就收到爷爷的来信和寄来的十五元生活费。爷爷来信说："以后每月生活费，都由叔叔按月寄给你。"裴文静到北师大后，不久也来信了。她在信中谈美丽的校园，谈新的学习生活。她说，她更留恋中学时代的生活，非常想念老同学。她在信中说，北师大给她最深的印象就是有一种良好的学风，"卡片一万张，知识长一丈"已成了做学问的口头禅。她随信还寄来了卡片和活页纸，鼓励叶庆生做卡片，记笔记。

　　每月叶庆生与裴文静鸿雁传书，从未中断。开始裴文静在信中称"叶庆生同学"，不知道从哪天起，就变成了"庆生"二字。叶庆生回信也变得只有一字称呼"文"。爱情伴随着心曲在孤独中悄悄生长，思念在岁月中酿造出甜美的琼浆，这琼浆装在心里变成催人奋进的能量。第一个暑假，裴文静约叶庆生到她家去玩，但是一见面，不知道为什么她的脸一下子就红了。不见面时，想见面，见了面，大家又显得局促不安、语无伦次起来。她外婆知道年轻人的心事，忙把叶庆生让进屋里。叶庆生瞥见在学校寄给裴文静的一张全身照，那是叶庆生被选进校排球队，参加训练时，穿着运动服照的。裴文静就把这张照片镶嵌在自己的小镜框里。叶庆生不好意思地说："当时穿上运动服特别高兴，就跑到照相馆照了这张相片。照得不好，没想到你还把照片带回来了。"

　　"照得挺好，挺帅的，我还等着你参加全国大学生排球联赛时到北京来呢。"她笑眯眯地说。

淮河医学院秉承上海老学校传统，为了给国家培养"德技双馨"的医学专门人才，要求特别严格，一门功课不及格就得留级，对全优学生年年进行通报表彰，连续五年全优生，不用考，直接留校读研究生。学校不但开了俄语，还开了拉丁语、日语和英语，学校要求同学们毕业前，一定要掌握好两门外国语。老师说，学医单纯靠俄语不行，一定要学好英语第二门外国语，因为世界上绝大多数医学文献都是用英文记录的。

第一学期叶庆生就拿到了全优。他自从进入大学就已暗暗下了决心，争取连续五年全优，直接读研究生。学校还有一条不成文的规定，对中学的学生干部，依然作为骨干安排。叶庆生入学后是三班副班长，他把中学当班长的劲头又拿了出来，鼓励大家为国学习，为学校争光，提倡大家互帮互学，在年级统考中取得好成绩。

有一天，年级党支部占书记把叶庆生和班上的团支部书记一齐喊到他的办公室里，语重心长地对叶庆生说："叶庆生同学，你学习带头，还组织同学们互帮互学，表现不错，但你怎么不写入团申请书呢？"他又对团支书说，"你要多帮助帮助他。"

"我没有写入团申请书？"叶庆生疑惑地咕哝着，但没说出声。

叶庆生望望年级书记，又望望团支部书记说："我以为在中学写了就行了。"

年级书记严肃地说："那怎么行呢？入团自己要主动，一次不行，第二次再申请，第二次不行，第三次申请，要积极靠拢组织，请求组织帮助。"

团支书笑着点点头。团支书比叶庆生只大一岁，可比叶庆生老成多了，他见叶庆生没有表态，急忙说："占书记是为你好。"

"何况，你父母在台湾，更要经受得起组织长期考验。"年级书记强调了一句。

叶庆生能说什么呢？组织这么关心，自己还不主动？只有捧出自己的一颗心，向组织再次递交了入团申请书，表示一定要争取早日加入团组织。可以说，叶庆生对组织毫无保留，把家庭所有情况和盘托出，连祖父的祖父当过郎中，祖母的祖父当过县衙的押司都说得清清楚楚，但是他怎么搜肠刮肚都无法说清楚自己父母是否真的去了台湾以及他们到台湾去干什么这样的问题，因为他从小记事时就不知道他的亲生父母是谁。父母可能去了台湾，也只是听叔叔这么一说而已。

夏天，位于淮河之滨的校园，在绿树掩映中显得特别宁静，而蝉长鸣不已，声音尤其响亮。"居高声自远，非是藉秋风。"蝉登高远唱，悠然自得，那是经过 4 年之久的地下痛苦磨难，才最终羽化成蝉的。叶庆生正在望蝉遐想，尹老师走过来，关心地问："叶庆生同学，你在干吗呢？"

叶庆生见到是自己敬重的尹老师，忙说："我在看梧桐树枝间的蝉。"

"哦，好哇。'居高声自远，非是藉秋风'，是唐朝诗人虞世南所作，命意自高，独尊其品。"尹老师好像猜到叶庆生的心思一样，侃侃而谈。

刚开学时，尹老师就曾找叶庆生谈过。见面就说："小鬼不错，你高考考了 89.9 分，我是从死档里把你捡出来的。这么好的学生，竟然没有学校敢要，真是岂有此理！"尹老师是北方人，浓眉大眼，性格豪爽，说话直来直去。叶庆生早就听说，尹老师是校长的得意门生，在大学时就入了党，1958 年支援安徽，他就随校长来到淮河医学院。因学校发展需要，尹老师放弃了他热爱的解剖学，不再搞教学，而当了学生科长。他是学校年年评优的倡导者和实施者。

"我们到前面小靠椅坐一下。"尹老师建议说。

"好。"

他不等叶庆生坐下，自个就抽起烟来。好像吃烟是一种享受。他深深地吸了一口烟说："刚才公布的名单你看了？"

"没有。"叶庆生说。

尹老师拍拍叶庆生的肩膀说："快去看看。人就是要争气。我就喜欢争气的学生。"

　　下午，学院高大的八层教学主楼前，已围满了穿着短袖衣衫的同学们。因为，楼前宣传橱窗里刚公布了第二学期各年级全优学生和学雷锋标兵的名单。"叶庆生、孙乐、王卫红……"叶庆生看到大红榜上自己名字赫然在目，悄悄退到人群后面。

　　"叶庆生又是全优？"

　　"人家是又红又专的典型，在年级还做过经验介绍呢。"大家七嘴八舌地议论着。

　　叶庆生急匆匆地从同学们背后走过，既感到高兴，又有点不好意思。想到刚才尹老师的殷殷希望，心想，学生不以学为主，不争气，那要上大学干什么？记得考最后一门病理课结束时，叶庆生脸色非常不好看，是懊恼，还是担心？他说不上来。只是在看一张病理片子时，血红的一片，是肌肉纤维？还是肿瘤坏死组织？因一时拿不定主意，生怕回答错了。担心这一错，今年的全优就泡汤了。叶庆生这个细微的表情被监考的尹老师看到了，他走过来关心地问叶庆生："怎么啦？哪儿不舒服？"

　　"没有。尹老师，我只是觉得没考好。"说着，叶庆生差点眼泪就要流出来。

　　"那有什么关系，现在不要想得太多，先回去休息。"他一边叫叶庆生先回去，一边又招呼他说，"别忘了，晚上到我办公室来一下。"

　　晚上，叶庆生到学生科时，尹老师已在办公室里等他了。办公室的日光灯很亮，尹老师一改平日和蔼的态度，显得有些严肃地说："叶庆生同学，你知道我为什么找你来吗？"

　　叶庆生茫然地摇了摇头。

　　"我就是想问问你，争取全优是为了什么？"尹老师问。

　　叶庆生说："为什么？争气！"

　　尹老师又追问一句："争什么气？"

　　叶庆生一时觉得心里特别虚，虚得就像悬在半空中的氢气球落不到实处。"争什么气？"叶庆生真不知如何回答这个问题，因为他不能对敬重的老师喊那些空泛的口号。尹老师也没有从正面讲这个"为什么"，而是从 1949 年他参军当卫生员，部队保送他到上海医学院上大学，在校刻苦学习，留校当老师说起。他说，他每次考试都很争气，门门全优，可偏偏在毕业外科学无菌操作考试时，消毒好的手无意间碰了一下递消毒手套过来的护士长的手，结果被评为不及格。他说，他回到宿舍里整整难过了一夜，第二天他红肿着眼睛去找老校长。老校长很严肃地对他说："是你的全优金贵，还是病人的生命值钱？"他说，老校长的话一下子把他问住了，他脑子还没转过弯来，老校长又郑重地说："学医就是要一丝不苟，来不得半点马虎，因为你将来面对的是一个个鲜活的生命！"老校长还用第一次世界大战期间，因为没有严格有效的消毒，负伤后感染而死的比战场上战死的人还要多的事例教育他，要想当一名合格的医生，首先就要树立无菌观念。老校长最后语重心长地说："医学之路就是由一代又一代具有高度责任心、高尚道德和高超医术的先贤们开辟出来的，我们就是要培养'三高'的医学生，希望你不要辜负了我的希望。""老校长一席话，我一辈子都不会忘记。"尹科长说。尹科长的现身说法对叶庆生的触动很大，使他真正明确了学医的目的，有了奋斗的目标。

"叶庆生同学，你很争气，这很好。可是不要忘了'争什么气'啊。"他看叶庆生认真地听他讲完话，才点起一支烟，愉悦地抽起来。叶庆生从他抽烟的样子，看到的是老师的满意、希望和鼓励。

叶庆生上大学时，一大批爱国的革命的励志的书籍和电影纷纷出版和发行，许多栩栩如生的英雄人物，如许云峰、江姐、聂耳、林则徐、李时珍等不时地激励着叶庆生。到大二时，全国学习雷锋全心全意为人民服务已蔚然成风，学校里"又红又专"已成为同学们的奋斗目标，一时 1968 级呈现出"团结、紧张、严肃、活泼"的局面。

这年占书记组织 1968 级和高年级同学合演话剧《青春之歌》。叶庆生很喜欢《青春之歌》剧本，对林道静那种青年特有的热情和那种为实现真理而不顾一切的勇气倍加赞赏。占书记叫他负责舞台美术和音响效果，他倾注了全力。学院大礼堂条件有限，在设置林道静走投无路，投海自尽那一幕时，用什么制造出雷鸣闪电的效果？叶庆生尝试了几种方法，效果都不好。占书记那天拿来一整张崭新的白铁皮，叫叶庆生在后台对着强光源和扩音器用力抖动试试，一抖效果出来了，真能营造出一位革命知识分子与命运抗争的气氛。

二

这年，为了破"四旧"，叶庆生狠心把几本集邮册连同两个五彩丝线圈都烧掉了，差点把母亲抱着自己的小照片丢进火里，一转念，他又从地上捡回照片收藏起来。虽然环境给予的"身份感"就像孙悟空头上的紧箍咒，长期困扰着叶庆生的心，但他"心无愧怍"，安心做了个逍遥派。

有一天，婶婶来了。叶庆生喜出望外。婶婶穿一身蓝便装，人显得苍老多了。叶庆生一见面就问她，叔叔可好？小弟可好？婶婶显得很难受，又不好说。叶庆生知道，学校教室和宿舍都不是说话的地方，就陪着婶婶到淮河大堤上走走。

婶婶不断地抱怨着说："你可知道，婶婶这一辈子苦啊，遇到你叔叔，算倒了八辈子霉了。"说着说着，眼泪就下来了。她抹着眼泪说，"我跟你叔叔没有享过一天的福。这不，生活刚好过一点，他又被批斗，工资也停发了。他吃亏就吃亏在他那个个性上，还不知道哪天能出头哇？"婶婶声泪俱下，叶庆生也非常同情，可有什么法子呢。

叶庆生看着东去的淮河，相信这种无序的状况终究会过去的。就劝婶婶说："叔叔是中华人民共和国培养的知识分子，历史问题早就说清楚了，不会有什么大问题的。"

"好在你叔叔人缘好，没吃大亏。"婶婶说。

叶庆生说："这就好、这就好。弟弟呢？"

"中学停课了，一个人跑去串联了。

"庆生，你想想，这一家就靠我这点薪水，这日子我可怎么过啊？"叶庆生知道婶婶的难处，不难，她就不来了。

"要不，您就在我这儿多住几天。"叶庆生说。

"不行，时间长了，单位里有人会怀疑我又干什么去了。"婶婶说。

面对着叔叔家遇到的困难，叶庆生能说什么呢？自进大学，叔叔就每月寄十五元生活费，从未间断过。

叶庆生说："婶婶。"她应声望着叶庆生，好像有什么希望似的。叶庆生想，就婶婶目前情况，一家在北京生活是够艰难的，哪里还有能力支持我？连忙说："小弟小，叔叔一时又不能回来，够难为你了。"顿了一下，叶庆生望着婶婶郑重地说，"婶婶，下个月的生活费你就不要寄了。"婶婶没有作声。叶庆生怕婶婶为难，诚恳地说，"你们就不要管我了，我有助学金，请叔叔婶婶放心。"

叶庆生知道，叔叔每月的补助一断，除了吃饭，连洗个澡两分钱，买块肥皂、牙膏四角钱都困难了，别说招待同学吃一碗九分钱的阳春面。每个星期一次热水澡全改成冷水澡，没肥皂买点碱，没牙膏用点盐，寄信改成寄两分钱的印刷品，能省则省了。人嘛，什么事，咬咬牙不就挺过来了。婶婶走了，叶庆生一下子感觉到自己轻松了不少。

转眼到了九月底，叶庆生串联来到北京。叶庆生就住在表哥吕天洋的宿舍里，那时北大很多同学串联还没有回校。

深秋的京城已十分寒冷。床上垫了厚厚的草垫，表哥借了一床四斤重的军被给叶庆生盖，庆生晚上还是冻得睡不着觉。表哥说："干脆我俩倒腿睡。"两人挤在一起，这下暖和多了。叶庆生说："叔叔约我们国庆中午到他家吃饭。"

"放出来了?"

"我一到京就去看他,没多大问题,每天扫扫厕所,可以回家,人还自在。"

叔叔家就住在西单口一个小胡同里。国庆下午,叶庆生催着表哥说:"快走,叔叔还等着我们回家吃饭呢。"

叶庆生赶到叔叔家时,已是下午三点钟了,叔叔早把饭菜做好,专等着他们回来吃呢。叶庆生不好意思地说:"让叔叔久等了。"

"没关系,饿了吧?快吃饭吧。"叔叔说。

叶庆生和表哥洗了手,坐上桌。哇,大白菜烧肉、卤猪肝、卤心肺,还有芝麻炸酱面。

叶庆生问叔叔:"婶婶呢?"

叔叔好像没听见,转过身来说:"吃吧,吃吧,菜都凉了。"

吕天洋忙说:"等等吧。"

"还是等婶婶和小弟回来再吃吧。"叶庆生说。

"别等了,小弟跟同学们串联还没回来呢,你婶婶学校离家远,中午不回来。"叔叔一边招呼大家吃饭,一边说。

正说着,婶婶回来了。

"婶婶,回来了?"叶庆生站起来,表哥也赶快欠欠身。

不知怎的,她没有理会问候,一带门就进里屋去了。

叔叔喊:"青云,你也过来吃一点吧。"

"我不吃!"婶婶摔出一句话,接着就听见里间"哐"的一声,是摔东西的声音。

叶庆生感觉今天气氛不对,担心婶婶是不是在单位受了气,忙喊:"婶婶,我们没吃,都等着您呢。"

叔叔来气了,大声说:"你今天怎么啦?庆生第一次来我们家吃餐饭,你就这个样子?"

"怎么样子啦?你做的好事,当我不知道?"婶婶推门而出,右手直指叔叔的鼻子。叔叔顺手就是一巴掌。

"好哇,你敢打我?"

"哗啦啦——"

婶婶气得把一桌子饭菜都掀翻在地，哭叫着："我让你打，我让你们吃!"

叶庆生他们拉了婶婶，拉不了叔叔，拉了叔叔，拉不住婶婶，眼看越吵越凶，叶庆生和表哥只好拉着叔叔往外走，边拉边劝道："算了，叔叔别这样，我们走!"叶庆生和表哥硬是把犟牛一般的叔叔拽离了家门。

叶庆生和表哥俩陪着叔叔沿西长安街往北走着。叔叔一时心气难消，也顾不了尊卑，一辈子的委屈都倾倒出来了。叔叔从随国民党军来到北京，到逃离国民党军队后，借居在婶婶家，一直过着寄人篱下的生活讲起，讲到上大学，结婚生子，什么事都让着婶婶。他说："你婶婶从小娇生惯养，骄横惯了，家务事都是我一个人做，儿子跟她姓不说，动不动，就骂我是'穷鬼，养不活妻子儿女，还要娶老婆'，我都忍着……"他越说越生气。叶庆生突然明白了小时候，听叔叔跟爷爷奶奶说"不想回去"的话。在家，奶奶嘴边也常露出"你爸爸和叔叔，都没遇到好老婆"的抱怨。叔叔最终与婶婶结婚，撇开感情不说，不就是因为婶婶家有房子，有经济来源，叔叔在北京有个落脚之地吗？叶庆生感到，夫妻之间委曲求全既能伤害自己，也能伤害感情。

"我最不能容忍的是，"叔叔接着说，"我就你这么一个侄子，从小没有父母，她总觉得是个累赘。

"这不，昨天为了让你们能回家吃顿饭，我都没跟她拿钱，偷偷向同事借了二十元钱。不想，晚上让你婶婶翻口袋翻到了。她非要我说出这二十元钱是从哪里来的。我说是借的，她就是不信，一晚上都跟我过不去。"

叶庆生劝说道："您跟婶婶讲明了，不就行了。"

"庆生，你不知道你婶婶的怪脾气，凡事沾上一个钱字，她是从不让人的。我工作后，每月工资都如数交到她手上，我要用什么钱，都得向她拿，用后还得报账。庆生，好在我不抽烟、不喝酒，没什么花销。如果沾染上什么嗜好，那日子就更不好过了。"叔叔一改平时的寡言，不断地跟两个侄子数落着。一路上默默听着表叔诉说的吕天洋这时也劝道："表叔，你消消气、消消气，这些别往心里去。"

人受了委屈，何况是一辈子的委屈，也顾不了颜面，而是一吐为快。叔叔接着说："为了这餐饭，我借了二十元钱，就是怕找你婶婶要钱讨气。"叔叔说到"这餐饭"似乎有点惋惜，请侄子们吃一餐饭，饭没吃成，还糟蹋了粮食。"你们当时看到的，我怎么解释都不行。"可能是说急了，呛了一口冷空气，他"咳！咳！"连咳了几声说，"谁能想到，这'文革'一开始，我就倒了霉，她父母也被遣送回原籍……"他喘息了一下，说，"这下好了，她有得哭有得嚷了，'穷鬼'长，'穷鬼'短的，整天挂在嘴上。有什么办法？庆生，你讲，我只好忍着。"他停下来，面对着叶庆生他们说，"昨天晚上，为今天这餐饭已跟我吵了一夜。她说自己一个月才七十几块钱，还要养这个家，'你借钱都不跟我事先商量，我拿什么钱去还？'"

叶庆生知道叔叔的苦处，奶奶不是说过"站在屋檐下，哪能不低头"的话，连忙说："婶婶说的也是，叔叔，您现在这么困难，还借钱请我们吃饭，弄得你们吵架，真是不好意思。"想想叔叔婶婶的日子也的确不好过，叶庆生和表哥一再劝慰叔叔，要理解婶婶，回去不要再怄气了。

那一晚，叶庆生哥俩陪叔叔走了许多路，从西单走到中关村，又从中关村走到西直门，再从西直门折回到西单，直走到东方出现鱼肚的白色。一路上，只听叔叔一个人不断地倾诉着心中的憋屈，大家也不知道冷，也不知道饿，叶庆生只知道，自己给自己下了一个约定：从此不再给叔叔婶婶增添任何麻烦和负担。

话说如意一次因年轻任性，因爱上当受骗，不但毁了婚姻家庭，结果还遗弃了两个儿子。至今，一个儿子不能找，一个儿子不要娘。现实中的爱情婚姻与文学作品中相距甚远，人生的缺憾，让她再也不相信感情与婚姻。好在经历了感情波折之后，她遇到刚毅木讷、不善言辞的季侯道。季侯道虽没有前两任的青春和激情，少了点情趣，但也不乏幽默和诙谐。加上季侯道稳重厚道，性格又好，凡事多能包容，家中一切都是如意做主，不用淘气，也没有压力，如意总算有了一个安定平和完整的家。

中年夫妻，平淡充实，相互守望，也有重返的爱情，让如意倍感珍惜。自有了小儿子后，如意随夫调到中学当了一名"人类灵魂的工程师"，她除了安心在学校里教好书，回到家里就相夫教子，把所有的母爱都给了季桑。她每天清早上菜场"提篮小买"，常常亲自下厨房为儿子做他爱吃的红烧肉，周日一次不落地陪着儿子到北京音乐学院学钢琴，甚至晚上冒雪上街为儿子买《红灯记》唱碟。在京城，季侯道每月400元的工资是高的，加上自己100多元，在全国"瓜菜代"的年代，生活虽然不能讲究，但还不至于拮据。

一晃季桑都上小学三年级了，如意从一日三餐平淡的生活中感受到了家庭的幸福，她还有什么想法呢？她只希望儿子季桑健康成长，自己的作品能更上一层楼。

搞"四清"那年，她报了名。如意利用到生产队蹲点的机会，写了好几篇反映农民艰苦奋斗的小说。连县里都知道北京来了一位知名作家，特地请她去写该县抗日斗争史。

"文革"中，作为一校之长的季侯道受到了冲击和批判，如意也受到牵连，下放到京郊。好在如意一个教书匠，又有病，不久就回到家，儿子也得到照应。粉碎"四人帮"后，季侯道回来了，官复原职，但人老了，革命的本色让他想到的是如何尽快恢复教学秩序。

恢复正常教学谈何容易？他整天窝在学校里，除组织教职员工学习党的十一届三中全会公报，拨乱反正，就是找各教研室的骨干谈心，振奋大家的精神，团结全校员工，搞好各自工作。而回到家里，也是看呀，写呀，计划着学校的恢复工作，有那么一点拼命的样子，似乎想把"文革"中给耽误的时间由自己补回来。

他曾钟情的初恋情人在皖南事变中牺牲了。在剧专时，他发现了吕思麟，长得和他初恋情人一模一样，哪怕一颦一笑都能勾起他对初恋情人的难忘回忆，可是沙正清捷足先登。他只要有机会，就去沙正清家，看沙正清是假，看吕思麟是真。真是皇天不负有心人，他们终成眷属。"文革"最困难时期，他被下放到河南五七干校，但他从不绝望，就是腿摔伤了，也坚持着每天出工。可是一场大水差点送了他的命，当他抓住救命的木头时，并不担心自己的安危，而是担心着远在京城里的如意和儿子能不能熬得过去。

平反回到家后，看到妻子又得了心脏病，他只好一个人瘸着腿在医院和家中来回跑，求医生尽早治好她的病。等如意病情稳定以后，妻子回家的第一天，他就征求如意意见说："你提前病退算了，你和儿子在家也安稳些。"

二年时光都是在空虚无聊中度过的，一种紧迫感油然而生。叶庆生心想，作为医学生，不能再这样"鬼混"下去了。

同学们和叶庆生一样，串联回到学校，大家仿佛一觉睡醒，赶快复课。因为他们还有一年就要毕业了，再不学习就真的成了毛主席批评的那种"嘴尖皮厚腹中空"的人了。何况学医之人，没有真本事，今后怎么能承担得起救死扶伤的重任？

同学们自己找老师补课，三五成群到附属几家医院联系见习。那时科主任靠边了，医院当家的都是"出身好"的年轻骨干，他们还是很欢迎这些听话的医学生到医院来帮忙的。叶庆生高兴得如鱼得水，可以潜游其中，钻研医学了。可是一接触到临床，叶庆生就有"头重脚轻根底浅"的感觉，大学五年，白白地浪费了两年，而这两年正是临床课最关键的两年。没办法，只有在实践中学，捡一点是一点吧。

内科，最多见的是感冒，发热、流涕、全身酸痛、打喷嚏，可不少病早期都有这些症状，鉴别诊断尤其重要。外科腹痛是不能轻易给镇痛药的，因为它能掩盖急腹症症状造成诊断困难延误治疗。有一次，叶庆生在内科见习，跟随值班医生值夜班。突然来了一位上吐下泻的女病人，二十岁不到，初步检查怀疑急性胃肠炎，全身体检也没有发现阳性体征。可是第二天早上，这位姑娘就没醒来。科室组织全院会诊，外科认为可能是急性肠穿孔，妇产科不排除宫外孕……叶庆生眼见着昨晚还鲜活的大姑娘，天没亮就死了。死了连什么病都没搞清楚。叶庆生好几个晚上，只要一躺到床上，眼前就浮现出那张苍白的面孔和那双死不瞑目的眼睛。医学不是"马三立的相声，逗你玩"的艺术，而是高深的知识和精湛的技术，要有老校长那样有能力把《实用内科学》倒背如流水的本事。见习期，让叶庆生掌握了临床学习方法，即不是系统从头学到尾，而是见到什么病，就学什么，印象深刻，也增强了他当医生的信心。一天，叶庆生在产房见习，因是患风湿性心脏病的产妇，科室的医生和护士都严阵以待，还请了内科医生监护观察，准备充分。当宫口开全破膜时，医生叫叶庆生说："快把沙袋准备好，压腹部！"一时，助产的助产，压沙袋的压沙袋，听心脏的听心脏。"哇——"婴儿平安降生了，孕妇则昏厥过去了。内科医生叫道："快，上洋地黄！"最终母子平安。叶庆生从中体会到，医生面对的不是单纯的一个病，而是母子两个人的生与死，决不能有丝毫的差池。

很快到了 1968 年毕业季，工宣队来了。对应届毕业生，工宣队允许同学们分配前先回家准备准备。叶庆生一身轻松，又可以见到爷爷奶奶了。

回到家，奶奶说："你怎么这个时候回来了？"

"学校要我们毕业前回家准备准备。"

"平安回来就好。平安回来就好。"爷爷说，"庆生，这几天乱，不要出门，就在家陪陪奶奶。"

奶奶眼睛高度近视，整天愁着在外的儿孙，就是这个时候还惦念着在台湾的大儿子，眼看着世面这么乱，眼睛都快愁瞎了，视力下降得厉害，已不能出门活动，只能在家扶墙摸壁做点小事情。叶庆生见奶奶日显苍老，在家尽量陪奶奶说说话，当然只能说些好听的，只字不提自己和叔叔的情况。

奶奶说："小庆生，奶奶老了。"

"不老，奶奶精神好着呢。"

"哈，你看，这头上全白了，剩下的几缕头发梳头都拢不起来。"奶奶将了将头发说，又指着自己没几个牙的嘴对叶庆生说，"现在只能吃点软的，稍硬点的菜边子都吃不动了。"叶庆生生活在老人身边，最能感受到衰老的困苦。"小庆生，你不知道，现在是想吃不能吃，想动动不了。"

叶庆生转个话题说："奶奶，今年内我就要分配了，还不知道分到哪里去。"

"一切听国家安排，不要考虑我们。"奶奶和爷爷一样都是识大体的人。

1968届毕业分配一直拖到年底十二月份才进行。工宣队在大教室主持召开了整个年级一百多人的分配。"到农村去！""到最艰苦的地方去！""到祖国最需要我们的地方去！"人人表态。表态后，公布今年分配方案：一竿子到底，分到公社卫生院，还有两个到农村插队落户的名额，那位曾批斗打伤学校党委书记的同学，被宣布不予分配。

不论怎么分配，好像与叶庆生都没多大关系，"身份感"在他脑子里已长了根。他最先站起来表态："我到农村去插队落户！"表了态后，一切舍己让人。有了这样的思想准备，他心底很坦然，跑到最后一排坐着，听大家议论着分配结果。可是"身份感"如影随形，甩都甩不掉。入团不够格，搞"四清"不够格，插队落户？也不够格。本来叶庆生就是一个敏感的人，只要提到出身，就焦躁不安，就像烧红的烙铁一下子烫到了胸口，痛不欲生。

教室里乱哄哄的，同学们讨论最多的是分配地点，当然所谓好一点的地点，优先由"出身好"的同学选择，"出身不好"的同学和恋情公开的同学只有服从分配。叶庆生想，这有什么可挑可拣的，南方、北方，不都是到公社卫生院，大不了插队落户，到哪儿不都是当医生？结果公布出人意料，叶庆生被分配到皖南阳陵县十里公社卫生院。

虽然在校同学间难免有些恩恩怨怨，一旦要离开学习生活了五年的校园，同学们大都有一种依依惜别之情。叶庆生惆怅的是：自己虽然幸运地拿到了红彤彤的大学文凭，可这"半油篓子"，将来到基层独当一面行医问诊，能否胜任？他心中没底。他真想再回到医院实习一年，可是人生到了这一站，不下车怎么行呢？前路在何方，只有靠自己将来去摸索了。

分配定下来后，叶庆生写信给裴文静，告诉她，希望能把两个人的事定下来。从裴文静的来信中，叶庆生感到她家的阻力很大。这也是叶庆生早就预料到的结果，虽然五年间从未断过书信往来，但从来就没有捅破情爱这张窗户纸，何况自己和裴文静已有四年多没见过面，裴文静心里是怎么想的也不得而知。裴文静父母对女儿要嫁给一个台属，还是有忌惮的。叶庆生本来就有自卑感，凡事太尽，缘分必定早尽。他当然不愿意勉强自己所喜欢的人。叶庆生收拾着行囊，也在收拾着自己的心情：我曾爱过、执着过，对已逝美好事物的无谓追求只会让自己失魂落魄，人生总是要面对前程，到该放弃的时候，就得放弃，去迎接新的生活。

三

1968 年冬天，叶庆生被分配到皖南山区一家公社卫生院。

阳陵县十里公社卫生院坐落在九华山下的一条山岗上，二进院落，原有四五个乡村医生，满足不了九个生产大队近三万人的诊疗任务，公社就向上要应届大中专医学院校毕业生，叶庆生来到时，卫生院已分来一位中医师、一位中药士、一位护士，还有一位助产士。是这些先分来的毕业生接待了他。好在中医师是 1966 届中医学院毕业的，络腮胡子，为人和善，叶庆生视为兄长，也有地方请教了。中药士，胖胖的，憨态可掬，她整天坐在中药房里不管事。护士，人很开朗，负责消毒打针。其实，卫生院人人会打针，静脉输液，盐水瓶往上一挂，皮管排尽空气，接着一针见血，连附近驻军军医都啧啧称赞十里卫生院医生和护士的打针本事。助产士杜娟，青春靓丽，出身工人家庭，人很干练，也很热情，是公社点名要的人才。现在她又是卫生院三人领导小组成员，党组织培养的对象。卫生院原有医生都是本地人，平时驻队在自家大队。卫生院有两个领导，一个是县卫生局任命的王院长，一个是公社书记安排的夏副院长，这两个人好像是生死对头，医院本没事，有这两个人在，总要搞出一点动静。叶庆生和卫生院的其他医生一样，配了一个出诊箱，这就是他行医的全部家当了。不过他出诊箱里放了一本《农村医生手册》，以便按图索骥，备不时之需。

说起医院这位夏副院长，近五十岁的人，长得骨瘦如柴，原在大队当会计，因公社书记是他的舅老爷，被安插到医院当副院长，名曰副院长，其实，医院一切事情都由他说了算。县卫生局任命的医院院长老王头，山东大汉，老实无用，因夫人家在阳陵，部队复员到十里乡卫生院当了一个挂名的院长。夏副院长平时在医院蹲得少，不是回家摸摸自留地，就是到公社汇报汇报工作，回到医院一天半晌的，转一两个圈子，开个会，传达一番公社指示，明确一下自己的权力又溜回家去了。可这个人老谋深算，心狠手辣，是得罪不得的，连王院长也不敢惹他。

有一天，正值中央"九大"胜利闭幕，公社上下都在召开庆祝大会，夏副院长不知跑到哪里去了，整整一天，都是王院长带领大家写喜报，表决心，学习"九大"报告。下午学习讨论结束前，他告诉大家："驻军今天晚上在公社礼堂招待社直单位看电影《红灯记》，公社要求除值班人员外，大家都要去看。"本来是王院长值班，叶庆生因开展新医疗法治疗急腹症，收治了一位急性阑尾炎的病人，刚服用了大黄牡丹皮汤，正留院观察呢。叶庆生说："王院长，你去看电影吧，我还有病人，走不开。"

吃过晚饭，天已擦黑，又来了一位腹泻的病人，叶庆生忙挑亮煤油灯，给新病人吊液，输上抗生素，就坐在诊室里看书。这时夏副院长悄悄地回来了，他见叶庆生一个人在家说："人呢？"因他在背后突然发声，竟吓了叶庆生一大跳。

"都到公社看电影去了。"叶庆生说。

"王院长呢？"

"也去了。"

"岂有此理！院长也跑去看电影，这医院问不问了？"

叶庆生不知道为什么夏副院长一回来就发这么大火，不好说什么，只顾埋头看自己的书。夏副院长见叶庆生不理他，"噔噔"地跑到后面厨房里去喊周老头。周老头六十多岁，是夏副院长从队里请来的炊事员，睡得早，起得早，天黑就睡了。

"老周，起来，快起来！"随着夏副院长在后院的喊门声，接着是周老头的开门声。"快去把人都喊回来，马上开会。"夏副院长命令着。

昏暗的灯光下，靠北窗子四方桌的左边坐着夏副院长，右边坐着王院长，医院十几个人靠两边墙坐着，大家也不知道开什么会，是不是又有什么"最高指示"要传达。一时间，屋子里静得只听见大家的鼻息声。"怎么不说话了？"突然夏副院长发狠地问了一句，大家更不知所以然，你望望我，我望望你。王院长只顾抽他的香烟。"医院到底有没有人问？隔壁躺着两个病人，怎么没有一个人照应？"

叶庆生有点沉不住气了，心想，你夏副院长回来不是明明看到我在诊室里坐着，怎么说没有一个人？叶庆生说："夏副院长，你不能瞎批评人，难道我不是人？今天我是值班医生，两个病人都是我收的，病人我都处理了，一个治疗后在观察，一个刚吊上水，怎么能说没有人问呢？"

大家都附和着说："你不在家，王院长都安排好了。"

"什么？安排好了？两个病人，只留一个人？再来了病人怎么办？"

叶庆生听夏副院长有点没事说事的样子，没等王院长说话，就说："王院长也是按公社的通知叫大家去看电影的。"

"我问王院长的话，问你啦？你算老几？"夏副院长冲了叶庆生一句。

叶庆生第一次碰到这样不讲理的副院长，年轻人的火气也上来了，马上回敬了一句："你又算老几？"

这下戳到夏副院长的痛处了。"我算老几？我是党员，我是副院长！"讲着讲着，他站起来，竟然走上前来扯住了叶庆生的领子说，"走，到公社去！"

这时叶庆生不知哪里来那么大的怒火，一拳砸在夏副院长的脸上，这一拳把夏副院长的手打松开了，也把他打得跌跌撞撞倒跌到座位上，殷红的血从他鼻孔流出来，他半天说不出一句话来。王院长和大伙见状，都慌了手脚，忙着给他上药止血，会也给打散了。杜娟在门口拉住叶庆生悄悄地说："他是发威给王看，你伸什么头？你这一拳，祸可闯大了。"

第二天，夏副院长回家养病去了。叶庆生和同事们每天看病、出诊，忙得没有停息。事隔数日，夏副院长回来了，杜娟、王院长和他一道到公社开了一天的会，傍晚神神秘秘地回来了。但下放的风不胫而走。公社卫生院原驻大队的医生要调换，分来的五名毕业生，要安排一名下放到大队当医生。杜娟背地跟叶庆生说："夏副院长就想整你，王院长说话又没用，讨论下放时，你不要作声。"

讨论下放到大队的会开得很沉闷。原驻队医生，家都在本大队，有个照应，调换到另一个大队谁都不愿意，这一条遭到所有公社老人员的反对而作罢。轮到大学生下放到大队，谁都不愿意多说话。刚分配来的毕业生分到公社已是迫不得已，再下放到大队，一个人行医，条件更艰苦，谁愿意去？

沉默，还是沉默。叶庆生望望杜娟，杜娟用眼睛示意叶庆生要沉住气。王院长说："大学生本来就不多，好容易要来几个，又下放到大队，这医院业务就难做了。"他说话的口气，好像在乞求夏副院长不要再搞什么名堂了。夏副院长瞪了他一眼，又望望大家，说："这是公社党委决定的，名单定不下来不散会。"

叶庆生就是看不惯他那种色厉内荏的样子，心想，到公社，下大队不都是当医生，何况矛头对的是我，我不去，必然是别人去，何必呢？叶庆生想好了，也不顾杜娟的态度，说："我去。"

"好，就这么定了。"叶庆生的话音刚落，夏副院长没等王院长表态，也不等医院领导小组开会，就一锤定音了。

会后，杜娟怪叶庆生性急，不听话，她说："上面有精神，大学生不到大队，医院也需要人。会前，夏副院长在公社汇报时说，你是台属，应该下放锻炼，我和王院长不同意，最后公社讲还是提倡自愿的好。这下可好，你正中人家的下怀。"

叶庆生下大队那天，是他的好朋友，公社肖邮递员用自行车驮着他的一只破皮箱和一个铺盖卷上路的。一路上，肖邮递员说："大队有什么不好？一个人烧一个人吃，无忧无虑。"他拍拍叶庆生的肩膀说，"何况你这个当医生的，在下面又吃香。整天没人管，多自在。"他笑着又说，"将来说不定在队里找个好媳妇，成个家，是个多美的事。"他知道叶庆生跟杜娟谈恋爱的事，劝着说，"算了，人家是公社的红人，追她的人那么多，哪里青山不养人？"

叶庆生笑笑说："成家还早、成家还早。"

肖邮递员见叶庆生有意把话岔开，关心地问："你打算在大队待多久？"这个问题叶庆生没想过，只是大脑一热，下来就下来呗。他也知道肖邮递员把家安在农村，十几年来风里来雨里去，为全公社父老乡亲服务，很得人缘。就笑着说："向你学习，当个乡亲们喜欢的赤脚医生。"

一走近大队，就听见水田里传来清新的山歌声：

清明下种，

谷雨撒谷，

稻种下田敬菩萨。

开秧门，

放爆竹，

下工快吃栽秧酒。

耘田不唱歌，

稻子不发棵，

车水号子众人和。

六月六，

吃新米，

田公田母多保佑。

"喂——"肖邮递员停稳自行车，把手卷成喇叭状喊道，"王队长，正忙着呢？"

被叫王队长的人直起腰来大声说："老肖，下来了？"

"今天，我给你带来一个人。公社医院的叶医生。"

"欢迎、欢迎。公社早来电话讲过了。"

农村是一个好地方，农村人朴实、单纯，不会玩城里的弯弯绕，也不大在意城里发生的事，过日子还是抱着老皇历，遵循着传统的生活方式，踏着四季的韵律，日复一日、年复一年地劳作着，只要有饭吃，大家总是快乐地生活着。现在城里干部下来了，知青又下来了，该安排的安排，该盖房子的盖房子，都兼容并包，把责任和担子扛了起来，把大家都照应得妥妥当当。

王队长当即把叶庆生安排在大队部住，大队部旁边的披屋做了个小厨房。王队长对叶庆生说："叶医生，先这么凑合着住，等秋后再给你盖新房。"

叶庆生说："这里好得很。"

王队长说："晚上大队部没人，你怕不怕？"

"怕什么？学医的死人见多了，不怕鬼。"

"没有鬼，只是老鼠多。因为你住的另一头就是粮食仓库，怎么灭都没用。"

"没关系。谢谢队长关心。"

农村的蚊虫虽然多，还有帐子，但是可恶的老鼠，一到晚上，就跟跑鬼子反似的，乱哄哄的，扰得你睡不好觉。叶庆生出诊不在家，蚊帐就被老鼠咬了好几个大窟窿，你补好了，又被它们咬通了。虽然很烦人，叶庆生也没放在心上。可一个月跑下来，叶庆生感觉吃不消的是：这方圆十几里、几千人的医疗任务，有时还要半夜出诊接生，加上传染病和血吸虫病的防治，怎么跑也跑不过来。叶庆生跟王队长提出，想为每个生产队培养一到两名赤脚医生。王队长说："大概要多长时间？"

"我看先搞个把月，以后可在实践中再带带，懂点医学知识，总比有的社员病了到庙里拜菩萨吃香灰好。"

"是这个理。"王队长支持了这个想法，而且建议可从下放知青中培养几个好苗子，培训班就选在大队林场知青点。

叶庆生以《农村医生手册》为蓝本，自编教材，除了给赤脚医生讲卫生常识，还带领赤脚医生上山挖草药。为便于教学，叶庆生干脆搬到林场和知青一起滚稻草。年轻人在一起，一天到晚，嘻嘻哈哈，就像兄弟姐妹一样。

有一天，叶庆生在林场给学员讲课，黑板就挂在大屋北墙有线广播的下面。这天雷雨云如大山一样压下来，室内就像傍晚一样，暗得黑板上的字都看不清，突然电光一闪，叶庆生一下子人事不知地倒在地上……当叶庆生醒来的时候，人已躺在公社医院的病床上，只见杜娟坐在床边，观察着输液的情况。听说，杜娟主动带护士值班守了一夜。她见叶庆生睁开眼睛焦急地问："醒了？"叶庆生疲倦地点了点头。其实叶庆生脑子是清醒的，只是觉得身体软绵绵的，一点劲儿都没有，昏昏沉沉地睡了一夜，这时他不想多说话，只想杜娟就这么坐着陪他。

这时叶庆生的学生们都来了，他们七嘴八舌地讲着当时发生的情况。他们说，当时叶老师正讲着课，天一下子黑下来，突然一道闪电，一声炸雷，就见叶老师倒下了，大家都吓呆了，门外有线广播线也着火了，一团火球沿着电线直绕到对面山脊上，倾盆而下的大雨也没有把它浇灭。这时不知谁叫了一声："叶老师遭电击了！"

"快，按压心脏，向嘴里吹气！"

大家看见叶老师气息尚存，赶忙冒雨将他送到公社医院里来。这时叶庆生才感觉右足心有点灼痛。叫他们给看看，他们说，右足心有一个焦点。叶庆生心里暗自庆幸：命大，强大的电流从我右侧肢体很快入地，稍微向左偏一点就真的没命了。叶庆生更高兴的是这些学生学得不赖。

十里公社就在九华山脚下。九华山可是一个美丽的地方，抬头是"萧萧九仙人，缥缈凌云间"，低头是"清清五溪水，光影浮青山"。一千多年的佛教传承，给当地生活带来了深远的影响。当地人喜欢尊称那些"救人一命胜造七级浮屠"的医生为活菩萨。

叶庆生所在的生产大队实行了"合作医疗"，省里下放的医生也常到医疗站来帮忙，大家不拿队里的工资，都尽义务，可是到年底"合作医疗"互助统筹基金还是不够用，急需的药物都没有钱买。叶庆生和王队长商量，要长期维系"合作医疗"基本运转，做到"花小钱治大病，不花钱也能治病"，只能以"一根针一把草"为主，乘秋凉闲下来，他可带各队赤脚医生到九华山去挖草药，以补医疗站之不足。王队长说："叶医生，辛苦你了。只是九华山上山三十里，下山三十里，山高林密，要注意安全。"

叶庆生花了一周时间，把当地常用药物画成图谱，注明形态和功效，挂在林场大教室里，让集中上来的赤脚医生对照图谱一一辨认。一切准备停当，在王队长的动员下，采药队整装出发了。

赤脚医生们荷锄登山，目光所及都是散布在九华街、闵园，及峰岩险路旁的大大小小数不清的庵堂庙宇。九华街上很清冷，朝山敬佛的人少之又少。山路上，他们遇到的是"出坡"劳作的僧人和山民，虔诚地守望着一年一季的稻田和越种越小的土豆，砍柴、采茶，自食其力。只有肉身宝殿内七层八面的佛塔里，还闪烁着烛光。端坐在佛龛里的一百多个大大小小的地藏菩萨，善目低垂，聆听着山下社员们的劳动号子声和田野里"梆梆"的打稻声，以永远不变的表情，千百年来平静地俯视着世间的轮回。

三天下来，采药队收获颇丰，从山下到山上，他们采集了细辛、半夏、地丁、桔梗等十几种常用的草药和玉竹、黄精、石斛、七叶一枝花、鸡血藤等名贵的药材。有些春季药用植物已不好找了，他们只好找老和尚要了一些他们备下的，基本解决了医疗站日常之需。

叶庆生在大队培训赤脚医生，引起了县革委会的高度重视。很快县卫生小组派人下来总结经验。认为叶庆生的经验要扩大到全公社，搞出成绩，再在全县推广。叶庆生回到公社卫生院，夏副院长不知道什么原因已被调走了。

四

爱情随着春天的脚步声渐渐走近。十里公社春暖花开之际，叶庆生的爱情之花又一次绽放了。俗话说，缘灭缘生，情随缘长，一切随缘。叶庆生与杜娟就是前生有缘分，一见钟情。

杜娟那青春靓丽的身影，就像这满山的春色，一下子吸引住了叶庆生的眼球。每天，叶庆生只要一看到焕发着迷人微笑的杜娟，感觉自己"一时没法呼吸"了，一颗心也瞬间沉沦，他想马上追求她，可是又不敢越雷池一步。因为她出身工人家庭，是医院革命领导小组的成员。医院里的人都知道，公社书记正有心培养她成为他那在部队里当营长的儿子的媳妇。可是她不屑一顾，就是公社书记来了，她也不卑不亢，落落大方。她不只是对叶庆生一个人关照，而是对一同分来的几个医生都很关照，凡是他们不在家时，她就为大家照看门户，晾晒被褥，大家都很喜欢她。虽然叶庆生有机会与她一同出诊，但是每当单独与她在一起时，又不好意思说什么。春天多春雨，有点烦，又很滋润。有一天，叶庆生出诊回来，见医院只有杜娟一个人在值班，就壮着胆子走进她的诊室，她好像知道叶庆生的心思，背对着他说："叶医生，请坐。"然后转过身来，微笑地望着叶庆生说，"你好像有什么话要跟我说？"

叶庆生一时不知道如何回答，低下头，只觉得脸上热辣辣的，嘴里吞吞吐吐地说："是的，但是……我不敢说。"话一出口，心中就好像敲着一百只小鼓似的。

"有什么不敢说的，怕咬了你的舌头？"她笑了，笑弯了腰。

叶庆生嗫嚅着半天没有作声。杜娟噼里啪啦地说出来："你不就是台属嘛，从小没有父母，家里还有八十多岁的爷爷奶奶，北京还有一位叔叔，对不对？"

"嗯。"叶庆生只好轻轻地"嗯"了一声。

"不敢说？不就这么多嘛，你还有什么不敢说的？"她就是这么一位敢说敢为的女性，工作起来泼泼辣辣，跟叶庆生谈情说爱也这样直言不讳，而叶庆生则掩盖不了自己的紧张心情。

"我……我……我曾爱过一位中学老同学，听说她已结婚了。"叶庆生憋了很大的劲才吞吞吐吐地说出来，生怕她不高兴。

可是杜娟望着叶庆生，又一次开心地笑了说："你还算老实。"

春风在叶庆生心中荡漾着，他与杜娟彼此在凝视中度过多少清晨和黄昏。没有爱情誓言，有的只是心灵的互动；也没有物质馈赠，有的只是同甘共苦。于是叶庆生下定决心，鼓足勇气，窘迫不安地走近了她，小声地说："您愿意嫁给我吗？"额头上早已沁出细细的汗珠。

"我要回家征求一下父母的意见。"杜娟说，一丝红润从她脸上飞过。

杜娟走了，就在她的身影消失在山坡之后的一刹那，叶庆生真的感觉非常非常地想念她。叶庆生牵肠挂肚，痛苦难耐，度日如年，终于看见她穿过山前的杜鹃花丛回来了。

"公社正派人外调我入党的事，这个时候父母能同意吗？"杜娟告诉叶庆生说。

叶庆生如坠冰窟，但是杜娟没有放弃，她说："慢慢来。"

公社书记听说她跟叶庆生谈恋爱，很关心地找她说："你是工人的后代，组织上正在培养你入党，你怎么能和一个台属谈婚论嫁？你的政治前途还要不要了？"

杜娟说："《党章》和《宪法》中有哪一条规定，不允许与台属谈恋爱？"

他们的婚姻很简单，山区木材多，打了一张双人床，买了一床大红被面子，一对印有"大海航行靠舵手"的枕巾，一只煤油炉和一对印有"备战备荒为人民"的搪瓷缸，在食堂做了几个菜，没有亲人的祝福，没有领导的光临，来的都是阳陵县"老三届"的毕业生，大家开怀畅饮，一醉方休，好像叶庆生的婚礼是大家的节日。

新婚之夜，客人散尽，叶庆生他们正准备上床休息，"咚！咚！咚！"突然一位社员气喘吁吁，神色紧张地叩开了医院大门。连声叫着："医生，医生在哪里？快，赶快，我老婆快不行了，她屙血不止，坐在粪桶上爬不起来！"

叶庆生夫妻一轱辘爬起来，拎着出诊箱，就跟着他跑。到了他家，只见堆放着农具的里间，亮着昏暗的煤油灯光，孕妇坐在粪桶沿上，一手扶着门框，头耷拉在手臂上，有气无力地呻吟着，血水就像屙尿样滴答不止，黝黑的影子森森地吮吸着仅有的一点光。叶庆生脑子里闪现出一个可怕的诊断：前置胎盘。杜娟叫叶庆生与孕妇丈夫把孕妇抬到床上放平，赶紧喂红糖水。当时公社医院既没有手术能力，又没有输血条件，为了母子平安，只有及时转送到县医院。

男人们把竹凉床翻过来当担架，四个男劳力抬着，叶庆生护送着孕妇上路了。这时天已蒙蒙亮，山间弥漫着淡淡的雾霭，一缕缕栀子的花香飘散在氤氲的空气里。叶庆生一路上催促着，快点、快点！大家连走带跑，裤腿被露水打湿了，内衣也汗透了，叶庆生不断地告诫自己："不能停，路上决不能停，这可是两条命啊！"翻过最后一座山岗，已看到县城的影子了，朗朗晴日，天气也越来越燥热，叶庆生不敢懈怠，继续催促大家奋力赶着路。突然，叶庆生听到一丝绝望的哀号，孕妇昏过去了，被子浸透了鲜血，孩子无声无息地来到人间。

叶庆生望着这前不着村后不着店的旷野地，怎么办？到县城还有五里地，眼前日光下的母子已危在旦夕，不能停在大路边上等死啊。叶庆生真想自己有一盏"阿拉丁的神灯"，只要擦一下油灯，强大的精灵就会送来手术室、血液和接生包。太阳晒得叶庆生头晕目眩，虚汗一点点渗出来。突然，叶庆生发现前方山坳里林立的高压线钢架，县变电所就在前面。

"快，到变电所！"六个人飞了起来。

"稳点、稳点。"叶庆生喘着，跑着，叮嘱着。

他们抄近路穿过长满山栀的土岗，任雪白的花瓣被践踏。当他们一行人把大门踹开，惊恐的工作人员出现在面前时，叶庆生连珠炮似的下达着命令："快，拿盆来！快，烧水，煮剪刀！"两个值班人员，拿了剪刀忘了线，拿了水瓶忘了盆。叶庆生剪断脐带，是个女婴，粉嫩粉嫩的小手舞着，就是不哭，叶庆生赶忙吸出孩子嘴里的血污，倒悬孩子拍打着青紫的小屁股，"哇——"婴儿终于哭了。可是这时产妇不行了，再一次昏死过去。

"把脚端抬高！喂糖水！"叶庆生大声地命令着，同时赶紧给产妇推注高渗葡萄糖，一边叫变电所的人赶快给县革委会打电话，说有一位产妇生命垂危，急需派车接送到县医院输血。当叶庆生处理好胎盘，一辆军用吉普车就赶到了。直到母婴平安时，叶庆生一颗虚悬的心才落了下来。回到家里，杜娟关切地问起母子的情况，叶庆生向妻子一一做了汇报，妻子终于舒了一口气说："阿弥陀佛。"

在皖南小山村里过日子确实比城里还滋润，不愁票证不够，也不愁没柴炭烧。平时肉蛋是有得吃的，作为鱼米之乡，不愁"丰年留客足鸡豚"。你听，每天油坊里赤膊的汉子站在架子上甩动着巨大的悬空油槌，"訇！"一声声，在山谷里回荡，和九华山山上的钟声，交相呼应。你看，小雪腌菜，冬至蒸米，春节前家家户户忙着腌制冰姜、香菜、晾晒米皮和做年糕、年糕，日子过得很红火。

当地做冻米糖特别讲究，上笼蒸的冻米要先洗净晒干，然后用城南火焰山上的细铁沙炒至胀大酥脆，炒好过筛后的冻米用自家熬制的麦芽糖做出冻米糖、芝麻糖、花生糖等许多花色品种，吃起来香甜可口。年前每个生产队都要杀猪，起鱼塘，村村弥漫着一片丰收喜悦和祥和的气氛。

叶庆生和妻子忙着腌鱼腌肉，忙着买油买炭，还偷偷养了两只鸡（可惜被老鹰叼走一只），因为家中还有两位八十多岁的老人等着他们回去过年。工作后，叶庆生每月都寄十元钱给爷爷奶奶补贴家用，过年回家还想尽量多带回一点过冬的木炭和土特产。爷爷奶奶一天天老了，身边不能没有人照应，可是身不由己，也是没法子的事。

一年前初夏的一天，爷爷突然发来电报说，奶奶病危。当邮递员把电报交到杜娟手中时，叶庆生正好出诊去了圩区，当天赶不回来。杜娟办好了请假手续，准备好回去的东西，就坐在公社总机旁摇电话，电话终于接通了，她说有急事，要叶庆生连夜赶回来。叶庆生从三星中天走到三星偏西，跑了二十多里路，天亮前赶回到公社。杜娟焦急地说："奶奶病危，你吃点东西，就准备动身吧。"

回到家里，只见奶奶有气无力地软瘫在床上。奶奶见大孙子回来了，似乎眼里有了光亮。叶庆生趴在奶奶耳边说："奶奶不要急，我们回来了。"奶奶出了一口大气，点了点头。

叶庆生问爷爷是什么情况，爷爷说："奶奶前天在家好好地歪了一下，就爬不起来，我好不容易扶她上床，她就这样一直躺着，不吃也不喝，我要喊人送她上医院，她说，'我怕人不行了，还是等叶庆生回来吧。'"

叶庆生赶忙给奶奶做了检查，人很虚弱，但还清醒，左侧肢体软软的，张力和感觉减退，没有口眼歪斜，血压不高。"脑出血不像，不是脑血管痉挛，就是脑梗塞。"叶庆生说。

杜娟说："像脑梗塞。"

为了慎重起见，叶庆生还是赶到市里一家医院找到学兄请他出诊看看，这位学兄也同意叶庆生的意见，说："还好，是轻度脑梗塞。"就给奶奶开了一个疗程的低分子右旋糖酐、党参注射液等扩张脑血管和营养神经的药物，让叶庆生他们每天在家给奶奶挂水，打针。奶奶生病期间，杜娟还要服侍奶奶拉屎拉尿，洗衣洗被。整整一个月，奶奶能下床了，但手脚不能着力，他们每天除给奶奶不得力的手脚搓搓揉揉，就是扶着老人在家练习走路。奶奶心疼孙媳妇累了，说："小杜，你也别累着，快歇歇去。"背地里，她跟叶庆生说："亏得杜娟能干，不然你一个人怎么累得了，菩萨保佑你，讨了一个好老婆。"

叶庆生叮嘱奶奶说："您还要坚持每天吃维生素，吃叔叔寄来的'大活络丹'，这样康复可能快些。"

奶奶身体康复后虽然没有大碍，但丧失自主生活能力，再也不能上街买菜，烧锅做饭了，衣服只好包给人家洗，家务事都落到爷爷一个人身上。奶奶一直盼望"养儿防老"，可怎么能指望得了呢？她只有坐在家里，每天不忘烧香拜佛，乞求菩萨保佑。庆生临走，奶奶对叶庆生说："俗话说，'人老没有用，树老当柴烧'，只盼你们有空常回来看看。"

"好的。奶奶高寿，能活120岁。"

"活得在地上爬？我才不干呢。"奶奶笑着说。从小跟老人长大的叶庆生已感觉到人生的无常，人怎么说衰老就衰老得这么快呢？当生命力减少到自己无法照料自己的时候，人是多么可怜，就是儿孙再孝顺，病痛还不是自己扛着。

后来，叶庆生被调到阳陵县县医院开展新医疗法，他的两个儿子也一年一个先后出世。叶庆生只有周日回到十里公社家中看看，两个宝宝也完全丢给杜娟一个人照应。杜娟一再劝叶庆生要珍惜组织的信任，把工作放在前面，家里有她。

俗话说"养儿方知父母恩"。叶庆生看到杜娟为两个宝宝花费了那么多精力、感情、心血和时间，真不敢想，自己父母为什么就能忍心把亲子丢给爷爷奶奶而不管呢？

叶庆生回到县医院，时间都花在工作上。他开展了针刺麻醉、中草药治疗阑尾炎和慢性支气管炎，他还用"920"治疗脱发。正干得风生水起时，院长找到他，要他到皖江医学院去进修眼耳鼻喉和口腔科，把县医院的大五官科建立起来。

叶庆生自分配工作后，在临床工作中始终感觉后劲不足，希望能到大医院进修学习一年半载，机会来了，他回到十里公社与妻子商量。杜娟鼓励他去学习，说："这么好机会，你不要错过了。家中有我，你就放一百二十四个心去吧。"

五

皖江医学院位于长江之畔，是1972年创办的新学校。叶庆生走进学校大门，放下行李，刚安顿好，同寝室的医生说："尹院长一会要来看你。"

"哪个尹院长？"

"就是附院的尹院长，他是从淮河医学院调过来的。"

一种惊喜涌上叶庆生的心头，他赶快擦干净桌椅，沏好茶水，尹院长就走进门来了。还是那种虎虎生风的工作作风，一见面尹院长就说："小鬼，干得不错嘛。"

说得叶庆生不好意思地低着头叫了一声："尹老师。"

"我知道你是个争气的学生，你看人家都在纷纷下放，你却调到县医院工作。听说，你新医疗法搞得不错。"

"尹院长见笑了，那是'乡里狮子乡下舞'。"

"年轻人就要敢舞，你那'920'治疗脱发是不是管用？"尹院长摸摸渐渐谢顶的额头问。

"'920'治疗秃发，是在淮河医学院药理教研组老师们帮助下搞的项目，对神经紧张性脱发有效，对脂溢性皮炎就没有多大效果。"

"那中草药治疗阑尾炎和慢性支气管炎呢？"

"主要是大黄牡丹皮汤加减，对单纯性阑尾炎有控制症状的效果，但易复发。治疗慢性支气管炎更简单了，就是用杜鹃干花煎水喝，也只改善症状，断不了根。"

"好、好，我们皖江医学院目前科研重点倾向放在中草药和防治血吸虫病上。你的体会很好很有用处。"

叶庆生把话转入进修正题说："尹老师，县医院想我进修回去把大五官科架子搭起来，我也想通过正规的学习把我这个'半成品'加工成合格的医学产品。"

尹院长笑着说："你这个小鬼'贼心不死'。这事不忙，你最好考虑调过来，我们正缺人。"

叶庆生自知学识不够，没往这方面多想，只是说："县医院送我出来进修不容易，最后不回去，我怎么好向人家交代？"

"工农兵学员毕业了，多分几个给他们不就行了。"

"你们医院不是有医疗队在下面嘛，下一批医疗队能派到阳陵县去，学生就感激不尽了。"

尹院长很赏识这位得意门生的为人，叶庆生更感谢尹院长这位"贵人"的厚爱。一年进修结束，又留了一年，直到三年眼、耳鼻喉、口腔科轮训了一圈，叶庆生才回到县医院。接着就忙于眼耳鼻喉和口腔科的筹建工作。可以说，叶庆生这五六年间，是他全神贯注进行系统医学学习和实践的时期。这五六年间，他就像在医学海洋里从游泳中学习游泳，既紧张又充实，没有一点分神的时间，岸上发生的事，仿佛走马灯似的在他眼前骨碌碌转着，他无暇顾及，已到了"发愤忘食，乐以忘忧"的境地。

1979 年，宜庆市委通过人事部门发来商调函，因叶国勋年老体弱身边无子女照应，希望阳陵县能让叶庆生夫妻调回宜庆工作。县里研究同意调动，但县医院希望叶庆生再留一年，帮助医院下乡搞医疗队。

叶庆生送杜娟和两个儿子回到宜庆，爷爷奶奶高兴得老泪纵横："回来啦？"

"回来了。"叶庆生和杜娟肯定地说。

爷爷奶奶盼了多少年，终于盼到孙子送孙媳妇和重孙们先回来了。爷爷奶奶高兴，亲戚和邻居们也高兴，叶庆生一一感谢多年来对二老帮助和照顾的亲戚和近邻。

回来后，生活的空间一下子变得狭小了。随着人口的增多和这几年知青的返城，大家都挤在一起，仅有的院落早已盖起了房子，使原本就很狭窄的城市空间更显得拥挤。叶庆生一家就挤在爷爷奶奶两间小屋里，床放不下来，就堵住了一扇门，虽然家里挤得转不过身来，总算安顿下来了。

空间小了，但爷爷奶奶和两个重孙子的乐趣也多了。爷爷奶奶眼睛都不好，一时还区分不开大宝小宝。往往喊大的，小的应，喊小的，大的应，没办法，就喊："宝宝，都过来！"

一天，奶奶逮住小宝的手说："小宝，公公婆婆（方言中指曾祖父母）家是不是你的家？"

"不是。"

"那你的家在哪里？"

"爸爸妈妈是我的家。"

"那你爸爸的家在哪里？"

"在乡下。"

大宝这时插上来就是一句："婆婆，我爸爸的爸爸妈妈呢？"这下又把奶奶问住了，奶奶高兴的眼神一下子暗淡起来。大宝正坐在爷爷怀里，吃着小金鱼饼干，仰起头来又问爷爷："我爸爸的爸爸妈妈呢？"

"啊——"爷爷一手罩着耳朵，凑近大宝嘴边。"我爸爸的爸爸妈妈呢？"大宝扯起嗓子喊。

爷爷眯着眼睛说："你问我，我还要问你呢。"把大宝的嘴堵上。可小宝跑过来拽着爷爷的白胡子说："公公，你怎么有这么长的白胡子？"

"人老了。"

"老了？"孩子对"老了"这两个字不理解。

公公又弯腰抱起小宝，一只腿上坐一个，哼唱起来："人老了，人从哪里老？人从头上老，白的白的多，黑的黑的少。人老了，人从哪里老？人从嘴上老，吃不动的多，吃得动的少。人老了，人从哪里老？人从眼睛上老，看不见的多，看得见的少。人老了，人从哪里老？人从腿上老，走不动的多，走得动的少……"粗重的嗓音，透出生命衰老的哀叹。

爷爷年轻时一只耳朵被炮弹震聋，这些年眼睛也越来越看不清了，叶庆生曾带他到医院做过检查，说是老年白内障。眼科医生不敢给他做手术，说："目前摘除白内障手术还不成熟，何况是一位九十高龄的老人。算了，老爷子就不要做了。"

爷爷生活不能自理，奶奶又手脚不方便，这家务事就全落在杜娟身上。叶庆生一回阳陵县，杜娟就连轴转起来。每天总是风风火火地上班下班。上班忙工作，累得手臂都抬不起来。下班忙吃忙穿，照应着老的兼顾着小的，连坐下说说话的时间都没有，更不要说歇一歇了。

回家兴奋期一过，问题就来了。这可苦了杜娟了，本来在公社医院带二个孩子，还能应付，突增两个不能自理的老人，城里上班正规，不能迟到早退，工作又比农村忙，一时应接不暇。每天除了匆匆忙忙糊一家人的嘴，下班还要赶到塘边洗衣浆衫。她知道丈夫是指望不上的，医疗队在深山老林里，交通不便，回来一趟都不容易，凡事她都隐忍着，坚持着，适应着，好在年轻，再累，睡一觉就过来了。爷爷奶奶有时就不适应了。因爷爷好酒，杜娟吃饭前，总要给他盛点菜先吃。等一家人吃完饭，碗还没洗，爷爷又喊起来："小杜、小杜，怎么还不吃饭啦？"

奶奶马上接话说："你真老糊涂了，不是刚吃的嘛，怎么又要吃了？"有时，奶奶左等右等，杜娟还没下班，两个宝宝又吵，见杜娟一进门就愠怒地说："你调回来是照顾我们的，可是一天到晚看不到你的影子。"

杜娟作为助产士，每天上班不是妇检就是刮宫，人累得散了架，回家还得不到休息，也没好气地说："奶奶，我的奶奶，回来是要照应你们，可我不能不上班，我不上班，孩子哪个养？"那个时候，大中专毕业生，分配工作已十年，都还未转正定级，仅有的工资除了日常生活开销，再给两家负担一点，日子本身就过得紧巴巴的。家中二老二小，不时伤风感冒小伤小病的，就更苦了杜娟，只好找单位工会互助金借点，或和同事凑个会，临时周转一下，应应急。

叶庆生随县医院医疗队下放到阳陵县最边远的一个公社，帮助当地公社医院开展日常诊疗任务，既然叶庆生已承诺医院领导要站好最后一班岗，也就耐着性子蹲在医疗队里。

有一天，叔叔来信说，自己已获平反，有几天假，让叶庆生乘没调回宜庆之前，陪他到九华山玩玩。叶庆生向医疗队请了几天假，找便车回到县里接叔叔上九华山。

这次回来，叔叔很兴奋。他说，今年春天，学校党委对他进行了平反，工资也全补发了。言谈之中有一种否极泰来的感觉。

他这次回来谈得最多的是京城人思想解放了，不再忌讳谈钱、谈外国了，不少跑到国外的人又回来了，回来人的富，有点让叔叔羡慕。他说："我作为一位全国名牌大学的讲师才拿不到十美元，就是我的导师、系主任、国家一级教授每月也不超过一百美元，而在美国，像我这样的医生每年最少能拿到十万美金。"

叔叔说，京城不少人通过海外关系找到了在台湾的亲人。他回来前，已通过他去美国的同学在联系，看看能不能找到失散多年的哥哥。叶庆生想寻找父母的想法在叔叔面前是无法掩饰的。他忙问："叔叔，您什么时候能联系上？"

"说不准。"叔叔也不知道什么时候能联系上。他说，他交给人家的地址是三十多年前的地址，人家即便到了台湾，也还要花精力去找。"庆生，这种没影子的事你可不能对外讲啊。"叔叔一再叮嘱说。

第二天一早，叶庆生就带着干粮陪着叔叔在五溪桥下了车。一下车，站在桥头就能看到南边巍巍的九华山群峰了。他们走了一截路，顺便请手扶拖拉机手，捎上一截路，到山脚下二十多里路，就这样轻轻松松地走过了。到二圣殿已近中午，他们坐在进山的石桥上填饱了肚子，就开始爬山。从二圣殿拾级而上，在松杉竹林间穿行，过甘露寺，上了三天门就到了九华街。到了九华街，叶庆生对叔叔说："俗话说，'不到天台，等于没来'，天台峰海拔 1321 米，要不要一鼓作气，爬到山顶？"

"上！"叔叔毫不含糊地说，接着又问，"山上有什么庙？"

"山顶有座天台寺，据说那是释地藏索居悟禅的地方。"

叶庆生带着叔叔一直爬到天台正顶。近寺前，有"一览众山小"勒石。到达山顶时，叶庆生看见一颗星星已经出现在西天，而月亮刚从东山下露出笑脸。站在寺后青龙背上一览寂静的山峦，脚下峰壑已涂上了茶褐色的月光，而远处重山已是朦朦胧胧，如一抹淡淡墨色了。叔叔说："我们就在庙里投宿吧。"

叶庆生问老僧，守庙的老僧合掌说："施主，上面规定，我们寺庙是不允许留宿的。阿弥陀佛。"

"那我们转一圈就下山吧。"叔叔说。

叶庆生说："叔叔，你体力行不行？"这一天旅途劳累，又爬了三十多里的山路，叶庆生都感到吃力，何况五十多岁的叔叔。

"我还没老，怎么不行？"叔叔有一股不服老的劲头，抬腿就走。

下山路上，叶庆生一边扶着叔叔，一边向叔叔介绍九华山的源起。据说，唐朝中期，李白来到此山，远眺山峰如九莲，盛赞"灵山开九华"，从此九华得名。稍后朝鲜半岛新罗国王子金乔觉出家为僧，渡海西来，到九华山苦苦修行，感动了当地的众多善男信女，为金乔觉捐资建寺。金乔觉圆寂时，相传，山鸣谷陨，群鸟哀啼，地出火光，他坐缸三年，尸身栩栩如生，僧众尊他为地藏菩萨，建肉身塔供奉，九华山遂成了地藏菩萨的道场。

翌日，叶庆生就带着叔叔在九华街几个大庙里转转。九华山虽然成立了九华管理处，佛事也正在恢复，但小小的山间街市，依然清冷破旧。华成寺还是木材加工场，十王殿还是一片废墟，但是祇园寺、肉身宝殿等大的寺庙里也有了星星点点的香火。百岁宫的肉身菩萨也摆放出来了。九华山毕竟是佛教圣地，站在九华街上，环顾四周，依然给人一种梵宫庄严，佛日同辉的感觉。

叶庆生知道，叔叔不相信鬼神，奶奶烧香，他也反对，为此，他回家一次，奶奶就骂他一次，说他是不孝之子。而叶庆生则一直很敬重他。作为奶奶惯大的孙子，奶奶说什么叶庆生都听着，奶奶做什么叶庆生都帮着，从不跟奶奶顶嘴。奶奶从小就喜欢大孙子，常当着叔叔的面说："你就没小庆生听话。"

每当叔叔与奶奶发生不快时，叶庆生背地里总劝叔叔说："你也不常回家，不要顶撞奶奶，烧香拜佛，有什么大不了的事？"

叶庆生本以为这次只是陪叔叔到名山一游而已，不知道为什么叔叔突然对佛教感兴趣起来。在山路上他问叶庆生："新罗国王子既有地位，生活又那么好，为什么还要修行？"

叶庆生说："大概大有大的难处，小有小的难处，就是王子也不能例外吧。"

在他们走进祇园寺参观时，叔叔问老方丈这个同样的问题，老方丈指着寺外庙墙上大写的"地狱未空誓不成佛，众生度尽方证菩提"这两句话说："人生逆境十之八九，不可能一帆风顺。为佛要普度众生，救苦救难。为人处世要慈悲为怀，积德行善，可是有些人做不到，非要下地狱。新罗国王子正是体察到人间的烦苦，立志修行，以度尽人生苦难。"叔叔笑着对方丈说："这有点像'只有解放全人类，才能最后解放自己'的味道。"

老僧双手合一，也笑着点点头说："本来就是儒佛合一，佛教入世与世俗是相通的。"

夕阳斜照，东岩之巅百岁宫白色的宫墙与峻岭，就像披上了一件金色的"袈裟"；而隐身在老爷顶密林中的肉身宝殿迎着斜阳，金光四射，就像殿内七层八面木塔佛龛里供奉着的一百多个地藏佛像闪烁的光华，直刺人的心扉。叶庆生迎着光华，眯起眼睛，看着通向这肉身圣殿的108级石阶，问自己："这难道就是千百年来人们的朝圣之路？而中国禅宗认为佛就在各人心中，不正是一个人修身养性至简的方法？"

1978年暑期，叔叔上九华山之前，先到浙江金华小姨爹的家乡，把带回来的小姨奶骨灰葬了。听叔叔说，小姨爹过世不久，他们的儿子，叶庆生的小表叔也英年早逝。去年小姨奶生病，希望叔叔在她死后把她带回金华与小姨爹合葬，叔叔答应了。不久小姨奶病故。这次叔叔带着她的骨灰搭车赶到金华乡下，他没敢惊动乡亲，就买了一把小铲，在对着小姨爹村庄的小山上偷偷地掏了一个地洞，把小姨奶的骨灰就地埋了。叶庆生觉得，叔叔虽没能完成小姨奶希望与小姨爹合葬的心愿，但总算让老人家叶落归根，也算了了一个心愿。

第 五 章

一

就在叶庆生正积极准备调回宜庆工作的时候，叶龙台孤身一人在台湾已整整生活了三十年。

二十世纪五十年代初，每到过年过节，叶龙台都会跑到台湾西海岸边眺望大陆，望断秋水，大陆不可见，他只有踯躅在岸边，任潸潸泪水挂满脸庞。

当他回到冰冷孤寂的单间宿舍时，还是一个人的世界。偶尔碰到石课长，也只是客气两句，与陆大夫见面机会多一些。陆大夫有时见叶龙台一人在家，也过来坐坐。除问问叶龙台身体情况，谈得最多的是想家。他说的最多的是，也不知道现在妻子儿女怎么样了？叶龙台只有陪着陆大夫叹息。咀嚼同事倾诉的乡愁，倒成了慰藉自己的一副解药。本来在乱世之中，每个人都背负着世界的混乱和混乱中的悲哀，同病相怜多少也能缓解一些叶龙台惆怅的心境。

随着时间的流逝，叶龙台这种想家的心情也越来越强烈。当同事离去，自己关起门来，躺在床上，还没睡着就见到白发苍苍的奶奶带着自己在大皂角树下用竹竿打皂荚时的情景。可奶奶还在人世吗？他还记得，奶奶跟他讲过，等她百年之后，要把她葬在身后绿草如茵的老虎山上。他又想到自己的父母临送他和吕思麟上船时，要他们以工作为重，以学业为重，小庆生由他们照应。一想到儿子，他会起身翻出那仅存的一张儿子照片，白白胖胖的，有那么一种似笑非笑的苦样子，想起当时为照相恐吓儿子，真是不应该。当他拿着儿子照片到灯下仔细看时，竟能看清儿子颈子上的金刚结项圈，虽然没有颜色，他也似乎能看到五彩九眼的花纹，他还清楚地记得朗朗上口的《金刚结》，不由得随口哼了起来：

金刚结，彩丝结，
彩丝缕缕心中结。
结个宝宝心间挂，
结个金刚度万劫。
宝宝本是妈妈肉，
前世今生因缘结。
一针一线妈妈心，
宝宝与妈心连接。

一绕一结妈妈爱，
宝宝与妈缠成结。
缠成结，金刚结，
九眼金刚五彩色。

《金刚结》有时竟成了叶龙台的催眠曲。

叶龙台到化肥厂没过多久，化肥厂对面的山岗上为外省军人和眷属盖起了简易的房子，还用竹泥墙围起来，有近百户人家，当地人称为"眷村"。原坐落在这鬼不生蛋的城乡接合部的工厂一下子热闹起来。一到傍晚，眷村人大呼小叫喊自家小孩子回家吃饭，这南腔北调的声音成了叶龙台最熟悉也最喜欢听的乡音。

面对乡愁，陆大夫建议叶龙台生活应正常化，有合适的人时，重新成个家，当时叶龙台没有听进去。叶龙台决定少想烦心事，让自己忙起来，这也是他毕生工作的一贯准则。他升任工程部课长后，又投入到硫酸铵工厂和氮肥厂的建设之中，从规划到基建投厂，从工厂运转到建章立制，特别是改善工厂安全，可谓殚精竭虑，策划周详，事功甚巨。不久又连升两级为工场主任、副厂长。

工作严谨、待人诚恳的叶龙台当了副厂长后，就更加任劳任怨，不顾"家"了。有人说，叶厂长以厂为家，堪称中国工业的楷模。他只是笑而不答。他心中的苦，谁能了解？谁又能用准确的语言来描写他人生的况味？一步走错，一生走错。现居于海岛一隅，奢谈什么自由，什么楷模，有何意义？自两岸阻隔，从此与家人天各一方，他心中时时念想的是不知何时才能回到家乡。

天下变了，人生也因此而改变，他生活始终忧忧寡欢，就是老同学廖仲敏，他们一年也见不到一次面，何况在厂里他更是很少出门，很少与外界交往。他虽然眼看着要在台湾孤老终生，但作为赤子，只要活着一天，他都不会忘记在大陆的亲人。

1959年台湾提倡国语后，叶龙台才有时一个人上街走走。当他一个人沿街散步，看着美丽的街景和熙熙攘攘的人群，随意穿行在街巷中时，也会驻足看看当地人的生活。

早已习惯了一个人的日落日出，他不在意什么，也不希望什么，只是想了解了解天底下芸芸众生与自己不一样的生活。可有什么不一样呢？大凡人活着，开门七件事，柴米油盐酱醋茶，都是为了活着。他更喜欢往农村跑，看远山近村，清澈的溪流潺潺的流水和清溪两岸青翠欲滴的树木，感觉到台湾乡间的景致和家乡的山水一样迷人。回程他还可以顺便到农家地头买点刚采摘的果蔬，回到家里洗洗涮涮，吃个新鲜。

化肥厂生活区周边房屋越建越多，书店、餐馆、电影院、旅馆、水果店应有尽有，还盖了一座小学，生活区简直成了当地的一个闹市。因就近有餐馆能吃到清淡的简食和米苔目，叶龙台下班后常不急着回家，就在生活区溜达溜达。这时小学刚放学，孩子们的喧闹声一下子充塞了生活区的大街小巷。看着孩子们活蹦乱跳、叽叽喳喳地从自己身边走过，他感觉自己也好像年轻了许多。当然，他最烦男孩子打架，脏兮兮的，他都远远地避让开他们。特别是砸石子，互相对砸，不小心就会砸破了头，或砸坏了商店的橱窗，这时他就会大吼一声："别砸石头！"孩子见有人管，立即跑开了。他烦孩子打架，是想到自己在大陆的儿子，也这般大了，不要学野了，不要被别人欺负了。

有一天，下午放学，叶龙台正准备到附近餐馆吃米苔目。只见几个小男孩围着一个瘦小的男孩骂道："狗东西，给我打！"一伙学生把那个瘦小的孩子打趴在地上还用脚踹。叶龙台不忍，上前大声说："别打了，看你们把他打成这个样子，还要打？"这些孩子见大人来了，一哄而散，只留下可怜的小男孩从地上爬起来，跟灰老鼠一个样子。这孩子虽然瘦小，好像也是打架的老手，被打成这个样子也不哭，自己拍拍身上的灰，就要走。叶龙台拉住他，问："他们为什么欺负你？"

"每次下课他们当地的同学都要围在教室外挑衅我们外地来的学

生，我们几个眷村的同学都怕他们，跑得远远的，只剩我一个人，不怕他们，每天打!"

叶龙台看着这个瘦瘦小小而不服输的学生真有点担心说："你家在哪里?"

那男孩指指对面山坡说："在那里。"

"我送你回去好不好? 如若在路上碰着，不是又要挨他们打?"

这次孩子没有谦让，只是顺从地点了点头。

小男孩家在眷村最里面，一间约30平方米的小户。走进门，只见一个三十出头的妇女正蹲在堂间铺开的塑胶板上划鞋样。"妈!"男孩喊了一声。这位妇女见有人来，放下手中的活，赶忙站起来，用抹布擦擦手说："真不好意思。"接着她又用右手捋了捋披到脸上的头发说，"先生，请坐。"

小男孩挺懂事，放下书包，就去给叶龙台倒茶。叶龙台在门边的竹椅上坐下，对那位女士说："你家孩子在外被当地孩子打了，我给你领回来了。"正准备起身告辞。孩子妈忙拉住他说："还没谢谢先生，您就要走，我怎么过意得去。"一口湖南话。

"你是湖南人?"

"湖南常德人，一家人死绝了。我跟孩子爸到台湾，他爸前年病故了。"叶龙台见眼前这孤儿寡母的，一时同情心上来，也默默坐下来不再说什么。

"先生，让您见笑了，我们娘俩就靠代工划鞋底挣几个钱生活。但再苦，孩子的书不能不让他念。"一席话又让叶龙台感动。

"在外面常有本地孩子打外地人的孩子。可是他们也知道外地人厉害，都不敢到眷村里面来打。"她把小男孩拉到身边说，"快，快谢谢先生。"小男孩恭恭敬敬地向叶龙台鞠了一个躬。叶龙台刚欠起身，她又快人快语说："您是长辈，他是小孩子，您不要客气。您坐、您坐。我去烧饭，您就在这里吃了便饭再走。"

叶龙台边起身边告辞说："我是化肥厂的，不用麻烦，我们有食堂。"

"先生贵姓？"这位女士见留不住，就问先生姓名。

"鄙人姓叶，安徽人。"

"大嫂尊姓？"

"本人姓王，孩子从父姓刘，小名东东。"

星期天，东东找到叶龙台的家，敲开门就喊："叶伯伯，我妈请您去吃饭。"见孩子期待的眼神，他只好跟着东东一前一后朝山坡眷村走去。这王家大嫂真心待客，做了一桌子的菜：红烧肉、剁椒蒸芋头、小炒肉、煎烧莲藕盒、剁椒鱼头、炒青菜，还有一盆鸡蛋汤，这在 1961 年，可是很奢侈的一顿饭菜了。

东东连过年都没吃过这么多好东西，他也顾不得有客人在，就狼吞虎咽起来，王嫂有时敲敲孩子的碗，叶龙台说："让孩子吃、让孩子吃。"

王嫂见叶龙台吃得很少，忙问："是菜做得不合口味？"

"道地的湖南菜，很好吃。特别是这个红烧肉，肥而不腻，非常入口。"

"那您怎么不多吃点呢？"

"不瞒您说，鄙人小时候胃就不好，大了跑鬼子反，饥一餐饱一顿的，这十年一个人过，吃食堂，胃病就没好过，特别怕吃辣的。"

王嫂面露歉色说："真是不好意思，我不知道，害您白吃了这餐饭。叶先生，我给您下碗湖南米粉，不放辣椒，多放点青菜好不好？"

叶龙台站起来，连忙说："太费您心了，太费您心了。"

这之后，王嫂隔三岔五地叫孩子给叶龙台送来刚出锅的蒸糕、米粑等小吃，有一次她亲自拎了一陶罐湖南米粉进门，叫叶先生趁热吃。从一来二往中，叶龙台知道王嫂叫王华，因日本鬼子打常德时，丢细菌弹，她家人都死光了，若不是她跟丈夫跑出来也早死了。刚来台湾时，丈夫有枪伤，多病，到临死除丢给她一个破家，就是这个孩子。那时三口之家，米不够吃，天主教堂发大米，但领大米前必须入教。她回来跟丈夫商量，丈夫说："为了活命，你就入了天主教吧。"

一天晚上，陆大夫进门就说："恭喜恭喜，叶兄走了桃花运了。"

"您别瞎说，人家孤儿寡母的不容易，能帮衬点就帮衬点，有什么不好？"

叶龙台本来就是手松的人，因王华多次善待，为感谢，他偶尔也给孩子买点文具、糖果、饼干，过年过节还给王华买点礼物，这本是人之常情，根本没往这方面想。

前几年，陆大夫就跟叶龙台谈过："我们来台湾头十年了，家没个家，孤身一人，活着真没意思。"他对叶龙台说，"我家还有妻子儿女可盼，你就一个人，在台湾找个当地的姑娘成个家，特简单的一件事，为什么不办？"叶龙台也诚恳地告诉陆大夫说，"一朝被蛇咬，十年怕井绳"，自己选择的婚姻，结果鸡飞蛋打，到头来，一场空。这种伤害太大了，现在连想想都害怕。"按我们的条件在台湾找个当地姑娘，是很容易，可我们没有办法征求父母的意见，如何续香火？若再遇到一个'三年之痒'，我又能往哪里逃？"

近年来，陆大夫跟叶龙台谈成家的事更多了。他说："我整天盼星星，盼月亮，盼夫妻团圆，猴年马月才能盼得到？不如想开点，在台湾成个家，也好图个照应。老叶，特别是你，身体又不好，身边没有一个端茶递水的人不行。"

自陆大夫发现叶龙台和眷村的王嫂来往，更来了劲，见面就吹风说："我看王嫂这个女人对你有点意思，不能错过哟。""我看王嫂挺能干的，是个持家能手，讨着做老婆没错。"

讲多了，叶龙台说："这些都是你的单相思，你知道人家有没有这个意思？"

"什么单相思？有单相思就对了，你有想法就要跟人家提出来呀。"

"我有想法？"

"对呀。你是怕人家带着一个'拖油瓶'？"

"讲哪里的话，我是那种人吗？我只是怕人家不同意。"

"我给你去说。我这个红娘是做定啰！"说着哈哈大笑而去。

当然，陆大夫是如何当红娘，如何上门找王嫂为叶龙台他们说合的，叶龙台没有问，也不好意思问，结果这件事真的办成了。

"老叶，不就是搭伙过日子嘛。找个黄道吉日把好事办了。"

叶龙台可没有陆大夫想得那么简单，他亲自上门与王嫂商量，孩子同意不同意？婚前还有什么准备的？王嫂说："孩子没有意见，孩子说，叶先生是好人，他喜欢你。何况我也没有父母、兄弟姊妹，只有一个人，跟谁去说？只是有件事要与你商量着办，就是我信了天主教，按理结婚对象也应入教，婚礼应在教堂办。不知道你的意思如何？"叶龙台说："我不信教，但我会尊重你的信仰。至于婚礼，可以在教堂办。听教会人说，虽然不能领受婚配圣事，但可在教堂举办一个简单的婚礼祝福礼。"

"是的，是的。天主教徒们结婚是不允许离婚的。虽然你不信教，我会一辈子照顾你，我想你也不会离开我吧？"

"不会，王华，请你相信我。为尊重你，我支持你每周去教堂做弥撒，吃饭前你也应带我和孩子一起先做祷告，今后我会抽时间陪你念念《圣经》。"

"叶先生，我相信你。我想成家后，孩子改姓叶。"

"王华，不要改了，刘家也只他一个后了。好在大陆我还有一个儿子。"

叶先生善解人意，王华会意地笑了。

叶副厂长要结婚，厂里准备给他调换一套新房，叶龙台和王华商量后，坚持还是住在老地方。因为，石课长调回台北肥料公司总部去了，空出一间房子，三口人住也够了。厂里还是给他们的两间房重新装修了一下，并修建了私人厕所、浴室和厨房等配套设施。

叶龙台夫妻在化肥厂一住又是一个十年，直到 1973 年叶龙台退休，被聘为华昌公司任副总经理，才搬离新竹到台北仁爱路公寓楼里去居住。

眼看着 1978 年就要过去，台北的冬天跟江南的冬天一样难过，只要寒流一来，虽然气温从来没有低过 10℃，但寒风夹带着小雨，湿冷透骨。王华早早地给叶龙台穿上棉被心。叶龙台这个副总经理，有点像顾问，是带有照顾性的工作，可叶龙台一辈子工作惯了，在家歇不住，每天照常按时上下班。刘东东，工业学校毕业后，在铁路公司供职，刚成了家，也搬出去住了。白天就王华一个人在家守着，没事她就对着天主十字架祷告，感恩天主所赐，一家平平安安，祈求天主怜悯、帮助，起初如何，今日亦然，直到永远。

下班时，叶龙台带着一阵寒风和身后一位小老头走进门，进门叶龙台就招呼："王华，烧一条黄鱼，煲一罐山药红枣骨头汤，再炒两个下酒小菜，难得今晚我们老同学聚聚。"说完，他又忙着给退休在家的廖仲敏和小范夫妻挂了电话："喂，你们动身了没有？彭枫林已在我家沙发上坐着了。快点啊，六点半到？好，六点半。"

同学聚会是人生一大快事，特别是远在美国三十年没见的老同学回来一聚更是一件难得的幸事。在台北的廖先生和夫人范医生，因每年都见面，王华是认识的。坐在叶龙台身边的客人小矮个子先生，她是第一次见面。叶龙台向她做了特别介绍："这就是我常跟你说的我们同济'四兄弟'之一的神行太保彭枫林彭先生，广东人，因继承家业到美国去谋生，一别就是三十年，这次来真是难得啊。"

"欢迎彭先生到寒舍来坐坐。我代我家先生先敬远道的客人一杯。"王华站起身，先敬彭枫林一杯酒，仰头就倒进嘴里。

"不敢当，哪敢要嫂夫人敬酒的。我再自罚一杯。"彭枫林也站起来，喝干杯中的酒，又自罚了一杯。大家都劝道，同学小聚，一切俗礼全免了，也不用再站起来敬酒，博得全场同意。

"彭兄，这次来何公干？"廖仲敏问。

"什么公干？是私干。"大家笑起来。

"听说枫林兄要在台北开饭店。"叶龙台说。

"呵，好哇。以后打牙祭就有不用花钱的去处了。"廖仲敏打笑说。

王华忙着劝客人吃菜，特别关照着范大夫。她小声问范大夫："您现在还在长庚医院帮忙？"

"是的。孩子大了都出去了。老廖退休在家，还喜欢打打牌，我没这个爱好，蹲在家中无聊，不如到医院去上上班，还充实些。"

"还是女同胞亲热些。看我们这些男子汉尽说酒话。"彭枫林又恢复了同学时的风趣。

"哪里，您是贵客，请都请不到。还是听听彭先生多给我们讲讲外面的事。"王华很得体地收住自己的嘴，又敬了彭枫林先生一杯酒。

"我们都想听听彭兄的高见。"叶龙台紧跟夫人补上一句。

彭枫林详细介绍起这次来的目的。他说："自家父去世，我是老大，回家继承家业。这几年，世界经济好转，特别是东南亚这一块发展很快。我就想把美国的'椰林小馆'餐饮业扩大一些。去年在香港新开了一家'椰林小馆'，交给了老二杉林管理。今年，我到台北来考察开第三家'椰林小馆'连锁店的事，开业后准备让老三松林来经营。"听到这些，老同学们当然高兴，因为又多了一个好友聚会的地方了。

彭枫林当然也带来了不少大陆的消息。

王华用脚踢踢叶龙台，叶龙台正好"就汤下面"说："我还想拜托仁兄一件事。"

"你说什么事？"

"还不是拜托你有机会为他联系一下他在大陆的父母、兄弟和儿子。"廖仲敏快人快语说。

"是的、是的。三十年了，也不知道在大陆的父母、兄弟和儿子怎么样了？"叶龙台期盼地点点头。

"完全可以。可你得告诉我他们准确的家庭地址。没地址我从哪里能找到他们？"

一讲找地址，叶龙台就头痛，怪自己一时糊涂，"一失足而千古恨"，没能保留下父母只字片语。最后的一封信也是叶龙台弟弟叶龙平1949年从他寄居的北平同乡会长家寄来的，还不知道现在地址变没变，他们人还住不住在那里。

"你们安徽同乡不是也常走走，就没一点家里的消息？"廖仲敏问。

"是的。到台北这几年，认识不少安徽老乡，哪个不想家？我们宜庆人相约每年春节后第一个周日在台北饭店聚一聚。你是知道的，以旅台同乡讲学基金会的名义在一块吃一餐饭，共同祭个祖。会上也只是各自介绍一下情况，大家共同拜个年，谁也不知道大陆家人的情况。

"等会我去找找，找到地址给你带走。"叶龙台说。

彭枫林说："不用着急。我还要找回大陆的机会。只有回大陆时，才能帮你去找。"接着彭枫林介绍说，"台北'椰林小馆'开业后，还要请各位仁兄多关照。虽然这家餐馆由我三弟经管，我还要不时过来看看。今后，我们相聚的日子也会多起来。"

彭枫林离台不到半年，叶龙台就收到他通过香港"椰林小馆"彭杉林转来的写给叶龙台的一封信。在信中，他说他最近回了一趟广东老家。走进家门，恍如隔世，佛山还是离开大陆时的那个样子，几乎没有变化。

在信中彭枫林说："龙台兄，因从美国飞大陆必经北京机场入关，我特地停留了一天，按兄给我的地址找到西单口那个小胡同，一问才知道，那正是原宜庆同乡会会长的私宅。两位老人很客气，说叶龙平是他的女婿，现在在三附院上班。因时间紧迫，我赶到三附院找到你的兄弟，你俩长得很像。当时，他激动万分，问这问那。我只简单告诉他你的近况，叫他把家中情况写一下，让我带走。我说，'我还要赶晚班火车去佛山，不能在北京久留，今后你若与你大哥通信可直接经香港我二弟杉林处转寄。'他表示同意。我特地把杉林的家庭地址留给了他。龙台，你交给我的任务我算完成了，看你怎么谢我。

"呵，还想起一件事，在北京机场我还遇到一位老同学，料你也想不到，就是程梅生，他现在在国家体委工作。他听说了你的情况，还记得在李庄抱过小庆生，表示他也可以帮助你打听打听父母和儿子的情况。"

接到彭枫林的来信，叶龙台一下子陷入对家乡和亲人的思念之中。父母亲都是八九十岁的老人了，儿子也人到中年，想奶奶和不少熟悉的长辈也先后谢世，思亲念头一起，眼泪就下来了。他面西忏悔着：爸爸妈妈，儿子不孝，跑到台湾来本想躲一躲，没想到这一躲就是三十年。这三十年，儿哪天不想家，就是回不去啊。我这一辈子亏欠家里的太多，既没有赡养父母，又没有教养儿子，有事还仰仗兄弟龙平。龙平，我对不起你，我这一辈子永远记着你的情，想报答也报答不完。

王华听龙台说弟弟找到了，自然高兴，也感觉龙台同学情深，办事踏实可靠。见龙台到书房写信这么长时间都没出来，急了，她推门只见龙台面朝西墙站在书房里一动不动，早已泪流满面。她心疼地说："龙台，弟兄找到了是件喜事，应该高兴才对，你怎么哭了？"

龙台回过头来，望着爱妻说："我不是难过，是激动，是高兴，终于盼到与大陆亲人联系的机会了。"

"那你赶快写封回信给你弟弟。"

"三十年音讯断绝，今天可以写了，又叫我从哪里下笔呢？"

王华见叶龙台字纸篓里丢了不少写废了的信稿，有的撕碎了，有的揉成团，她温柔地劝叶龙台说："我知道你最难舍的是对家的眷念，几十年亲情被分割的痛苦难以下笔，那你就先从来台颠沛流离的经历写起，写写对父母兄弟的想念和忏悔，写写对儿子的希望，顺便问问家中的情况，附信寄点钱回去。"

第 六 章

一

话说叶庆生自 1968 年分配到农村已过去十年，这十年过去，爷爷奶奶很老了，八九十岁的人，已是风烛残年。

1979 年元旦，叶庆生不顾客运紧张，怀揣着一纸调令，只想早一点赶回到养他长大的家乡宜庆市。

一回到家，奶奶插上来说："你不回来，靠杜娟一个人，老的老，小的小，她怎么忙也忙不过来。"

叶庆生说："我知道，城里上下班是踩着钟点走的，只有下班那么一点时间，做煤球、生煤炉，还要挑水做饭，一个人再有本事，也照应不过来。我回来后，以照应爷爷奶奶为主，杜娟以带两个小孩为主，多少能减轻点家庭负担。"

奶奶说："这还差不多。"

问到邻居，奶奶说："毕叔叔刚平反没几天就暴病死了。"

"死了？他年纪也不大。"

杜娟说："听说，他家海外有亲戚，不久前寄来三千美金。头天取了钱，夜里就得脑溢血死了。毕阿姨一家也怪可怜的。"

"什么可怜？一辈子没见过那么多钱，是高兴得笑死的。"奶奶说。

当叶庆生问到文国治一家时，奶奶说："听说他分到县中学当语文老师，成了家，文妈妈也搬过去了。他们住的房子让给了对门的赵师娘。"

叶庆生说到叔叔带小姨奶奶骨灰归葬的事，奶奶说："你叔叔就喜欢做鬼事，怎么能做这种事，当地人看见，要骂死你叔叔了。"

"叔叔说，没有人看见。"

爷爷说："没有人看见也不能这样做，这是对老人不恭敬。"

叶庆生说："那也是没法子的事，叔叔已尽到责任了。"

爷爷没有说什么，奶奶则说："你叔叔是'熟肉粘不住生骨头'，刚回来一天，就要找你上九华山去玩。你假是那么好请的?"

"领导还照顾。"

"你这个小杜还帮着他劝我说：'叔叔回来一趟不容易，就让他们去玩吧，家里有我呢。'正好，你叔叔'就汤下面'说：'妈，杜娟能干，家里有她照应我放心。'"

叶庆生笑着说："叔叔这次回来很开心，他说，已托人找我父亲去了。"

奶奶虔诚地说："菩萨保佑，但愿能找到。你们父子可以团圆了。"

叶庆生掏出叔叔给他的来信念给奶奶听："庆生贤侄，这趟回家看到一家老小平安，小杜能干，我就放心了。特别你能请假陪我上九华山，我很开心。家中老的老小的小，小杜不容易，你回家代我问她好，感谢她的热情接待，你也要注意身体，不能影响工作。今后你们有什么困难，请来信告诉我。"

奶奶没好气地说："你这个叔叔红嘴白牙，就喜欢说漂亮话，不干正经事。好不容易回来一趟，在家也不帮帮忙，一天到晚野马心，只晓得玩!"

这年中秋节，市里召开台属台胞中秋茶话会，一位春天刚从台湾回来定居的国民党老兵荣先生成了大会的明星。这位荣先生已六十多岁了，当过工人，做过小生意，因念着大陆的结发妻子，在台三十多年仍孑然一身。今年三月，他偷偷地从香港辗转回到祖国大陆。

他说，他一回到家乡，就受到县政府的妥善安排，按退休职员对待，享受着免费医疗和国家规定的各种待遇。"回到家里，见到八十多岁的双亲和自己妻儿，真是悲喜交加。"他说，"我终于结束了三十多年的孤岛生活，与亲人团聚了。再也不为思念故土而烦闷苦恼了，再也不为怀念亲人而伤心落泪了。"荣先生"乡音无改鬓毛衰"，一口道地的宜庆土话。

他的话刚讲完，与会的台属就围住了他，向他打听在台亲人的下落。叶庆生想上前问问他父母在台的情况，看着许多白发苍苍的老人询问在台儿女或丈夫的情况时，叶庆生怎忍心插上前去，打断他们的话。

晚上，叶庆生约了台办的黄主任陪他一同到荣先生下榻的宾馆去拜访荣先生。

荣先生告诉他们，在台的同乡旧友，哪一位不想叶落归根？哪一位不盼早日与家人团聚？

"在台时，"荣先生说到"在台时"，仿佛又回到过去。他不会忘记在台时思乡的酸愁，他说，"我们同乡为解乡愁，把每年春节后的第一个礼拜天定为大家的聚会日。我们以旅台同乡讲学基金会的名义聚会。每人交点会费、餐费。每年到这一天，同乡们就从四面八方聚到一起。有几十桌人呢。"荣先生说，"大家聚到一块，共同祭祖、团拜、聚餐，交流着各自家里的情况，就这样聚会沿袭了三十年。"每年聚会令荣先生难忘，他说，"祭祖由年长者主祭，祭家乡各族各姓历代祖先，报祖公祖德，不忘民族祖先，对国家民族报称。聚会把大家的心连在一起，就是在平时，同乡们有什么红白喜事，大家也都出手帮帮忙。在台一年一度的乡情乡音就这样伴着我走过几十年。"

叶庆生忙掏出父亲的那张老照片，递给荣先生说："我爸爸叶龙台，您可认识？"

荣先生戴上老花镜，拿着照片端详了半天，好像在同乡聚会的人群中搜索着。"呵——"他拍了一下脑门子说，"对了，我在同乡聚会时见过他。比你照片上老多了，但样子没变，衣着整齐，为人谨慎，话不多，有时也打听打听家乡的情况。"

長篇小说：金刚结

　　荣先生很友善地说："只要你有具体的地址，我可以给你联系联系看。"

　　"地址？父母去台湾，我是听说的，具体地址我也搞不清楚。"叶庆生急了。

　　黄主任说："你可以通过福建前线（后来更名为海峡之声）广播电台寻亲看看嘛。"

　　叶庆生回到家，见奶奶正在洗脚，弯腰驼背非常吃力。"奶奶，让我来帮您洗脚剪指甲吧。"

　　"好、好，还是我大孙子得力。"奶奶是名副其实的"三寸金莲"，脚指头全部折断，压在脚掌心。叶庆生想，这类似酷刑的折磨，不知道奶奶当时怎么承受过来的。这时两个宝宝从街道托儿所回来，也像看稀奇一样地围上来。

　　"婆婆，你的脚怎么这么尖？"

　　"婆婆的脚指头呢？"

　　两个人问得没完没了。

　　"别闹！"叶庆生怕他们碰到自己正在为奶奶剪脚指甲的手，唬了他们一下。

　　奶奶慈爱地说："我的脚是小时候裹的。奶奶小时候比你们还乖吧，裹小脚时痛得钻心都没哭过一声。"

　　"走！"杜娟下班回来，见状，一手拽一个，把两个宝宝拉开了，说，"不要在这里挡三绊四的！"

　　叶庆生把会上荣先生偷偷离台回乡定居受到县政府欢迎的事跟奶奶说了。奶奶说："这是好事、这是好事，我们多年来盼星星盼月亮，盼的就是这一天。"

　　当叶庆生问到父母在台的具体地址时，奶奶说："只记得你爸爸在新竹化肥厂当工程师。那是三十多年以前的事了，叔叔来的信早就被爷爷烧掉了，现在具体的地址就不知道了。"奶奶想了想说，"宜庆刚解放那年，你父亲还曾写信找过你叔叔。你叔叔把你爸爸的情况告诉了我们，我们才知道。你可写信问叔叔看看。"

233

叶庆生连夜写信给叔叔，向他讲从台湾回来的荣先生可以帮助找到他的父母亲，希望叔叔告诉他父母在台的具体地址。同时还写了一篇广播稿，把自己所知道的父母的大致情况和他们一家的思念之情写好誊清，第二天一早，就赶到市台办交给了黄主任。

"小杜，小杜！"只要奶奶一喊，杜娟马上就应答："我在这里，奶奶有什么事？"奶奶就高兴，有时没有听到杜娟及时的回话，奶奶就不高兴了，责怪道："一眨眼工夫，人又跑到哪里去了？"

叶庆生说："杜娟她下塘洗衣去了。"

"看看，碗都没洗。人就跑了。"奶奶不满意地说。奶奶一个人在家收拾惯了，虽然她做不动事了，但到处摸摸看看的习惯还在，不知她一个人怎么就摸到灶台上去了。

"我洗，奶奶别急，等一下我洗。"叶庆生一边扶她回屋，一边解释着，"马上就要天黑了，天黑了，杜娟怎么下塘洗衣服呢？"

妻子有时也在叶庆生面前抱怨道："人累死了，还吃力不讨好。"

叶庆生看着这一家老的老小的小，每天有做不完的事，安慰妻子说："俗话说，老小老小，你不要放心里去。"妻子说归说，做归做，只是每天累得连话都不想说。

奶奶有时听到他们在背后嘀咕，也说："莫见怪啊，家里老的老小的小，你们也不容易。哪个人都有老的时候，人老了有什么办法呢？"

叶庆生回到家里，爷爷奶奶有人照应了，但是城里不比农村，工作紧张多了，七点半上班，七点钟就要到。在家，叶庆生负责买煤、买米、挑水，妻子负责洗衣、做饭、倒马桶，还要接送孩子。锅碗瓢盆交响曲天天演奏着，外人看到的是四代同堂，令人羡慕，而在这人人羡慕的背后也有龃龉。孩子可不知道大人们的烦恼，更不知道人老了的无奈，每天不知疲倦地缠着老人。他们特别对婆婆供奉在神龛里的观音菩萨感兴趣，晚上一个劲地问："婆婆，那个瓷娃娃是干什么的呀？"

"别瞎扯，瞎扯，雷要打头的。"奶奶嗔怪道。讲到菩萨，奶奶就来了精神说，"那是大慈大悲、救苦救难的观世音菩萨。"

妻子见两个孩子老缠着婆婆不放，忙哄着说："乖，不要吵婆婆，快去睡觉。"

"我不睡觉，我要婆婆讲菩萨。"大宝说。

"我也不睡，我兴奋！"小宝特犟，在床上爬上爬下地说。

"你这个调皮鬼！"妻子用指头戳了一下小宝的额头说。

"小杜，他们算乖的，你就随他们吧。"奶奶说，"你们不在家时，我早早地就上床睡觉，也睡不着，睡得全身酸痛。"她说着说着，叹了一口气，"唉，我孙子的孩子都这么大了，我们也该老了。"

爷爷奶奶是老了，爷爷差几个月就是九十岁，奶奶八十五岁了。"'人到七十古来稀'，看来真要活着在地上爬了"，这是奶奶常挂在嘴边的一句话。

爷爷原来是那么一个精干的人，这次回来，叶庆生带他洗了一次澡，发现老人的手脚越来越不灵便了，半天脱不下衣服来，都是叶庆生一件件地帮他脱，当一堆枯柴般的躯体突兀在叶庆生眼前时，叶庆生惊呆了，一根根凸起的肋骨，尖削的屁股，已没有一点生机。人怎么会一下子老成这个样子呢？

叶庆生企盼着福建前线广播电台寻亲能有个结果，更期待着叔叔的来信有个明确的答复。不知道为什么叔叔每次来信，信中就是不提叶庆生父母在台湾的具体地址。

有一天，叔叔突然来信说："在台湾的哥哥找到了。"

"我的父亲找到了！"叶庆生欣喜若狂，"我的父亲找到了！"

"今生真能见到龙台一面？"爷爷说。

"小庆生，你们父子总算有见面的机会了。"奶奶说。

天大的喜讯，一时让破房漏屋里充满了温煦的阳光。叔叔在信中说，上次托同学带信近一年，本以为无希望，近由他同学处转来大哥龙台的信。龙台在信中说：闻父母健康及家人平安，庆生有出息，还有两个孙子，心中极为欢慰与高兴；对不少长辈先后去世，深为悲痛，悔三十年在外，无机会报恩，感到惭愧；现远在他乡，未尽子孙孝道，思之寝食难安，罪过深重，只有望庆生为他代尽孝心了。他还惦记着乡下的祖坟，望三节供奉祭祀云云。叔叔转寄来二百块钱，龙台说给两个孙儿四十元买吃的，其余做二老制衣和下乡扫墓之用。

多少年潜藏在叶庆生心底的寻找父母的火苗被突然有了父母下落的消息一下子点燃，是激动，是高兴，还是企盼？叶庆生不能把持住自己，久违了的父子亲情就这样紧紧地攥住了他的心脏，让他久久不能平静。

好久以来，叶庆生都以为有没有父母无所谓，他已经不会去想一对杳无音信的虚设父母，上学时没有去想，结婚时没有去想，如若没有爷爷奶奶抚养，自己不就是一个孤儿？何况，就是这个看不见摸不着的父母关系，曾让叶庆生倍受伤害，他们这时又真实地出现了，叶庆生一时百感交集。他突然发现，在他的潜意识里依然是爱他们、想他们的。

奶奶则激动得久久说不出话来，仿佛大儿子就站在她的跟前，连声说："好、好。"泪水早已溢满了她那双几近睁不开的双眼。爷爷则用枯瘦的双手拿着信纸，凑近眼前看，看不清，又叫杜娟打开灯，横看竖看，看了半天，满脸也是老泪纵横了。

二

令叶庆生不解的是，叔叔在信中一直没有提到自己的母亲，是病逝了，还是另有隐情？晚上杜娟带孩子们都睡了，叶庆生陪着奶奶拉呱。叶庆生把心中的疑惑讲出来。奶奶这时话没说，眼泪就出来了。

"你爸爸命苦啊。那时，你还小，我能跟你讲吗？俗话说：'家丑不可外扬'，你妈妈偷人，跟野男人跑了。你爸爸死要脸活受罪，在同济大学没脸见人了，就跑到天涯海角去了。"

喘息了一下，奶奶接着告诉叶庆生说："他到台湾去哪敢跟我们讲啦，还是你叔叔来信说的，你妈妈跟那个野男人，北上到了北京。你爸爸还想与你妈妈破镜重圆，曾写信给你叔叔，求他上门看看。"

"那后来呢？"叶庆生追问说。

"你叔叔好不容易找到你妈妈，在门口，你妈妈接过你爸爸写给她的信，看都没看，就顺手递给伸出头来的那个野男人。连门都没让进，一边嗑着瓜子一边懒懒地说：'你看，我已嫁人了，不留了。'说完转身进屋，甩手'砰'的一声，关起了大门。"

奶奶接着说："你叔叔那个脾气，又是好惹的？他站在门前破口大骂，'你这个不要脸的骚货，一个十足的狐狸精，生了儿子不要，却跟着野男人鬼混，好好的家让你拆散了，你一辈子不得好死，咱们走着瞧！'"

"那以后呢？"

"以后他们没有来往过，现在不知道是死是活。"

"妈妈在北京？"叶庆生第一次听说，胸中像五味瓶打翻了一样，酸甜苦辣一起涌出来，想呕，又呕不出来，胸口只是烧心样的痛。他想到他的老同学胡来的妈妈，一直把自己儿子照应着，不愿把胡来送到乡下他奶奶家，哪怕卖菜、做裁缝，生活再苦，都不离不弃。

"妈妈，你怎么能忍心丢下我几十年而不管呢？"一股怨气在胸中蒸腾着，直往脑门子上冲，大脑一片空白。

奶奶见孙子脸色有点不对，忙说："过去的事情早过去了，不要往心里去。"

"奶奶，你不要为我担心。我只想好好睡一觉。"孙子难受，奶奶也难受，奶奶是吃斋念佛之人，怎么不想早点见到自己大儿子？她又怎么不想自己孙子能有一天见到自己的生身父母？更何况老伴身体每况愈下，一天不如一天，她再怎么不能动也要去求求菩萨了。

奶奶执意要叶庆生陪她到庙里拜拜菩萨，叶庆生只好找在单位开小车的同学，利用周日陪奶奶到东门迎江寺去了一趟。上到大雄宝殿，奶奶几乎是叶庆生夫妻架着进去的。叶庆生点好三炷香递给奶奶，奶奶恭恭敬敬地三作揖，并把香端端正正地插在香炉里，又在叶庆生搀扶下跪在蒲团上深深地磕了三个头，心中默念了半天，然后举手从签筒中抽出了一签。叶庆生夫妻也向菩萨磕了三个头，站立在奶奶旁边，端详着那无比庄严的菩萨，连庙里师傅给奶奶解读签文也没有仔细推敲，奶奶则喜忧参半，只说了一句："菩萨说，因缘聚散终有时，人生有时须会有。"

人老了，往往防不胜防。一天，爷爷坐在小竹椅子上，起身时不小心崴了一下，就不能站起来，叶庆生和妻子赶忙借了一辆大板车把爷爷拉到医院，一拍片子：右侧股骨颈骨折。骨科医生考虑，爷爷年高体弱，骨质疏松，心脏又不好，手术打钉风险太大，床上牵引又怕老人受不了，只好给爷爷建立了一张家庭病床，在家治疗，平常给他穿"丁"字鞋帮助固定。但是"丁"字鞋哪能固定得住断腿？老人要吃要喝、要拉要撒，连屎尿都拉在身上、床上。这下可忙坏了杜娟，她每天端屎端尿，清洗弄脏了的裤裤和被单，还要给老人擦身。

奶奶说："这也没法子，儿媳儿媳也是儿啊，何况是孙媳妇。"有时她放心不下，也跑过来，帮不上忙还在旁边干着急，不停地说："这病不得好，怎么是好？"

杜娟是个直性子的人，里屋太小，三个人挤在一块就转不过身来，她怕奶奶行动不便，不小心碰着有一个闪失，就直冲冲地说道："你老就不要再来添乱，好不好？"可是当她每次看到爷爷挣扎着想自己站起身来，干瘦伛偻的身体用了半天的劲也不得挪动，张着嘴在那里喘着粗气时，眼泪就下来了。她对叶庆生说："人老了，真可怜。"

是的，人老受罪，做儿孙的心里也不好受。其实，老人也不想拖累儿孙，哪个不想自己能动。人到这个时候，正如人在幼年离不开父母一样，也离不开子女们的照料。

没有经历过的人不知道，服侍卧床的老人，光靠一个人是不行的。每次起床、睡觉和清洗，都是叶庆生和妻子两个人一同合力来完成的，一个人扶着头，一个人托着屁股，好不容易才能把老人放平躺下来，杜娟还要给爷爷掖好被子，并在头颈部垫上高一点的枕头，等老人安顿下来后，他们才能休息。

每天断骨疼痛折磨着老人，加重了老人心脏的负担，老人的病情也越来越重了，虽然骨科同事很负责，不断上门随访，开药，但老人年岁已高，痊愈的希望不大，叶庆生他们也只好尽着自己的孝心，每天服侍在左右。随着病情越来越沉重，老人也越来越糊涂，常常在床上胡言乱语。有时半夜喊杜娟："小杜、小杜，天亮了，快起来！我要起来！"老人特别依赖孙媳妇，总是叫她。如果你不扶他起来，他自己就乱动，等叶庆生他们点灯披衣上前时，他已跌滚在地上。

有一天，他突然高兴地叫起来："龙台我儿，你回来啦？回来好、回来好！"说着说着就坐起来，想往门口挪，可怜把刚矫正好的"丁"字鞋又弄掉了。叶庆生和妻子赶忙把他架回床上，重新拉直伤腿，穿好"丁"字鞋。

叶庆生再次叮嘱爷爷说："爷爷，你不能动。动错了位，骨头就长不起来。"不知道爷爷听到没有，只见他一把抓住叶庆生的手，嘴里还在那里嘟嘟囔囔地说："呵，呵，龙台我儿回来了——"

"他可能梦到你们的爸爸了。"奶奶在旁边抹着眼泪说。奶奶摸到爷爷的床前，呆呆地看着自己的老伴。几十年过去了，她还是第一次这样坐在爷爷的床前，守着他。她嫁到叶家，为叶家生了两个儿子，可是儿子们各奔东西，一个都指望不上，眼下又看着老头子过不了九十岁这个大关，她想想又抽泣起来。

转眼到了下半年，天还没亮，"庆生、庆生，快起来，过来看看，爷爷不行了！"奶奶一声凄惨的叫喊，把叶庆生从睡梦中惊醒。

叶庆生和妻子慌忙起来，跑到里间，拉开灯，见爷爷还有一口气，但已不能说话了。叶庆生忙拿出听诊器一听，心室纤颤，心跳全乱了，眼见着人的这口气在一点点地消失。"爷爷、爷爷，你醒醒，你说话呀！"叶庆生抱着爷爷的头，哭喊起来，这是叶庆生第一次见亲人死在自己的怀抱里，既害怕，又心急，人这是怎么啦，说不行就不行了，作为医生面对死亡真是回天乏术啊！

爷爷眼睛半睁着，混浊的眼球就这么直直地望着凑近的叶庆生的脸，他的嘴似乎还在轻轻地开合着，叶庆生想，他是想跟我说什么吧？把耳朵几乎贴到爷爷的嘴边，就是听不到出气的声音。

奶奶颤颤巍巍地走到旁边哭着说："这怎么好，这怎么好，你怎么真的就要留下我一个人先走了呢？"她挪到老头子跟前，哭着，摸着。爷爷混浊的双眼一动不动地望着天花板，好像在听着什么，是辛亥革命的炮声？还是昆仑关战役胜利的军号声？是与老友们迎接解放军进城的欢呼声？还是海峡对岸传来的风雨声？爷爷临走，脸上露着一丝微微的笑意，好像是向家人表示，他的一生，平平安安，现在可以盖棺论定了。

中华人民共和国成立后，爷爷一直是省、市人大代表，省文史馆员，"文革"中没有遭到冲击。奶奶抽泣着说："他现在高兴了……高兴能很快见到他的父母和他那些已先他而去的亲朋故旧了。"说着说着，奶奶哭得更伤心了。叶庆生扶着奶奶坐下来，杜娟忙倒了一杯糖水让奶奶定定心。

在殡仪馆没来人之前，叶庆生和杜娟给爷爷擦洗干净，换好寿衣，停放妥当，摆好灵桌，供好遗像，点上香烛，屋子里顿时弥漫出一股香火的仙气。叶庆生望着被长年炭火熏黑的小屋，昏暗的灯光把家人的身影都映在墙上，让人产生佛国亦真亦幻的感觉。叶庆生似乎看到祖父仍坐在桌前，手里夹着东海牌的香烟，正在写着什么；在那边放炭炉的条桌上，泥丘壶里炖着的茶水，还冒着热气。回想那年，高考复习，常常睡得很晚，爷爷总要倒一盅浓茶递给他说："茶是好东西，喝一口提提神。"

小屋门窗不严，四处漏风，屋外起风了，烛光不停地摇曳着。

叶庆生似乎又听到爷爷在说："人生要靠自己把握。"很多年来，叶庆生都听到爷爷说这句话。"人生要靠自己把握"，说得那么实在，又是那么沉重。

风不停地摇动着烛光，可祖父就这么静静地躺着、躺着。面对死亡，已从医十年的叶庆生只有一身的无奈。叶庆生看着有点零乱的小屋，想把祖父丢下的东西拢一拢。几件换下来的旧衣，一摞书籍和资料，炭炉和泥丘壶，还有钢笔和墨水，就再也没有其他东西了。

爷爷眼睛不好，但是省文史馆还是为他订了不少时事学习资料，每次来人，他总是摸索着给来人写张收条带回，与其说是写字，不如说是涂鸦，都是叶庆生誊清后交给来人带走的。叶庆生整理着桌上的这些书籍和资料，似乎又听到爷爷在说："人生要靠自己把握。"风在门外呜呜地响着，烛光依旧不停地闪动着，但爷爷这次真正地走了。

爷爷突然的病故，使奶奶越发显得苍老了，跟爷爷近七十年，相濡以沫，从战争年代走过来，才过上三十年安定的日子，爷爷就先她而去了，她能不伤心？

孩子们都被惊醒了，家里一时哭成一团。

"老头子，你今生的命怎么这么苦啊。"奶奶哭着对老伴说，"你是从死人堆里走过来的，你还过不了今年这个关吗？"

关于爷爷的故事，从孩提时期，叶庆生就从亲戚们的口中听到了不少，比奶奶讲的还要丰富，还要生动。他们说，爷爷腰肚子上的伤疤是小鬼子的子弹打的，不是刺刀刺的，多亏爷爷腰上挂着佩剑，给他挡了一下，不然早就没命了，后来是他的勤务兵冒着枪林弹雨从前线把他背回来的。爷爷一辈子扛枪打战，就是为了祖国的富强，没想到临死都没有见到大儿子一面。

"这刚与你爸爸联系上，可惜你爷爷就走了。"奶奶对叶庆生说，"老头子，你今生的命怎么这么苦啊。"哭完，奶奶又用手去抹那双已血丝满布的双眼。

叶庆生当天匆匆赶到邮电局给叔叔拍了一份电报："爷爷病逝，盼归"，报告了爷爷突然病逝的噩耗。第二天叔叔回电说："工作忙请假不易，你全权料理。"就在一切准备停当，要开追悼会时，叔叔婶婶突然回来了。

三

叔叔一回来，就跟叶庆生和杜娟商量说："我请假不易，回来匆匆，只带了一点盘缠，丧葬费若不够用，你们先借着。至于追悼会和丧葬事宜，也由你们全权操办就是了。"

杜娟忙说："叔叔回来就好，还是由叔叔做主。"

爷爷追悼会上，还是叔叔做的主，对于爷爷要不要上山，叔叔说："火化后骨灰先存放着，等奶奶百年后再葬。"对于其他亲朋的应酬，他说，"我就不要问了，有被面子，捡两床好的，我带回去做个纪念就行了。"追悼会开过的第二天，他带着照相机叫乡下亲戚陪他下乡看祖坟去了。

奶奶说："你这个时候下乡干什么去？"

"上祖坟。"叔叔说。

"上祖坟？你什么时候上过祖坟？父亲刚死，你却跑去上祖坟？"奶奶责问叔叔说，"乡下上坟是有规矩的，只能在清明或冬至，你可不能乱来啊。"

"我就拍两张祖坟的照片。"

"拍什么祖坟照片？"奶奶不解地问。

"大哥来信要。"叔叔说。

叔叔从乡下回来，递给叶庆生一张信纸，说："这是我叫乡下你族叔重新为你公公婆婆刻的墓碑碑文，把你父亲的名字也刻上了，到时，你核对一下，督促一下，不要耽误了。"

"重刻什么碑？原来的墓碑是你父亲生前立的。你呀，就会乱来。"奶奶抱怨着。

叔叔不理会奶奶说的话，一个劲地对叶庆生说："听到没有？"叶庆生点点头。

爷爷的丧葬和人情事务也都忙得差不多了，过两天叔叔就要回去了，一家人好不容易围坐在一起。叶庆生跟往常一样围着叔叔说："我给父亲写了一封回信，请代我寄给父亲，好吗？"

"好哇，你把信给我就行了。"叔叔道。

叶庆生说："我在信里就写了几句话。一是得知父亲有了下落，非常高兴，我很想他，奶奶也很想他，只是盼望父亲能早点回来看看；二是父亲给孩子们的钱，我都给了奶奶，以尽孝心。"

"你在信里这样写的？"叔叔不解地问叶庆生。

"是的。"他不知道有什么不妥，把信递给叔叔说。

叔叔不知道侄子会这么做，接过信，有点不高兴地说："那是你父亲给两个孙子的钱，你是不是嫌我分得不公？"

"父亲给我的钱，我怎么会嫌叔叔分得不公？"对叔叔的话，叶庆生一时没有反应过来，还是实话实说，就把自己和杜娟商量好的意见说出来："两个孩子小，暂时也不用花费。爷爷去世后，家庭靠我和杜娟两个人的工资，只够平日里的生活开销，父亲有点钱来，正好可以给老人补贴补贴。"

奶奶说："这是庆生的心意，一家人在一块过日子，哪分那么清？你就不要瞎操心了。"

叶庆生没有介意叔叔的不快，挪了挪椅子，靠近叔叔坐着说："父亲有没有给我写信？能不能把我父亲的信给我看看？"

"你父亲的信有什么好看的，我不都告诉你了吗？"叔叔说。

叶庆生还跟以前一样，有什么事总喜欢央求叔叔说："给我看看嘛。"

可叔叔突然蛮横地甩开叶庆生的手说："信是写给我的，为什么要给你看？"给了叶庆生一个难堪。叔叔这是怎么啦？不就是看一看我父亲写给我的信嘛，干吗生这么大气？叶庆生简直搞糊涂了。

"你不相信我？"叔叔恼羞成怒，那气得变了形的脸与以前判若两人。

"我不就是想看看父亲写给我的信嘛,这有什么?怎么扯得上对您相信不相信的话?"叶庆生感到非常委屈,说,"您生这么大气干什么?我做错了什么?"

可叔叔不依不饶,冲着叶庆生的脸说:"你给你父亲写的信,不要交给我转!"丢下叶庆生请他转寄给他父亲的信,甩门而出。叶庆生被叔叔的话噎住了,一时呆若木鸡,就像《三侠五义》中被人点中了穴道,将近一分钟时间,站在那儿,麻痹了。

杜娟上前扶住他问:"你怎么啦?"

"我没事。"

"看你刚才那样子,吓死人的。"

叶庆生这时脑子只有一个问题:我不就是想看看父亲写给我的信嘛,有什么错?干吗生这么大气?

想找自己的亲生父母是人的天性,想看看自己父亲写给自己的亲笔信,哪怕只言片语,也是人之常情。何况,叶庆生对叔叔一向尊重有加,什么事都相信叔叔,有谁比亲叔叔更了解自己?为什么叔叔今天一反常理,发这么大火呢?叶庆生从小到大从来没有见过叔叔发这么大火,也从来没遇到过至亲的叔叔在这件有关侄子寻找血亲的事情上的反常表现。

从小被人骂作无老子娘养的"野孩子"的叶庆生经常问自己的一个问题是:我真的没有父母?那我是谁?我是从哪里来的呢?这既不是西方哲学家们百思不得其解的命题,也不是生物进化论所要探讨的课题,而是不少因战乱而离散的百姓之家在寻亲途中自问自的问题,也是叶庆生三十多年梦寐以求想要得到明确回答的问题。为寻亲,从小至今,叶庆生做着一个梦,以前想找不敢找,现在能找了,而且梦想成真了,这种想急切见到父母亲,就是一时见不到父母亲,想看看他们的来信也是好的心情,为什么叔叔就不能理解,而断然拒绝呢?

叶庆生不知道叔叔为什么会生这么大的气?他抱着良好的愿望

想，叔叔也可能遇到什么烦心的事了，说的是一时气话。但是对于叶庆生来说，一个从小没有父母关爱，由爷爷奶奶抚养长大的孩子，总是把亲情看得很重。叔叔在他心中一直有着父亲的分量，叶庆生从心里感激他对自己的关心和培养，正因为亲情和感恩，在叔叔"文革"遭罪的时候，他虽然没有任何经济来源，也毅然拒绝了叔叔的一切资助，直到今天爷爷去世，都不要叔叔分担一分丧葬费用，宁可自己背上二百多元的债务。奶奶知道庆生的性格，脾气倔强，从小不求人，哪怕不吃不喝，也不轻易说个"求"字。当叶庆生心灵的需求遭到叔叔的拒绝后，那本能的欲望和渴求也更加迫切了，因为找不到父母将是一个人的终生遗憾，叶庆生暗下决心，自己找，决不再求叔叔一次！

奶奶也怪叔叔说："他父亲来的信，有什么不能给他看的？"她劝庆生说，"今天这个事，你叔叔做得不对。不要跟叔叔怄气，你把给你父亲写的信交给他，看他转不转。"

叶庆生平生就是这个倔脾气，心里决定的事，从来不会反悔，他虽然没有跟叔叔顶嘴，可是他就是要当着叔叔的面把给父亲的信撕得粉碎，眼见此情此景，叔叔一时也下不了台。

杜娟不好插嘴，她拉拉叶庆生的袖子说："不要吵了，吵了让人家看笑话。"她的声音不大，可能叔叔婶婶都听见了。本来找到亲人，是一家人最快乐的事，结果闹得不痛快，大家也觉得没趣，都不再说话。

家中天光早已暗下来，叶庆生看不清叔叔的面孔，更看不清婶婶在昏暗中的表情，但叶庆生心中的阳光消失了，消失在突然降临的沉沉黑幕之中。

事后杜娟也对叔叔为看信一事大为光火百思不得其解，她问叶庆生："他们老兄弟之间是否有什么约定？"

叶庆生说："怎么会呢？我是父亲唯一的儿子，父亲给叔叔写信，能不给自己儿子写封信？就是不单独给我写信，在写给叔叔的信中，肯定要问到我的情况，为什么就不能给我看看父亲的亲笔信呢?"

"你和叔叔之间原先有没有心结和怨气?"

"没有哇。"叶庆生肯定地说。

"叔叔是不是怕你与父亲直接联系影响你的前途啊?"

"你不是看到的,台湾那边有不少人悄悄跑回来,不但没关系,还受到政府的欢迎吗。"

妻子说:"这就有点不近情理了。"接着她好像自己问自己说,"是为了钱?"

叶庆生立即辩解说:"不会的。"

"不会的?那有什么理由不让你看父亲给你的信?还以不给转信相要挟?"

这句话又把叶庆生说急了,冲了杜娟一句说:"我从小就没有养成求人的习惯,不转信,我自己不能找呀!"

妻子看叶庆生气急败坏的样子,劝说道:"我俩也别争了,叔叔婶婶毕竟是客人,过两天就要走了,不要再为这件事生气,好吗?"

忙完了爷爷的后事,叔叔婶婶准备走了。走前叔叔忙着收拾东西,连爷爷私人印章都带走了。第二天,天一亮,他突然跟奶奶说:"妈,我决定带您一同回北京,我已叫青云去补船票了。"

奶奶哪有这个思想准备,说:"我在家好好的,跟你到什么北京去?"

"昨晚我与青云商量好了,亲家老人们都不在了,爸爸又走了,正好接您去过过。"

一听叔叔说"爸爸走了",奶奶又哭道:"老头子,我怎么会舍弃你而走呢?"她抬起头对叔叔说,"我不走,死也要死在家里。"想到爷爷尸骨未寒,奶奶越哭越伤心,"我不能走。这把年纪了,这一走,我这把老骨头就要丢在外面了。"

叔叔怎么劝,奶奶就是不答应,说:"我跟庆生过得好好的,哪里也不去。"

婶婶补票回来，说："妈，票都买好了。"

"买好了，你们不能去退呀？"奶奶白了婶婶一眼。

叶庆生和杜娟都感到叔叔做事太唐突，怎么也不事先说一声，商量一下，就接奶奶到北京去？两个孩子听到叔爷爷要接婆婆到北京去，高兴地围上来说："到北京去好呀，婆婆，带我到北京去嘛。"

奶奶擦了一下眼睛，把两个小宝贝拽到怀里说："乖乖，我哪里都不去。"

"大人说话，别闹腾，给我出去玩去！"妻子把孩子们硬撺了出去。

叔叔这时只好转过头来求助于叶庆生说："庆生，你就劝劝奶奶吧。"

叶庆生心想，我能劝什么？我又如何劝得动？本来嘛，奶奶跟我们过得好好的，爷爷刚去世，为什么突然要接走奶奶？何况宜庆又不通火车，一路要乘船倒车，这旅途劳累和长途跋涉，八十五岁高龄的奶奶，怎么受得了？真不知道叔叔这次回来搞什么名堂。

叔叔看见叶庆生扶着奶奶没有作声，就一再做叶庆生的工作，他说："家里房子太小太简陋，你两个儿子还小，工作又忙，还要求上进。我们现在生活好一些了，到北京有你弟弟照应奶奶，跟你一样，你就放心吧。我们会给奶奶在床边安放一个坐便器，生活方便些，你们也不要每天起早上公厕倒马桶了，有什么不好？"最后叔叔几乎央求地说，"庆生，你就帮我好好劝劝奶奶吧。"

叶庆生想，我是奶奶的长孙，从小由奶奶带大，奶奶连一个指头都没有碰过我，我怎能劝她走？但叔叔是奶奶的亲生儿子，儿子要接母亲走，我这个孙子又不好阻拦。叶庆生跟奶奶说："奶奶，他是您的儿子。他要尽人子之孝，我能说什么呢？"

"不要听他的，尽出馊主意。"奶奶对叶庆生说。

"妈，我是您儿子，我还能骗您？我是想接您去过几年好日子，也为庆生减轻一些负担。"叔叔恳求着。

"我不走！"奶奶就是不肯答应。

"妈——"叔叔扑通一声跪在奶奶面前说,"你就听儿子这一回吧。为儿自留在京城,没有为母亲尽过一天孝,现在生活好了,你就让儿子为娘尽尽孝心吧!"

"早不孝,晚不孝,这个时候想到要尽孝了。你那点心思我能不知道?"奶奶知道叔叔是想做着给叶庆生父亲看的,就是不理叔叔的苦苦哀求。

叔叔突然要带奶奶到北京去,在亲戚间也传得沸沸扬扬。不少人都过来劝叔叔道:"奶奶都这么大年纪了,故土难离啊。"有的说:"爷爷刚过世,奶奶怎么忍心丢下老头子走呢?"有的说:"奶奶跟庆生好好的,为什么要接她走?"当然也有看热闹,在背后说风凉话的,甚至说得很难听:这不是胁迫奶奶当"人质"嘛;是的嘛,如果庆生爸爸不来信,不寄钱,也就没有这个事了;不会的吧?是庆生夫妻对老人不好,奶奶要走的吧?

婶婶也被这些闲言碎语闹烦了,她埋怨叔叔说:"你做事,总是那么任性。真不走?就算了!"

"你懂个屁!"叔叔狠狠地冲了婶婶一句。

杜娟对叶庆生说:"你们叶家都是一个德行,以自我为中心,还犟得要命,几头牛都拉不回头。可是在这件事情上,你不能干涉,去不去,一切由老人自己决定。"

杜娟说得一点没错,叔叔决定了的事,他非要办成不可。表面上,他彬彬有礼,对亲戚和邻居们客客气气的,转过背来则是另外一句话:"外人怎么说,由他们去说,我们不要去管!"

奶奶走的那一天,叔叔婶婶一边一个扶着奶奶的两只胳膊,生怕奶奶不走似的,叶庆生和妻子想帮都帮不上忙,只好拎着他们的行李,默默地跟在后面。在趸船上,叶庆生难过地对奶奶说:"奶奶要走了,我再也不能照应奶奶了。"

奶奶泪如雨下,拉着叶庆生的手嗫嚅着说:"我是不想走的,是你叔叔非要我走的。"

叶庆生知道她放心不下的是这个家和两个重孙子。叶庆生噙着泪说："我会到北京去看您的。"

奶奶就是拉着叶庆生的手不放，泪流满面地说："庆生，我走了，怕再也回不来了。"

四

奶奶跟叔叔走了已整整一年，叶庆生一直不能适应没有奶奶的日子。以前，即使在学校或在农村，每年回到宜庆，奶奶就是家。祖父刚去世，奶奶又远在北京，叫叶庆生怎么不想念奶奶。每当叶庆生提笔给叔叔写信时，哪怕千言万语，也无法感受到奶奶在身边时的那种亲切的气息。叔叔每次回信总是那么几句话："来信收到，寄来的十元钱和粮票都收到了，奶奶身体健康，我们都平安，勿念。"一张信纸，几句冷冰冰的文字，怎么都不能传递出奶奶唠唠叨叨的话语。有人说，"文字是语言的进化版"，可叶庆生从叔叔来信中看不到有什么有意义的含义和暗示，更谈不上有感情色彩。这一次，叶庆生总算领教到叔叔十分古怪的脾气——冷不丁便会在温馨中变得疯狂。

祖父去世后，骨灰暂时存放在殡仪馆纪念堂内。到了清明节，叶庆生和杜娟就早早地来到存放骨灰盒的龛前烧香敬花，又乘车到乡下为公公婆婆上坟。自改革开放以来，传统的礼俗都在逐渐地恢复，特别是祭祀祖先，一年比一年热闹。一路上，墓地香火不断，"噼噼啪啪"鞭炮声不绝于耳，真有那么一点"清明时节雨纷纷，路上行人欲断魂"的意境。

叶家祖坟在乡下老虎山，离小城还有四十多里地。小时候都是爷爷带着叶庆生徒步下乡做清明。奶奶说，那可是一个好地方，青青的趴地草，如鹅毛毯覆盖了小山岗，公公婆婆的坟就葬在山岗上。如今老虎山已人满为患了，下乡做清明，叶庆生看到的是那密密麻麻的坟墓与村舍为邻，心中就有一种莫名的悲哀。人啊，人，一代又一代，活人与死人之间不就是隔着一层薄薄的土嘛。出门是大活人，进门到后院就能见到父母和祖辈的坟茔。儿孙行孝，祭扫祖坟，不就是时时想拉近与先人的距离，虽阴阳阻隔，但血脉相延，亲情常在，记忆犹存。

叶庆生和杜娟走到公公婆婆坟前，捡除坟头上的杂草，用土块压上一张黄表纸为坟盖帽，并在碑前摆上香纸，正准备祭拜，发现在原来墓碑旁多立了一块石碑。想来，是本家堂叔受叔叔所托，重新刻制的，上次与叔叔发生龃龉后，乡下亲戚就再也没找过叶庆生。

杜娟一看，怎么把爷爷奶奶的名字也刻在公公婆婆碑上，成为儿孙祭拜的对象了。叶庆生"唉——"了一声说："叔叔一意孤行，有什么法子呢？"他内心也后悔，当时没有好好看看叔叔草拟的碑文。没想到还没商量好的事，叔叔就干了。不知道，父亲看到这个墓碑的照片，做何感想？不去管他了，尽孝心是各人的事，正如上坟香纸钱是不能凑份子或由别人代办的，只能各人买各人的，各人烧各人的，各人磕各人的头，各人缅怀各自已逝的亲人。

在叶庆生的记忆里，叔叔几乎没有上过祖坟。这次怎么啦？他想起奶奶小时候给他讲的二十四孝中的头一孝，从小顽劣的丁郎自从朝拜了九华菩萨，回来后对母亲极尽孝道。母亲去世后，他就整天捧着母亲的灵位牌子，虔诚祭拜。是不是叔叔上九华山受到地藏菩萨的点化，也开始崇尚孝道了？可叔叔是一位医生，是一位彻底的唯物论者，他从不相信鬼神，主张丧葬从简，就是对爷爷奶奶的后事，也曾这样嘱咐过叶庆生说："爷爷奶奶百年之后，若我不能回来，就全靠你料理了。火化以后，葬到公墓就行了。"每次叔叔回来，奶奶都叮嘱他说："你回来也该下乡去看看爷爷奶奶的坟。奶奶小时候带过你，给他们烧点纸钱，也不枉疼爱你一场。"

"我没空。"叔叔总是那么一句话。

叶庆生调回宜庆后，才从奶奶嘴中得知，叶家祖坟"文革"中被人挖了。"祖坟被挖了？我怎么一点也不知道。"叶庆生问。

奶奶说："爷爷不让告诉你们。他非常开明，主张'厚养薄葬'，只要儿孙孝敬就行了。那年是他一个人下乡去捡的尸骨，用两个草包装好，重新埋了，立了一块新碑。"

"造孽呀，造孽，你公公是一个私塾先生，他能有什么？"奶奶捶胸顿足，向叶庆生哭诉。

叶庆生后来下乡做清明时一打听，也得到了印证。乡亲们说，"文革"后期，村里有一户外姓人家，非要说公公婆婆坟地风水好，自己要用它做宅基地，也没有通知家人，就不问青红皂白地掘开了公公婆婆的坟墓。当时在场的人说，棺盖打开时，只见老人丝棉裹身，面目如生，还没有腐烂。掘坟的看看棺材里什么也没有，就把棺材盖丢弃到池塘里，扬长而去。这户人家也就此奠基做屋。事后，爷爷下乡来，在乡亲们的帮助下，把公公婆婆的尸骨重葬到老虎山下。乡亲们还告诉叶庆生说，凡事总有报应，就在这户掘墓人家新房建成不久，那男人有一天从二楼上摔下来，跌断了腿，他的女儿也突然疯了，在村里整天衣不蔽体，满街跑。

乡亲们还带叶庆生看了原先葬在高岗上的坟址，现在是一栋二层小楼，但关门闭户，没有人气。公公婆婆的坟现在挪到坡下，好在下水畅通，周边有竹林，也是一个不错的地方。杜娟对叶庆生说："庆生，你看坟头都塌了，是不是冬至我们请假下乡找人帮忙挑挑坟，重新立个碑？"

"好，我找堂侄商量着去办，挑坟就不要重新立碑了。"

一年一度的台属台胞春节座谈会在年前就召开了。

荣先生来了，叶庆生小学同学胡来也来了，他一直和荣先生坐在一起，低声说着话。看见叶庆生招手示意他，就挪到叶庆生的身旁坐下。

叶庆生问："荣先生帮你与父亲联系上了？"

"是的。"他说，"我父亲得知了我和我母亲的情况后，急切地想回来看看……"胡来把他寻父的经过仔细地跟叶庆生说了说。

胡来的父亲于1948年年底到了台湾。胡来说，他的父亲在台一直相信有一天能回到家乡，这一信念让他孤独一人坚守到1974年。1974年当他从军队退伍时，下属请示他："您的行李往哪儿搬？"五十多岁了，孑然一身，家在何方？一句不经意的问话，让他黯然神伤。后在同事们的劝说下，他才与一个死了丈夫、身边有三个孩子的女子结了婚，并生下一个女儿。胡来的母亲知道胡来父亲还活着，感慨万分，毕竟曾经夫妻一场，她让胡来向父亲转达这样的意见：盼他早日回来，同意儿子认祖归宗，但希望他能满足她与他单独见一面的愿望。"我理解我的母亲，虽然改嫁了，对我父亲还是有感情的，而我更想早日能与我的亲生父亲相见。我家的亲属们对这事也都有不同的期盼和看法。我写信给我父亲，可是……"

胡来的故事引起了叶庆生的好奇，下午散会时，飘了一天的小雪停了，他就邀请胡来到家里吃晚饭。吃过饭，他们面对面地坐在小客厅里，夜幕渐渐降临，雪亮的日光灯把两位昔日的老同学拉得更近了。

"可是台湾的继母，虽然理解丈夫思亲之苦，同意陪丈夫到大陆探亲，但是坚决不同意丈夫和前妻单独见上一面。"

胡来接着说："我继母提出我父母见面的唯一方案是，必须在我生父、继母、生母、继父四人同在的情况下。"

叶庆生知道，胡来在亲情面前遇到了两难的局面，但是寻父的原动力，不会使胡来知难而退的，因为他多么希望早日与父亲相见啊。

"你知道，"胡来啜了一口茶说，"回来本属不易，现在又为家庭问题卡住了壳。唉——"胡来深深地叹了一口气，继续说，"当我得知我父亲焦急地等待我在大陆亲戚间做各方面工作，整日茶饭不思，日渐消瘦时，也很着急。我只好恳求我的母亲，让我父亲早点回来吧。我母亲，无奈之下终于含泪同意了不单独与前夫见面。其他亲人也劝我母亲想开点，不要再坚持了，就让我爸早点回来看看儿子吧。这不，我刚才正感谢荣先生为我带回父亲打算回来探亲的消息呢。"

胡来终于舒了一口气。叶庆生为胡来同学将能与自己亲生父亲见面而高兴。这时，又下雪了，窗外寒风裹挟着雪粒正不停地摔打在玻璃上，发出"噼噼啪啪"的响声。

"你父亲也来信了？"胡来关心地问叶庆生。叶庆生把与父亲联系上的情况简单地跟胡来说了一下。

胡来说："哪有这样的叔叔？"

叶庆生说："叔叔不给我看我父亲的信，也不给我转信，我就自己找。"

"你自己找？谈何容易。你找荣先生了吗？"

"找了。他告诉我，没有具体地址难找。"

"那你不能找你叔叔要吗？"

"要？他给吗？我才不求他呢。"

"唉，我乡下老家那边，一对兄妹，哥哥先与他父亲联系上，为了独吞父亲的钱，竟写信跟他父亲说，妹妹早死了。村里人都知道这个哥哥不是一个东西，只要他父亲一回来，这个谎言就不攻自破了。"

"世上竟然有这种不要脸的人？"

"都是钱惹的祸。乡下人不是说：'饿屁穷扯谎'嘛，穷怕了，也就不顾廉耻了。"

胡来临走还安慰叶庆生说："你父亲肯定是被你叔叔欺骗了。他迟早会找你的，到时你得向你父亲解释清楚呀。你们毕竟是父子啊。"

第二天，叶庆生在下班的路上碰到了尹院长。尹老师一见面就说："你这个小鬼，皖江医学院你不去，却跑到宜庆来了。害得我派出医疗队，还花了几万元，帮阳陵县建了一座像样子的卫生院。"

叶庆生只笑不答，拉了老师就往家走，说："老师来了，学生这餐饭不能不吃。"

尹院长说："我是来宜庆开会的，明天就要回去。会上都安排好了。"不过尹院长还是很关心地把叶庆生拉到路边问，"你与生身父母联系上了？"

"还没有。"

"现在政府很欢迎台胞回来探亲，我们学校联系上的已不少。要不要我帮你打听打听？"

叶庆生用感激的眼光看着恩师，自家的难言之隐，也不是一句话能说得清楚的。

告别恩师，回到家里，叶庆生跟杜娟说，卫生部今年委托全国几所知名医院办主治医生进修班，医院已安排他去上海进修，机会难得。杜娟顺手递给他婶婶刚来的信，说："你叔叔得了肺癌，婶婶在信中说，已做了手术，一家老小都好，不希望我们去探视。"

叔叔得了肺癌？真是"天有不测之风云，人有旦夕之祸福"。叶庆生读着婶婶的来信："'你叔叔上半年体检时发现患了肺癌，而且已是晚期，立即做了手术，现在恢复得很快。你叔叔不让我告诉你，也不让告诉你奶奶。我想想还是给你写了这封信。目前一家老小都还好，你小弟虽然回了城，现在在街道工厂打杂，你叔叔想安排他去学习。希望你们以工作为重，不要挂念这边，也不要来京探视。'落款日期是'1981年7月15日'。"

这时不知谁家正播放着二胡独奏《二泉映月》，悲切的琴声洞穿心扉，叶庆生只觉得心里空空的。平时看起来非常健康的叔叔怎么会突然患了绝症？虽然叶庆生恨叔叔做事荒唐，奶奶老了，也不让她安生，这样一来不是活活地要让白发人送黑发人吗？但是，叶庆生不希望叔叔死，他希望他工作的全国最好的医学院能治这个病。

叔叔突然查出了肺癌让叶庆生又一次感受到人生的无常。叔叔把几十年社会和家庭带给他的伤害，全化成了怨气和怒气，无处发泄，都郁积在心中，甚至昧着良心做事，不可能不对他的病产生影响。叶庆生任手中这张苍白的信纸在这哀伤、凄楚的琴声中微微颤抖，感到心中说不出地难受。这哀婉的琴声也坚定了叶庆生寻亲的决心，必须马上去做，不然想做都没有机会去做了。

主治医生进修班学习和工作是繁忙的。这天叶庆生刚下手术台，忙完医嘱，匆匆打了一碗饭，回到宿舍，刚进门，同宿舍的学友问："你怎么才回来？"

叶庆生说："一个颈动脉瘤的病人，剥离费了不少时间。"

学友都知道叶庆生找父母遇到了一些困难，他们劝叶庆生说："没有父亲不想儿子的，你叔叔与你父亲，不过是兄弟关系，可能你叔叔从中作梗，产生了什么误会。"

就在叶庆生进修学习最紧张的时候，叔叔去世了，北京拍来的电报是："叔病故你进修请勿来"几个字。

叔叔不吃烟、不喝酒，怎么就患上了肺癌？患上肺癌怎么这么快就走了呢？叶庆生面对着这张没有标点符号、没有落款的电报，就像面对叔叔冰冷的遗体，眼睛湿润了。"一切过去了的都会变成亲切的怀念"，叔叔与叶庆生的过往就像普希金诗句中说的一样不断闪现在叶庆生的眼前。叶庆生知道，叔叔是瞧不起他母亲的，可以说是恨，恨他母亲移情别恋，才导致叶庆生父亲去了台湾，造成家庭四分五裂的局面。可为什么在叶庆生父子即将有机会见面的时候，他又换了另一副面孔？

见到这份电报，同寝室的学友有的说："叔叔去世了，应该回去。"

有的说："你叔叔做得也太绝情，回去干什么？"

叶庆生正在犹豫之际，一位学友说："你这个老实头，做什么事都不好意思，总是怕对不起别人，容易把所有的人都想象成好人，甚至一直为别人考虑。他们不要你去，你非要往上贴干什么？你心里早就想远离他们，不想再接触他们，还像煞有介事地摆出个孝子的样子，虚伪！"

醍醐灌顶，让叶庆生直面人生，他收起电报，又上班去了。

医院对进修生要求是门诊三个月，病房九个月，基本上是 24 小时值班制，不允许请假。何况这批考取主治医生进修班的同学都是

"文革"中毕业的"老三届"大学毕业生,上进心非常强,大家都想利用这次进修的机会,多学点知识,使自己成为一位独当一面的医生。叶庆生也非常珍惜这次学习机会,他想,学有所专,学有所精,也是对叔叔在天之灵的一种安慰吧?

进修临近结束时,叶庆生抽空跑到五角场同济大学去了一趟,因为父母曾在同济大学念过书,他去看看,想感受一下父母曾学习过的地方。

走近同济大学红墙弧形拱门,"同济大学"四个大字高嵌门头。进门,迎面是一尊挥手的毛主席雕像,像后是一幢红砖的图书馆大楼。校园里绿树成荫,年轻的学子们欢声笑语不断。叶庆生走走看看,可是他再怎么联想,也找不回自己父母上学时的一点影子。

五

叔叔去世,并没有影响叶庆生每月给婶婶的一封信。因为叶庆生每月要给奶奶寄钱寄粮票,总要问问奶奶的饮食起居和身体情况,每次回信都是平安、健康、高兴这类的词语。今天接到婶婶的信,因上班病人多,还没来得及看,回来觉得有点累,吃过饭,教两个儿子写了几个字,就早早地躺到床上去了。妻子洗过碗,搞清了家务,坐在床边把婶婶的来信念给叶庆生听:

庆生、杜娟:

你们好!孙子们好!想要点什么吗?请来信。你们寄来的十元钱和粮票收到了,奶奶很高兴。她给我了,准备给她办生日,做点寿面,全家团聚一下,也为使她老人家高兴。最近天冷,奶奶身体还好,只是惦念着你爸爸,他已一年多没来信了。目前转信很困难,香港朋友转移到美国去了。我请我老校长从加拿大与你父亲联系过,你父亲说,千万不要给他写信,他是公职人员身份,已退休了,还是不要乱找人为好。听说他们那里很严，怕说通大陆。有信来，再告诉你们……

婶婶 1983 年 3 月 2 日

叔叔去世后，类似这样的回信也不止一封了。叶庆生进修结束刚回来时，婶婶来信也是这样说的："来信收到了，钱和粮票也已收到了。知道你学习结束了，这样对家庭及孩子有照顾，很好。最近天气暖和了，奶奶身体恢复多了，能每餐吃一碗饭。每天还能自己在房里转，念经，睡觉，生活很稳定。你小弟夫妻照顾很周到，每天早上一个蛋，一碗蜂蜜和麻油水，东西吃不完。目前她的生活与你叔叔生前一样，这点请你放心。你父亲很少来信，因转一封信非常困难，香港的转信人跑到美国去了，我的老校长去加拿大，我请他给你父亲去了一封信。我的老校长已回来了，说你父亲现已年老退休在家，他怕与我们来信，因为台湾管得很严，怕自身难保。只是口头上说的，没有带回任何东西。我请求你爸爸回来探亲，但老校长说，根本不可能，只有盼今后了。据说，那年你广播找你父亲找坏了，你父亲更害怕更不敢来信了。"

杜娟刚念完婶婶的来信，大表姑就来了。大表姑是个快人快语的人，说话直率，又不乏幽默。叶庆生始终没有忘记小时候大表姑说他是从奶奶胳肢窝里掉下来的调侃。大表姑一进门就嚷嚷："庆生，你这个夜猫子，今天怎么这么早就往床上爬？"

杜娟上前忙说："表姑，请坐。"

叶庆生起身为表姑沏上茶，笑着说："大表姑，我早点上床怎么啦？"

大表姑说："俗话说，隔墙有耳，进门我就听到杜娟在念信。庆生，你怎么啦？真被那个婶妈糊弄住了？"

大表姑刚从北京回来，因表哥北大毕业后分配在北京工作，去年底接她到北京过年，她没事就去看看她的二姑，也就是叶庆生的奶奶。她说："你叔叔家发了，进口的大彩电，原来的旧木家具全换成新的进口红木家具了，堂屋那组进口皮沙发就值一万多块，小表侄也留学去了。听说，他们还在三环内买了新房子正在装修呢。"

叶庆生跟大表姑说："可能是婶婶家的定息补发下来了？"

"那才几个钱？"

叶庆生说："他们把奶奶生活照应得很好，我就放心了。管他家有多少钱。"

"你这个大孬子！听说是你父亲寄了不少钱回来，你叔叔婶婶做人不厚道，独吞了。他家四邻都有议论，说每月有成千美元的汇单，前两年一家吵得人死牛翻瘟，你叔叔去世后，你婶婶像变了个人似的，对人爱理不理的样子，街道上一切活动都拒绝参加，最近又在准备着搬家。"

"我奶奶身体怎么样？"

"你祖母真有定律，还是老样子，整天窝在二丈的披屋里，就像鸽子笼的鸟，孤苦伶仃一个人，他们早晚喂一点，就吃一点，对你叔叔过世，只字不提。"

叶庆生知道奶奶一生经受过多少磨难：早年战乱，以后又逃难，居无定所；中年两个儿子都不在身边，还要照应孙子；老了又远离故土，痛失亲子。对人生无常看淡了，心也硬了。

杜娟说："奶奶心中有'佛'。"

"说得好。你奶奶托菩萨保佑。"大表姑点点头说。

"听婶婶说，我父亲好久都没来信了。"说着，叶庆生把婶婶最近的来信给大表姑看。大表姑看完信说："扯淡！"大表姑是叶庆生叔叔的表姐，婶婶上次回来就住在她的家里。大表姑说："你那个婶婶撒谎都不会，她还常在邻居面前夸耀说，她这几年日子好了，是因为有加拿大亲戚接济。人家都知道，她海外有鬼亲戚呀！不就是找到了你父亲以后才得意起来的。"

大表姑愤愤地说："她只能骗你们，骗你奶奶和你爸，她欺骗不了别人，旁观者清嘛！"

叶庆生跟大表姑说："爸爸有点钱给她也好，一则赡养了奶奶，二则也感谢了叔叔多年培养我的情。"

大表姑说："你呀，你，就不知道'人心无足蛇吞象'？要钱，也不能避着你们啦。"

"避着我们好。我嫁给叶庆生时，图什么呀？图钱，还是图财？当时只知道他家里有两个老人，父母在台湾，承受的是责任和委屈，是带薪的保姆，就没想过有一天能捞个外快钱。要有自己有。再多的钱，我不稀罕。叶庆生大学毕业后四十二块半拿了近十年，日子不也过了。现在加工资了，日子好过些了，谁还愿为钱去讨那个气？"杜娟一吐为快。

大表姑则不以为然，她说："自古'人为财死，鸟为食亡'，有钱的日子总比没钱过得舒坦些吧？"

杜娟说："表姑，我是一个多求安稳少求财的人。你那个表侄子你也不是不知道，他加个'更'字，他不会用钱，钱也用不出去，除了看病人、看书，什么都不想。每次搬家，他把书放在箱子里，却把衣服塞在纸盒里。他只有一个心病，就是想找到他的生身父母，父亲找到了，结果还被'家鬼'害了。"

"听你奶奶说，你妈妈没去台湾，在北京又嫁了人？"

"是的，也是奶奶临走才跟我讲的。我正准备托表哥在北京帮我打听打听呢。"

"好事，这是好事。我也叫天洋在北京留心给你们找找。"

第 七 章

一

1983 年是农历癸亥猪年，改革开放刚开始有点起色，全国城乡经济也日渐活跃起来。这一年对叶庆生而言，也是值得铭记的一年：自己刚从华东口腔医院进修回来，就被提拔为科主任；妻子也考取了皖江医学院大专班；两个儿子一前一后考入初中。加上最近医院有传言说，组织正在考察他。对这些传言，叶庆生并不在意，因为从中学开始自己就背着台属的负担，一直抬不起头来，虽然组织早已对他档案进行了清理，但"身份感"的阴影就像不良刺激一直残存在他的大脑中，他除了小心做人，认真做事，别无他求。何况，妻子上学去了，儿子刚进初中，科室工作又忙，医院和家里真是忙得两头顾不上一头。妻子临走，还不放心地说："你一个人行不行？"

"行、行。孩子们都很乖，不就是一天三餐饭的问题嘛。"

晚上，孩子们都睡了。窗外早已沉入静寂的夜色之中，只有叶庆生的台灯是亮着的，这时叶庆生的思维也特别清晰。叶庆生想，我找父亲，只是想见到自己亲生的父亲，古人说得好："子之爱亲，命也，不可解于心。"命不可解，亲情不可解。叶庆生对父亲的感念常在心头，是什么外力也驱散不掉的。可是浅浅的海峡，联系起来怎么就这么难呢？叶庆生自忖天生愚钝，相信天下人心的善良，不会耍什么花花肠子。可是问题恰恰出在叔叔婶婶身上。有人说，是钱惹的祸，'瞎子见钱眼睛开'，穷怕了。可是再穷也不能睁眼说瞎话，欺骗别人啦。叶庆生揉揉眼睛，定了定神，不再想这些烦心事，因为表哥来信说，要叶庆生尽量详细地提供他母亲在北京的信息，他好去找。现在还是尽量想想老人们留下了哪些有关他母亲的蛛丝马迹：1946年底，父母随同济大学从四川宜宾迁回上海，路过家乡时，把我丢给了爷爷奶奶。这时父亲教书，母亲上学。可是母亲到上海后，想弃工学文，报考上海剧专。父亲不同意母亲投身演艺界，因此发生口角；加上父亲同情参加游行的学生，受到校方警告；一生爱面子的父亲，一气之下，辞去教职，跑到台湾去谋生。母亲当时也赶到台湾，希望父亲回来。父亲还是不同意母亲读上海剧专，结果闹得不欢而散。母亲回来后就跟剧专的一位老师好上了，这位老师到北大任教时，把母亲也带到北平。父亲为此事非常苦恼，也很后悔。北平临解放前，父亲写了一封信给在北平的叔叔，希望他能出面做做母亲的工作，表示只要母亲回头，他就回来，她干了什么也不再理论了。这位北大教授叫什么来着？好像叫沙正清。至于我母亲吕思麟现在的情况就不得而知了，好像在哪所中学教书？……叶庆生整理着这些支离破碎的记忆，给表哥写了回信。

表哥很快就回了信，说："你说那位教授可能住在北大未名湖畔，我去了，未名湖对岸那片平房早就拆了。北大也没有沙正清这位教授。听说'文革'中曾住在这里的教授有人去世了，剩下的大多都搬离了。总之这些事还一点头绪都没有，你顶好再想想有什么直接的线索，我好按图索骥。"

按图索骥？叶庆生想，我要有寻母图就好了，我这些拼凑出来的东西还不是以前从奶奶、叔叔和其他亲戚那里听来的一鳞半爪，只能如实照搬，其实，我所知道的只有沙正清和吕思麟这两个名字是真实的，其他的就仅能供参考了。

一天下午，医院组织职工学习企业改革的带头人"步鑫生"的事迹，叶庆生回家晚了，一进家门，就忙不迭地捅开煤炉，洗菜做饭。见爸爸回来，大宝放下作业，跑过来说："爸，你的信。邮递员叔叔刚送来的。"叶庆生接过一看，是表哥来的，赶忙擦干手上的水渍，仔细地读起来。

庆生：

你好。关于寻你生母的事，我一直在注意打听。先托了几个人，有时自己跑，都无结果。这次，我特意找到在中国文联工作的北大老同学敬昭义，她是老北京人，对北京很熟，联系也较广。重点是先得找到沙正清这个人，此人是屈原和《楚辞》研究专家，当年甚自负，甚至连郭沫若也敢于看不起。他写了很多关于屈原和《楚辞》的文章。现在通过敬昭义的努力，已查明沙正清还没死，是文化部的人，不是北大的人。至于你生母的年龄、职业、外表特征等等，还希望尽量详细来信告之。因为现在第一，你生母是否确系跟了沙，还无百分之百把握；第二，跟沙时或以后是否改过名，尚不得而知；第三，现在可以断定你的生母后来又与沙离了婚，离婚原因现在更不清楚，这个"原因"很重要，因为它决定着提起这事是否会引起沙的不愉快的回忆，因而不愿谈或干脆否认此事，拒绝谈，等等。当然亦不排除你生母当时去世的可能性，你生母是否健在，亦不得而知。敬昭义曾建议，除通过熟人打听以外，还可由你方组织出面给沙正清的单位来函，一查档案就清楚了。我基于上述种种考虑，则觉得此事还是委婉点、谨慎点为好，不宜组织出面，不宜急于求成。敬昭义很同意我的意见。她对你的情况很同情，决心努力帮助你，你可以直接写信与她联系，把所知的详情告诉她。她还热情地表示，不必转来转去，可直接写信给她。庆生，以后你就直接与她联系好了，有了结果，请写信告诉我一下。但愿你们母子今生有见面之日。

你和弟妹及孩子都好吧。

顺颂

近祺！

表哥

1983 年 10 月 24 日

第二天，敬昭义的信就到了。叶庆生感到，天下还是热心人多，表哥托的这位老同学简直就把叶庆生的事当作自己的事来做。

叶庆生同志：

关于你母亲，已有如下线索：沙正清不是中国作协会员，据说是文化部的人，在哪一个处室不清楚。你母亲现在也不会同他在一起。他的最后一任离了婚的夫人是中央音乐学院的教师。我科室有一位老师的研究生，现在的邻居是沙正清的熟人，可惜这位邻居出差去了，待十一月份才能回来。我这位同事表示，这事包在他身上了。通过他了解情况比较省事、稳妥。只是不知你们是否能耐着性子等？若着急，就利用文化部的那条线索。

不多谈。祝你健康！

敬昭义
1983 年 10 月 25 日

"穷年忧黎元，叹息肠内热。"叶庆生读完敬昭义的来信，心里不由得冒出这两句诗。叶庆生对于这位素未谋面的热心人，不顾身边一些人出于对生活中某些阴暗面的疑惧、好心劝阻，甚至警告，一意孤行，仅仅根据自己提供的沙正清和吕思麟这两个人的名字，可以说少得不能再少的线索，托熟人找保人，动员一切她所能用的关系，在北京茫茫的人海里上下寻觅而感动。心里常有一种感恩的想法，却不知道怎样才能感谢这位好心人。俗话说，好事不在忙中起。叶庆生及时回复了敬昭义的来信，一是表示感谢，二是尊重她的意见，全权拜托她了。并附信寄去奶奶留下的一张自己一岁时由妈妈抱着照的老照片和最近一张工作照。

到十一月底，叶庆生就收到敬昭义的第二封来信。

叶庆生同志：

来信已收到。记得十一月十五日那天，我室的这位研究生说他的邻居已从外地回来了，据这位邻居说，沙正清曾有一妻叫吕思麟，后二人离婚，吕与季美林结婚。于是，我又去北大拜访我熟悉的一位老师，他与季邻居十余年。他听我一说，非常气愤，说，这是谁造的谣？季不会有叫吕思麟的妻子，因为同季在一起的自始至终是他的原配夫人，是他按老规矩在山东老家娶下的文化不高的妇女。我不得不讲明，我倒不会把因误传闹出笑话这点小曲折放在心上，我是觉得找人还是慎重点好。我又亲自找到沙正清这位邻居家询问，恰巧他家有一位研究电影的老客人，老人记得吕思麟清秀而端庄，与沙离婚后同老教授季侯道结婚。我只好托中学时代的一位同学向季的老友打听情况，前天，得知吕思麟仍健在，是四川人。但她是否就是你的生母吕思麟，在何单位工作，还不清楚。

我本想叫你通过组织出面彻底弄清有关问题会更快些。但帮我忙的老同学认为不妥。她主张少让不相干的人插手，只在季和吕的老熟人中间活动为好。我认为她考虑得比我周密。她打算请一位老师写张便条，作为我的"介绍信"，我持信去找吕思麟面谈，了解落实一些情况。因为是人托人，还是托的名人、忙人，所以此刻是磨炼我这个急性子的耐性的时候。叶庆生，我们虽不曾谋面，但我深感你的赤子之心，才没有放弃自己的责任。我坚信，属于你的幸福终会到来，别急，你要等！

我曾在外地居住、工作十年，体验到了外地人想在北京办点事的苦楚。所以既然回到了北京，我就有为外地同志出点力的义务；我虽无权无势，但我总还有为别人跑跑腿的劲头儿；而且开句玩笑吧，我是个"社会主义人道主义"者，如能使你享受到天伦之乐，我也将感到极大的欣慰。所以你千万不要客气，说些什么"感恩"的话。在这个问题上，我有义务，你有权利。你放心，既然我参与了这件事，就不能让它半途而废，但确实要考虑方式方法。你有什么要求和打算，请来信。不多谈。你表哥处，我就不另写信了。祝你成功！

敬昭义

1983 年 11 月 28 日

"属于你的幸福终会到来，别急，你要等！"叶庆生没想到自己多年的寻亲之路，终于梦想成真，就好像有"芝麻开门"的神奇密语在暗中神助。这密语就是来自敬昭义的第三封信。

叶庆生同志：

现在我终于可以松一口气了。昨天下午我见到了您的母亲，同时也就认识了我喜爱作品的当代女作家如意同志（如意既是笔名，也是你母亲现在的名字）。一些答应帮我继续落实某些问题的同志，考虑到现实生活的复杂性，退缩了；同时也好心劝我抽身出来，不要冒冒失失地陷进始料不及的纠纷旋涡中去。他们的疑虑不能算是杞人忧天，但我更相信您对自己母亲纯洁的感情。于是，本着尽量不对不相干的人"扩散"个人私事的原则，我带着冒险的心情去找如意同志。我刚一向她提到您的名字，她就热泪盈眶，哽咽难语，我也就放心了。她十分激动，向我讲述了同您父亲离异的原因，讲了她对您的内疚心情，很快想到您当医生请假来京是否方便，等等。这一切不用我来详尽复述了，我只为您将享受到母爱而高兴。

既然您称我为"大姐"，现在我要直率地说几句多余的话：如意同志身体不好，心脏有病，53 岁时便退休了（当然没有停止写作），您一定要体贴她。一个对儿子充满内疚心情的母亲，是甘愿为儿子做出任何牺牲的，此时做儿子的绝不要苛求母亲。相信您能同我一样，对她的经历和遭遇完全理解，完全同情。如意同志的老爱人是位正直善良的人，听说，你还有一个小弟，身体也不是很好。昨天，当我不听劝阻，冒险地闯进这个平静的家庭时，我是完全站在您的立场上的；现在，我要站在如意一家的立场考虑问题了。相信您能妥善处理和这个家庭的关系，善待继父，善待兄弟。

至于，您在信中曾有"感恩不尽"的话，包括您表示的任何"感谢"，我都会断然拒绝。请您相信我的人格，相信世界上确实有很多愿意无私地为别人做点事的人。只要您能为这个家庭增添欢乐，我就感到天大的满足了。

如意同志会给您写信的。您就准备迎接那幸福的时刻吧！

祝您健康！

敬昭义

1983 年 12 月 4 日

表哥的信跟着也到了，他为叶庆生即将到来的母子重逢而高兴。他说，他这个女同学真正是一位女汉子，侠肝义胆，乐于助人，认真负责，不求回报，连他的同学们都喊她为"我们的老大姐"。表哥在信中也提醒叶庆生，今后要注意一点，就是要处理好和母亲家庭的关系。

叶庆生这两天还没有从兴奋中超脱出来，整天为能这么快地找到母亲而高兴。他还没有考虑到今后的事，这些担忧也不可能在他身上发生。他只是想立刻把这么好的消息告诉妻子，可是妻子现在在外地学习。他见身边正在埋头做作业的儿子们，就一手抱一个把他们都抱起来，一边亲着一边说："乖乖，宝宝，你们有奶奶了，你们有奶奶了。"小宝咯咯地笑起来，说："我奶奶在哪儿？我奶奶在哪儿？"这也不能怪儿子，本来嘛，两个宝贝自小只知道有公公婆婆，从来没听说还有奶奶。叶庆生亲着两个儿子的小脸说："你们奶奶在北京。"

二

当敬昭义贸然走进如意的家时，这一家人并不觉得意外，好像是预约好了似的，等待一位今天第一次上门求教的学生。位于北京灯市口东面不远处胡同里的这幢老旧单位公寓楼刚开始供暖，锅炉供气不是十分稳定，白天气量不足，靠北的房间显得有些清冷。好在这一天，北京是个难得的好天气，靠南边的客厅和卧室，冬日的阳光从窗外斜着射进来，把房间照得暖烘烘的。季侯道在书桌前坐着看书，吕思麟在房里整理着衣柜。门是吕思麟去开的。刚过六十岁，吕思麟的头发就花白了。不过，她梳得很光整，穿一件高领黑毛衣，人显得很清秀。

"这里是季侯道老师的家吗？"敬昭义很有礼貌地问，并递上手上的"介绍信"。

"是的。"吕思麟没有接"介绍信"，轻轻地说，"请进。"

"您就是吕思麟老师？"敬昭义是位快言快语的人，齐耳短发，修长的身段，人显得很干练。她一边解下橙红色的线织围巾，一边脱下酱色尼大衣，顺手挂到门边的衣帽架上。

吕思麟向她点点头说："是的。现在改名叫如意，吕思麟是我过去曾用过的名字。"

"'如'姓的人很少啊？"

"这是我工作后重新改的名字，只希望与过去画一道界线，人生顺遂些。"

"那写《青青和她的同学们》的如意，是不是您？"

"是啊，怎么啦？"

"您就是我上中学时就喜欢读的作品的作者如意？"敬昭义喜形于色，真像学生走进她敬爱的老师家里一样，高兴得甚至忘了这次来的使命。当她感觉到这是一个主静的文人家庭时，她放慢了语速，压低了声音。如意似乎怕打扰了老伴，只在老伴房门口，轻轻地向敬昭义介绍说："这位就是季侯道，我老伴。"

"我小儿子季桑到音乐学院上课去了。"如意补充说完，就牵着敬昭义的手走到客厅，面对面坐下。

"我是受叶庆生同志之托来的。"敬昭义刚一提到叶庆生的名字，如意的眼泪就下来了。她连忙掏出手帕去擦干眼泪。敬昭义递上叶庆生小时候由妈妈抱着的照片和一寸近照，如意拿在手上端详了一会，抽泣得更厉害了。

"我对不起我的儿子……"如意激动万分，哽咽难语，"我和他生父是同济大学在四川宜宾时恋爱的，抗战胜利后，同济大学复原回上海，我们因生活窘迫、性格不合而离异。他的生父到台湾去谋生，我北上来到北京，就把一岁多的庆生丢给了安徽的爷爷奶奶扶养。这一晃就是三十八年了。"说完，眼圈又红了，止不住哭了一阵。"这么几十年，我失眠得很厉害，医生说我有心脏病，53岁就病退在家。刚才听您说，叶庆生现在在宜庆市当医生，不知医生请假来北京是否方便？"如意止住哭泣，追问了一句。

敬昭义说："我想医生请假是可以的。"

"那就好、那就好。"

敬昭义为缓和气氛，转了一个话题问："您还写吗？"

"写。就是因为热爱写作才与他爸爸分开的。但是，长期离开熟悉的工作环境，至今想写的东西很多，就是什么也没写出来。"

敬昭义一边安慰着如意，一边说："我高兴为你们母子重逢做这件事，在这里首先祝福你们了。"

敬昭义走后，如意走进向阳的房间，来到季侯道桌前一张小靠椅上坐下来，深情地望着与她共同生活了 26 年的老伴。这 26 年家庭生活是安全的，也是安定的。她知道，这安全和安定，都是这位江苏人带给她的。老伴长她 12 岁，满头银发，讲究边幅，在家里也是整整齐齐地穿着银灰色的中山装，清瘦的面庞上总是架着那副老式透明边框的近视眼镜，就像在学校上班一样，整天坐在那张带柜子的三屉桌前，看呀，写呀，有点拼命的样子，终身学习的习惯，他这辈子是改不掉了。

26 年来与季侯道相濡以沫，受季侯道百般呵护，如意早已适应了。她每天也以照顾老伴和他们的儿子为乐，特别是看到他们俩津津有味地吃着各自喜爱的她为他们烧的菜，心里都是幸福的味道。平时，她不轻易去打搅丈夫。她只是静静地陪着季侯道，顶多透过他的眼镜，对深沉、善良、坚韧的老伴给予深情的注目和微微一笑。她知道，季侯道自参加革命，一路走来，经历了多少年的折腾，他想静一静，他想静一静思考自己的责任和担当。不过，今天大儿子来找亲妈了，这件事不能不与他通气，听听他的意见。季侯道放下手中的事，望着眼睛红红的如意，轻轻地问了一声："刚才那位女同志来有什么事？"

"呵，是给我大儿子庆生带信的人。"

"庆生找到了？"

她给老伴递上照片说："是庆生在找我们。"

季侯道摘下眼睛，仔细看了看那张庆生的近照说："这就是你的大儿子叶庆生？"

如意点点头。

季侯道宽慰地说："找到就好。那你还不赶快写信邀他们一家到北京来呀！"

如意每天吃过晚饭，保姆去洗碗，她总习惯擦干净饭桌，与小儿子一道把饭桌抬到靠墙的一边放好，今天她连饭桌都懒得擦，早早地把自己关到房间里。

虽然敬昭义走了很长时间，但是下午敬昭义说"我是受叶庆生同志之托来的"这句话还深深扎在如意的脑海里。"没想到，儿子竟然找来了，他可是我的亲骨肉，我的大儿子啊！可是我竟然把他丢掉了，一丢就是三十八年啊。"如意越想越难过，越想越后悔。"可是，我有多少个夜晚做梦都能梦到我那可怜的小庆生，在梦里都能闻到他的体香，我为什么就没有勇气去把儿子找回来呢？"她感到心中有阵阵悸痛，她靠在门后，深深地吸了口气，并用右手掌拍了拍胸口，让自己不致太难过。"我该如何回应儿子呢？"平生还没有体验过的母子情，一时让如意有点紧张不安。她也没有梳洗，就趴到床上，瞬间眼泪就润湿了枕头，她只好翻过身来，一把用被子捂住了头。

如意长期患有失眠症，只要有一点刺激，哪怕小鸟跳上阳台的声音，都会惊醒她。醒后就再也睡不着了，脑子就像脱缰的野马，一旦放开，想收都收不回来，白天就要命了，晕头耷脑的，非常疲惫。今夜，她想早点睡，可又睡不着，躺在床上翻来覆去，冥冥中觉得，身边的小庆生在动，没有哭，"咿咿，呀呀"的，小脑袋直往怀里蹭着。"可能孩子醒了"，她想，赶快爬起来，准备为宝宝喂奶……可翻身一摸，身边空空的什么都没有。她打开床头灯，宝宝的照片还放在枕头上，旁边还有一张叶庆生的近照。她无心擦去泪水，可已被泪水弄湿的枕头凉凉的不好受，她只好把枕头翻过来，侧过身子，拿起叶庆生的近照，对着灯光眯起眼睛仔细地看起来。叶庆生人到中年，跟他生父一样，显得很文静，不过已戴起了眼镜，像个医生。她干脆从她那个小皮箱里翻出老旧的相册，从里面找到那张跟敬昭义送来的一样的庆生小时候由自己抱着的照片，两张一模一样。一寸的黑白照片上是一个白白胖胖的小家伙正依偎在自己怀里，嘟嘟的脸蛋上可以看到浅浅的小酒窝，还有宝宝颈上自己亲手编织的金刚结项圈。不过送来的比自己保存的那张照片眉眼更清楚些，那时宝宝那么小，自己是那么年轻啊。如意把庆生托人带来的那张清楚点的照片插进相册，而仅挨着的一张2寸的黑白照片，是她和叶庆生生父叶龙台在上海照的，虽然已经发黄，但两人神态依然清晰可见。她想看得更清楚点，用手在照片上摩挲着，尽量拂去照片上沉积下来的污尘，而透过这些老照片，灯光似乎能穿透时空，一下子把她带回到过去的岁月。这些与她擦身而过的往事，又回到了她的眼前。

三十八年，一眨眼就过去了，往事不堪回首，自己一生追求文学，追求爱情，可是人心难测，世事难料，谁也不能把握自己的未来。当自己回过头来时，才知道青春不在，时光永逝，再也回不到过去的岁月了。唉，人生如梦，往事如烟……

人到晚年，如意好沉浸在往事的回忆之中。心脏病不允许她劳累，失眠不允许家里有任何响声，季侯道整天没有声音，儿子季桑也不敢高声，在一个无声的家庭，只有回忆陪伴着她安度晚年。

她又拿起叶庆生托人寻母的信看："妈妈，您在哪里呀？特别是当儿得知妈妈就在北京时，您知道有儿的有多难过吗？妈妈，您在北京为什么不来找我？妈妈，难道您不要我了吗？……"眼泪如泉，模糊了如意双眼，让她不能再读下去，她现在最想要做的事，是马上给大儿子写回信，接儿子到北京来。

电报大楼的晨钟敲响了五下，窗外已露出熹微，如意一夜没有合眼，也没有以往的疲劳感，反倒觉得脑子越来越清醒，那不断回放的"电影"，带着她在时空中来回往返。在李庄与同济大学"风雨同舟"那几年，对于自己六十年人生来说，简直是太短了，但有着刻骨铭心的记忆。因为年轻时的心花曾在这里绽放，蜜蜂曾在这里酿造成蜜。可是春花早已凋落，蜜蜂早已不在。当然，人生没有重来，生命也无法"倒带"，最后总是要直面自己的内心。

回想自己走过的人生道路，每个阶段都是以爱开场，最后花谢果落，留下无穷的惆怅，孑然如黑夜中长笛横吹的女郎幽咽带着哀伤。爱还会重返？母爱随着晨熹而苏醒。可能每个人都曾背负着生命不能承受之重，在爱情的风波中沉沦，作为一个母亲经历了所有的喧嚣、繁华和磨难，内心终于平静下来，属于自己的时间已不多了，若再不见，儿子就真的回不来了。如意爬起来，洗漱完毕，没去忙着做早饭，而是赶紧给叶庆生写信。

"庆生"，她刚提笔在稿纸上写下这两个字，觉得不妥，因为现在的庆生已是快四十岁的人了。虽然她对庆生的记忆仍停留在小时候的照片上，毕竟时光不饶人，现在的庆生已是一个成熟的中年男子汉了。她换了一张纸，开头重新写上"叶庆生"三个字，可是又觉得不妥，还不如"庆生"来得亲切，终于她把她对儿子的一生牵挂倾诉在笔端。

"庆生：看见你的照片，我觉得应该叫你的大名了。你的模样和我记忆中的庆生完全联系不起来了。三十八年前从我生活中失去的孩子又回到我的眼前，我忍不住哭了半夜。我不敢提笔给你回信，因为这是非常痛苦的事，想说的话太多了，不知该从哪里谈起。"

她停下笔，又想起庆生已成家，听说媳妇杜娟在外地学习，目前是庆生带孩子过。如是写道："杜娟在外学习吗？你一个人照顾孩子，够辛苦了。真希望今年春节见到你们和小孙子们。你们寒假能来北京吗？我真想早一天看见你们。就在敬昭义来看我的第二天，你二姨从天津来，告诉我说，你父亲托从海外回来探亲的彭叔叔打听你的消息，她把你的通信处告诉了他们，估计不久你可能接到你父亲的信。这是巧合吗？是做梦吗？

"你还有一个小弟弟，我想他会因为有你这位大哥而感到高兴。季伯伯（你应该叫他伯伯，他今年七十三岁了）要我替他问候你们小两口和小孙孙。他确实盼望你们来。也许人在垂暮之年都有这样的心情。

"至于我自己，实在怕给你写信，很多话说不出来，但又好像非说不可。我因病，53岁就退休在家，自己给自己安排的任务是写作，也确实尽了很大的努力，但又似乎什么都没有写出来。生活对于我来说，越来越变成了沉重的负担。这一切，只要等我们见面你就会明白。我也保留着一张你的照片，和你寄给我的那张一样，只是颜色褪了一些，现在就跟你交换吧。另挑了两张老照片给你，一张是1947年和你父亲在上海照的，不知你手边有没有？一张就是我们现在的一家三口了，大约是1979年照的。"

写到这里，如意又停下笔，休息了一小会，继续写道："怕你等我的信，先写这些。来信千万告诉我，你们春节前能来北京吗？我时时在盼望着。替我问候杜娟，她跟你这个'无父无母'的人生活这许多年，够辛苦的了。我不知该怎么感谢她。姨妈嘱代问你们一家好。姨父张载存是你父亲的同班同学，已去世好几年了。亲吻我的小孙子，祝他们新年好！妈妈1983年12月28日清晨伏枕。"

如意撂下纸笔，从床上爬起来，伸展了一下双臂，深深地吸了一口气，慢慢地呼出。"放下了，一切都放下，三十八年啊，庆生的孩子都上初中了，我也到了耳顺之年，三十八年前断了线的风筝，今天找到了，我一定要把线重新接起来。今天，只是盼望着，这封信能尽快地飞到儿子的身边。庆生，你们春节前到北京来吧，我急切地盼望着你们来。"她写好信封，装好信，急急忙忙地下楼，到灯市口邮局把信投寄出去。

三

"妈妈"这两个字第一次出现在叶庆生的眼前，是那么突然，也是那么自然。这可是叶庆生平生收到的第一封由妈妈寄来的信。信上还有继父季伯伯的附笔："你母亲（也就是我的老伴）现在身体很不好，盼你尽快来一趟。"在这个岁末年头的半个月时间里，身体不好的母亲一封接着一封，每封信都是辗转反侧伏枕而写，每封信上都沾满了泪痕。她在信中说："我不敢相信，三十八年前失去的孩子又回到眼前。"她说，"我忍不住哭了半夜。我不敢提笔给你回信，因为这是非常痛苦的事，想说的话太多了，不知该从哪里说起。"母亲甚至坦诚地告诉叶庆生说，"生活对于我来说，越来越变成了沉重的负担。其实我生活中尝尽的苦难比起你的不幸来，又算得了什么，何况你的不幸正是你的妈妈造成的，你越是宽恕我，我就越感到自己是个罪人。你能体会我的心情吗？你现在应该明白我为什么害怕给你写信了吧。你年近四十尚不失赤子之心，你找了我二十多年，而我找你的心愿却迟迟不能付诸行动。总之妈妈对不住你，对不住我时时在梦中见面的可怜的幼小的孩子。回来吧，我在等待你。"

妈妈的召唤，让叶庆生兴奋；妈妈的痛苦，让叶庆生同情；妈妈现在的心情，他也完全能理解。叶庆生在回信中说："妈妈，我找您好苦啊。我就是想看看给我生命的人是谁。我就是想要在我有生之年找到生我的妈妈。妈妈，儿子这种出自天性、这种来自本我的需要和决心，您能理解吗？"

半个月似乎很长，半个月其实很短，他们隔着空间，就这样来回千里传书，不正是人性的释放和重续血脉亲情的体现吗？试想，母子分离三十八年，历经千辛万苦，今天终于联系上了，终于有了见面的机会，作为儿子，叶庆生能不急切地想见到自己的亲生母亲吗？血浓于水，难以割舍的亲情，让叶庆生心中仅存的那么一点怨和恨都化为乌有。

在回复母亲的每一封信时，叶庆生总是反反复复地展读着母亲的来信。因为这是母亲的亲笔信，流畅的钢笔字，怎么看都好看，怎么看都感到亲切。扑面而来的是母亲芬芳的气息，力透纸背的是母爱传递出的温情。虽然，字里行间也有母亲的插语和及时的补充，那是一位母亲给失散多年的儿子一种亲情的馈赠。三十八年，毕竟不是很短的日子，三十八年，叶庆生门口的香樟树都长成了两人合抱的参天大树，何况人事，已不再是母亲和儿子一对一的关系了，母与子都有了各自的家庭，在这两个家庭相互嵌入融合过程中，又要有多少思想准备，又要有多少感情融合，又要有多少生活适应？

"妈妈，我请好假，安排好家中一切，会立即携妻儿，登上去北京的火车。"叶庆生马上回复说。

就在叶庆生决定到北京去看母亲的时候，母亲的信又到了："我在等待你。快回来吧，孩子！我会到火车站去接你。别忘了电报告诉我你的车次、车厢和到达的日期。最好再给我一张你的近照，大一点的。"

叶庆生从小就离开了父母，由爷爷奶奶抚养长大。在叶庆生的脑海里没有一点母亲的印象。在奶奶箱子里留下的也只是母亲年轻时的照片。随着年岁的增长，他寻找父母的意识越来越强烈。只要母亲在世，他坚信总有一天能找到。而如今，生母突然找到了，这种人生的快事，怎能不叫叶庆生激动呢？

日子一晃就到了腊月。往年腊月数九寒天，是南方最冷的时候。叶庆生感觉今年的冬天特别暖和，出门都不用带围脖，也不用戴帽子。放寒假，妻子回来了。叶庆生与妻子商量，再困难，今年春节也要到北京去。

妻子说："总算了了你的心愿。从结婚那天起，你就说要找妈妈，这一找十几年都过去了，孩子都大了。"

他俩从单位互助金里筹足了来回的车旅费，并向单位请好探亲假，打点好行装，就等着这趟京城母子相会之旅了。

叶庆生生活的宜庆，到北京没有直达火车，省会合肥每天也只有一趟，为赶合肥到北京的这趟列车，必须大清早坐汽车到合肥，下午再转乘火车到北京。因临近春节，客运繁忙，票还没有着落，叶庆生一时没有给母亲回信。可母亲连忙来信问道："庆生，12月28日给你的信收到吗？至今未见回信，非常惦念。我每天盼望你的消息，不知你们何时来京？盼速复。妈妈1月6日夜。"

叶庆生托合肥的同学终于买到了 1 月 24 日普快进京的硬座票，高兴地准备出发。这时邮递员又送来母亲的信："庆生，看见你的近照，你的模样和我记忆中的庆生完全联系不起来了。三十八年前从我生活中失去的孩子又回到我的眼前，我忍不住又哭了半夜……替我问候杜娟。亲吻我的小孙子，祝他们新年快乐！"

火车从合肥经蚌埠北上，沿着津浦线，"咣当、咣当"的一个劲地奔跑，叶庆生还是嫌火车跑得太慢。这条线，他曾走过好几趟。记得"文革"串联，车上人挤得水泄不通，叶庆生是同学从车窗里把他拉进车厢的，上车连立锥之地都没有，只好钻到长座椅底下迷糊了一夜，天一亮也就到了。那时，他感觉火车跑得真快。

现已近年关，车厢里充满了新年的气氛。刚过去的 1983 年是农历癸亥猪年，也是丰收的一年。车厢里挂着一张《丰收图》年画，百花丛中有一个穿着红兜兜的胖娃娃，笑对着过来过去的旅客，增加了新年的喜庆。何况出了一个步鑫生，改革搞得红红火火，全国城乡经济也一扫沉闷的气氛，开始活跃起来。大家寄希望于新的一年，生活有较大的改善。叶庆生看见车厢里回家过年的人们大包小包，牵儿携女，谈笑风生，喜气洋洋，而自己心中则是五味杂陈。为什么自己快四十岁了，才第一次回家过年？家，对于中国人来说，是心里最深的牵挂。有钱无钱，回家过年。家就是亲人，家就是爸爸妈妈，有爸妈就有家。每到春节临近，中国人无论身在何地，或远或近，或穷或富，相同的是归家似箭。

火车"咣当、咣当"地欢唱着，渲染出一种节日的气氛来。车厢里，人们走来走去，互相递着烟，问候着，热气腾腾里，不时能听到"在哪发财"的问语。经商呀，发财呀，当官呀，这些都激不起叶庆生的兴趣，自己是个医生，不做良相，但为名医，这个理念使他一直沉浸在自己的事业之中。可人是有感情的动物，今天他沉浸在即将见到自己亲生母亲的激动之中。

寒冷的天气，让车窗上沾满了一层薄薄的水雾，透过水雾，车窗外匆匆而过的城市、田野和村庄，朦胧而美丽。叶庆生以前每年回家看爷爷奶奶，也曾在一瞥即逝的车窗上找寻过父母的影子，随着"咣当、咣当"的声音，幻觉就像海市蜃楼那样很快消失。

火车奔驰在黄淮大平原上，进入夜间行驶，不时拉响汽笛。叶庆生知道自己离母亲越来越近了。看着偎在妻子身上睡着的儿子们，脸红红的，在梦境中还挂着一丝微笑，他突然想起那年在外地第一次带儿子们回爷爷奶奶家过年，儿子问："家在哪里？"

妻子回答说："妈妈就是家。"

"妈妈就是家！"这句话使叶庆生兴奋起来，那个封存在他心底里的"家"，就像《丰收图》一样喜庆，现在清清楚楚地呈现在他的眼前，使他第一次真切地感觉到这不是在做梦。

四

第二天临近黄昏，当火车绕过银装素裹的北京明代城墙角楼时，叶庆生知道北京站马上就要到了。每次到北京，匆匆而过，今天他感觉到角楼也特别亲切。不一会，广播响了，北京站到了，车厢里的人们忙乱起来，大家匆匆忙忙地收好行李，拉扯着小孩，向车厢门口涌去。这时叶庆生招呼妻儿，不要急，等人少点再下车。儿子们是第一次到北京来，兴奋地趴在车窗上东看看西瞅瞅，急不可耐地想看一时看不到的天安门，还不时问："我奶奶呢？"叶庆生告诉他们："奶奶老了，怎么能叫她老人家到车站来接我们呢？"儿子们懂事地点着头说："我就是想早点见到奶奶。"因为叶庆生和妻子曾多次经过这里，对北京站太熟悉了。妻子指着北京站对儿子们说，站舍大楼用黄色琉璃瓦装饰，正门上方"北京站"三个大字是毛主席亲笔题写的，整座建筑规模宏大，雄伟壮丽，充满了现代化气息。

来时，母亲在信中一再嘱咐叶庆生在电报中务必说明车次、车厢和到达时间，她要来接车。可是叶庆生有意忽略了车厢和到达时间，他怎么能忍心让六十岁病弱的母亲来接车呢，回电只告知："1

月24日，乘128次普快到京，不用接。"

等旅客走得差不多时，叶庆生才拎着旅行袋，妻子牵着儿子，走出站台。雪还在不停地下着，寒风裹挟着雪粒直往脖子里钻，妻子给儿子们紧了紧围脖。叶庆生记起今天已是腊月二十二，明天就是小年，南方虽然寒冷，但没有这样刺骨的寒风。

北京站站前广场太大了，旅客很快就四散分流了。走出车站，已不见拥挤的人群。冬天，北京黑得早，才五点多钟，广场灯全亮了。漫天的雪花纷纷扬扬在橘红色的灯光下狂舞，北风打着忽哨，又一阵阵地刮起地上的雪粒，在地面上旋转，就是要把一个冷带到人间。

叶庆生到问询处打听好22路公交车站的位置，就带着妻儿准备抄近路向广场对面走去。突然，他看见离出站门不远处灯光下站着一位老妇人，厚厚的黑头巾上已落了不少雪花。不用问，叶庆生知道，她就是自己的母亲了。他赶紧跑上前去，看着这位端庄清秀的老妇人，笑脸仍无法遮蔽掉老人心底的焦虑和着急，这位老妇人也正在把照片上的儿子重叠到眼前真实的儿子身上，一秒钟的凝视，跨过了三十八年的时空。

"妈——"这是叶庆生有生以来第一次听到自己喊妈妈，脱口而出，叫得那么自然，叫得那么真切，是发自内心的呼喊。"妈妈"也是世界上不同国度的人来到人世间一致的呼喊，是人类对母爱的渴求和企盼。

"快来吧，我的儿子!"如意张开双臂，叶庆生扑进母亲的怀抱，母亲身子颤抖着，眼泪沾湿了叶庆生的脸颊。

听到爸爸喊"妈妈"，两个儿子都惊呆了，他们看到爸爸找到妈妈了，不再是可怜的没有妈妈的爸爸了。

"妈!"杜娟见过母亲，忙把儿子推上前说，"叫奶奶，快叫奶奶! 这就是你们要见的亲奶奶。"

"奶奶!"

"奶奶!"两个儿子一同扑到奶奶的怀抱里，妻子则站在一旁暗自抹泪。

如意一把搂住两个孙儿说："我的乖乖宝贝儿，我们快回家吧。"路上，叶庆生才知道，母亲为接他们回家，冒雪到车站打听 128 次普快到京的时间，早早地就在出站口等待着他们了。

母亲的家就在灯市口一条胡同里，是单位的宿舍。当年叶庆生串联到北京时经常乘坐的 110 路电车就经过这里，有一次他还和同学们在灯市口副食品商店旁的小饭店吃过一餐饭……叶庆生在公交车上看着熟悉的街景，感觉命运弄人。

到家了，叶庆生终于回到了母亲的家。妈妈住在三楼上，三室一厅，实木的家具，还有一架紫檀色的钢琴，房间到处拾掇得干干净净。回到家中，见过季伯伯和小弟，母亲把叶庆生一家安顿在北屋，说："你们先洗洗。"

说着，就系上围裙，到厨房去了。她叫老保姆早点回去，这餐晚饭由她来做。鸡汤早煨好了，吃饭时，妈妈把鸡心鸡肝都盛到叶庆生碗里说："你一定要把它们都吃光。"

叶庆生望着母亲慈爱的目光不解，妈妈说："这是重庆的规矩，儿子回来了，不但要吃鸡，而且要把鸡心鸡肝全吃掉。"

两个孙子第一次到奶奶家，感到既陌生，又兴奋，但孩子是挺不住旅途疲劳的，杜娟带他们先去睡觉，也有意把空间留给丈夫和第一次见面的婆婆。

"庆生，妈妈对不住你。"妈妈望着叶庆生，眼里含着晶莹的泪花说。

"妈妈，我真以为您和爸爸都到台湾去了。要不然，我早就要找您了。"近四十岁的叶庆生潜意识里的"恋母情结"复活了，就这样整夜依偎在母亲的怀抱里。

母亲如意搂着叶庆生，泪流满面地说："妈妈见到你心都化了。感谢你奶奶历尽艰辛替我抚养了你，我对她老人家深感抱愧。"叶庆生任母亲的眼泪沾湿衣襟，尽情享受着迟到的母爱。听母亲谈宜宾李庄校园里的美好时光、重庆生活的艰难，以及辗转上海、台湾、北京感情生活的磨难……

母亲良久地端详着叶庆生说："你长得很像你的父亲，浓浓的眉毛，高高的鼻梁，在火车站我真以为是你父亲回来了。"

叶庆生拿出珍藏的那几张老照片给妈妈看，妈妈戴上老花镜，先拿起她的结婚照，看了半天，脸上露出一丝喜悦，接着她又拿起她与叶庆生父亲冬日里的生活照，她指着那张照片说："庆生，你看，这是在重庆歌乐山照的，那时已怀你有七个多月了，不过头一胎，肚子被棉袍遮着，照片上看不出来。"

她放下照片，又看看叶庆生，似乎不相信，原来她肚子里的小东西，都长这么大了。她说："当时大学是不允许结婚生孩子的，你父亲同学程梅生就把刚生下来的孩子送给了人家，但是我和你爸爸还是决定，宁可休学，也要留下你。不过你现在的模样与我记忆中小时候的样子完全联系不起来了，唉，岁月不饶人啊，你已经大了，我也老了。"

母亲搬出发黄的相册，他们相偎而坐，一页页地翻看着过去的时光。他们看着互换的一模一样的叶庆生周岁时的照片，都笑了，一个白白胖胖的小子，怎么一下子就变成了人高马大的男子汉？叶庆生指着照片上自己小时候颈子上的项圈问："奶奶说，这是您为我编的'金刚结'？奶奶临走时还从箱子里翻出来，交给我说，'保存好，不要搞丢了。'"妈妈说："是的、是的。是你睡在摇篮里时，我抽空编的'九眼金刚结'，就是想保佑我的宝贝儿子健健康康，平平安安。"如意搂着叶庆生，情不自禁地唱起了当时哄叶庆生睡觉的摇篮曲《金刚结》：

金刚结，彩丝结，

彩丝缕缕心中结。

结个宝宝心间挂，

结个金刚度万劫。
宝宝本是妈妈肉，
前世今生因缘结。
一针一线妈妈心，
宝宝与妈心连接。
一绕一结妈妈爱，
宝宝与妈缠成结。
缠成结，金刚结，
九眼金刚五彩色。

天籁般的摇篮曲充满了磁性和爱意，让叶庆生备感亲切，又觉得是那么熟悉，他不由自主地跟着母亲哼唱起这首摇篮曲，享受着这迟到的母爱。可他抬眼望着母亲，眼前的母亲已经暮年，白发苍苍了。妈妈虽然青春容颜已不在了，但母爱就像妈妈哼唱的这首摇篮曲中唱的那样，"宝宝与妈缠成结。缠成结，金刚结，九眼金刚五彩色。"叶庆生很快记住了这首摇篮曲。

母亲突然问叶庆生："你见过我为你编的金刚结？"

"见过。是奶奶给我的两圈五彩丝线编的金刚结。"叶庆生没有忘记这是妈妈为了让神灵保佑自己儿子，亲手编织的九眼金刚结项圈和手环。"可惜，"叶庆生顿了一下说，"可惜我'文革'中把它当'四旧'烧了。"

"烧了算了。"母亲抚摸着叶庆生的头说，"一个人的命运不好说，你现在不是活得很好吗？"

母亲忆及往事，突然问叶庆生说："小庆生，你可知道，同济大学复原回上海后的第一个暑假，我还回宜庆看过你的？"

叶庆生怎么可能晓得小时候的事，奶奶从来也没有对叶庆生说过，只能静静地听母亲说。

"你们家还是住在离集贤门不远处的一个叫什么孝子牌坊的地方，门口有个小台阶。我一进门就喊着你的小名字：'庆生！小庆生！'可你坐在小板凳上，自顾自地拍着小手'罗拉，罗拉'地唱着，我上前抱起你，你摇着头说：'不要，不要，我要奶奶！'"

当然，如意在追寻这段往事时，是很辛酸的。辛酸的是，与丈夫的爱已不在，但她还是舍不得儿子，当着丈夫的面只是说着气话，事后还是给孩子和两个老人买了点东西，独自一人偷偷地跑回宜庆看了一趟儿子。可是儿子已认不出眼前的妈妈了。叶国勋和叶舟氏问她："怎么你一个人回来了？"如意说："龙台忙，我就一个人回来看看宝宝，明天就回学校。"

婆婆说："那么急着回去干什么事，不如在家多蹲几天。"爱情如春花，不可能永远绚丽，但婚姻承载着的是责任和情感，失去爱情，责任和情感还在。这次回宜庆看宝宝与其说放不下儿子，不如说是向儿子告别；与其说是一种礼数或手续，不如说与叶家做一个了断。

叶庆生不知道母亲心中掀起的情感波浪，只是如实地说："我那么小，哪能记得这些事。"

俗话说，母子连心。儿子毕竟是母亲身上掉下的一块肉啊，如意与儿子的关系，说断就能断得掉吗？当时，母亲面对自己的孩子把她当成陌生人时是特别难过的。她对叶庆生说："那天临走，我站在大轮上，看见你在奶奶怀里向我摇着小手，眼睛模糊了，汽笛一响，眼泪就哗哗下来了。不想这一别就是三十多年。"

母亲还谈道，她再婚后，也曾提出找大儿子，遭到继父的反对，她气得说："他是我的儿子！你不让我找儿子，我也不给你生儿子！"竟差点把已怀上的孩子打掉。1957年生下小弟季桑，母亲就把她对儿子们的爱加倍给了这位小弟弟，买钢琴，请老师，大学恢复招生考试时，她就在中关村租房子，陪小弟读书……

母亲要叶庆生从相册里再挑几张照片。小时候的照片以及1947年她和叶龙台在上海照的照片和现在他们家三口的照片如意已寄给叶庆生了，叶庆生就挑了两张大一点的母亲年轻时的照片。母亲说："你怎么尽挑我年轻时的照片？"

叶庆生说："这些都是我印象中妈妈的样子。"

"唉，妈妈老了。"母亲眼中闪过一丝悲凉。

是的，岁月的风霜过早地染上了母亲的鬓发，但叶庆生觉得妈妈依然年轻漂亮。他说："妈妈不老。妈妈永远不会老。"

妈妈把叶庆生搂得更紧一点说："孩子，妈妈由于热爱文学，从小立下志愿，想当作家。因做编辑，后来教书，工作较忙，都是业余时间写东西。退休后，自己给自己安排的任务还是写作，也尽了很大的努力，总觉得笔力和精力不够，到头来似乎什么都没有写出来。"

叶庆生骄傲地说："高二那年，学校组织我们学习《青青和她的同学们》，当时不知道是妈妈写的，写得真好，能催人奋进，对我影响很大。"

妈妈面露喜色地看着儿子，儿子也高兴地看着妈妈，大家心中都有一闪念：要是当时晓得多好。叶庆生微微昂起头对妈妈说："正因为妈妈是作家，才让我顺利地找到了妈妈。我为有一个作家的妈妈感到荣耀。"

"还荣耀呢？以前写的一些东西现在有谁去看？不过，庆生，我也把这些文字当作'宝贝'，一直收藏着。有空，我还希望你帮我把登载有我小说的报刊拾掇拾掇，整理出来。"

纵观天下，母亲为了儿女什么事都愿意做，什么苦都愿意吃。而叶庆生的母亲，一位对儿子充满内疚心情的母亲，是甘愿为儿子做出任何牺牲的。为了叶庆生回北京有个住处，不愿求人的母亲拖着病躯多次找组织将被别人占用的一间房子要了回来，添置好家具，装好暖气炉，一切事先都安排停当，她才放心，劳累得心脏病差点复发了。叶庆生也是做父母的人了，完全理解母亲对儿子的一片苦心。

母亲看见叶庆生身上只穿着一件单薄的蓝棉袄说："在北京冬天出门不穿大衣不行。"母亲说着就要带叶庆生去王府井买大衣。

叶庆生说："我不冷。"

"你在北京没有住习惯，扛不住冷。"母亲说。

叶庆生就是不愿让母亲出门为他去买这买那。吃过午饭，就借孩子们吵着要到天安门去玩，出门去了。母亲见拉不动儿子，就硬拽着杜娟到了王府井百货大楼。傍晚回来，母亲就指着放在床上的呢大衣和皮帽子说："庆生，穿穿看。"

叶庆生说："我不要。本来就不冷，非要买这些东西干啥？"母亲难过了，转过脸去说了一句："我给你买了，穿不穿随你。"说着，又到厨房为一家人做饭去了。

杜娟见母亲离开，扯着叶庆生的袖子说："你怎能这样？这是你妈给你买的！"

叶庆生说："我说过，我不要这些东西，干吗要买？"

妻子看丈夫的犟脾气又来了，劝说道："你与你妈长期不在一起，你了解她吗？你知道她想什么？为什么要这样做吗？"

她接着又道："我跟你妈也是这样说的。我说，'庆生一心就想找爸爸妈妈。您了解一位从小就没有母爱人的心吗？为父母背黑锅不说，他总有一种被父母抛弃的感觉。当他收到您的信不知道有多高兴。可是您了解您儿子的秉性吗？他是为要东西才来找母亲的吗？'当时你妈妈没有作声。我又说，'我们商量好了，找到妈妈，不要给妈妈增加任何负担，而是要尽儿女的一份孝心'。你妈妈则说，'我欠儿子的，给儿子买点东西，我心里好受些。'"妻子搡搡叶庆生说，"你怎么不体谅体谅你妈妈的一片苦心呢？"

妻子知道，昨天见面时，母亲拿出两万元国库券给叶庆生，被他拒绝的事。叶庆生当时就说："我从小就想找到爸爸妈妈。今天找到了妈妈，你知道儿子有多高兴啊。看见妈妈生活得很好，为儿的也就放心了，我们都有工作，我要钱干什么？"叶庆生还跟母亲说，"如果妈妈没有生活来源，我们不是照样要赡养您吗？杜娟也是这个意思。"

妻子劝说道："庆生，这跟昨天不一样。

"妈妈为你买大衣，跑了那么多的路，拉着我到百货大楼左挑右拣，你不在，她只好请一位跟你个头差不多高的男售货员试衣。人家笑了，可是你妈妈却哭了。你妈妈回来时，还暗自在落泪呢。你不要再跟你妈拧着干了，东西已经买了，就不要再说什么了，好不好？"

妻子的劝说变成央求和责备，叶庆生能说什么呢？结果叶庆生总是拗不过母亲。妈妈一会给媳妇买这，一会给孙子们买那，好像非得这样，才能补偿欠儿子的"债"。但执拗的儿子始终不肯要母亲的一分钱，因为他要的是妈妈，是人生一个完整的"家"。

在家一个月，叶庆生干脆搬到南屋陪着妈妈睡。妈妈晚上总睡不好，要吃安眠药才能入睡。她说："几十年了，神经衰弱，心脏也不好。吃安眠药已成习惯。"她告诉叶庆生，失眠是产后抑郁症造成的，当时不懂，也没有好好调治，落下了病根。虽请了不少医生看过，不吃安眠药就是睡不着觉……

作为医生，与母亲相处的日子，让叶庆生感受到母亲"失眠恐惧症"的痛苦，她越怕失眠，越想入睡，就越睡不着觉。焦虑引发的心理负担和兴奋状态加重了失眠，她那争气好强、追求完美和任性性格又加重了这种焦虑。叶庆生说："妈，睡眠的多少，要顺其自然。森田先生曾说过，'睡眠只有给予你才能得到。'"

妈妈对她的第二任丈夫不想多说一句话，只是不断地叹息着说："骗子，纯粹是一个大骗子！"后来，妈妈叫叶庆生还书给方月琴阿姨，方阿姨也证明了这一点，她说："你妈妈是爱他的，爱之深恨之切。当她全身心投入到他的怀抱时，换来的是无耻的背叛。当你妈妈发现上当受骗后，很快离开了他，至今恨之入骨。你妈妈对你父亲还是有感情的，像对待兄长一样尊重他，但是他们有缘无分。对你这个儿子一直怀有歉疚之心。"

"不说他了。"妈妈不想再说下去，对于第二个儿子，妈妈说，"他那个奶奶不是个人，教着孩子与我死作对，我又是一个眼里揉不得沙子的人，听说他出国了，现早已不来往了。"接着她问叶庆生，

"你父亲那边的情况怎么样了?"

叶庆生告诉妈妈，叔叔已跟爸爸联系上了，但叔叔不告诉他父亲在台湾的具体情况，也不给他转信，而且突然决定把奶奶接到北京，可惜叔叔两年前死于肺癌……

妈妈说："他无理阻断你们父子的联系，是要受到良心谴责的。不过，你叔叔就是这样的人，装着一副'正人君子''卫道士'的样子，他要你绝对听命于他，对你父亲也是这样的态度。没想到你有你的个性，而你父亲则上了他的当。"

妈妈告诉叶庆生："北京临近解放时，你叔叔来找过我一次，我问他有什么事，是不是叶龙台托他带什么口信给我? 你叔叔气冲冲地说：'姓吕的，你给我听好，你要抛弃我哥，我跟你没完!' 当时他还穿着国民党装甲部队的夹克衫，一副蛮横无理的样子，结果被我骂了回去，以后再也没有见过面。"

母亲知道叶庆生寻父心切，她说："你可找找天津的二姨，二姨父也是你爸爸大学里的同班同学，可惜他已病逝了。不过据二姨说，我们有一个同学程梅生在国家体委工作，曾带信给她，说你爸爸托回国的彭叔叔找你。"

五

到了北京，叶庆生先去看奶奶。妈妈说："是应该去看看，你奶奶就疼你。记得那年放假回家，看着你奶奶带着你，我就跟你俩三人挤在一张床上睡觉。吃饭时，奶奶爱屋及乌，尽给我碗里夹菜，说我给你们叶家添了个大孙子。"

叔叔去世后，奶奶不知怎么样了? 叶庆生推开披屋的门，见奶奶还睡着。屋子中间放了一个煤炉，炉子上放着一只钢精锅，白铁管烟囱横向从奶奶床脚头顶棚下经过通向窗外，房子还暖和。

"奶奶、奶奶!" 叶庆生进门就喊奶奶。

"嗯，是小庆生?" 奶奶耳朵管事。接着奶奶在被窝里蠕动着想起身，叶庆生赶紧上前扶奶奶坐起来。奶奶太老了，比以前衰老多了，半天都撑不起身来。他看到奶奶苍老虚弱的样子，心里很难受。奶奶摸着叶庆生的脸说："我的大孙子还是那个样子。可是我老了，不中用了，冬天就一直睡在床上。"她指着炉子铁盖上的钢精锅说，"中饭就放在锅里温着，你婶子和小弟白天都不在家，他们早上把饭做好，就热在炉子上。好在，我一天也吃不了一点点。"

叶庆生掀起锅盖，见蒸蛋和一小碗米饭在热水浴中，还冒着热气。叶庆生告诉奶奶："我找到妈妈了。她还代问您好呢。"

"呵，好、好。她过得可好？叫她有空过来坐坐。"奶奶眯着眼睛笑着说，"我给你妈妈养了这么一个大儿子，她高兴吧？"奶奶是位开明、豁达之人，对大孙子寻母不忌讳，听说小庆生找到生母非常高兴。

叶庆生一句话把奶奶的话匣子打开了。她说："抗战胜利头年冬天，我和你爷爷住在湖南洪江小对河半边街，突然收到你爸爸寄来一封要成亲的信，他说媳妇是四川成都吕家人。吕家是成都大户人家，你外公又是你祖父在保定军校时的同学，这儿女婚姻大事你爷爷是一定要去的，去了出手又不能太寒碜，可你爷爷在军校，我们一家又拖家带口在逃难，没有一点积蓄，急得你爷爷去借钱，我只好把首饰都拿出来兑了一副金手镯，送给你妈妈。"

"您是奖励她给叶家生了一个大孙子吧？"叶庆生把奶奶逗笑了。他问奶奶，为什么小时候不告诉他爸爸妈妈的情况？

奶奶怜爱地说："傻孩子，当时我能告诉你爸爸妈妈离婚的事吗？"

"庆生。"她突然喊叶庆生的小名字说，"现在我倒不生你妈妈的气了，但是你小时候在四川，你妈妈不怎么管你，听任奶娘给你吃腌萝卜头，我是有意见的。"

叶庆生哪记得在襁褓里的事。奶奶又接着说："你妈妈把你抱回来时，人瘦成一小把，我就是用蒸鸡蛋把你喂得一白二胖的。"

叶庆生问到叔叔去世的情况，奶奶说："一个人一个命，人强不

过命。我说这些，你叔叔就是不信。他还整天在我面前抖着精神说，
'我没病。'可不，"奶奶说，"临了，人瘦得脱了形，痛得晚上睡不
着觉，动不动就跟他媳妇发火，'你们是人不是人？我为这个家操碎
了心，你们见我病了，都躲得远远的，我咳得这么厉害，你们就跟
没听见一样！'其实，你叔叔咳得并不厉害，去世前一直是清醒的。"

叶庆生说："奶奶你要保重身体啊。"

奶奶说："你叔叔死，我不难过，佛说人死如一副臭皮囊，人都
死了，难过有什么用？难过把身体搞垮了，哪有那么多孝子侍候
你？"讲不难过，奶奶还是很伤心的。她说："人们常说，'男人老了
老寿星，女人老了老妖精，牙齿掉了不要紧，我牙没掉咬下人。'"
她又说："你叔叔去世后，我一个人跟孤鬼一样，连一个说话的人都
没有了。"叶庆生劝奶奶想开些，奶奶想得开，他们也才能放得下
心来。

奶奶说："我每天烧香拜佛，就是求菩萨保佑多活几年。"叶庆
生知道奶奶烧香拜佛，求菩萨保佑她多活几年，就是想见大儿子一
面。"唉，要是你爸爸回来了，多好。"奶奶叹了一口气说，"不知怎
的，你爸爸好久没有来信了。"

"为什么？"叶庆生问。

"不知道为什么。你叔叔去世后，你爸爸只来过一封信。"奶奶
也搞不清楚是什么原因，婶婶从来没有给她看过信，只说爸爸说他
们那里管得严，让家里千万别给他写信。

"不会的吧？家乡有不少人从台湾回来了。"叶庆生说。

"你父亲从小就是一个胆小怕事的人，不回来也好，只要平安就
好。"奶奶虽然嘴上这么说，心里还是盼望着大儿子能早点回来。

叶庆生说："爸爸早晚是会回来的。"

叶庆生告诉奶奶不要着急，他正在与父亲联系，希望他能早点
回来探亲。他说："奶奶，菩萨会保佑我们的。"奶奶噙着泪点点头。

叶庆生想起正月二十六日是奶奶的生日，而叶庆生的探亲假马
上就要到了，还要赶到天津看看二姨，不能陪奶奶过生日了，临走，

留了十块钱给奶奶买点东西吃，说："您生日，我不能陪您过了，在这里向奶奶磕头拜寿了，孙儿祝奶奶健健康康活到一百岁。"

六

叶庆生到天津二姨家，二姨已在院子门口迎接他了。母亲事先打电话给二姨，说庆生马上就到。

二姨比较胖，一看就是一位贤妻良母型的老太太。她身后还站着两位亭亭玉立的姑娘。二姨拉着叶庆生的手对身后的两位姑娘说："这是你们的大表哥。叫大表哥！"

叶庆生说："你们好！"

"大哥好！"

"快进屋吧！"二姨把叶庆生带进屋。二姨住的是位于天津和平区的一处单位宿舍楼底层，两间房显得非常拥挤，里间两位表妹住着，外间放了一张床，还有桌子家什，看来是二姨的卧室兼客厅，过道则放着煤炉和锅碗瓢盆之类。二姨把叶庆生让进她的房间，大家围坐在暖炉旁边。她端详着叶庆生说："像，你长得太像大叶了。""大叶"是二姨和父亲的同学们对父亲的爱称。二姨说，她和弟弟是跟大姐一起从成都到宜宾李庄同济大学读书的。她们姐弟三人都参加了学校青青剧团。她说："你爸爸搞剧务，晚上演出结束后，就邀我们姐弟三人到四方街吃夜宵。嘿，四方街门口的哑巴花生，烘热了真好吃。"

花生？二姨突然想到家中还有炒花生，忙叫："二丫，快，把饼干筒里的花生倒出来。"

二表妹倒得满满一桌子的花生，大家一边吃着，一边听二姨说着往事。

"你是他们班第一个孩子。"二姨对叶庆生说，"你父母把你从重庆带回来时，班上的老同学们都抢着抱你，大家都非常喜欢你，说你是胜利的象征。只要提到'庆生'，大家都知道是你。"

当叶庆生说到想找父亲，二姨一口应诺说："我找老同学们联系没有问题。庆生，我还是你父母结婚时的伴娘呢。"

谈到叶庆生父母离异的事，二姨叹了一口气说："都怪你妈妈不好，她一生都生活在她自己构建的天地里，什么事都由着性子干，连婚姻大事也不例外，结果被所谓的'进步作家'骗了。你父亲是一位正直善良的人，也是勇于担当的人，他为你母亲完成学业的事操碎了心，力劝你母亲不要弃工学文，你母亲就是不听劝告，搞得大叶很伤心，结果跑到台湾去了。可怜大叶忠厚老实，倒过来还怕你妈妈受委屈。对他们的离婚，我是不赞成的，外公又远在四川，管不着，我伤心地哭过，你爸爸是一个多好的人，是我们家对不起你们叶家。你看，可苦了你了。"二姨扼腕叹息，心疼庆生溢于言表。

说到叶庆生母亲的第二任丈夫，二姨说："你妈妈对她那个后任丈夫是既爱又恨。那个人一表人才，风流倜傥，又会哄人，讨女人喜欢。有一次，我到大姐家，走到门口，只见那个男人高举着剪刀，正准备刺向你妈妈的眼睛，吓了我一大跳。突然，他跪下来，对你母亲说，'思麟，我是多么爱你这双美丽的眼睛啊！我真想把它们剜下来。'他们就这样胡闹！他也知道心疼你妈妈，你妈妈失眠，他能在床边守着坐上一夜。但是，你妈妈提出要找你，他就从中作梗。你妈妈一气，要把怀上的孩子打掉，他又一百个哄着你妈妈高兴。"

二姨说："你妈妈恨他，又恨得要死。在你妈妈生病时，他竟然在家里与女佣鬼混，那女佣还是个又矮又胖的丑八怪。这丢人现眼受处分不说，还把你妈妈气得个半死。你妈妈是个争气好强的人，抱着儿子就走。那个人还厚着脸皮找到我，要我带信给你妈妈，做做工作，说什么'我是爱她的，请她回来吧'。我跟你妈妈说了，并把信递给你妈妈，你妈妈看都没看一眼，就把信撕得粉碎，气呼呼地说，'他说比我大多少多少岁，其实跟我同年。连年龄都撒谎的人，不是个好东西！'"二姨说，"他装老，为的是说他是鲁迅的学生，进步作家，老革命，其实是想博得你妈妈的仰慕和欢心。"

"唉，你妈妈也怪可怜的，她的爱情经历就应了现在流行的一句话：'有情调的男人不可靠，可靠的男人没情调。'经历了这次打击，你妈妈决定不再嫁人，直到 1956 年才跟你现在的继父季侯道成了家，1957 年生下你最小的弟弟季桑。"两位表妹就像听故事一样，听入了迷。

二姨喝了一口水，接着说："经历了多次婚姻波折后，你妈妈才感觉到最初的婚姻是她人生中最珍贵的记忆，而感到最对不起的是你。"

突然二姨拍了一下自己的脑袋说："看我这记性，把正事倒忘了。告诉你一个好消息，最近你爸爸同济时的一位老同学程梅生带信给我，说他从北京打听到我，故写信告诉我，你爸爸前几年曾托已入美籍的老同学彭枫林借回国探亲之机打听你的消息，到今天总算联系上了。这是你程伯伯的地址，你可直接请他转信给你父亲。"二姨把程伯伯的地址递给叶庆生，叶庆生回去后，立即给父亲写了一封信，通过程梅生转交父亲。

二姨是个热心肠的长辈，她非常同情叶庆生的遭遇，也为他的寻父精神所感动，她四处找同济的老同学联系，虽然叶庆生寄给程伯伯的信没有回音，但二姨托上海赵山生赵伯伯转寄给他父亲的信却有了回音。

从二姨的来信中，叶庆生知道是父亲一位名叫彭枫林彭叔叔的老同学在香港长期为父亲与叔叔转信，彭叔叔已入美国籍，他家在美国、中国香港和中国台湾都有产业，每年往来三地做生意，是父亲的挚友。而二姨搞清楚这些情况，正是通过上海的老同学赵山生这条线索，赵山生、二姨父和彭枫林都是父亲最要好的老同学。

二姨在信中说，赵伯伯很愿意成全这件事，他说，他知道小庆生。他还说，因他与彭叔叔早有往来，怕叶庆生寄信不便，愿代转信，并叫叶庆生直接写信给他即可。二姨在信中一再叮嘱叶庆生，给父亲写信时，不要忘了感谢二位帮助转信的叔叔伯伯。

9月中旬，二姨又来信了，厚厚的，信封上还加贴了两张邮票。二姨在信中说："前封信提到托上海赵伯伯通过香港彭叔叔与你爸爸联系一事，今天收到来信，现在我把你爸爸的来信寄给你，并附上你爸爸给我的信和赵伯伯的来信及地址，今后你可通过赵伯伯为你转信，方便些。我虽为你父子联系上了，感到高兴，但对你父亲的态度感到不解。为什么托人到处打听你的消息，现在联系上了，又要你写信务必通过婶婶转？"二姨在信中说，"我又给你父亲回了一封信，写得很恳切。我说，'你的儿子已经四十岁了，是个忠厚老实之人，他曾向我袒露过他感情深处的秘密，他十分思念他的父亲，"骨肉之亲，析而不殊"，想必你也有同感。他在为上一代人背负着十字架，我们应该理解他，善待他。'庆生，"二姨在信中叮叶庆生，"你爸爸那里，不管他对你如何，你都别生他的气，毕竟是亲生骨肉，只怨相隔太远太久，彼此情况不清楚，希望你有机会还是常去信问候，尽到你做儿子的孝心。不要说几十年不见面的两代人会如此，就是同辈人又如何呢？多谅解别人，只会给自己更大的心灵安慰，听我的话吧！"

是的，叶庆生想，我找父亲，是人的一种天性。身为人子，连自己的亲生父亲长得什么样都不知道，见不到我的父亲让我抱恨终生，我打心里一百个不愿意。可是近在咫尺，音讯相闻，就是不能直接联系，这不是咄咄怪事?！至于父亲与叔叔的联络，那是他们兄弟之间的情谊。我是他的儿子，父子血脉亲情能割得断吗？叶庆生相信，父亲是不会拒绝他未曾谋面的亲子给他写信的吧？不然父亲为什么还要托人打听他儿子的下落呢？

二姨在信中说："总之，尽量多联系，多沟通，慢慢就会好起来。"

二姨是个非常厚道的人，二姨所说的话，也是叶庆生做人的原则，何况他要找的是自己亲生的父亲。

二姨附来叶庆生父亲给二姨的信：

思慧：

接到你的信，十分高兴，回忆在李庄及上海的一段日子，我应该说一声感谢你们夫妻对我的照顾。惜兄英年早逝，你一人坚持教养子女成人立业，令我感动和敬佩。你是一位贤妻良母，一定会受到子女们的孝心回馈的。我们生活在不同的地方，如今也只能互道平安了！我已不如当年，除旧有的胃疾外，尚有白内障，虽只耳顺之年，对人的衰老也无能为力。我现已退休家中养老，生活尚称粗安。我已信教，世事完全靠人力，似有不足。

关于庆生，现附信转告他，来信应由北京婶婶处转，因为我老母现由他婶婶侍奉。

此祝

全家快乐！

大叶敬书 1985 年 7 月 14 日

二姨附来赵伯伯给二姨的信：

小吕：

您好！自从收到你和庆生的附信后，我即寄给彭枫林请他转寄给大叶，今天接到彭回信并附有大叶给你和庆生的信，大叶在给我的信中说："早在四年前已从自家信中得知庆生的生活详情，我已去信经由北京他婶婶处转给庆生，不知为何未见他回复，我想叫他还是由婶婶转信。"而彭给我的信大意是"大叶多年来都托我在香港寄钱给他的弟弟和弟妹，寄了很多钱，庆生应从他婶婶处得悉一切，但据来信却非如此，大叶从未道及，故未知原因……"庆生给他父信，由我转给彭寄去没问题，彭枫林跟大叶关系很好，他在信中乐意代转。

即请

大安！

山生敬上 8 月 1 日

从二姨和彭、赵二位叔叔的来信，叶庆生了解到父亲多年来一直惦记着大陆的亲人，几年前，他父亲通过彭叔叔与叶庆生叔叔先联系上了。通过叔叔，他了解到叔叔在爷爷去世后，接走了奶奶，侍奉着奶奶；他也知道叔叔培养了他的儿子学医；但是他不明白，为什么只有叔叔和婶婶的信，就是没有看到儿子的回信……

开始，父亲也觉得事情蹊跷，彭枫林回国，他也曾托他打听打听，可叔叔婶婶一封又一封的信，明眼人都知道，叶庆生的父亲改变了态度，与叔叔婶婶一面之词是有关系的。难怪叶庆生妈妈说："你爸爸要上当了。"

如意曾对叶庆生说过："你爷爷刚去世，你叔叔就接走奶奶，你不侍奉辛辛苦苦把你养大的奶奶这个猜测很容易成立；叔叔教养你长大你不买账，父亲找你你连信都不回，最后你给你父亲留下一个什么印象？"

可是叔叔为什么要这样做？从一开始就撒谎，婶婶也接着撒谎，什么"台湾管得很严，你父亲怕自身难保，千万不要给他写信"云云。是为钱吗？为父亲寄回来的那么一点钱吗？就是千金万金又算什么？再多的钱与亲情相比又算得了什么？奶奶早说过："千金易散，真情难求""命中有的自然有，命中没有莫强求"。父亲寄点钱赡养老母，感谢叔叔培养儿子无可厚非，可为什么要撒谎呢？以前苦日子不是过得好好的嘛，为什么有点钱了，人就变了？叶庆生想不通，想不通的是世上真的是"有钱能使鬼推磨"！

叶庆生珍重地展开了父亲的来信，为了看到父亲的亲笔信，竟辗转了六年，还是二姨了了叶庆生的这么一个小小的心愿，本来这就是举手之劳，很自然的事，怎么变得这么艰难？这是叶庆生有生以来第一次展开父亲的亲笔来信，竖行直书，虽然是用圆珠笔写的，但跟毛笔书写的一样，是那么苍劲有力，让人感到亲切。"庆生：你去年及今年二月间两信，均见及，我本想打听打听你的下落，既然叔叔联系上了，我就不想另托其他同学转信。叔叔去世后，你为什么不请婶婶转信呢？我对你未教也未养，已很自咎，世事弄人奈何！听说你已从医业，对你我很安心，因为你蒙受爷爷奶奶的爱心养育而长大，并受叔叔婶婶照顾，已事业有成，还有一个你所喜欢的小家庭和两个宝贝儿子，我那可爱的孙子，这些我还有什么牵挂的呢？有便多去看看奶奶和婶婶，平时多写写信向她们问安，我也就安心了。今后你如来信，务要请婶婶转，并希望你继续上进，做医生的既要有济世活人的精神，又要孝敬长辈。不多赘！父字。"

叶庆生从父亲信中知道，他请程伯伯转寄给父亲的信，父亲也收到了。父亲在信中的自责令人难受，但父亲轻信了一面之词，错怪了儿子，不是儿子不想通过婶婶处转信，而是他没有办法做到啊！

杜娟看了信说："我早就知道你叔叔会搞弯弯绕，你就是不信，这不，你父亲非要你从婶婶处转信，而你婶婶又说信不通，你又犟着自己找，看你怎么搞。"

叶庆生能怪父亲吗？他又能跟父亲说什么呢？去信解释，说明真相？叶庆生对妻子说："何必呢，何况隔着一湾海峡，怎么好意思跟父亲去说，这不是徒增父亲精神负担吗？"他决心按二姨说的"多谅解别人，只会给自己更大的心灵安慰"，不去计较自己的婶婶，对父亲只是常去信问候，尽到做儿子的孝心。叶庆生想，父亲迟早是会体谅儿子的一片苦心的。

"有便多去看看奶奶和婶婶，平时多写写信向她们问安。"父亲嘱咐，这还用说吗？正如家中的祖坟，每年做清明，还要做给父亲看吗？自奶奶走后，叶庆生每月都是按时给奶奶寄钱寄粮票，向她们请安，每次回信都是报平安。最近这次婶婶回信说："你们寄来的十元钱和粮票收到了，奶奶很高兴。最近天冷，奶奶身体还好，只是惦念着你爸爸，他已一年多没来信了。目前转信很困难，香港朋友转移到美国去了。我请我老校长从加拿大与你父亲联系过，你父亲说，千万不要给他写信……"还是老生常谈的那一套，不过最后加了一句说，"等你奶奶过世，我一定按你叔叔遗言，送骨灰回去。"

第 八 章

一

不知道为什么今年江南的天气冷得早。刚进十月，正是桂花飘香、秋高气爽的季节，突然天公"大变脸"，西北风一个劲地刮着，吹落了树叶，扬起了灰尘，带着股股的寒意，一个劲地吹着，一直持续了好几天，气温也降了七八度，街上有的老人把棉衣早早地披上了身，不少人换上了厚实的褂裤，年轻人穿得单薄些，可是走在街上，也是勾头缩脑的。有市民惊叹，如今的天气也变得令人不可思议了。

下班时，大风没有减弱的趋势，推搡着，哀鸣着，似乎要阻挡叶庆生回家似的。传达室老刘看见他出门，连声叫道："叶大夫、叶大夫，信，你的信！"叶庆生也觉奇怪，平时的信件都是医院收发室按科室分送，今天老刘怎么这样照顾我？是北京来信？怎么信封上也没有寄信人的地址和落款呢？他赶忙拆开一看，是婶婶10月16日写的信："奶奶已于1985年10月6日上午11时不幸去世。"

天啦！叶庆生一阵目眩，稍定下神来想到：一年前，在京城看奶奶，她老人家不是还好好的吗？时间怎能这样无情？奶奶当时还满怀着希望对叶庆生说："要是你爸爸回来，多好。"她老人家无时无刻不在惦记着自己的大儿子，她盼啊盼啊，眼睛也几乎盼瞎了，她盼大儿子能在她有生之年回来，她盼庆生能与他爸爸见上一面……而婶婶则断然说："根本不可能，你爸爸今后很可能再也见不到他的亲生母亲了。"事情竟然让婶婶言中了。奶奶是信佛之人，佛祖慈悲为怀，救苦救难，为什么就不能保佑奶奶多活几年？为什么非要老人带着遗憾辞别人世呢？

奶奶那慈爱的面容又清晰地呈现在叶庆生的眼前。她心疼庆生从小没有父母养育，待他如己子，可以说是捧在手掌心上养大的。冬天她用铜手炉为他暖被窝，夏天她为他打扇……记得六年前叔叔接她到北京去，她哭得跟泪人似的，她是舍不得叶庆生和两个重孙子啊！她经历了爷爷和叔叔先后去世的打击，坚强地活着，也就是心中有个等到大儿子回来的念想。叶庆生也希望奶奶多活几年，等与父亲联系上，见上一面。可是，9月16日才从二姨转来的信中得见父亲的亲笔信，不到一个月，奶奶就走了，带着终生遗憾走了！

叶庆生转而一想，自从父亲知道奶奶的下落，已极尽孝道。可奶奶这一走，父亲知道了如何受得了？

杜娟说："庆生，你不用担心，婶婶是不会把奶奶去世的消息告诉你父亲的。"

叶庆生说："如果真是这样，也好，免得我父亲经受亡母之痛。我也不能告诉父亲，让他留下一点美好的念想吧。"

叶庆生读着婶婶短短的两行信，信上说得清清楚楚："后事业已料理妥善，遗体已送火化，就不用你们费心了。"叶庆生想不通的是，奶奶是我们的奶奶呀！奶奶去世为什么不及时打电报？为什么奶奶去世十日之后再写信？而且信封上为什么不写地址？这不明摆着，不让我去北京嘛！可是我怎能不去接奶奶回来呢？叶庆生曾答应过奶奶，等她百年之后，就接她老人家回来，与爷爷合葬。叶庆生正准备请假回北京，可真是出了奇怪的事了，医院传达室老刘突然打电话通知叶庆生，有人送来一包东西给他，放在传达室，叫他赶快去拿。

传达室的长桌上放着一只人造革旅行袋，沉沉的，叶庆生拉开拉链，看见里面放着白绸布包裹着的一只一尺见方的盒子。"骨灰盒？奶奶的骨灰盒。"叶庆生的直觉告诉他，他的判断没有错。"送包裹的人呢？"叶庆生问老刘。

老刘说："一男一女，好像是母子二人，操着京腔，说是请我把东西转交给你就行了。"老刘又说，"当时我说，是不是要喊叶大夫来见见?"

"那位女的说，不必。说着就上车走了。"老刘又想起什么似的，挠了一下头发说，"小车是挂着'京'字牌照，开车的是那个男的。"

叶庆生没有说什么，只是从旅行袋里捧出奶奶的骨灰盒放到桌子上。然后慢慢地打开白绸布包裹着的骨灰盒。紫红油漆的骨灰盒正面小相框里是奶奶的一寸照片，照片上奶奶是那么清秀，那么慈祥。叶庆生望着奶奶的相片，哭了。叶庆生向奶奶鞠了三个躬，又把骨灰盒重新包好。

老刘见状问："那男的和女的是你什么人?"叶庆生没有回答。他又说，"怎么能做这种怪事，真缺德!"

奶奶病逝不久，叶庆生就生了一场大病。当他在诊室晕倒，被同事们抬到急诊室抢救时，他自己一点都不知道。后来杜娟告诉他，他得的是心肌炎。住院那阵子，他感觉心慌气短，整天晕乎乎的，一半天上，一半地下，稍能蒙上一觉也是噩梦连连。

有一天夜里，叶庆生刚入睡，就看见奶奶架着云头来了。她叫叶庆生上去，他怎么蹦也蹦不上去，就试着扇动两臂，也是无济于事。急得他喊："奶奶，你下来拉我一把。"

奶奶降下云头，拉着叶庆生一同飞上天空。向下一望，啊，白云都在他们的脚下，透过云层，可以看到一湾浅浅的海峡，宝岛就在下边。奶奶说："看你的爸爸去。"

叶庆生说："好哇。"可是强劲的东南风托着云头就是下不去。叶庆生说："奶奶，你不是常说观音菩萨闻音即至嘛，你快去求求东海的观音菩萨吧。"

奶奶马上合掌念经："大慈大悲、救苦救难的观音菩萨，大慈大悲、救苦救难的观音菩萨。"不一会，只见观音架着祥云来了，他们拜过菩萨，请求帮助他们下到宝岛去看看。观音菩萨总是有求必应的，她从净瓶抽出柳枝，向海峡洒下甘露，只见甘露所到之处，飞起一道彩虹，这彩虹一头架在大陆，一头架在宝岛，光彩夺目，美丽异常。

观音菩萨说："下去吧，菩萨保佑你们。"观音说完就走了。可是观音菩萨前脚走，后脚就起风了，这海上是无风三尺浪，何况是飓风？大风大浪直逼天际，一下子把彩虹吹散了。叶庆生正想扶住奶奶，一个巨浪一下子把他从云头上打了下来……

叶庆生惊醒了，出了一身冷汗，见杜娟还坐在床边守护着。"做梦了？"杜娟问。

"病房里的日光灯怎么这么刺眼？"叶庆生梦里梦张地说。

杜娟忙把他的手塞进被子里，掖好被头说："出汗了，不要着了凉。"

杜娟知道，奶奶去世后叶庆生的心里一直很难受，就劝说道："奶奶活了九十岁，已是高寿了，本是喜事，你也不要太伤心了。"

叶庆生知道，奶奶的心愿未了，自己的心愿未了，年岁不饶人，现在不抓紧，以后想见父亲都没有机会了。杜娟知道叶庆生不信神，她偷偷地跑到庙里为他烧香祈福，求菩萨保佑他早日康复，还为叶庆生卜了一卦，抽了一张签。回来她把签拿给叶庆生看，是个中签，黄色的小纸条上有石印的几行字。签文如下："海水茫茫万里平，扁舟欲渡为寻亲，中途莫想风波起，只待风平浪静时。"签文后还有两行解说的小字。

妈妈得知叶庆生病倒了，左一封信，右一封信催叶庆生回北京家中疗养。今天妈妈的信又来了，妈妈在信中说："得知你生病以来，妈妈心中一直很焦急，总算等到你的亲笔来信，想来病情已经稳定。信上说你答应十月底回京休养，不知时间确定下来没有？北京秋天气候干燥，还不冷，我已做好准备，让你得到安静的休养。盼来信或电报告起程日期、车次、车厢，以便我去接你。"

叶庆生回到北京，妈妈就在她住的房间搭了一张床让他睡，叶庆生说："这样会影响您的休息。"

妈妈说："睡在你的旁边好照应。"因妈妈长期失眠，有一点响动，她一夜就不要睡了。这次回来，也不是住一两天，而是一个月，叶庆生跟妈妈商量，自己一个人住北屋，有事一定喊妈妈。小弟季桑也急忙说："哥，有……事可……可叫我嘛。"

回到家里，妈妈俨然把叶庆生当一个病人对待，其实叶庆生已经康复了，只是心肌炎需要多休息。妈妈每天叫保姆煨好莲子红枣稀饭，炖好老鸡汤，想着法子菜品翻新。保姆跟叶庆生说："你妈妈以前每天都睡得很晚，早上起来也迟。为了儿子，现在她早早就起来了，不要我去买菜，也不就近在门口灯市口副食品商店买菜，而是跑到很远的东单大菜市场去买活鱼、鲜肉。"叶庆生着急地跟妈妈说："您不要为我烦神了，您的身体也不好。"

妈妈说："你是病人，你现在得听我的。"

这时继父季侯道也走过来说："庆生，你就听你妈的，在家好好养病。"

有一天早上，叶庆生犯困，迷迷瞪瞪地睡，九点多了还没有起床。只见妈妈悄悄地推开他的房门，叶庆生赶忙要起来，她见了，忙上前说："你就在床上躺着，不要起来。"

她又叫保姆帮助叶庆生在床上洗漱好，不一会，妈妈就亲自盛了一碗莲子红枣粥来到他的床前，她说："早就煨好了，可能冷了，你躺着，我喂你。"妈妈给叶庆生颌下掖好一块干毛巾，就坐下来一匙一匙喂叶庆生吃起来。不知道为什么，叶庆生的眼泪一下子模糊了双眼。记得念高中时，他得了急性阑尾炎，住进了宜庆医院。手术后，护士长也是这样一匙一匙地喂他吃流汁。当时，叶庆生也流了泪，心想，护士长要是我的妈妈多好。叶庆生生病期间再一次感受到这种久违的母爱。虽然他们母子生活在不同的环境里，有各自不同的生活习惯，又长期不在一起，但亲情，母子连心的亲情能消融一切不适应，重续天伦之乐。

十一月的北京，天气已非常寒冷，只有中午和煦的太阳照进南屋的时候，才感到冬日的温暖，此时，也是叶庆生与妈妈拉家常的时候。叶庆生告诉母亲，二姨已转来父亲的信，父亲非要他从婶婶处转信。妈妈说："你爸爸就是这么个老实头，他又听你叔叔的话，就连我们的婚事，他都征求你叔叔的意见。"

叶庆生听着妈妈讲爸爸。妈妈说："我与你爸爸感情出现了问题和他跑到台湾去这样的大事，他都不跟你爷爷奶奶讲，但是他都跟你叔叔商量。所以，叔叔写信跟你父亲讲你什么，他能不相信？"

"我也没有得罪叔叔，为什么叔叔要这样做？"叶庆生感到很委屈。

"这就是你叔叔的为人了。"妈妈说。

叶庆生说："从心里，我不会忘记叔叔对我的培养，但是就是不能理解叔叔为什么不给我看我父亲给我的亲笔信，甚至不帮我直接与我父亲通信。"

妈妈说："你不忘记你叔叔对你的培养是对的。可是他对待你父子也太用心计了，不就是为了几个钱，结果聪明反被聪明误，现在你婶婶不得不一遍又一遍地跟你和你父亲撒谎了。孩子呀，"妈妈语重心长地说，"古人说得多好：'唯天下至诚能胜天下至伪'，心诚可以感动天地，你爸爸是个好人，总有一天他是会理解你这个儿子的。"

"我太了解你父亲了。"妈妈每回忆起他们在一起的日子，总是这样说。她说："我那时年轻，也太意气用事了。当时满脑子想革命，向往新生活，想当作家。而你爸爸就是一个倔脾气，说什么'你不听我的话，也不能不听你父亲的话，同济大学上得好好的，非要考什么剧专？'他气得跑到台湾，到了台湾，他又舍不得我，一封又一封信地劝我，说，只要我不上剧专，他就回来。当时我的志向已定，已无法回头，我就跑到台湾跟你爸爸说：'只要你同意我上剧专，我就回来。'你父亲气得说我：'你真是惯子不孝，你跟我闹没有关系，看你怎么跟你父亲说。'结果闹得不欢而散。"

妈妈说："你爸爸是个大孝子，可现实让他不能尽孝道，已悔恨无比，原指望你这个儿子代他行孝，经你叔叔这么一挑，他没有了指望，能不伤心？能不生气？"

叶庆生跟妈妈说："我想能尽早见到我的父亲。见了面，什么不就清楚了。"

妈妈说："是的，你可把你的想法跟彭叔叔说说，他做事可靠，跟你爸爸相处又很好，他会帮你的。"

叶庆生离京前，想去看看婶婶，顺便问问奶奶的骨灰盒是不是她亲自送回去的。妈妈说："我陪你去，互相见见面，也好今后有个走动。"

当他们母子走到西单时，哪里还有原来的胡同，老房子被拆迁了，眼前是用建筑围墙封闭起来的工地。叶庆生突然想到婶婶给他报丧时的信封上没有写明寄信地址，婶婶就是不想把他们搬迁后的新地址告诉叶庆生。"她躲着我干什么呢？"叶庆生说。

妈妈也很生气，她说："亏你婶婶能做得出来，这真是做贼心虚，怕你找她麻烦。"

"找她麻烦？奶奶都死了，我还到她家去干什么？我唯一希望今生能与父亲见上一面。"叶庆生像是对母亲说，又像是自己对自己说。

昨夜，宜庆小城纷纷扬扬地下了第一场冬雪，到天亮，雪都化了，但是天气格外冷，寒风刺骨，叶庆生和妻子一路上泥路烂滑地赶到市郊墓地，大表姑也来了。今天是冬至，他们早就与公墓联系好了，为爷爷奶奶骨灰合葬。大表姑说，不要忘了下葬前用生石灰和芝麻秆烧灰暖坑，再用两个大瓦钵把骨灰盒封扣在里面防水……他们一一按俗规葬好了二位老人。不过叶庆生在爷爷奶奶墓前竖了一米多高的黑色大理石墓碑，就像一扇黑色的大门，把阳间一切烦扰都隔在墓室门外，墓碑上书刻着祖父母的姓氏、生卒年月和"孙叶庆生立"几个字，并安放了一对石狮子，让它们永远陪伴着爷爷奶奶孤寂的灵魂。入土为安，现在叶庆生可以告慰爷爷奶奶的在天之灵，也可以让远在天涯海角的父亲放心了。

在回来的路上，杜娟突然问叶庆生："你还记得不记得，那年叔叔叫你下乡督促给公公婆婆重新立碑的事?"

叶庆生说："记得，叔叔在爷爷去世时突然下乡要把祖坟老碑换掉。"

"你叔叔就会搞二老假那一套。"杜娟想起来，还生气。她说："他为什么要把爷爷奶奶给公公婆婆立的碑，改成以他名义立的碑?还把爷爷奶奶的名字刻写在碑上，不知道的人还以为是爷爷奶奶和公公婆婆的合葬墓，这不是假一套是什么?每次回来他都哄得我们团团转，吃好玩好，一走就变脸，摆出一副道统的样子，我就看不惯他这一点。他讲孝道，他又做了几次清明?扫了几次墓?连小姨奶奶的骨灰都能偷偷摸摸地挖个洞埋了的人也配讲孝道?"

叶庆生不知道叔叔当时怎么想的。祖父刚去世，骨灰存放在殡仪馆，等奶奶百年后再合葬，怎么祖母还没死，就刻在公公婆婆的墓碑上?明明是祖父立的碑，非要改成他立的碑?但是有一点叶庆生心里是清楚的：父亲没有来信前，肯定没有这些事，叔叔要重新立碑，是为了拍照给父亲看。

从公墓回来，雪花又飘落下来，好像是天公洒下的片片泪花。一夜过后，地上已穿上了银装。妻子杜娟说她昨晚做了一个怪梦。梦见爷爷奶奶大雪夜睡在一座破庙的稻草地上，冻得瑟瑟发抖。奶奶见到孙媳妇说："杜娟，你爸爸寄来的钱被人偷去了，我们无钱住店，被阎王爷赶到破庙里来了。"妻子一下子惊醒了，原来是一场梦。她说："庆生，快去买点纸钱烧烧，你爷爷奶奶在阴间没钱用了。"

整个冬天，叶庆生都感到好冷好冷。奶奶是最怕冷的人。记得小时候，每到冬天，奶奶早早地就用炭生好了取暖的火桶，她说："寒从脚下起。"每天晚上她让叶庆生坐在上面做作业，她就在对面坐着陪着他，不时问："身子冷不冷?"如今火桶还在，叶庆生让两个儿子坐在上面取暖，做作业。恍惚间，叶庆生觉得奶奶没有死，她就坐在自己的身旁，不时地问："宝宝，冷不冷?"

叶庆生也忘不了奶奶去年对他说的话："唉，要是你爸爸回来了，多好。不知怎的，你爸爸好久没有来信了。"奶奶一直惦记着大儿子，她惦记了四十年，盼了四十年。"怎么好久没有来信了？"终于灯油耗尽，泪水流干，不甘心地往生西方极乐世界去了。"一湾浅浅的海峡"，自古就有精卫填海，为什么至今还没有填满呢？

大表姑曾劝叶庆生说："现在好了，他们住哪都不知道了。你奶奶不在了，老鬼还到她家去呀？嘿！"她愤愤地说，"她就是怕你们找她闹。"

杜娟说："表姑，这种人我看不起。找她闹？还烦不起那个神！"

大表姑说："别看京城大地方，寻到亲人后为财产问题对簿公堂的还少吗？"大表姑的话让叶庆生感到世人的悲哀和人性的丑恶。

二

春节一过，叶庆生请了几天假去上海看赵山生伯伯。从宜庆坐大轮，一天一夜就到了上海。从内心讲，叶庆生非常感谢父亲的这些老同学们，这些叔叔伯伯与他素昧平生，一旦知道了他的情况，都热情地帮助他与父亲鸿雁传书。

赵伯伯住在徐汇区一幢公寓楼里。从十六铺码头到徐汇区，要穿过繁华的商业大街。上海本来就是东方的大都市，高楼林立，商店鳞次栉比。改革开放后，上海如沐春风，更显繁华亮丽：大街两旁是琳琅满目的橱窗，超市商场人头攒动，到处都是一片兴旺的景象。这些叶庆生都无暇顾及，他只想早早地赶到赵伯伯家，去看看帮他给父亲转信的恩人。

老人住在六楼上。"赵伯伯。"叶庆生的话音刚落，"请进。"一位胖胖的老人就开门让他进屋。当叶庆生走进赵伯伯的家，就有一种宾至如归的感觉。居室一色的老式家具，给人有一种亲近感。二位老人都退休在家，赵伯伯是上海造船厂高级工程师，赵阿姨原来在工厂当会计，现在退下来，都闲不住，赵伯伯还在船厂当技术顾问，赵阿姨有时为里弄帮帮忙，孩子们都成家立业，分开过了。赵伯伯一见到叶庆生，和蔼地说："听说你坐的船下午到，我和你阿姨就一直在家等着你。"

"赵阿姨。"叶庆生见过赵阿姨，放下手中带来的土特产，就近坐到赵阿姨的身旁。赵阿姨桌上也供着佛，手上拿着小佛珠，她说，她吃花斋。赵伯伯脑袋特别大，秃头，笑呵呵的真像个弥勒佛。赵阿姨笑着对叶庆生说："你赵伯伯就是一尊佛，菩萨心肠一个。"

叶庆生说："我很感谢二老帮助我找父亲。"

"庆生，说哪里话，你是我们班上的第一个孩子，也是我们大家的孩子，我不帮你谁帮你？"赵伯伯用带上海方言的普通话说着，让人感到真诚、感到亲切，叶庆生刚进门时的一点窘态，早就跑到九霄云外去了。

"你爸爸妈妈的婚礼，我和班上不少同学都去参加了。我记得你祖父，一身戎装，英姿威武；你父亲红光满面；而你母亲则是光彩照人。"赵伯伯一边说着，一边问叶庆生，"在同济大学复员回上海的船上，你妈妈哄你睡觉，唱的《摇篮曲》你可记得？"叶庆生说："我哪记得。见到妈妈后，妈妈给我讲过，也带我唱过。就像一种久远的呼唤，给人一种心灵的安顿。好像是这样开头的，'缠丝结，金刚结，缠丝缕缕心中结……'""对、对。"说着赵伯伯竟哼唱起来，"缠丝结，金刚结，缠丝缕缕心中结。结个心花红彤彤，结个宝宝藏心间……"停了一下，说，"老了，记忆力已大不如前了。不过听你妈妈唱着哄你睡觉时，感觉蛮好听的。你妈妈在北京还好吗？我们也好长时间没有见面了。"

"好，好。妈妈还代问二老好。她早就要我来看看你们，感谢二老帮助我与父亲联系上了。"叶庆生说。

"那是应该的嘛。"赵伯伯话刚落音，赵阿姨接过话茬说，"老头子，你看庆生像不像大叶？"

"像、像。"赵伯伯端详了一会说。赵阿姨有点伤感地说："要是大叶看到他有这么个大儿子，有多高兴啊。"

"是的、是的，你爸爸虽然在台湾再婚，可是一直没有生养过，他见到你这唯一的儿子，能不高兴吗?"赵伯伯接着道。他告诉叶庆生："你的父亲原在新竹化肥厂当工程师、副厂长，后在台北华昌公司任副总经理。现退休在家。"

叶庆生问："那彭枫林叔叔呢?"赵伯伯说："彭叔叔从同济毕业后，与你父亲同时留校任教，因他父亲在美国有产业，作为长子的他，后来只好回到美国继承遗产，如今成了一个大老板。"

赵阿姨从大相册里拿出一张老照片说："庆生，过来看看，你小时候妈妈抱着你的样子。"呵，妈妈抱着我的照片?叶庆生眼前一亮，赵伯伯家也有一张，看来我小时候的模样留在不少叔叔伯伯的记忆里。可我记忆里什么也没有留下。

来时叶庆生在大轮上，扶栏望着滔滔的江水，想象着四十年前父母亲从宜庆回上海的情景，是不是也扶在轮船的围栏上望着越来越远去的家乡?望着越来越远去的父母和儿子?他们可曾想到四十年后，他们的儿子也会坐着船，沿着他们的足迹去寻找他们?远方的父亲啊，你可知道儿子寻亲的心路历程?从小时候被玩伴骂作"野孩子"，到填不清父母关系的表格，到终于有了父母亲的消息，到找到了母亲，到见到了父亲的亲笔信，这是一个多么艰苦而漫长的路程。而就在快要到达目的地时，发生了意外：我一向尊敬的叔叔，成了我与父亲直接交流的障碍。

赵伯伯和赵阿姨知道叶庆生父亲的态度后，赵伯伯对赵阿姨说："不知道大叶是怎么想的，儿子找到了父亲，不让直接通信，非要从他婶婶处转，哪有这样的道理?"赵阿姨也说叶庆生父亲糊涂。

叶庆生说："我二姨也不理解我父亲的做法，但是她一再要求我要理解父亲的苦衷。"

"你二姨说得对，你父亲一定有什么事情不好说，只好委屈儿子了。"赵伯伯爱怜地说。

"这是婶婶给我的信。"叶庆生把婶婶平时的来信给赵伯伯看。

赵伯伯看罢，又递给赵阿姨，站起来走了几步，连声说："怎么能这样呢？怎么能这样呢？这是睁着眼睛说瞎话啊。什么托老校长，什么广播把你父亲吓着了，什么很少通信，我所知道的是彭叔叔几乎每月都寄钱给你婶婶。"

赵阿姨也鄙夷地说："人心叵测啊，上海也有这种人，亲人好容易找到了，老人家辗转回来了，带了一点钱财，一家人为分钱打架，反目成仇，结果又让老人伤心地回去了。"

"什么一点钱财？每年几万几万地寄。大叶做得也不容易，作为一名退休的公职人员，有多少积蓄？他的弟媳为什么这样两边欺瞒？"赵伯伯很气愤，一边对赵阿姨说着，一边拿出彭枫林给他的信给叶庆生看，"庆生，你看彭叔叔在信中是怎样说的。彭叔叔在信中说：'大叶坚持庆生由其婶婶转信，似有苦衷。其实他与其弟媳之信均由我从香港转寄，几乎每月都有，其几年来汇给他弟及母亲的款项不少，每年都在一万美金以上。不知为何叶庆生不知，而四处托人。因大叶所嘱，我不宜写信给庆生，还是你转达为好。从其婶婶来信看来，因大叶与其弟早先互通讯息，先入为主，产生成见，让人感慨万千。待下次去台，我便中从旁解释，以免增其心境负担。"

叶庆生并不为婶婶贪了钱财所气，而是感到婶婶的欺骗太可恶，我若不自己打听到我父亲的下落，就会一直听她欺骗下去？真是望穿了咫尺海峡，终究还是成了天涯路！

赵阿姨说："你叔叔钱也没有享受到，还背负着心灵的不安离开了人世。我的一位老同事，一辈子守活寡，最近其夫来信了，还寄来美金，这老太太一辈子也没见过这么多钱，高兴得一命呜呼。唉，这钱是好东西，也是害人的东西啊。"

"阿拉上海一个正教授才拿多少钱？每年也不过几百美元吧？可要钱也不能撒谎，也不能欺骗！更不能昧着良心！"赵伯伯气呼呼地说。叶庆生跟二位老人讲到奶奶去世，讲到婶婶送骨灰时不照面和搬迁不告诉地址的事，赵阿姨沉不住气了，她对着佛说："这些事做得太缺德，要遭报应的！"

赵伯伯说："庆生，你应写信告诉你父亲，我马上转。"叶庆生想，我怎好给父亲讲叔叔婶婶的坏话呢？他们作为长辈怎么讲，我管不着，我也不管父亲怎样想，我只做儿子该做的事，尽儿子该尽的孝道。叶庆生忙说："谢谢，我还是按我二姨的意见，经常写信去问候问候我父亲，总之麻烦你们了。"

"那我写信告诉彭叔叔。"赵伯伯说。

"不、不，父亲知道要难受的，特别是奶奶的死，他知道了肯定会受不了。"叶庆生求赵伯伯不要写信说这些事。

"唉，这人跟人就是不一样。"赵阿姨叹了一口气说，她是肯定叶庆生的做法的。

二位老人的仁爱之心让叶庆生感动，他连声说："谢谢你们！谢谢你们！"

赵伯伯马上说："说感谢就见外了，只希望你们父子早日消除芥蒂。你婶婶做的事瞒得了今天，瞒不了明天。我们知道了内情，但是你父亲不知道，你也不要怪你父亲啊。"

叶庆生说："我不会怪我父亲的。"

赵伯伯高兴地说："这就好、这就好。"

吃花斋的赵阿姨说："没有父亲不认儿子的，菩萨保佑你，你的孝心，是会感动你父亲的。"

叶庆生对赵伯伯说："我就是想有机会见父亲一面。"

"是的。我也这样想，见了面什么误会都会消除的。"赵伯伯说，"你父亲是一位处事谨慎的人，我肯定会跟香港的彭叔叔商量，尽量成全这件事。"

从上海回来，转眼就到了春天，春天是家乡江南小城最好的天气，太阳总是那么绚丽地照着，在不知晓中，不少秃枝一夜之间都吐出了新芽。听说医院正在安装新添置的 800 毫安双床双球管的 X 光机，下班时，叶庆生特地跑去看了一会。大家都非常高兴。改革开放后，医院发展也加快了，去年买了 B 超机、生化分析仪，明年医院还打算购买 CT 机。回家的路上，叶庆生不得不加快点步伐，虽然住在医院宿舍，离医院还有很长一段距离，这不赶紧，中午饭就忙不出来，孩子放学就没饭吃。

这两年，街道两边的商店如雨后春笋般一个接着一个地开张。路边这家花店早上才开张，地上的鞭炮屑还没清除掉，门口就挤满了人。门前一对立式音响播放着《喜洋洋》的乐曲，让进进出出的买花人也都喜气洋洋。叶庆生哪有心思细听这美丽浪漫的曲调和欣赏这满屋的芬芳，只想尽快挤过人群，回家去。不知谁拽了他一下，一回头，是文国治。文国治人到中年，发胖了，但眼镜没有换，有点老学究的味道。

"你回来了?"叶庆生招呼道。

"我到宜庆买教材，顺便到老街看看。"

"走，到我家吃饭去。"叶庆生拉着他就走。

一见面，杜娟就说："欢迎、欢迎。这就是小时候为你救驾的文大哥?"

"呵，小杜说话真逗。"

"就是为那个小小的子弹壳。"子弹壳早就丢掉了，但是叶庆生对童年时的往事怎么会忘记呢? 不过，胡来与叶庆生毕竟是老同学，也是好朋友，多有走动。他母亲靠卖菜、做裁缝把他供养到高中毕业真不容易，后来母亲改嫁，他也招工进了工厂，当了一名技工。

文国治告诉杜娟说："小时候，叶庆生的爷爷奶奶管他特严，放学要按时回家，身上不能弄脏了。哎哟，他奶奶又特爱干净，每天回家，都要拉着他在门口掸半天的灰。"

文国治对叶奶奶做的玉米粑记忆犹新，他说："叶奶奶做的'六谷粑'特别好吃。""六谷"即玉米，文国治在外地任教多年，说普通话，但乡音总在不经意中冒出来。文国治知道叶庆生小时候没有父母的痛苦，他关切地问："听说你爸爸妈妈都找到了?"

"找到了。妈妈在北京，是作家，我们见了面。爸爸在台北，才联系上。"叶庆生说，但叶庆生不好给儿时的朋友讲一些家长里短的话。文国治问到叶庆生北京的叔叔时，叶庆生说："他病逝了。"

"啊！"文国治也就此打住，不往下问，毕竟是为人父母的人了，人间的悲欢离合他也看到不少，人间的酸甜苦辣他也尝到不少。文国治劝慰叶庆生说："只要那边开放探亲，就好了。"话刚说完，文国治突然想起一件什么事，问叶庆生："你跟裴文静老师同过学？"

叶庆生说："是呀，她是我中学同学。"

妻子这时插上一句道："俗话说，初恋是令人终生难忘的，他们是老相好的了。"妻子为她说出的话笑得脸上显得越发有光彩了，文老师也会意地笑了。

叶庆生慌忙说："扯到哪里去了，你还是听文老师把话说完嘛。"文国治告诉叶庆生，他们学校有一对夫妻，都是北师大毕业生，女的叫裴文静。他说，这次来宜庆，裴老师特地托他问问：叶庆生同学的父母可找到了？叶庆生心里很感激裴文静还记着这件事，而妻子则很客气地托文老师带话："你告诉裴老师，欢迎她有空到我们家里来玩。"

三

这天，叶庆生一回到医院就接到赵伯伯的来信：

庆生如晤：

你离沪返皖近一年了，很是想念。你给你彭叔叔的信，我到九月才发往香港，岂知他昨日从香港给我打来电话，告诉我一个不幸的消息：你父亲——大叶患了胃癌，十月十二日住进台大医院，十七日开刀，癌已扩散，到了晚期，无法医治，让人心酸不已。他即日赶赴台北探望。人生有尽，情感无穷，将尽同学手足之情予以慰藉。当我问及术后等情况时，你彭叔叔说："据大夫推测，术后再用药物控制的话，大概尚可生存半年至一年。"你彭叔叔要你直接去信香港，他已嘱人代为你转信。你看了这信以后，一定感到很难过，你是医生，面对癌症，特别是晚期，也是束手无策的。你彭叔叔在电话里说，你爸爸已信奉天主教，故他罹患绝症，而神情不变，实可慰藉。不知你对癌症方面有否偏方？更重要的是快写信去安慰安慰你父亲，你可托你彭叔叔直寄给你爸爸。人生在世，真是空虚。急于发信，匆匆草此。

即请

愉健！

赵山生 11 月 1 日

当叶庆生读完这封不太长的信时，泪水已模糊了他双眼，这不啻是晴天霹雳。悲哉，上天为什么这样作弄人？开放探亲已见端倪，不幸父亲又患上了这种绝症。一时，思绪像海潮一样在叶庆生的心里激越翻腾：胃癌，除了手术、放化疗等综合治疗，中医中药也可调治。可是，对于晚期胃癌，这些手段成效有多大？父亲怎么这样大意，病成这样才发现？一时叶庆生手足无措，在房间里走了好几个来回，突然泪流满面坐下来，不由自主地哼起妈妈教唱的摇篮曲《金刚结》……

虽然台大医院诊疗水平是台湾最好的，也是世界一流的，但对于晚期胃癌，它又能有什么高招？作为儿子隔着海峡，真是望洋兴叹了！连一点心灵的安慰都无法及时传达给父亲！叶庆生不断地想着，在房间里来来回回地不知走了多少趟。妻子说："你急有什么用？赶快写封信去。"

父亲大人：

从赵伯伯来信中得知父亲患胃癌的消息，我先是一怔，简直不敢相信这是真的，继而一股无法控制的泪水从心底涌起，一时竟无语凝噎。我从小就梦想着见到自己亲生父母，四十多岁了，才与父亲联系上，本想有一天，能亲聆父亲的教诲，不想父亲竟患了胃癌。这些灾难为什么偏偏就降临到我们的头上？作为医生，对于胃癌的治疗……

叶庆生一夜就伏在桌子上写啊，写啊，写疾病，写治疗，写营养，写对待疾病的态度，还有他所知道的几个治胃癌的偏方。叶庆生知道，这是儿子跟父亲在说话，这又是一个医生跟病人在说话，跟患晚期胃癌的病人说话，明知不必说，而说之，说了又有什么用呢？可是它是一位儿子在对一位病中的父亲说话，他怎么能控制得住自己的情感呢？思念和希望随着叶庆生的笔尖就像泉水一样汩汩地流淌着、流淌着……

小时候懵懵懂懂地想父母，直到生活的阴霾散去，找到母亲后，对父亲的思念则变得那么清晰，那么迫切，成了一种习惯，无须考虑，无须衡量，无须停顿，一切都是那么自然，自然得有点倔强，成了人生的渴望。这时的叶庆生，真想有双翅膀，飞越海峡去见父亲，去守候在他的病榻前，用亲子的心去抚慰他那病痛的躯体和心灵。

可是谁也没有办法去无视现实的距离和复杂，人生的无奈让思念变得沉重，沉重得使你无力对抗多舛的命运，叶庆生只能抬起头来，对月兴叹了！

在朦胧的月色中，叶庆生突然看见了父亲，他就睡在床上，好像是医院的病床，继母就坐在床边。他自己穿着白大衣，戴着听诊器，走到床前，父亲笑了，虽然被子捂住了父亲的半边脸，但是他终于看到了父亲的笑容。

父亲问儿子："你怎么穿这么多衣服？"叶庆生才感到太热了，当地人穿的都是短衣短衫。

继母说："听说你为父亲来这里开医院，我们就转到你这儿来住院了。"

"我的医院？"叶庆生看看四周，怎么跟集体宿舍一样？有不少来探望的朋友，叶庆生见大家都很友善，也很帮忙，谢过，就忙着照顾父亲的饮食起居。

妻子上前说:"你是来给父亲治病的,家务事让我来吧。"

叶庆生突然想起刚筹建的癌胚抗原实验室,他打算从父亲癌细胞取材,在实验室内培养胃癌细胞,然后制成抗胃癌疫苗,就像对准靶子一样,再注射到父亲的体内去杀死癌细胞。他走出房门,院子里正在大兴土木,还不知道这实验室什么时候才能建起来。可是回头一看,诊室怎么一下子没有了,病床也没有了。"我的父亲呢?"叶庆生急了。

护士说:"他回你家里去了。"

叶庆生赶快回家看父亲,哪里还有父亲,哪里还有桌椅,有的是满地的月光和无奈的叹息。

"爆竹声中一岁除,春风送暖入屠苏。千门万户曈曈日,总把新桃换旧符。"叶庆生的两个儿子在春节的喜庆声中正一字一句地背诵着这首诗。新年到,放鞭炮的往事又浮现在叶庆生的眼前,爷爷小时候教他念这首诗,教他画钟馗、写春联的情景还记忆犹新,可转眼爷爷已百年了。叶庆生望着房门上新贴的一副大红对联:"天增岁月人增寿,春满乾坤福满门",横批"普天同庆",心想,这一年又一年辞旧迎新,这一岁又一岁增长着年轮,时间就在人们的喜庆之中不知不觉地溜走了。

每逢佳节倍思亲。当除夕夜叶庆生一家围坐在桌前吃年夜饭的时候,他记得小时候奶奶不忘为他父亲放上一只空碗和一双筷子。现在不知道父亲身体怎么样了?他只能面向东南方,遥祝父亲早日康复。

爆竹声此起彼伏,"嘣!叭!"两个儿子还没吃两口饭,就跑到阳台去放焰火去了。"嘣——嘣——"随着"嘣嘣"的声音,蹿出朵朵绚烂多彩的烟花,在夜空中跳跃着,闪烁着。孩子们虽然上初中了,但毕竟是孩子,天性好动,喜欢过年,你看他跳着,笑着,玩得多开心。

"过来,爷爷奶奶给你们的压岁钱。"叶庆生喊着。虽然两个孩子大些了，但是他们这时更注重玩，对叶庆生的话似乎没有听见。

妻子起身把孩子们叫回屋里说："这是北京奶奶给的红包，这是爷爷给你们的红包，这是爸爸妈妈的红包。"因孩子已习惯了爸爸妈妈奶奶的红包，今年突然又增加了爷爷的红包，感到怪怪的。

"爷爷给我们的红包？"

叶庆生说："是的，是爷爷给你们的红包。"

"谢谢爷爷！"可是儿子两双眼睛盯着叶庆生问，"爷爷什么时候回来呀？"爷爷什么时候回来呀？叶庆生回答不了这个问题，只是含含糊糊地说："到时候，爷爷就会回来的。"

父亲是元月二十日写的信，这封信是由香港彭叔叔节前直接寄给叶庆生的。父亲随信转汇来 100 元港币，说是给两个孙子过年的压岁钱。叶庆生想父亲要是回来，看到两个孙子长这么大了不知有多高兴。父亲在信中说："自港转来的信已见及。我因患胃癌，胃已切除，目前每月追踪抗癌治疗中，每天少吃多餐，精神不好，生活起居异于常人，好在信教，当可逢凶化吉，请勿念。"他希望叶庆生在医术上不断努力，能为人类服务，始为珍贵。最后，他要叶庆生不要担心他，要多去看慰奶奶和婶婶，他说："医仍仁术也，孝为先，不懂孝道就不是一位好医生。"

从父亲来信中，叶庆生知道婶婶还没有将奶奶去世的消息告诉他的父亲，叶庆生也就放心了。倘若父亲知道奶奶去世的消息，这不更会加重他的负担和病情？但是父亲病重，婶婶为什么没有给他来个只言片语呢？当叶庆生写信把父亲生病的情况告诉母亲和二姨时，她们来信都表示非常痛心，也非常惋惜，好人为什么就不能一生平安？世事就这样弄人，叶庆生马上回信安慰父亲，在信中继续编织一些善良美好的谎言。

叶庆生又展开彭枫林叔叔的信读着：

庆生世侄：

先后从赵山生同学处转来你寄给父亲各信，我都已转寄给你父亲，因各项因素，我一直未有信复你，非常不安！你屡函赵伯伯查询你父情况，真诚感人，我都一再为你转述你父。你父对你二姨和赵山生同学为你转信也很感激。你父不愿再劳其他同学，又你祖母在北京，故一直坚持你信应由婶婶处转。我与你父在校同班同房，后我继承遗产来港，近三十年来，亦时多往还，感情之深，尤若兄弟，故其一切情况与心境知之甚详。关于你以往生活，亦多挂怀。常谓令其存于心之深处者二人，一为母亲，一为亲子，其爱你念你之深，于此可见。过去近十年来，自得知你祖母地址之后，每年寄汇款项为你祖母做生活之用费相当之多，你父为公职人员，收入并不丰裕，为人子之用心，由此可证。所有汇款都在香港经由我代汇，故知之甚详。与你少有通讯，不说前因，亦不欲增你困难。近则因身患疾病，不拟增你思念，每与我来信，均殷殷言及，其用心良苦。你叔叔生前不将你信代转，实有违人之常情，何以会如此，令人费解。唯你叔叔已撒手人寰，往事亦不必深究。你父亲秉性纯良，为人诚挚，事业很有成就，两年前退休家居，自与你后母婚后虽无生子，生活甚为美满幸福。不幸患此重症，虽已手术，但未能根治。我曾赴台看望你父，后又多次电话联络慰问，你父心境豁达，不以癌症而忧虑，反积极施治，你知之后，亦不必太难过。本来你父有意，我也想为你们父子寻觅在香港见面机会，但此一希望，已经不可能了，令我亦感慨抱恨无穷。现附你父开刀后在医院外所摄照片一帧留作纪念。你生母在校与我亦多有交往，今则大家都垂垂老矣！余容后叙。

专祝

新禧！

彭枫林复元月二十六日

叶庆生很感谢彭叔叔来信，从他的来信里，让叶庆生感受到了父亲爱子之心，有什么比这父子相亲更珍贵呢？彭叔叔十年来不遗余力，为我家两岸亲人搭起了这座沟通的桥，正是通过这座桥，今天我又走近了父亲，进行着父子沟通和交流。彭叔叔多少年来对我父亲如兄弟般地照顾，更让人感动。相比之下，叶庆生觉得自己的叔叔婶婶纵有一千个理由，也不应该玷污这座好不容易搭建起来的亲情桥。叶庆生知道叔叔谢世前也想尽力弥补什么，但是亲情一旦为世俗所玷污，它还能那样纯洁美好吗？被损害的亲情还能修复如初吗？产生的隔阂还能消除殆尽吗？叶庆生难过的是，人为设置的障碍，使他失去了与父亲见面的机会，但是彭叔叔用心血构建起来的亲情桥是不会坍塌的，两岸亲人企盼团圆的心桥也是任何人拆不掉的。

长夏如炽，酷暑难熬，叶庆生的父亲在与癌症的抗争中没有能过完这个夏天。就是在这年夏天，叶庆生收到了父亲的绝笔信。彭叔叔随信一同寄来的还有叶庆生父亲的讣告、生平事略和父亲给彭叔叔的信。彭叔叔在信中说："我于七月八日深夜由港抵台北，九日下午二时到台大医院探望你父亲。但你父已在弥留状况，为专等我见最后一面。虽病痛万分，仍支持最后一分气息与生命力，在昏迷情形中，亦知老友千里归来做最后诀别，泪挂眼角，友情可贵，万古长青。你父逝世时间是一九八七年七月九日下午八时整。最后数月，你父病情严重，进出医院多次，你继母日夜相伴，亦十分辛苦和悲痛，其夫妻情深，弥足珍贵。你父自得癌症，心境豁达，对生亦无可恋，所挂念者唯母亲和你继母及你这个亲生骨肉了。他在病中，自知将不久于人世时，留有遗书给我与你，可以知其爱你之深。对亲骨肉之情，你读你父遗书后，可无憾矣！"

父亲在给彭叔叔的信中说："兄自读书起至来台湾半生中，对我的爱护，情同手足，帮助我的恩情只有来世再报了。给庆生的信及200美元，一并请兄代转，这是想想兄之话，而示骨肉之情，关于家母方面也一并拜托了。"

父亲绝笔信：

庆生:

　　由你彭叔叔转的信,我已见到。知道你事业、家庭都很好,甚感安心!你今已年四十二,正是发展事业的时期,既然你已从事医疗,正是为父所望。我因胃癌晚期,经手术和药物治疗不治,我对生死早有认识,你也不要难过,这里我的后事及你继母今后生活我均在病中向此间亲友交代妥当,你就不要挂念了。我遗言要火葬,骨灰将与你继母合墓,葬台北最高的观音山上,那里可以望到家乡。我们父子今生在世的际遇,真是往事不堪回首,只有来世团聚了。兹寄美金200元给我的孙儿,钱托你彭叔叔给你。你奶奶已风烛残年,唯一需要的是你这个从小养大成人的孙儿,多多精神上安慰;你叔叔去了,婶婶处亦要多去问好;家中祖墓,每年三节应知祭扫和维护。至要至盼!北京老奶奶生活及百年后事,我已另向你婶婶拜托了,勿念!

父病中绝笔

　　"知——"窗外蝉鸣如嘶,扰得人五心烦躁。叶庆生对着响声,大声吼着:"别叫了,好不好!"他不是嫉妒蝉昂扬的生命力,他是伤心父亲竟然这么快地就走了,留下了这一纸无声的文字。父亲病中的照片还放在桌子上,清瘦的父亲穿着住院服,安详地坐在轮椅上,他微笑地望着叶庆生,好像要与他说什么,但是叶庆生听不见,永远听不见了!

　　天遂人愿,那只是人们的一种企盼。其实,生命就是一种时间的销蚀,脆弱得意识中曾被赋予的真身,转瞬即逝,突然消失得无影无踪,咫尺海峡终成了天涯之路。命运就是这样作弄人,才六十出头的父亲走了。要远行的父亲,还放不下他尘世中的母亲、妻子和儿子,总想跟在世一样,把什么事都安排得好好的。这次父亲交代完了,不再为亲情苦恼,也不再为他们烦神了,他可以安心地上路了。可是他的儿子却留下了终生遗憾,连自己亲生父亲的面都没有见到。

四

叶龙台何尝不想等到见到自己的母亲和亲生儿子，可是他已在十年前的复活节受洗而成了一名天主教徒，天主爱的召唤，让他安详地喜乐地回到天国去了。

叶龙台作为理工科高才生，他本是不信神的，在与王华结婚时，就作为非教徒与天主教徒在天主教堂举行了一个简单的结婚祝福礼，而没有领受婚配圣事。二十多年来，叶龙台与妻子相濡以沫，互相照顾，虽没生子，但叶龙台教育继子如同己出，家庭和睦，再也没有出现感情纠葛。叶龙台很感恩天主把他从多年爱情沉沦中救赎出来，赐福于他。加上王华每日祈祷，研读《圣经》，叶龙台耳濡目染，逐渐感受到天主的爱。特别是每次陪王华到天主教堂参加望弥撒，每当他坐在座位上，进堂曲响起，听神父依据《圣经》讲道，面对耶稣和圣母玛利亚的圣像，他感受到的是天主教的神圣，就有一种想与神进行交流的想法，于是自然而然地成了一名虔诚的天主教徒。

自彭枫林为他牵线搭桥，联系上北京的兄弟叶龙平，得知大陆父母健在，儿子已成家，事业有成，还为他添了两个宝贝孙子，心中高兴，又祈祷向天主报恩。

可是，不久父亲去世，龙平又接八十多岁的老母到北京生活，而自己唯一的儿子叶庆生竟然连只言片语问候都没见到。叶龙平只是在信中淡淡写道："庆生虽由爷爷奶奶抚养长大，我也鼎力培养，但孩子大了，特别成家后，不懂事，不孝顺，对老人不好，还忌恨起了跑到台湾的父亲，当初为什么狠心抛弃他，害他背了几十年黑锅，不愿写信给你，也不想再认这个父亲了。"叶龙台接到信后，很难过，悔自己对儿子既无养也没教，今天闹成这个结果，都是自己的罪过，他不断地向神忏悔，求天主怜悯帮助，恳求主保佑。

王华过来劝道："龙台，儿子大了，翅膀硬了，又不在身边，随他们的便算了。"接着她拿起《圣经》，读着《箴言》子女教育一段："管教你的儿子，他就使你得安息，也必使你心里喜乐。"她在胸前画着十字，坐在叶龙台的身边，对天主祷告：

我们的天父，愿你的名受显扬，愿你的国来临，愿你的旨意奉行在人间，如同在天上。求你今天赏给我们日用的食粮，求你宽恕我们的罪过，如同我们宽恕别人一样，不要让我们陷于诱惑，但救我们免于凶恶。阿门。

叶龙台是个大孝子，自从入了天主教，每天诵读《圣经》时都必读天主亲自订立的"十戒"戒令。

自得知母亲在北京与龙平一家生活时，每月按时转寄钱款可以说是倾力而为。特别是龙平去世以后，更没有丝毫怠慢，这也是他做人的原则。

六年后，突然有一天叶龙台接到彭枫林转来程梅生的信，说"得知吕思慧在天津，把你寻子的心愿告诉了她，她也将你儿子的亲笔信转来附寄给你，以了老同学望子之心"。叶龙台平静的心一下子又掀起了波浪。盼儿子的回信，如石沉大海，突然冒出了一封信。他有点厌烦，顺手丢在茶几上，懒得去看。这边心气还没消，那边又收到彭枫林转来吕思慧和赵山生的信，又附儿子的一封亲笔信。他头有点涨痛，心想，我生了一个什么古怪儿子，盼他来信，死也见不到，现在倒好，连着找两个老同学转来两封信。既然不认我，为何又托这么多人写信找我？为什么就不能通过北京的婶婶转呢？有什么见不得人的地方，要瞒着家里的人呢？

"你又生什么闷气，你那个胃是不能生气的。"王华关心地劝道。

"你看、你看，我儿子接连来了两封信。不知搞什么名堂。"叶龙台把儿子的信顺手递给了王华。

"我说你不要生气，先看看再说。"说着王华就仔细地看起几封来信。读完儿子的来信，王华说："这孩子也怪可怜的，除思念父亲，想见父亲，所讲家中情况，与龙平讲的没有出入，他理解你这个做父亲的难处，行文中并没有过分要求和抱怨等出格之语。这第二封信还讲到去年到北京看奶奶的情况。"

"什么？"说着叶龙台站起来，读着叶庆生看奶奶的情况：孤老一人在北京，饮食简单，精神还可以，就是想念大儿子，眼睛都快哭瞎了。"妈妈——"叶龙台往下一跪，哭着说，"为儿不孝，不能侍奉在母亲的身边。可是儿也想家，想妈妈呀！可是……可是，我现在是有家不能归，无路可回呀！妈妈，你就原谅我这个不孝之子吧！"叶龙台的悲苦让王华感动，虽然她的父母早就罹难了，但羁留孤岛这么多年，她也想家，想那曾生养她的湖南老家。她抹了抹溢出的眼泪，轻轻地拍着叶龙台说："别哭了，我拉你起来。"

当他们夫妻俩坐回沙发，读着老同学的信，这些老同学热心帮自己儿子找父亲，真是难得，而且众口一词：你儿子叶庆生是一个忠厚老实人，他寻父的赤子之心让他们感动。王华劝叶龙台说："'骨肉之亲，析而不殊。'他在为上一代人背负着十字架，我们应该理解他，善待他。"读着读着，叶龙台已是泪流满面了。他怎么不想儿子，正是因为对儿子寄予很大希望，才毅然同意在与吕思麟的离婚书上签字。可世事弄人，这一分隔就是四十年，对儿子未教也未养，本应自责，到头来，就因为没有收到儿子的信，也不问青红皂白就责怪起儿子来。

"这事也蹊跷。"王华说。

"我开始也觉得事情有点蹊跷，不近情理。可平弟的话又不能不听，我也就没有深究，何况平弟不久又离世，更不宜多问。现今老母在北京弟媳处，孝敬之事还不能有丝毫懈怠。天主不是也要求我们'孝敬父母'嘛。"

王华点点头。

又到了台北的冬季，凉风吹着，小雨下着，天上乌云翻滚着，门口栾树的荚果枯黄地耷拉着，显得阴湿寒冷，失去了夏日的生机。

叶龙台这几年身体状态每况愈下，视力模糊、腰酸背痛不说，还经常头昏乏力，全身出冷汗，人整天歪歪倒倒的，年内，他已正式辞去台北华昌公司副总经理一职，完全在家赋闲休养。

回想起这近十年，经历了父亲去世，接着兄弟去世，母亲日渐衰老，儿子才联系上，这些无常之苦本来就折磨得他寝食难安，而近更感到人如草木，无论一秋还是一世，时间不等人，时间催人老啊。

有次，彭枫林来台看他，他谈到儿子的来信，说自己是错怪了叶庆生，何况《孝经》讲得很明白：父母亲子而后子有孝。即使儿子真不孝，也是父之过啊。彭枫林劝慰一番，说"你身体不好，也不要去想这么多，过去的事，也就过去了。还是应该接纳并常保持与自己亲子的直接联系"。叶龙台说："兄的劝告我一直记在心里，不会再勉强庆生从他婶婶处转信了，只是又增加了你的麻烦。"彭枫林说："区区小事，何足挂齿？这也是我这个老同学应尽的责任，你不要放在心上，还是以保养身体为重。"

自生病以来，叶龙台也越来越想能见自己亲生的儿子一面。他突然试探着拜托彭枫林，能否在香港与儿子见一面？彭枫林一口应允说："这是好事。一切由我安排，等安排妥当，我即告知仁兄和小庆生。在香港吃住你们就不用操心了。"

叶龙台带着希望，坚强地活着，继续尽着孝道。毕竟人拼不过命，终于有一天被这突如其来的疾病击倒了，睡在床上爬不起来。王华问："你哪里不舒服？"

叶龙台有气无力地说："胃痛得厉害，人一点劲都没有。"

"那赶快到医院去看看。"

"不用。老毛病了，吃点药，让我睡一会就好了。"

王华看着叶龙台痛苦苍白的面孔，虽然心疼，可又无力帮助他。当她搀扶他起来解大便，一看全是黑色的，吓倒了，赶快打电话叫东东回来，强行把叶龙台送到台大医院。

医生检查结果出来了，胃癌晚期，要立即住院手术。王华就一次次往医院跑，医生一次次讲着沉重的话题，叶龙台则一次次经历着病痛的煎熬。胃癌根治术，胃切掉了，但病灶没有完全清除掉，存活期半年。这无疑宣判了叶龙台的死刑，缓期半年执行。王华几乎崩溃了，毕竟是经历过生死磨难的女人，她硬撑着，强打欢颜地对叶龙台说："肿瘤切除了，你这个胃痛的毛病也根除了，只是要少吃多餐，好好调养。"

叶龙台无力地点点头，他感恩天主赐给他一位好妻子，在心里默祷，万能的主啊，请赐予我爱妻王华福报，直至永远。

康复期，王华每餐必做营养可口的流质或软食，端到床边，一口口地喂叶龙台吃。王华看着叶龙台靠在床上艰难地吞咽着，一次要喂一个多小时。她体会到，照顾叶龙台二十多年来，最痛苦的不是自己承受生活磨难，而是看着爱自己的人心疼，却无法安慰，看着自己爱的人痛苦，却无能为力。

而叶龙台则安慰王华说："王华，请你放心，我能坚持住，也能坦然地接受病魔带来的一切痛苦。只是不忍心看到你那双红红的眼睛和日益消瘦的身体，你已使尽了力气，为我受累和吃苦，可我帮不了你，你可不能累病倒了。"

廖仲敏夫妻来看过病中的老同学，廖仲敏打电话给彭枫林，彭枫林也从香港赶来宽慰叶龙台。彭枫林临走问叶龙台要不要告诉大陆的亲人。叶龙台说："北京母亲处就不要说了，月费照寄。我儿子处可以告诉他。"

可是当他接到儿子从香港转来安慰病中父亲的信时，却哽咽无声，老泪纵横，悲从心来。"儿呀，儿呀，你我难为父子一场，连最后见面的机会都没有了。真是往事不堪回首，只有来生团聚了。"

时钟好像是专作弄病重中的人，一圈圈24小时跑得飞快。病痛让叶龙台睡眠也不踏实，还没眯一会，天就亮了。何况整天躺在床上，怎么睡，身上都痛。白天，他想晒晒太阳，王华就和保姆两人把叶龙台抱到轮椅上，推到院子里散散步。

"今天天气好，我们照张相吧。"叶龙台笑着对王华说。

321

"好。"王华回到房间拿出小相机,叫保姆给他们合照了一张相。

这次到医院复查非常不好,肿瘤细胞已广泛扩散。叶龙台脑子一直是清醒的,他知道自己大限已到,对爱妻王华说:"王华,我有一天到了坚持不住的时候,愿你收住眼泪,坚强地活着。我已为你留下一笔丰厚的养老金,加上东东已成人,又很孝顺,我也就放心了。我现在唯一挂心的是大陆的母亲和儿子,关于他们的安排,我都写在这里。请你通知彭枫林马上来台一趟。"说完,把两封信交到王华手里,深情地望着王华,那是生离死别,万分不舍啊。王华看着丈夫那深情而绝望的眼神,刻骨铭心,痛彻心扉,终生不忘。

五

在叶庆生寻找父亲的过程中,有许多人对他父亲的态度一时不解,他们劝叶庆生说:"你父亲这样的态度,再写信有什么意思呢?"

叶庆生说:"来信证明我父亲还活在这个世界上。当我每次写信和收到父亲信的时候,总有一种缠丝绵绵的感觉,那是一种缘分,一种割不断的血脉亲情。何况我的生命是父亲给的。"

不知道为什么,叶庆生心里总有一种恐惧感,记得奶奶说过:"菩萨畏因,众生畏果",从小就有一种被"抛弃"的恐惧,曾被父母"抛弃"的恐惧,现在更有一种父亲弃他而去的感觉,特别是父亲得了重病以后,这种感觉越来越强烈,果然父亲就撒手人寰,弃他而去了。

彭叔叔在信中说:"我与你父亲的几位同学集议你父后事,一切遵从你父遗言办理,由院方主持,二十五日下午二时在殡仪馆火化。讣文由你及你继母俱下,经协议,你继母亦觉十分妥善。总之我等与诸同学为你父安葬事完妥后再回港。望你不要太悲伤。另,我九十月份去上海,时间匆促,如你能抽空来上海一见最好。"

从讣告和事略上,叶庆生了解到父亲的一生。叶龙台出生于1920年2月14日,卒于1987年7月9日,享年六十八岁。父亲从上海同济大学工学院毕业后，先后服务于教育机构和工商企业，于1949年进入台湾肥料公司，历任副主任、主任、副厂长等职，1973年退休后聘为华昌公司副总经理。讣告下方赫然写着：孝男庆生率媳及二孙（均在大陆）。可是叶庆生抽泣着说："我这个孝男，却被这一湾浅浅的海峡阻隔在这一头，无法为父亲做孝子，守灵送葬。我唯一能做的是向父亲病中的照片哭拜了。"

收到噩耗的那一刻，叶庆生的心突地一沉，剧烈的悲痛向他袭来。他在心里一遍又一遍地呼喊着：父亲，您走得太突然，走得太快了。我企盼着，等待着，想见您一面的机会也没有了。爷爷为此含恨而去，奶奶也走了，今天您又走了。当亲人一个个就这样走了的时候，叶庆生才感受到生命的价值。可是生命在天灾人祸和疾病面前不堪一击！

叶庆生本盼着开放探亲的那一天，和父亲团圆呢，可这一切转眼间化作了泡影，变成了一张白色的讣告，从海峡的那一头飘然而至。可是这是一张阳间通向阴间的旧船票啊！讣文上清楚明白地记述着父亲叶龙台的生卒和简历，是以前叶庆生想了解而无法知道的内容。是的，当时他怎么可能知道？他的父亲、一位忠贞的科技工作者走了，随风雨化作泥土，就这样消失了。作为他的儿子，生不能侍奉，殁不能尽孝，这悲痛的感情缺憾又有谁能体会？彭叔叔寄给叶庆生讣告，是为了给他留下一个纪念，可是，它向叶庆生正式宣告：你永远也见不到自己亲生的父亲了。面对这张讣告，叶庆生只剩哀叹：父亲，我再也见不到您了！

在得知父亲去世后不久，又接到妈妈病重的电报。叶庆生立即赶到北京。去年，妈妈曾危险过一次，亏得叶庆生和妻子请假及时赶到北京照应了好几天，总算转危为安。这次妈妈可不能再出什么意外了。

妈妈住在协和医院。因妈妈患的是冠心病，急性心绞痛发作，病情凶险，在重症监护病房住了好几天，病情稳定后才转到普通病房单间。虽然白天有护工帮着照应，叶庆生总放心不下，妈妈的手臂和脚背因输液，都扎遍了针，现在每天还有好几组液体，挂在她的身上。妈妈又是一个过敏体质，病区护士不知道叶庆生是医生，输液时反复交代他，要注意观察输液速度、输液反应，不能随便离开。叶庆生说："我知道观察看护的重要，我会兼心的。"晚上，叶庆生就陪坐在妈妈床头，困了趴在床边打个盹。那段日子，妈妈神志时好时坏，有时长吁短叹，而且夜里小解也特别多，其实没有小便，就是有些便意。叶庆生就一遍又一遍地扶她起来，又一遍又一遍地扶她上床睡好。妈妈稍微好一些时，想吃一点东西了，叶庆生就叫老保姆煮好稀饭送来，一匙一匙地喂妈妈吃。老保姆有时笑着对叶庆生妈妈说："我要是有这么个好儿子，睡着了也笑醒了。"

　　妈妈出院回到家里，叶庆生就在妈妈房间里搭了一张床，晚上好照应妈妈。妈妈自知道叶庆生父亲去世的消息后，心情一直很郁闷。她对叶庆生说："你爸爸死得太早了。"说着说着，两行热泪就流了下来。她说："多好的一个人，才六十多岁。"妈妈惋惜叶庆生爸爸死得太早了，也惋惜叶庆生父子今生再也见不到面了。她叹息道："虽然海峡浅浅，却成了你们父子俩见面的障碍，唉，一个人的命运谁又能把握得住？不过，谎言最终没有能遮挡住你父亲的眼睛，最终他了解了儿子，你父亲死也瞑目了。"妈妈为叶庆生父亲在临死前能与儿子直接通信进行沟通而高兴，她说，"从你父亲的来信里，可以看得出，他是爱你的。"

　　叶庆生至今还记得妈妈在病重期间，常念叨着他的父亲，就是在梦话里也喊着他父亲的名字。有一天夜里，妈妈在睡梦中大声地呼喊着："天苍苍，海茫茫……"接下来是叹息声，不一会就响起妈妈轻微的鼾声。

　　早上醒来，叶庆生问妈妈："你昨夜做了一个什么梦？"妈妈说："我梦到大海了，梦到你爸爸了。就在海边，你爸爸送我的时候，后来起风了，大浪把我们淹没了……"妈妈拉着叶庆生的手说，"庆生，你爸爸是一位敦厚善良的人。你不要怪你父亲啊。古人说过，

'事父母几谏，见志不从，又敬不违，劳而不怨'就是这个道理。你父亲是个孝子，你看他对你奶奶和婶婶，可以说是倾其所有，以补偿他多年远在他乡，不能尽孝的缺憾，他是多么希望你能代他尽孝心，他不知道你奶奶已经过世，也不知道你婶婶一直在欺骗他，你已做得很好，你就不要怪你父亲了。"

叶庆生说："我不会怪我父亲的，妈妈你就放心吧。"

妈妈高兴地拍着叶庆生的手，用四川话说："要得、要得！"母亲停顿了一下说，"你看我这脑子，想不起来这位外国作家的名字了，他说过：'如果这方土地上没有埋着你的亲人，这个地方就不是你的家。'"

叶庆生知道母亲的意思，说："台湾我是会去的，父亲的坟茔我是一定要去祭扫的。"

说完，母亲叫叶庆生移开小床，把箱子从大床底下搬出来，打开最底下的一层。叶庆生一一照办了。她又叫叶庆生扶着她，到箱子底去翻找什么。她从箱子底拿出一个丝绒小包包，里面有一件饰品，是用台湾红珊瑚雕刻的一对并蒂莲胸花。她说："这件东西是你父亲留下来的遗物。当时你爸爸不同意我弃工学文，我追到台湾要他支持我，并要他和我一同回上海。你爸爸不愿意。我离开台湾时，你父亲买了这枚胸花送给我，并亲手给我戴上。"包包里还有一些彩色丝线和一只没编完的"金刚结"。

"妈，这是您什么时候编的金刚结？"叶庆生好奇地问。

"这是妈妈赋闲在家时编的，那时特别想你，可惜没有编完。"妈妈惋惜地说。她喝了一口水又说："这两样东西我一直留着，没有轻易丢弃掉。"她舒了一口气，好像完成了一项重负，说，"庆生，今天我把它们交给你，总算了了我多年未了的心愿，也为你保留了一件你爸爸的信物。"叶庆生意识到，妈妈留住的这些东西，都是曾被感情浸染过的东西，是非常珍贵的，哪怕它们从陈年记忆里散发出一丝丝哀伤，都是弥足珍贵的。岁月已经逝去，但记忆中美好的东西还在妈妈的心中珍藏，就像红珊瑚一样是那么纯洁美丽，又像金刚结一样是那么神圣精彩，没有沾染上世俗的一点尘埃。

六

国庆节前，叶庆生接到赵山生伯伯的信，他说彭枫林叔叔国庆到上海，要他去见见彭叔叔。叶庆生赶到上海，彭叔叔已从香港回来了。上海同济的老同学们都聚集到锦江饭店，只有叶庆生一个人是以他们班"第一个孩子"的身份，代表着他的父母来参加他们老同学的聚会。彭叔叔见赵山生介绍叶庆生，惊道："龙台兄的孩子都这么大了。记得在李庄时，我还抱过他。"聚会后，赵山生伯伯约叶庆生陪彭叔叔一道到他家做客。

赵伯伯住的六楼，客厅窗户正对着徐汇广场，夜幕下的大上海，座座高楼影影绰绰，就像梦幻中的海市蜃楼，镶嵌着无数的宝石，红的、白的、黄的，晶莹闪烁。

"上海的夜色太美了！"上次来是白天，叶庆生没有注意到窗外的景色，这次他一进门就为上海的夜景所吸引，不由得赞叹道。

赵伯伯说："是的，上海这几年建设有了很大的变化。"

彭叔叔穿一身银灰色的西装，质地考究，做工精细，戴一副金丝眼镜，虽然人很清瘦，但显得很有精神。他也对窗外看了看，问赵伯伯："花和尚，这是你们单位新分的房子？我记得你原来是住在静安区的。"

"是的，我的神行太保老弟。"赵伯伯笑着对彭叔叔说。

彭叔叔笑着坐下来道："还是你好，现在还在厂里当顾问，这么多年我所学的都荒废了，成了一个名副其实的商人。"

"还是当老板好，这两年上海老板又吃香起来了。现在工程师，还不如摆地摊的。"赵伯伯说的是现状。

彭叔叔有同感。他说，这几年改革开放，国家有发展，但是到处乱哄哄的，环境卫生和交通还跟不上。彭叔叔转过头来对叶庆生说："庆生，我抱你时，你才这么一点大。"他用手比画着说，"现在人高马大了。"说得叶庆生有点不好意思。彭叔叔问赵伯伯说："花和尚，你可记得，那是在四川宜宾，我们几个好友听说叶龙台和吕思麟添了个宝宝，都赶去看。那时叶庆生才几个月，白白胖胖的，真好玩。"

"是的、是的。"赵伯伯也笑着，连连称是。接着跟赵阿姨说："在回来的船上，叶庆生还在我们的神行太保头上撒了一泡童子尿呃。"

"嘿，嘿，嘿。"大家都笑了。

彭叔叔不在意地摸摸头，对叶庆生说："你爸爸在世时，常念着那段美好时光，念着四川宜宾，念着李庄那间破民房"。

叶庆生从他们的笑意里还能感受到自己作为他们班第一位孩子的幸福。叶庆生相信，他们曾因为他而快乐过，他们也曾祝福他一生快乐，但是他们不知道叶庆生的人生境遇竟是这样坎坷。命运之神不存在公与不公，人生也不是仅凭你的出身、父母、天赋和努力所能左右得了的。

"你母亲可好？"彭叔叔问叶庆生。

叶庆生说："前一阶段妈妈病了，最近还好。"

彭叔叔充满歉意地说："我也不知道她的地址，这次到北京也没能去看看她。"他对叶庆生说，"你这么远还跑到上海来看我，我得谢谢你。"

叶庆生马上起身对着彭枫林恭恭敬敬地鞠了一个躬说："真心感谢的应该是彭叔叔，您是我们家的大恩人。"

"是的、是的，最应该感谢的是彭叔叔。"赵伯伯笑呵呵地说。

"我也感谢你们这些叔叔伯伯们，我为家父生前有你们这些老同学相伴相助到幸福。"叶庆生这次来上海除见见大恩人彭枫林，也想搞清楚父亲为什么这么长时间坚持要通过第三方婶婶转信。虽然他没有说出口，彭叔叔心知肚明，他走过来拍着叶庆生的肩膀说："你父亲是爱你的。"他说，"你父亲若不爱你，他就不会托我们同学找你；若他不爱你，他就不会叫我直接写信给你，并留下遗书给你。"彭叔叔说着说着，有点动情，他说，"你父亲临终仍支持最后一分气息与生命力，等我到来。我走到你父亲身旁，他吃力地睁开眼睛，用手指着桌上给你的遗嘱，当我拿在手上时，你父亲最后流出一行清泪，溘然长辞。"彭叔叔说，"你父亲为人忠厚，对兄弟笃信，奶奶又在北京，他从你叔叔信中见到的都是你的不是，能不生气？可是当接到你的信后，才知其中有误。这些我都清楚，但是你爸爸总不好说你叔叔婶婶什么吧？庆生，先人们都走了，你也不要怪你父亲了。"

叶庆生说："我怎么会怪我父亲呢？我也不会去计较我的叔叔。"

赵伯伯说："枫林，庆生想知道他父亲生前在台的一些情况，你就给他讲讲吧。"

彭叔叔呷了一口茶说："你父亲在台湾也常想家。可是，那时大家都怕，你父亲也怕。我们只好商量，寻找机会，在香港与你见上一面。"

就是当时台湾当局的领导人也不例外，凡是人，哪有不想家的。1973 年，蒋介石为怀念他的母亲王大夫人，在日月潭青龙山顶修建了九层慈恩塔，说站在最高一层可以看到杭州的六合塔。"那时，我们一同去游玩，你父亲一口气就登上了最高一层，他当时高兴地说：'神行太保，你看西天那云水之间的楼阁是不是杭州的六合塔？'我说：'是你想家了。'那时几位同学中就数你父亲身体好，可是一晃多少年都过去了，他倒先走了，我们都老了。"

彭叔叔有点感伤，感伤岁月的无情，催人衰老。说到开放探亲，彭叔叔说："你爸爸心里早就盼着能有这一天。记得去年上半年，也就是你父亲生病前半年，我们一同走在台北重庆南路 1 段，只见大街两侧有许多老人在静坐请愿，有的老人拄着拐杖，一字一泪地向过往行人陈诉着家庭长期分离的痛苦，有的老人为夫妻长期分离不能团圆而潸然泪下，在他们的膝前放着'夫妻父子分离四十年，誓死抗争，违背人道'的大牌子，在他们身后的墙上贴着'生离胜死，天伦梦难'的请愿书，所经之处一片哀鸣。你父亲跟我说，'民心之所向，亲情不可违，看来，当局迟早会解禁的。'当他重病住院，我去探望他时，他伤心地拉着我的手说，'枫林，我希望当局早一天开放大陆探亲，恐怕我等不到那一天了。'不想这句话让你父亲言中了，他竟没有等到这一天。而我之前也没能帮上忙让你父子见上一次面。"彭叔叔为此感到伤心和内疚。

赵山生为叶庆生父子未能谋面也很惋惜，他说："大叶若早知道家中真相，也不至于错过父子见面的机会。"

彭叔叔说："有这可能，可谁又知道他叔叔会说谎呢？"当彭叔叔听完赵伯伯说到叶庆生婶婶如何欺骗侄子的情况时气愤地说："真是欺人太甚，他们从一开始就撒谎，这谎言一开了头，她就要继续编下去，编着编着，这人生也就编完了。最后没有得编了，要见包公了，她就躲起来，躲起来，人家就不知道了？大叶去世后，现在她连我都不见了。"

彭叔叔递给叶庆生一个信封说："这是你家父临终托我带给你婶婶的信。"叶庆生正为父亲给婶婶的信为什么要转给他而诧异，彭叔叔接着说，"遵照你父亲的遗言，为你祖母和婶婶送这最后一笔生活费。我到北京下榻在台湾饭店，电话联系好了，她竟然没有来。第二天，她还是没来，连电话都联系不上了。一气之下，我准备带回给你继母。既然你来了，就交给你吧，也了了你父亲的心愿。"

叶庆生接过彭叔叔手中的信，看后又递给赵伯伯。父亲在给婶婶的信中说："贤弟妹，天有不测之风云，我经查患胃癌已手术治疗，且日重一日，今天主召我而去，老母仍重托，请贤弟妹继续侍奉并照我弟生前与我商定的原则火化，护送灵骨还乡，与爸爸骨灰合墓，葬祖坟山上。老母后事一切一切只有来生再报了。兹由彭大哥转带美金2000元，请你存着慢慢补助老母奉养以及百年后丧葬费用……"

赵伯伯看完信说："大叶母亲早在两年前就过世了，大叶一直蒙在鼓里。"

彭叔叔气愤地说："做人怎么能这样？！撒谎也不能撒到我的头

上，什么'转信困难'，什么'自身难保'，你父亲给他们的信从来就没有断过，我给他们转信也从来没有间断过啊！"彭叔叔对叶庆生说，"你爸对你祖母极尽子孝，寄钱甚多，均由我转寄你婶婶。对你父子隔膜，你叔叔婶婶是有责任的，我们心里都很清楚。"

赵阿姨说："哪知道庆生婶婶是这样一种人。"

赵伯伯也愤愤然道："小人、小人，只有小人才靠毁谤别人过日子。"

彭叔叔说："我老家在广东佛山，是富裕的地方吧，可是我回一趟家，临走连身上的零钱都留下了。穷也不能失志，不能做缺德的事啊！"

彭叔叔对叶庆生说："像你赵伯伯，国家一级教授，在上海算得是中上层了，每月才拿五十多美元。你这位赵伯伯也是一位菩萨心肠的好人，看他这么热心帮助你们父子俩，真是难得。我这次回来，也想帮助同学们做点事，不少同学要我帮他们的子女出国，我回去就联系。"

叶庆生小声与赵伯伯商量了一下，如何处置父亲留给婶婶但没有送达的信和没有送掉的钱，赵伯伯同意庆生的意见。叶庆生抬起头来，对彭叔叔说："我同意收下父亲给婶婶的信，至于钱，我坚持请彭叔叔好事做到底，得便去台北时，交还给继母。我要钱有什么用，我再也见不到我的父亲了。"说着，叶庆生哽咽起来，引得大家也一齐伤心，但大家都觉得庆生这样处置没有什么不妥。

"也好。"彭叔叔赞许地点了点头，他望着叶庆生说，"你婶婶只知道你父亲死了，但不知道还留了钱给她，所以连我的面都不见了，也罢。"

七

1987年7月9日叶庆生父亲卒于台北，而台湾当局1987年7月15日下令解除戒严，10月15日宣布开放对大陆探亲。在任何一个时间点上，世界上总是有相同比例的幸与不幸，为什么就不能减少一些这种生离死别的不幸？

父母亲的先后去世，并没有减少叶庆生与台湾亲人们的联系，由两岸同胞搭建起来的亲情桥越来越牢固。胡来的父亲也随着探亲的人潮回来了。听胡来说，生父回来后，按继母的要求，二家人团聚在了一起。他陪父亲和继母一一拜谢曾关照自己的所有亲人，亲人之间了却了四十年思念之苦，流了不知多少泪。他说，那段日子，他们夫妻俩小心翼翼地关照着几位父母，关照着方方面面的亲人，几乎累垮了。"可是，"胡来突然心情沉重起来，他说，"父亲回台湾不久就病逝了。""唉，盼亲人盼了近四十年，他回来太激动了，老年人情绪不能波动太大。"他叹息道，"从此生死两茫茫，不思量，自难忘。"

叶庆生说："你父亲临死前能见到自己亲生的大儿子，是幸福的，你们家算是幸运的。"

胡来说："你也是幸运的，虽然只差几个月，你没能见到你的父亲，也不能去台湾为你父亲奔丧，但是你终于与你父亲联系上了。"他停了一下，凄然地说，"多少人遥望故乡梦断肠，骨肉难聚泪成行；多少家庭分离两岸盼团圆，离恨未解赴黄泉。我们算是幸运的了。"没有经历长期亲人离散的苦痛，就没有这样刻骨铭心的感受。胡来动情地对叶庆生说："老同学，虽然你没有见到你的父亲，但是他给了你生命，给了你智慧，给了你战胜困难的勇气，你应该感恩才对。"他接着又说，"我高兴的是，亲情，血脉亲情终于冲破了长达四十年的阻隔，现在他们能回来探亲了。"

叶庆生的大表姑看到许多台胞回来了，失散多年的亲人团聚了，还在气叶庆生的叔叔婶婶，她说："我就说嘛，你叔叔婶婶突然接走奶奶，打着孝敬母亲的幌子，不就是盯着你爸爸口袋里那几个钱，最终害得你父子不能团聚。作孽、作孽啊！"

叶庆生说："表姑，过去的事就让它过去吧，别再提它了。"

"不提，气不平。"大表姑说。

杜娟拿起一本历书给表姑看："表姑，你看这上面不是写着，万般皆是命，半点不由人。世事是强求不得的。"

"作为医生，你也讲宿命？"大表姑说。

叶庆生接着话说："杜娟是一位想得开的人。但是，是不是宿命，我不知道。"作为医生，叶庆生知道，生命是耗不起的，奶奶走了，父亲走了，父亲走后半年，妈妈又因心肌梗塞与世长辞。

叶庆生记得从殡仪馆回到继父家时，小弟季桑打开琴盖，特地为哥哥弹了一曲贝多芬的《命运交响曲》。

时而激昂，时而悲愤，时而明快，时而哀婉的旋律，一下子唤起叶庆生心中的恐惧、担忧和痛苦，给人一种无限的渴望，一下子又让他沉思、安详和清醒，给人信心和勇气。命运，让人望而生畏的命运，你究竟是什么？叶庆生眼前突然晃过五彩金刚结的影子，就像一片云霞……

"爱你的命运。"尼采说。是的，一个人虽然不能决定自己的生死，但他能携着自己命运的手一同前行。

(完)

篇小说

JINGANGJIE

感　恩　果

一

老王戴着口罩来到医院门口，等穿着白色防护服的门卫用测温仪测过体温，就径直朝医院办公大楼走去。

"喂，老同志，看病请往门诊走。"

"我不是来看病的。我是来送感谢信的。"

老王对医务处的同志说："我姓王，曾是重症新冠肺炎病人，在贵院传染科治疗了一个多月，康复出院后又在家隔离了半个月，今天来就是感谢贵院的救命之恩，还想见一见管我床的汶川小护士，当面道声谢。"

"她叫什么名字？"

"叫文安。白色防护服上写着文安二字。不过大家都喊她小文护士。她说她是从汶川来的。"老王说，"到出院我都没有见到她长什么样。当时病房的医生护士都被白色防护服裹得严严实实，连护目镜都雾蒙蒙的，看不清眉眼。呵，她的声音我记得，很好听，甜甜的，带着四川尾子的普通话。"

医务处的同志说："老同志，您坐下稍等，让我联系一下。"

"呵，王老，真不好意思，小文同志今天当班，一时不能出来。"

"我这里有她电话。"

"他们上班是不准带手机的。等联系好后，我们再安排适当的时间通知你，可好?"

"好、好。谢谢你们!"老王展开感谢信，给医务处的同志念起来：

亲爱的援鄂医疗队、亲爱的汶川护士小文：

我叫王刚，是一位你们曾救治的重症新冠肺炎病人。在你们一个多月的专业和耐心的治疗下，我已康复出院，谢谢你们给了我第二次生命。我特别要感谢的是汶川护士小文，在我住院治病期间，她一直守护在我的身旁，给我喂饭，帮助我翻身，帮助我吸痰，帮助我清理口鼻腔，就像我的孩子那样守护在我的身边。在我病重对死亡充满了痛苦和恐惧的时候，她紧紧地握着我的手说："您要坚持住，我会一直陪着您。"她还告诉我，她是汶川大地震中"与死神擦肩而过的孩子"，她相信妈妈会来救她，大家会来救她，依靠大家，依靠白衣天使，她活了下来。今天，她是带着这份感恩的心驰援武汉的，她相信我一定能活下来……

念着念着，老王动了真情，不禁潸然泪下，哽咽着说："小文护士，我活下来了。"边说着，边从手提袋里拿出两盒武汉特产柿饼，每盒上都写着"感恩果"三个红字，连同感谢信轻轻放到办公室桌上，烦请医院领导转交给汶川护士小文。

二

先说说汶川护士吧。她姓文，叫文安，家住在汶川映秀镇。文安，原名文静，正如她的原名，清秀中透着文静，文静中透着干练。汶川大地震后，文静爸爸说，女孩子文静虽好，但汶川要的是平安，改个名字叫文安吧。文安中等个头，不胖不瘦，短头发黑又亮，一双俊秀的大眼睛会说话，说话时总带着微笑，有一种人见人爱的魅力。

汶川大地震那年，文安 12 岁，在漩口中学读初一。五月十二日下午，刚上课，天崩地裂一声巨响，小小的文安就和同班同学、班主任老师一齐被埋到教室的瓦砾之下。文安的妈妈一直守在瓦砾堆前，疯了似的用手使劲扒砖头，扒得双手鲜血淋漓，一边哭喊着："我大女儿已被砸死了，可怜我这个小女儿不能死啊！"解放军和许多救援队员奋力营救，经历了两天两夜清理现场，搬开坍塌的钢筋水泥，拉出护着她头的老师，才从废墟底部把她救了出来。当救护车把病情危重的小文安送到驻地医疗队时，小文安因脾破裂、肠断裂和腿骨骨折等多处综合伤，出血过多出现休克昏迷，经医疗队全力抢救，才度过了危险期。然后又转送到华西医院，经内科、外科、骨科等多科联合精心诊治，整整住院三个月，才康复回家。从此，小文安就记住了：她能活下来，是得到了妈妈、解放军和许多人的帮助；她能活下来，是得了白衣天使们合力的救治。

文安高中毕业报考了省护理职业学院，大学毕业后被市立医院招录，成了呼吸重症科的一名护士。三年多的护理临床历练，文安已成为该科的一名护理骨干。这次新冠肺炎疫情发生后，她第一时间就向医院党组织提出申请，要参加援鄂医疗队去救治更多的病人，结果没有被批准。她就找科护士长论理说："科里我最年轻，为啥子不让我去？"

科护士长摸着文安的头说："你最小是不错，但你曾受过伤，身体不算好。何况，我们科室现在也离不开你。"

文安噘着嘴说："我知道越是困难的时候，越是要大家去相助。汶川大地震那会，我们得到太多太多。我的生还就是一个奇迹。我虽然不是党员，但我是一名共青团员，一位白衣战士呀。"

"好、好。你先安心工作，等下次有机会我帮你争取。"

文安交了一位男友，今年春节她第一次带男友回家见自己的父母，陪爸爸妈妈过个年。

除夕晚上，文安和男友正在家陪着父母吃年夜饭，此时文安微信提示音响了，文安看着医院微信群上批准支援武汉的医护人员名单时，高兴地拉起男友说："哇，我被批准了！"

"傻丫头，啥子事把你乐得蹦起来？"妈妈嗔怪地说。

"爸妈，下一批援鄂医疗队有我。"

"真的？"

"是的。通知要我马上回医院集中。"

"嗯。国家有难，孩子去出一份力是应该的。"爸爸放下筷子望着女儿，点着头说，"这也是单位对你的信任啊。"

事发突然，妈妈有点不放心地说："不是妈妈不同意你去，只是你身体一直不好，吃生冷胃肠就不舒服，你去了一定要注意照顾好自己。"想了想又说，"武汉冷，多带点衣服。"

爸爸从柜子里拿出两盒樱桃干，说："你带路上吃。"

"'感恩果'，谢谢爸爸。"

临出门，妈妈还叮嘱说："你到了那边，给我们报个平安。"话还没说完，眼里已闪烁出不舍的泪花。

三

文安和同伴们走下飞机扶梯，踏上武汉的土地，已是万家灯火时分。沿途除偶有救护车闪烁着警灯呼啸而过，马路上却是空荡荡的。从机场到酒店，听到最多的话是："谢谢你们，谢谢你们来支援武汉。"小文感动得满眼泪花，声音哽咽地说："我是来感恩的。武汉加油!"

　　旅途的疲惫还在困扰着每一个人，休整只有短短半天。第二天上午培训，下午就进驻受援医院。受过专门训练的小文被分配到重症隔离病房。病房护士长看到小文他们补充进来，喜极而泣，连声说："你们来了，援军来了，我们科室有救了。"

　　护士长是一位刚毅麻利的中年人，眼睛特别有神，干事手快、嘴快、腿快。她不允许重症科有一个"慢"字。护士长说："自疫情暴发以来，近一个月病人扎堆涌向医院，ICU 早住满了。我们呼吸重症科 50 张病床全住满了，还加了床，走廊上、过道口也塞满了留观的病人，还有陪护的家属。我们虽有二级防护，也就是穿着白大衣，戴着口罩，连轴转，每天 12 小时，甚至 24 小时，超负荷工作，就是 2008 年我参加汶川医疗队进行现场救治伤病员时，也没有现在这么忙过。"

　　"护士长参加过 2008 年汶川救援？"文安问。

　　"是的。怎么啦？"

　　"我是汶川护士文安。我这次是带着一颗感恩的心，来参加抗击疫情的。请护士长有什么任务就分配给我。"

　　护士长看着文安一双明亮的大眼睛，心里暖暖的。她上前拥抱着文安说："谢谢你。好样的。"

　　护士长回过头来，要求大家要严格按照规程穿脱防护服。她说："你们每天交接班，在缓冲区换三级防护服时，一定要互相监督，不能有一丝马虎，要做到人人过关。"不要看护士长笑起来很温暖，但严肃起来也是很吓人的。

　　"我再强调一句：不穿好防护隔离衣，不准进隔离病房！听到没有？"

　　"听到！"大家一齐回答。

　　"不过，"护士长扫视了大家一眼又说，"新冠肺炎病毒也不是那么可怕，完全能治好。我就曾感染过一次，经过治疗，现在不是好好地站在你们面前?"见新来的同志唏嘘不已，她拍着手叫大家安静，让她接着说。

"因为早期大家对新冠肺炎认识不清，防护意识不强，而医院防护设备又不足，医院不少医护人员感染上了新型冠状病毒，有的被隔离，有的还住进了医院治疗。我就曾中招。虽然重症科防护意识比其他科室要强一些，当时也没有头罩，我们就用透明塑料袋罩着头。可能当时忙得很，大意了。开始有点发热头痛，也并不介意。后来做了一个咽拭子，一查核酸阳性，当时也有点害怕。只好在家隔离 14 天。听主治医生的话，按时吃药，注意休息，加强饮食营养，结果抵抗力上来了。隔离结束时一复查，CT 改善了，二次核酸检测也都转阴了。医院人手紧，所以一康复，我就要求重新上岗。这不，我和大家又战斗在一起了。"

护士长这种对抗新型冠状病毒的无畏精神和坦然心态，深深感染了文安和她的同事们。

四

随着病人激增，文安所在的护理小组负责的 8 张 ICU 病床，也在超负荷工作。只要康复出院一个病人，马上又会补充进来一个重症病人。

文安每天早上 8 点上班，每天晚上几乎都不能按时下班，常常跟着护士长 10 点以后走出医院。护士长不能回家，文安也错过接送回酒店的公交车，她就和护士长在医院安排的休息区宿舍里凑合着住一宿。护士长看着年纪轻轻的文安每天跟着自己的节奏，一张病床一张病床地观测着患者的血氧饱和度及呼吸情况，监测并记录每位患者的脉搏、体温及血压，核对医嘱、配药打针、输液、抽血、翻身、叩背、吸痰、雾化吸入、鼻饲和口腔护理，整理床单位，一个接一个地干着，没有一刻停息，很是欣慰。她已把文安当作自己工作中的一个好帮手。当她看到小丫头，几天工作下来，脸瘦了一圈，也很心疼。唉，疫情当前，我们不干，谁干？

这天文安上班，因3床中年女病人经过二十多天的给氧和抗病毒治疗，病情明显好转，正准备给她办理转隔离病房进行康复治疗，这时52岁的8床男患者病情出现了变化，血氧饱和度降到了70%，出现了呼吸困难。只见病人非常痛苦，双手乱抓乱挠，好像谁掐了他的脖子，喘不过气来。文安赶快跑过去，抓住患者的双手，防止病人手臂上的输液泵和吸氧面罩脱落。同时用对讲机呼喊医生。医生急会诊，认为病人已出现呼吸衰竭，无创机械供氧不起作用了，要立即进行插管救治。为协助医生进行插管，护士长马上赶到，和文安一同准备好术前治疗器械和吸引器。

不过几分钟的时间，病人的病情急转直下。刚才他还拼着命地叫喊："医生，快救救我！快救救我！"可现在连这点微弱的求救声也消失了。只见病人的血氧饱和度一直在下降，70%、65%、60%、50%……监护仪上的心电图已经变成了一条直线，病人停止了挣扎，呼出最后一口气，慢慢地闭上了眼睛。在场的医生和护士心情都很沉重，护士长难过地低下了头，文安这时想哭，强忍着泪水，没有哭出声来。

面对死亡害怕了？不是，文安想哭是对生命的敬畏。文安主动要求来武汉抗击疫情，就没有怕过。面对患者的生命在自己的眼皮子底下消逝，她难过极了。刚才那一刹那，她全身冷得发抖，就好像自己被压在废墟底下，无力地挣扎着、呻吟着，可周围黑咕隆咚的，什么也看不见。"我要死了吗？我不能死！我不想死啊！"老师为保护我，她死了，让我活了下来……文安扶着病床护栏激灵了一下。文安最不忍看到的是病人那种求生的眼神，临闭眼前还试图抓住医生的手。"为什么我就不能死死抓住病人，不让死神把他带走呢？"她的眼泪还是忍不住下来了。

五

接连几天，ICU 抢救的病人有增无减，有活过来的，也有死去的。医生和护士真不容易。文安知道，危重病人三周定生死，氧疗成功是关键。鼻导管、面罩、高流量、无创机械供氧、有创插管，甚至上人工肺（ECMO），不管有多大风险，只要有一线希望，ICU 的医生和护士都会使尽浑身解数，与死神赛跑，争时间，抢速度，抢救、抢救！文安和护士长，紧跟着救治病人的速度，围着病人手不停，脚不停，嘴不停地护理、监测、帮助和抚慰着，不喝水，不上厕所，一天下来，贴身的衣服都湿透了，声音也沙哑了，但满脸的倦怠仍遮不住她们的坚强。

昨天上午，文安交接班后，ICU 接到通知，6 床病人要撤下人工肺，为确保安全，要病房提前做好准备。9 时整，防护穿戴完备的文安和护士长都站到了 6 号病床前，治疗空间一切准备妥当。此时监护仪显示的患者各项生命指标正常，呼吸机运行平稳，而患者身上的股静脉管、颈内静脉管、气管呼吸管、中心静脉管、胃管、尿管和各种微量泵密密麻麻地保护着患者的生命。

病人姓孟，郊区转来的。来的时候状况就不是很好，已出现严重缺氧，呼吸衰竭，说话都非常困难，但意识是清楚的。她丈夫一直把她送到隔离病房门口，见到医生护士，就上前跪下来，求着大家救救他老婆。病人被送进 ICU，她丈夫就站在门外隔着玻璃，手里晃着一张纸，纸上写着"老婆坚持住！我和孩子需要你！"文安把她丈夫要传达给她的话，念给她听，她眼泪立马滚了下来。看得出病人很努力想要活下来。

患者住进 ICU 后，经鼻高流量氧疗仪给氧，症状没有改善，很快上了无创呼吸机，呼吸窘迫情况有所缓解。可是到了第二天，病情开始恶化，戴着氧气面罩，呼吸频率已达到每分钟 40 次以上，血氧饱和度只有75%，病人窒息感特别明显，医生在与她丈夫紧急沟通后实施了插管。

文安有个习惯，凡病人要插管时，她总是第一时间站到床边。这次为了保证插管成功，文静把气管切开包都准备好了，万一盲插失败，好让医生立刻进行气管切开，通过有创呼吸机为病人供氧。

盲插，病人是非常痛苦的，恶心、呕吐、呛咳，病人自己无法控制。但6床病人很配合，她四肢绷得紧紧的，强忍着插管的刺激。医生叫文安站到他身后去，以减少飞沫感染的风险。文安说："我没关系，你们更危险。我站在床旁更方便为你递送器械，也能在你导管插进去时，立即把导管端接上呼吸机，还可防止患者无意识地乱动，把身上的管道蹭掉。"

20秒，仅仅用了20秒，插管成功，医生直起腰来，当场就给文安竖起了大拇指。文安高兴地回了医生一个大拇指。

这个病人真是多灾多难，插管呼吸机输入纯氧已三个多小时，就是不见效，血氧饱和度80%都不到，全身因缺氧已出现多脏器衰竭的先兆。救命要紧，立即上人工肺！

人工肺搭建起来后，医生对人工肺的正常运转监控没有丝毫的放松。文安他们也紧张起来，忙完日常护理和治疗，重点巡视6床病人。文安根据医生要求，仔细观察病人的血压和出血情况，及时向医生提供病人实时变化的细节，反复调整输液速度。配合默契，让医生情不自禁地竖起了大拇指，时间一长，汶川护士小文又得到一个"大拇指"的雅号。

人工肺撤掉很简单，但需要按压住右侧颈部和腿部创口45分钟，既要压迫止血，又不能按压太重，导致血栓形成。文安主动上前说："让我来。"说着，文安就俯下身用双手紧紧地按压住两处创口，整整按压了一个小时，臂酸了，手麻了，她硬坚持着纹丝不动。医生感动地竖起了大拇指，而令文安高兴的是，这半个多月来大家的辛苦没有白费，6床病人终于挺了过来。

六

今天，1 床病人康复出院，文安开好出院通知书，临送病人走之前，还一再叮嘱病人回家要在家隔离半个月，若有什么不适，可及时联系。回到病房，她就忙着整理空出来的病床，并进行常规消毒。这时护士长喊她："小文、小文，过来一下。"

"噢，来啦。"

"上午我要到院部参加新版《新冠肺炎诊疗方案》的学习。刚才门诊通知收进了一个重症新冠肺炎患者，是街道派人送来的。街道来人把病人撂下就走了。一个老爷子，也没有家属陪伴，在门诊情绪很激动。入院什么手续都没办，急着要住院。医生建议我们先收下来，再补写病历。这个病人马上就到，你先接待处理一下。"

"好。我把他安排在 1 床。护士长你走吧。"

新住进来的病人叫王刚，69 岁，企业退休职工。他满头的白发，稀稀拉拉插在头顶上。刀儿脸，又黄又瘦，个子不高，背有点罗锅。全口假牙，说话有点咬字不清。整个人显得很憔悴，一双混沌的老眼凝聚着深深的惶恐和不安。他不是自己走进来的，是护士把他架进来的。一进病房，他就哀求着："快救救我、快救救我，我不行了。"

文安接过病人，把他扶到病床上，帮助他慢慢躺下，把床头摇到靠着比较舒服的高度，温和地对他说："老人家，您已住进来了。请相信我们。我们会救你的。"

"救我？我和我家老太婆得的是一个病，可她一到医院就死了。她死了，我也会死的。"

文安知道老人求生欲望非常强烈，他害怕孤独和死亡，希望向人宣泄。她等病人渐渐平静下来后说："请您慢慢告诉我您得病的情况，可以吗?"

"唉——医生说我得的是传染病，我家老太婆也得的是这个病，可她死了。"说着，病人竟呜呜地哭了起来，"过年、过年，过个什么年呀! 她非要到海鲜市场去买新鲜带鱼，回来就生病。我以为是受了凉，可烧一直不退，我就陪她到医院去看病。清早去排队挂号，哪知医院人多得挤不动，天又冷，没病也给弄出一个病来。"老人喘息了一下，又说，"CT 做出来是肺炎，在输液室打了几天针。还要做什么样本检测，结果是阳性，医生马上收她住了院。住进去那天白天还好，与我微信聊天，还笑着说: '老伴，你不要担心啊，过几天出院，我回家陪你。'可到晚上就不好了，她在电话里跟我说: '我现在人特别难受，喘不过气来，医生说，马上上呼吸机。'可是……可是，第二天，人就走了。"说着老人悲到深处，欲哭无泪，只有哀号。

文安静静地听着，一边轻轻地拍着老人的背，一边递给老人一杯水，让老人喝口水再说。

"可是祸不单行，老伴前脚走，接着我又病倒了。我这命咋就这么苦啊?"

"孩子呢?"

"儿子在日本。"

文安是经历过生与死的人，听着听着，也悲从中来。新冠肺炎传染性这么强，毒性这么大，还没有很好的治疗方法，只有维持患者生命，让病人自己慢慢增强抵抗力，才会好起来。而坚定病人战胜疾病的信心，比什么都重要。她握着老人的手说: "您的病痛和丧亲之苦，我感同身受。我也是汶川大地震中'与死神擦肩而过的孩子'，姐姐死了，我受伤了，但我坚强地活了下来。您也要坚强地活下去，为自己活下去。"

老人眼里流出热泪，连声说: "孩子，谢谢你、谢谢你。你叫什么名字?"

"文安。您就叫我小安吧。"文安从问诊中知道了老人的发病经过，门诊核酸检测阳性结果一出来，街道立即派人把他送到医院里来。

"王大伯，我就叫你一声大伯了。有事尽管找我。"

"嗯，好。"

"等会，医生会给您认真检查身体的。我这就给您办住院手续去。"

"我没带多少钱，老太婆的医疗费还挂在医院里呢。"

"不要钱，现在国家规定医药费全报销。"

七

护士长一回来就问文安，1床是什么情况。文安说，1床王老爷子，69岁，核酸检测阳性，呼吸困难，口唇紫绀，血氧饱和度只有90%，缺氧还是比较明显的。目前已上了高流量氧疗、雾化吸入和口服克力芝。医生说，好在病人没有什么基础病，但年龄大，要密切观察病情细微变化。

"护士长，这个病人怪可怜的，老伴刚死，唯一的儿子在国外。我感觉，他对死亡充满了痛苦和恐惧，精神简直要崩溃了。来的时候站都站不起来，哭也哭不出声来，只有不断地哀号。"

"这类病人，作为我们护理人员就更要关心他们，开导他们，让他们增强战胜疾病的信心。这版诊疗方案上特别强调要加强病人的心理疏导，加强营养，才能跨过生死这个坎。"

"是的。护士长，我以我在大地震中的经历劝说他：'要勇敢面对死亡，要有坚定活下来的决心。现在有这么多人帮助您，您一定能活下来。'他的情绪才缓和了一点。"

"可是，他的情绪很不稳定，只要我站在他的身边，他就安静，一声不吭。一旦我离开他的床边去处理别的事情，他就一直嚷嚷，等我走近去安抚他，他又安静下来。"

"小文、小文，我难受、我难受！你怎么又跑走了？"

小文回到1床面前，俯下身轻声细语地问："王大伯，您哪儿不舒服？"

"这氧疗仪跟打气筒似的，冲得我难受。"

文安认真检查了一下仪器和导管，又看了一下监测屏说："机器是好的。这高流量供氧可能有点难受，它可是救您命的，不能停。您看，您的血氧饱和度升到93%了，再坚持坚持就会好的。

"王大伯，到翻身时间了，我喊同伴们来帮您翻翻身可好？"

"好。"

"大伯真听话。"

老人对小文的表扬开心地笑了。

"这就对了。要开开心心地活着。勤翻身，勤活动，病就好得快。平时您也可侧着身坐坐，最好隔一会趴着睡一会。听到没有？"

老人点点头。小文又为老人配好雾化吸入的干扰素，帮老人进行了口腔护理，然后说："下班时，我会跟夜班同事打招呼，他们会精心照顾您的。"

八

文安和护士长下班脱掉防护服，一同走进更衣室，换好衣服，护士长的手机响了。

"什么，不舒服，晚班不能来？小胖，你生病怎么不提前告诉我？这个时候，叫我到哪里去抓人！"

护士长早已在科里做了一个规定：既要照顾好病人，又要照顾好自己，有病要提前打招呼，好安排休息。护士长想想又给小胖护士回了一个电话："不要忘了，立即到医院做个核酸检测！"挂上电话，就准备返身回病房代班。

文安说："护士长，您今天还捐了血浆，该回去休息了。让我一个人去代夜班，更方便些。明天交接班后，我再早点回来休息。"

护士长看着文安那坚毅的神情，赞许地点点头说："还是先出去吃点东西吧。"

"时间不早了。"文安说着从自己储藏柜里拿出一盒牛奶，仰头一饮而尽，又吃了一小盒巧克力，反身回到病房。

ICU 值夜班的护士尤其辛苦。人少事多，病人病情重，护士要时刻围绕着病人转，观察病情，进行夜间治疗。还要为第二天准备药物。凌晨 5 点开展晨间护理，6 点为病人采集血样，7 点为病人喂食早餐……整夜不得休息。

文安一走进病房，就全神贯注，密切注意着病人的生命体征，尤其是血氧饱和度的变化，照顾病人，每分钟每个细节她都不想放过。

晚上 10 点，病人已安然入睡。文安又轻轻地巡视病房。走到 1 床边，把王大伯拖下的被头重新给轻轻盖好。

"小文护士，你辛苦了。"王大伯说。

"王大伯，对不起，是我把您弄醒了?"

"不是，是我睡不着，想回家。"

"王大伯，好好睡吧。等病好了，就可以回家了。"

王大伯的话，勾起了文安的思乡之情。她想起爸爸妈妈的叮嘱，自己忙得已经好几天没有跟爸爸妈妈报平安了。明天，明天一下班，一定要给爸妈报个平安。

深夜的 ICU 是静谧的，除了各类供氧设备不停地运转声，还有病人轻微的鼾声。文安看了一下钟，已深夜 1 点了。在护士工作站，她浏览了一下中央监视屏，整个 ICU 的病人生命体征都很平稳。她站起身，舒了一口气，准备再巡视一次病房。

"嗷——"一个尖厉的嚎叫声直刺文安的耳膜。

怎么了？文安直奔 1 床而去。只见 1 床病人，手舞足蹈，嘴里嗷嗷乱叫。

"王大伯、王大伯，怎么了？"

病人王刚惊恐地睁开眼睛，连声说："我怕、我怕！小文，小文护士快来救我！"

"我在这里呢。"文安握紧病人颤抖的手说，"不怕，我陪着您。王大伯，您做噩梦了？"

"是的、是的。刚才我做了一个可怕的梦。"

"能说给我听听吗？"

病人王刚断断续续地描述了这个梦：

一只黑蝙蝠从窗外向我头上直扑而来，我害怕极了。赶紧用被子捂住了头，但它还是向我身上乱飞乱撞，最后直接钻进了我的被窝里。我挣扎着想躲，想跑，可手脚像绑了沙袋，就是动弹不得。吓得我出了一身冷汗，惊恐着醒过来。

俗话说，日有所思，夜有所梦。文安感觉到这是病人对死亡恐惧的一次觉醒体验。病人因夫人得新冠肺炎刚刚离世，而自己紧跟其后也得了这个可怕的传染病。夫人的死亡，使他独自一个人站到了死亡的面前，孤独和伤痛更增加了他对死亡的恐惧感。

"王大伯，您今天通过手机看疫情信息了？"

"看了。"

"这次疫情来得太突然，到现在传染源还没搞清楚。您现在得了病，就要积极治疗啊。"

"我懂。"

"王大伯，您看这次举全国之力抗击疫情，您还有什么害怕的吗？"

"可这种病有什么特效药能治好它呢？"

"您担心的也对，现在最好的特效药就是靠您自身的免疫力。您老看，医院有这么多好的医生和护士，有这么多好的治疗设备，就是为了维持住您的生命，等待疾病自限性好转。"

"靠自身？自限性？"

"是的，就是要靠自身慢慢增强抵抗力。要增强抵抗力，就要吃得下，睡得着觉，心态要好，病就会慢慢好起来，这在医学上就叫'自限性'。您也看见了，这两天，病房已有好几位新冠肺炎病人康复出院，这个病没有您想象的那样可怕。"

王刚张着嘴，望着文安，似乎听进去了。过了一会，王刚说："我很喜欢听你说话，你能多陪陪我吗？"

文安和蔼地说："王大伯，我能感受到您现在丧亲的悲伤和患病的痛苦，但是它也让您真正体会到自身的存在和生命的价值，要坚强活下去，您说，是不是呢？"文安自抗疫以来，面对病人之痛，想到自己曾有过的生死之痛，感同身受，常不敢多想，怕脆弱起来，辜负了病人的期待。

文安对生命之痛的感悟，让王刚体会到生活真正的本质，回到一个人本真的存在方式，好好地活着，心里平静了许多。他慢慢松开文安的手，说了声："谢谢。"

"谢？应该谢您自己，坚定了活下去的信心。等明年，您70大寿时，我一定来庆贺您的生日。"

九

早上交接班过后，护士长跟文安说："小胖核酸检测阳性，医生讲是普通型新冠肺炎，已住进了隔离病房。"

文安下了班，匆匆地吃过早饭，回到休息室准备跟爸爸妈妈视频通话，想想，还是先问问小胖情况。文安打开小胖视频，见小胖脸色还好，忙问："小胖，怎么样，还好吗？"

"小文，我倒霉透顶了。护士长一再强调，要让病人早日康复，必须得先保护好自己，可我不知道怎么会中招的。"

"小胖，谁想生病呢？只是这种病毒传染性太强了。你现在身体状况还好吧？"

"自我感觉还好。体温 38℃，有点头痛。医生已给我开了'清肺排毒汤'，说，只要坚持隔离治疗半个月，核酸检测二次转阴，就可以出院。"

"好，我盼望你康复出院后，我们一同战斗。"

"谢谢小文。你也要多保重。"

这边微信关闭，小文马上又接上与汶川爸爸妈妈的视频连线。

"爸妈，我好想你们哟！"

"是小安吗？怎么这么长时间也不来电话？"

"忙，忙昏了头。爸妈你们不要怪女儿啊。"

"爸，我想吃您石磨的豆花！"

"等你回来，我立即去磨豆花。"爸爸笑着答道。

"小安，你看你脸上哪里来那么多红印子？"

"那是戴口罩防护镜时间长了压的，妈，没关系。"

"可是你身体一直不好，最近睡觉还好吗？"妈妈又担心地问。

"睡觉好着呢。就是觉不够睡。爸妈，汶川疫情防控还好吧？"

"还好。我和你爸就两个人，为了支持抗击疫情，整天蹲在家里，不出门，不串门，也习惯了。"

"爸妈，我想拜托爸爸给我寄一大箱樱桃干来，这里的同事们都喜欢吃。"

"好。小安你们什么时候能回来？"

"等病人病情都好转了，我不就回来了？"

小文的妈妈一边抹着泪，一边说："爸妈就盼你早点平安回来。小安加油！"

"谢谢爸爸妈妈！爸妈多保重！"泪水也模糊了小文的双眼。

十

小文接过班，做完治疗后，又一个床一个床地和同伴们为病人翻身、叩背，仔细察看病人的皮肤，防止压疮。还要帮助病人进行呼吸训练和正确地雾化吸入。中午，她先给鼻饲的病人打完营养液，又帮助重病人喂食流质。当她走到 1 床时，只见王刚喘着气躺在床上一动不动，脸色很难看。送来的一瓶牛奶还放在床头柜上，已经凉了，他都没有动。她温和地问："王大伯，怎么啦？哪里难受？"

"心里慌得很，见到吃的就反胃，想吐。"还没说完，就"呕，呕——"地要吐出来。文安一手扶着病人，一手端起痰盂接着病人的呕吐物。等病人呕吐完，她递给他几张面巾纸，又轻轻拍拍病人的后背，帮病人重新躺好，准备接上氧疗仪。可病人又难耐且不好意思地说："我想拉稀。"

文安赶快掀开病人的被子，把便盆放到病人的屁股底下，说："您拉，拉干净后，我会给您擦洗的。"

"把你的手弄脏了，真不好意思。"

"王大伯，您不要有歉疚，这是我应该做的。就当我是您的孩子一样。"

"难为你了，我的孩子。"

根据文安的判断，可能是病人服用克力芝不适应，她建议医生马上停药。第二天，病人症状就得到了改善，从而病人的饮食营养也得到了保证。

经过半个月 24 小时呼吸支持疗法，1 床病人王刚健康状况有了很大改善，人也有了精神。每当小文送营养餐过来，他都客气地说声："谢谢！"

"王大伯，医院的营养餐还不错吧？荤素搭配，多吃点，病就好得快。"

"小文，我的病情怎么样了？"

"您恢复得很快，大小便没有问题，氧合也挺好。您不要有顾虑，保持现有的好心态，再注意呼吸方法的训练，坚持俯卧位，很快就会康复的。"

"谢谢你。"王刚其实是一个很活跃的人，退休后，他进了市老年大学唱歌班，牙不好，但嗓子还不错。这几天，他没事就跟着手机哼哼《风雨过后一定有彩虹》，学得有模有样。

"小文，我唱首歌给你听听。"说着，就小声地唱起来，"灾难我们一起面对，这场没有硝烟的战争，我们一起去承受。"

"好，王大伯唱得真好！"

十 一

这天，小文收到了爸爸寄来的一大箱樱桃干，她请护士长分发给科里的医生和护士们。她告诉护士长，汶川大地震后，汶川人民为了感谢全国人民的无私援助，在村前屋后种了大量的樱桃树，采摘下的樱桃风干后制成果脯，叫感恩果，送给亲朋好友和公益人士品尝。她也给ICU每个病人留了一份感恩果，等他们康复出院时送给他们。

随着火神山和雷神山两座大型医院建成投入使用，医院ICU的压力减少了许多。真正危重的病人少了，康复出院的病人多了。

王刚经一个月的住院治疗，肺部影像清晰了，血氧饱和度已回升到99%，走路也自如了，医院已给他做了两次核酸检测，均是阴性。这天，他高兴地找到小文说："明天我就要出院了，谢谢你精心照顾我。小文，我出院后想买个制氧机继续吸点氧。"

"王大伯，病好了，制氧机是不需要的。您回去后，主要是要保持良好心态，加强调理和营养，还要康复一段时间，要多注意照顾好自己。"小文说完，递给王大伯一张小纸条说，"明天我轮休，出院不能送您了。这是我的手机号，有事多联系。"

王刚康复后走出医院，面对阳光和护士长送的鲜花，再回想起一个月前的情景，恍若隔世。"王刚同志，您回去后，还要在家康复隔离，望多多保重。"说完，护士长递给他一盒感恩果，说，"这是小文送给您的，是她家乡汶川的特产樱桃干，又叫感恩果。她祝福您今后生活跟这果脯一样，甜甜蜜蜜的。"

王刚有点激动，他尝了尝感恩果。"真甜!"这让他想起小文温暖的话语："要坚强地活下去。"他想当面说声谢谢，可是不巧，今天她不在。王刚有点依依不舍地说："是小文护士给了我信心，我活下来了。护士长，感恩的应该是我。谢谢你们。"

（完）